हिन्द पॉकेट बुक्स

समय–पुरुष

रामकुमार भ्रमर प्रसिद्ध हिन्दी साहित्यकार थे। मूलतः उपन्यासकार के नाते प्रसिद्ध रहे रामकुमार भ्रमर ने साहित्य की हरेक विधा में जमकर कलम चलाई। कहानियाँ, नाटक, व्यंग्य, रिपोर्ताज, यात्रा-विवरण, निबंध, सत्यकथाएँ, संस्मरण, डायरी, जीवनी-अंश, इंटरव्यूज, फिल्म पटकथाएँ, वार्ताएँ, भाषण, बाल-साहित्य, महत्त्वपूर्ण पत्र-व्यवहार, राजनीतिक-वैचारिक दिशादृष्टि आदि विषयों पर उनका विपुल साहित्य आज भी लोकप्रिय है। उनके कई उपन्यासों पर सफल फिल्मों का निर्माण हुआ। उन्होंने स्वयं भी कई फिल्मों की पटकथाएं लिखी।

श्रीकृष्ण–कथा पर आधारित उपन्यास

समय–पुरुष

रामकुमार भ्रमर

हिन्द पॉकेट बुक्स
पेंगुइन रैंडम हाउस इम्प्रिंट

हिन्द पॉकेट बुक्स

यूएसए | कनाडा | यूके | आयरलैंड | ऑस्ट्रेलिया | सिंगापुर
न्यू ज़ीलैंड | भारत | दक्षिण अफ्रीका | चीन

हिन्द पॉकेट बुक्स, पेंगुइन रैंडम हाउस ग्रुप ऑफ़ कम्पनीज़ का हिस्सा है,
जिसका पता global.penguinrandomhouse.com पर मिलेगा

पेंगुइन रैंडम हाउस इंडिया प्रा. लि.,
चौथी मंजिल, कैपिटल टावर -1, एम जी रोड,
गुड़गांव 122 002, हरियाणा, भारत

पेंगुइन
रैंडम हाउस
इंडिया

प्रथम हिन्दी संस्करण हिन्द पॉकेट बुक्स द्वारा 2008 में प्रकाशित
यह हिन्दी संस्करण हिन्द पॉकेट बुक्स में पेंगुइन रैंडम हाउस द्वारा 2022 में प्रकाशित

10 9 8 7 6 5 4 3 2

ISBN 9789353495190

मुद्रकः रेप्रो इंडिया लिमिटेड

www.penguin.co.in

MIX
Paper from
responsible sources
FSC www.fsc.org
FSC® C047271

This is a legitimate digitally printed version of the book and therefore might not
have certain extra finishing on the cover.

क्रम

- कालचक्र (खण्ड-1) ...7
- कारावास (खण्ड-2) ...163

कालचक्र

र थ सुंदर थाउससे कहीं अधिक सरुचिपूर्ण सजावट थी उसकी। रथ के माथे ध्वज लहराता हुआ। झिलमिलाहट के साथ सूर्य-किरणें-जैसे उचीख-चीख कर कह रही थीं, 'सावधान!...मगधराज जरासन्ध के तेज की बिजलियां कौंधती जा रही है...'

भव्य रथ के आगे-पीछे और भी सुसज्जित रथ थे। सारथी गौरव से भरे और गर्व में डूबे हुए। सहज ही था। जरासन्ध की शक्ति हर मगध-वासी को इसी गरिमा और गौरव से भरे रहती थी। भरत खण्ड का कौन-सा राज्य है तो इस तेज को सह सके?

रथ की गति तीव्र थी। लक्ष्य के बहुत पास जा पहुंचे थे वे। कुछ घड़ियों क बाद ही उन्हें मथुराधिपति उग्रसेन के नगर-द्वार में प्रवेश करना था। जैसे-जैसे सारथी रथ की गति बढ़ाता, वैसे-वैसे मुख्य रथ के भीतर बैठे दूत सुषेण के माथे में तीव्रगति सागर लहरों की तरह विचारों का सिलसिला उठने लगता...क्या-क्या प्रश्न किए जा सकते हैं? और सुषेण की ओर से उनका क्या उत्तर होगा?

रह-रह कर सुषेण की हथेली अपने समीप रखी उस सुंदर पेटी को सहलाने लगती, जिसमें मगधराज की ओर से मथुराधिपति उग्रसेन के नाम संदेश था...बहुमूल्य पेटी। मुलायम मखमल से सजी हुई। उसके भीतर राजकीय संदेश का रेशमी पत्र!..जिस क्षण भोजपति के हाथों पेटी थमायी जाएगी, उस क्षण वे और उनके मंत्रिगण, अधीनस्थ राजाओं की सभा आनंदमिश्रित उत्सुकता से भर उठेगीक्या होगा उस भव्य पेटिका में? निश्चय ही भारत की सर्वाधिक शक्ति सम्पन्न सत्ता की ओर से कोई चौंकाने वाला समाचार होगा!...समाचार, जो आनंद के सागर में भी भिगो सकता है और समाचार जो समूची मथुरा और यादव गणसंघ की धरती को भूकम्प का अनुभव भी करा सकता है!...

पर सुषेण जानता थाक्या है पेटिका के भीतर?...और जो कुछ है, उसे लेकर मथुराधिपति से वार्ता के दौरान उसे क्या-क्या कहना है? शब्द इसी तरह मखमल में लिपटे होंगे, स्वरचाशनी से भीगा होगा किंतु उनका प्रभाव होगा असंख्य बिच्छुओं के एक साथ डस लेने-जैसा!... प्रतिक्रियासिर्फ एक सन्नाटा!

यह सन्नाटा, धीमे-धीमे राजभवन के द्वारों, खिड़कियों और रोशन-दानों से बहता हुआ धुएं की तरह सम्पूर्ण यादव गणसंघ के आकाश पर बिखर जाएगा। खिलखिलाते, हंसते, क्रीड़ा-किल्लोल में रसरंगे चेहरे अनायास ही घुटन से भरकर मृत्यु-यंत्रणा बोलने लगेंगे। मगधराज का आतंक उन पर हौले-हौले यम की कालिख बनकर चेहरों पर फैल जाएगा। कितनी ही लताओं-जैसी सुंदरियां सहमकर मुर्झा जाएंगी, कितने ही बालक सहसा अपने कोमल तलवों के नीचे हरी दूब की जगह तपते बालू की तिलमिलाहट अनुभव करने लगेंगे। बहुत से वृद्धों की जीवन शक्ति पतझर में झरते पीले पत्ते की तरह लड़खड़ा उठेगी और युवा मन बरसों से वर्षा-रिक्त खेतों की तरह बंजर हो जाएगे!...

मखमल में लिपटे इस संदेश का केवल मथुरा पर ही ऐसा प्रभाव होगाऐसा नहीं है। सुषेण जानता है कि जब-जब ऐसा संदेश किसी राजा, राज्य, गणसंघ अथवा समुद्र-पार की सत्ता को मिला है, तब-तब ऐसा ही हुआ है!...फिर मथुरा तो बहुत छोटी, साधारण-सी सत्ता ठहरी!...राजा वृद्ध। गणसंघ के सभी यादव राजा बिखरे और तने हुए।

एक पल के लिए जाने क्यों सुषेण को ऐसा लगा जैसे यह सब ठीक नहीं होगा। जब-जब सुषेण इस तरह के मखमली राजसंदेश लेकर मगध से किसी राज्य की ओर बढ़ा है, तब-तब उसे ऐसा ही लगता हैकिंतु बाध्य है वह। यह सब करना-निबाहना उसकी नियति। मगधवासी के नाते ही नहीं, मगधराज के कर्त्तव्यनिष्ठ सेवक के नाते भी यह उसका धर्म!...

सहसा रथ की गति हल्की हुई। सुपेण की विचारश्रृंखला टूट गई। क्या हुआ? प्रश्न मन में ही उठा। उसके पूर्व सारथी ने मुड़कर रथ का रेशमी परदा उठाया, सूचना दी, 'मथुरा का नगर-द्वार आ पहुंचा है श्रीमान्!...'

'अच्छा!...'हौले से सुषेण ने कहा, फिर आदेश दिया, 'द्वार के प्रहरी अथवा अधिकारी को सूचना दो कि मगध के राजदूत आए हैं।''

'जैसी आज्ञा, श्रीमान,!' सारथी ने कहा। रेशमी परदा झिलमिलाकर पुनः गिर गया। बाहर से कुछ लोगों की धीमी-तेज, ज्वार-भाटे-जैसी आवाज आने लगीं। सुषेण शांत भाव से बैठा रहा।

थोड़ी ही देर रथों को पुनः गति मिली। रथ मथुरा के नगर-द्वार में प्रवेश कर चुके थे...नगर की चहल-पहल और सनसनी, हौले-हौले ही सही, पर सुषेण के कानों में पक्षियों के शोर की तरह सुनाई पड़ने लगी।

महाराज उग्रसेन विश्राम-कक्ष में थे। सुषेण के स्वागतार्थ श्वफलक उपस्थित हुए। मथुराधिपति के वंशज। वृद्ध थे। राज्य के विशिष्ट व्यक्तियों और सभा के महत्वपूर्ण मंत्रियों में से एक। सुषेण की अगवानी सम्पूर्ण राजकीय शिष्टाचार के साथ की गई। स्वाभाविक भी था। मगध-राज जरासन्ध का दूत अपने आप में किसी राजा से कम महत्वपूर्ण और शक्ति सम्पन्न नहीं हो सकता था।

राजनिवास के विशेष अतिथि कक्ष को तुरंत खुलवाया गया। रथों को यथास्थान ठहराने के साथ-साथ सुषेण के साथ आए मागधी सैनिकों के स्वागत की भी व्यवस्था हुई। सुषेण ने संतोष अनुभव किया।

सामंत श्वफलक राजा उग्रसेन के सम्बन्धी भी थेवंशज भी। यादव गणसंघ मे उनकी अपनी सत्ता स्वीकारी जाती थी। राजकीय शिष्टाचार निबाहकर सुषेण से कहा था'दूत!...आप लम्बी यात्रा करके आए हैंविश्राम करें। महाराज उग्रसेन इस समय आराम कर रहे हैं। समय पर उन्हें आपके आगमन का संदेश दिया जाएगा। आपसे मिलकर निश्चय ही वह बहुत प्रसन्न होंगे।'

'आभार. मंत्री महोदय!...मैं संतुष्ट हूं।'

'किसी विशेष वस्तु की आवश्यकता होतो अवश्य कहेंतुरंत व्यवस्था करके हमें आनंद होगा।'

'बस, सब ठीक है। 'सुषेण ने उत्तर दिया'अब केवल महाराज के ही दर्शन की प्रतीक्षा है।'

श्वफलक लौट गए। सुषेण एक बार पुनः विचारक्रम से जा जुड़ा, जो मथुराधिपति के सामने राजकीय वार्ता का विषय बनने वाला था।

उग्रसेन ही नहीं, सभी के लिए चौंकने वाली बात थी - भला जरासन्ध के दूत का आगमन किस कारण हुआ? यों दूतों का राज्यों में आना-जाना संदेश देना पहुंचाना कोई नई बात नहीं थीकिंतु मगधराज के दूत का आगमन एक मथुरा ही नहीं, किसी राज्य या राजा के लिए चौंकाने वाला विषय था। विशेषकर उन राज्यों के लिए जो मगधराज से स्वतंत्र सत्ता और अस्तित्व बनाए हुए थे। जरासन्ध की शक्ति लोलुपता, आतंक और विभिन्न राज्यों को आधीन रखने की प्रवृत्ति न किसी के लिए अजानी थी, न ही नई बात।

मथुरा के घर-घर में उसी क्षण चर्चा का एकमात्र विषय बन गया था राजदूत सुषेण। क्यों आया होगा? क्या मगधराज की लालची आंखें यादवों की स्वतंत्र सत्ता पर भी जा ठहरी हैं? या मगधराज जरासन्ध मथुरा क्षेत्र से कहीं इधर-उधर निकलने वाले हैं? सब रहस्य। हर रहस्य पर परत-दर-परत अंधेरे की अनेक परतें चढ़ी हुई। हर परत सवालों के फंदो से जुड़ी-बनी। हर परत के नीचे आशंकाओं और भावनाओं के अनेक कांटे। हर कांटा मन में लगता हुआ। हर चुभन चिंता की चिंगारियों से भरी हुई!...

हर मन से व्यग्र, व्यथित उच्छवास उठते हुए'शुभ करें भगवान्!.. ..कुछ अनिष्ट न हो!'

राजा उग्रसेन जिस क्षण विश्राम कक्ष में जागे, उसी क्षण श्वफलक, सत्यक और युवराज कंस जा पहुंचे थे। सब चिन्तित, व्यग्र, उत्तेजित, और थके हुए से। वृद्ध राजा ने चकित होकर उन्हें देखा। कुछ पूछ सकें, इसके पूर्व ही श्वफलक ने कहा था, 'प्रणाम राजन्!...मगधराज जरासन्ध का दूत आया है।

उग्रसेन ने सुना। एक पल के लिए लगा कि एक थर्राहट मन से उठी

और चेहरे की झुर्रियों से लेकर तलवे की लकीरों तक बिखर गई। उत्तर में शब्द निकलने से पहले गला कुछ अटक अनुभव करने लगता था। थूक का एक घूंट निगला, फिर अपने को सहजते हुए पूछा, 'ऐसा क्या कारण हुआ?'

'दूत के आगमन का कारण तो दूत से ही ज्ञात हो सकता है, मथुराधिपति!...' सत्यक ने उत्तर दिया'किंतु इतना निश्चित है, कि दुष्ट जरासन्ध के दूत का आगमन किसी के लिए शुभकर नहीं हो सकता!... वह मदांध निश्चय ही यादव गणसंघ की स्वतंत्र सत्ता को नष्ट करना चाहता होगा।'

उग्रसेन ने सुना। कुछ बोले नहीं। या बोल नहीं सके?...संभवतः बोल ही नहीं सके थे। पल भर पहले के जागरण ने अलसाए शरीर और मस्तिष्क को अनायास ही सही, किंतु अब तक बेसुध-सा बनाए रखा था।

एक पल के लिए कक्ष में चुप्पी बिखरी रही, फिर राजा ने प्रश्न किया, 'क्या दूत के विश्राम की उचित व्यवस्था हुई।'

'वह सब हो चुका है, महाराज!...'श्वफलक ने उत्तर दिया'पर दूत शीघ्र ही आपके दर्शन करने को व्यग्र है।'

राजा ने कुछ क्षण पुनः सोचा। कहा, 'ठीक है। प्रातः सभा में उसे उपस्थित किया जाए।'

'जैसी आपकी इच्छा!' श्वफलक मुड़े, तभी वृद्ध राजा ने कहा'संध्यावंदन के पश्चात् आप सभी मेरे मंत्रणा-कक्ष में उपस्थित हो।'

'जी।' उन्होंने सिर झुकाएचल पड़े। श्वफलक ने सुषेण को संदेश पहुंचाया।

महाराज उग्रसेन चिंताग्रस्त पलंग के सिरहारने सिर टिकाकर लेट रहे। लगता था कि उनके हर ओर प्रश्नवाचक चिह्न लटके हुए हैं...हर चिन्ह मन और माथे को कुरेदता हुआ...जरासन्ध का राजदूत?...पर क्यों?...किस कारण?...

अन्य कोई कारण सूझ नहीं रहा थाजो कारण सूझ रहा था उसने मन-शरीर को हचमचा डाला था!

सांझ ढली। मंदिर-शिवालों में संध्यावन्दन हुआ। राजा भी राज मंदिर से पूजा करके लौटे। रोज पूजा के बाद रनिवास जाया करते थे, किंतु आज पहुंचे मंत्रणा-कक्ष में। जरासन्ध का दूत क्या संदेश लाया है, यह अनिश्चित था, किंतु आशंकाओं को लेकर ही विचार कर लेना चाहते थे।

श्वफलक, सत्यक और युवराज कंस पहले से ही प्रतीक्षारत थे। राजा ने क्रमशः प्रौढ़ायु श्वफलक-सत्यक को देखा, फिर अपमे युवा पुत्र की ओर। गठीले और उग्र स्वभाव-शक्ति वाले युवराज की राजनीतिक योग्यता में भी संदेह न था। कभी-कभी पिता-पुत्र में तर्कातर्क भी हो जाते थे। कंस राजनीतिक निर्णयों के मामले में बहुत संवेदनहीनता से काम लेते। उग्रसेन यह सोचकर किसी-न-किसी पल व्यग्र भी हो जाते थे। बेटे की उद्दण्डता और उग्रता मन में भय जनमती। भविष्य के प्रति चिंतित भी हो उठते। राजा बनने पर कंस सत्ता को स्नेह के बजाय आतंक से संचालित न करने लगे? बहुत बार सोचा था उन्होंने। बहुत बार कंस को संकेत भी किया था राजा के लिए तामसी होना आवश्यक तो है, क्रोधी और कटु नहीं। स्वभाव की उग्रता और शक्ति का एकत्रीकरण कभी-कभी मनुष्य को मनुष्यताहीन भी बना डालता हैकंस को सतर्क होना चाहिए!...

नहीं जानते कि पुत्र पर कितना प्रभाव होता था, कितना नहीं, किंतु बहुविधि कहासुनी के बावजूद अपरिवर्तित स्वभाव और दृष्टि चिंतित करती जाती थी। यह चिंता भी न होतीयदि कंस भविष्य का गणसंघ प्रमुख न होता...यादव कुल के अनेक राजाओं में से कोई एक होता।

गाहे-बगाहे कंस की उत्तेजित मात्रा में वार्ता भी मन को डराने लगती। कहीं ऐसा न हो कि मथुराधिपति का गौरवशाली आसन संभालने के बाद कंस यादवों में कुल-क्लेष का कारण बन जाए?

पर जानते थे उग्रसेनकुछ नहीं कर सकेंगे। इसलिए कि कुछ किया भी नहीं जा सकता। कंस जन्मशः, उद्दण्ड क्रोधी, लोलुप, और क्रूर था! उसे बिखेर देना सहज, सहेज पाना असंभव!

उग्रसेन ने कुछ अपने शांत स्वभाव, कुछ सहजता के कारण सब कुछ भाग्याधीन छोड़ दिया था।

राजा ने कक्ष में प्रवेश कियासम्मान में वे सब उठ खड़े हुए।

राजा शांत भाव से आसन पर बैठे, पूछा'तुम्हारा अनुमान क्या है श्वफलक, मगधराज ने दूत किसलिए पठाया होगा?'

श्वफलक ने माथे पर सलवटें डालीं, तनाव पर काबू किया, 'संदेश सुनने के पूर्व तो कुछ कहा नहीं जा सकता, भोजराज!...पर यह क्या अनुमान कर सकता हूं कि सत्ता और शक्ति का केंद्रीयकरण करने वाले जरासन्ध का दूत किसी राज्य में शुभ संदेश लेकर नहीं जा सकता!...फिर यादव गणसंघ ही शेष है, जो जरासन्ध की सत्ता के आगे अब तक स्वतंत्रता जिलाए हुए हैं।'

''मैं भी वृष्णि कुल गौरव की सम्मति से सहमत हूं, महाराज?' सत्यक ने तुरंत कहा था''निश्चय ही जरासन्ध का दूत हमारी स्वतंत्र सत्ता समाप्ति की सूचना लेकर आया होगा!''

'और तुम क्या कहते हो कंस?' उग्रसेन बेटे की ओर मुड़े।

'मैं अनुमानों, और आशंकाओं पर विचार नहीं करता, पितृ!...'कंस ने तीखी आवाज में उत्तर दिया था'मुझे तो यह विचार-गोष्ठी ही उस समय तक अर्थहीन लग रही है, जब तक कि दूत का संदेश न सुन-पढ़ा लिया जाए।'

'तुम एक बात भूल रहे हो, पुत्र!...'उग्रसेन ने मीठी आवाज में पुनः कहा, 'मथुरा के भोजवंशियों पर केवल मथुरा का दायित्य नहीं है। वे समस्त शूरसैन जनपद के प्रमुख हैं। जिस क्षण जरासन्ध का दूत संदेशा देगा, उस क्षण उस संदेश का उत्तर देना कठिन हो जाएगा। यादव गणसंघ के अनेक राजाओं से सम्मति लेकर ही मगधराज जैसी शक्ति को कोई उत्तर दिया जा सकता है। छुटपुट मामले में मेरा निर्णय कर देना ठीक होगा युवराज, पर...इतनी बड़ी सत्ता को उत्तर देने के पूर्व मैं चाहता हूं संध के सभी लोगों से सम्मति लूं।'

'यादव गणसंघ के सभी, शुभाशुभ का दायित्व भोजराज पर यादवों ने पहले ही छोड़ रखा है।' कंस ने तर्क किया'आप किसी भी स्थिति में, कोई भी निर्णय लेने के लिए स्वतंत्र हैं राजन्!'

'नैतिक रूप से मैं इसे उचित नहीं मानता पुत्र!...' उग्रसेन ने कहा

था'यादव जाति के अंधक, वृष्णि और मेंघों ने यदि मथुरा पर यह विश्वास छोड़ा है, तब हमें उस विश्वास को उसी गणतंत्रीय पद्धति से संभालना होगा।'[1]

'किंतु पितृ इस क्षण सभी कैसे एकत्र हो सकंगे?' कंस ने पूछा।

'उन्हें इसी क्षण संदेश भेजा जा सकता है।' उग्रसेन ने कहा'कल मगधराज का दूत हमें संदेश देगा। उस बीच तक शूरसेन जनपद के सभी राजाओं, कुलबंधुओं का समाचार मिल जाएगा...उन सबकी उपस्थिति में विचार करके ही दूत को उत्तर दे दिया जाएगा।'

'और यदि संदेश में विचारयोग्य कुछ हुआ ही नहीं, तब?' कंस ने पुनः तर्क किया...

'तब भी कुलजनो से भेंट करने मे क्या दोष है?' उग्रसेन ने आदेशात्मक स्वर मे कहा।

कंस कुछ तनाव अनुभव करते हुए चुप ही रहे। उग्रसेन बोले थे'यह संयोग मात्र है सत्यक कि तुम और श्वफलक यहां हो। वृष्णिवंश के केवल सत्राजित और शूरसेन का आना ही शेष है...इसी क्षण उन्हें तुरंत आने का संदेश दिया जाए...'

'जैसी आपकी आज्ञा, राजन्!' सत्यक ने सिर झुका दिया।

उग्रसेन ने कहा था'बन्धुवर देवक और कृतवर्मा को भी संदेश दे दिए जाएं। कल सभा-समय के पूर्व वे भी यहां आ पहुंचेगे।'

'जो आज्ञा, देव!...'श्वफलक और सत्यक उठ खड़े हुए।

उग्रसेन ने कहा'अब तुम सभी विश्राम करो!...' फिर वह रनिवास की ओर चले गए।

---

1. यदुवंश की 52 वीं पीढ़ी में आहुक नामक एक राजा हुए। वह भोजवंशी थे। आहक के दो बेटे थेदेवक और उग्रसेन। उग्रसेन मथुरा के राजा बनकर सम्पूर्ण शूरसैन जनपद के प्रमुख बने। देवक को एक पुर का राज्य मिला। इन्हीं देवक की कन्या देवकी थी...जो उग्रसेन के पुत्र कंस की चचेरी बहिन थीं। देवक, मथुरा के प्रमुख राजपुरुषों में थे, अतः राजा ही कहलाए। मथुराधिपति यादव संघ के प्रमुख कहलाते थे।

तीनों ने अपनी-अपनी राह ली। श्वफलक और सत्यक राज्यादेश निबाहने में जुटे। अगले कुछ ही प्रहरों में देवक, कृतवर्मा, सत्राजित, देवाई, शूरसेन, उनके पुत्र वसुदेव आदि के लिए संदेशवाहक चल पड़े।

कंस अपने निवास पर लौटेउस समय रात्रि हो गई थी। ऋतु ठण्डी, पर मन झुलसता हुआ। रह-रह कर पिता पर झल्लाहट आ रही थीअनुमानों पर निर्णय करना चाहते हैं। निर्णय भी बैसाखियों की बुद्धि लगाकर! क्या किसी शक्तिमान के लिए यह शोभाजनक है?

मगधराज के दूत की अगवाई यों ही नहीं हो सकती थी। सब जानते थे कि मगधराज भरत खण्ड के हर राज्य और सत्ता को अपने आधीन एक सामंत की स्थिति में रखना चाहते हैं। नाम मैत्री होता है, किंतु अस्तित्व सामंत का। बुरा भी क्या है?...मन ने कहा था'ग़लत भी नहीं है। सत्ता और शांति जिसके पास हो, वह यही करेगाकरना भी चाहिए! कंस के पास भी यदि वह सब हो जो जरासन्ध के पास है, तब वह क्या करेंगे?'

लगा था अपने ही भीतर अपने से ही बोले हैं'निस्संदेह यही करूंगा मैं...!और करना चाहिए!'

संदेश क्या हैज्ञात नहीं। पर संदेश में क्या हो सकता हैयह पिता की तरह कंस भी अनुमान कर पा रहे है। मगधराज ने भोज, अंधक और वृष्णिवंशी यादवों के गणसंघ को सूचित किया होगामगधराज की मैत्री स्वीकारें। आधीनता में आश्वस्त हों। सभा में उपस्थित होकर भेंट आदि दें और निर्द्वंद्व राज्य करें!

कंस जानते है कि न तो वह मैत्री होगी, न निर्द्वंद्व राज्य और न स्वातंत्र्य का अनुभवपर मथुरा और सभी के लिए वही शुभ होगा। भूले-भटके यदि उन्हें चुनौती दी गई तो परिणाम...।

चिंता और भय ने कंपकपा डाला था युवराज को। लगा था कि मथुरा के चारों ओर ही नहीं सम्पूर्ण यादव क्षेत्र के गिर्द धूल-धूसरित आसमान दीखने लगा है। जरासन्ध की मदांध शक्ति और साधनों से सम्पन्न सेनाओं के घेरे की पूर्व-सूचना देता हुआ...फिर भयानक अस्त्र-शस्त्रों की टंकारें गूंजती

हैं..उन टंकारों के बाद उठती हैं असंख्य चीख-पुकारेंबूढ़े, आबाल-वृद्ध, वनिताओं की कातर पुकारें, घायलों की कराहों के स्वर,...

मन थरथरा उठा था...न-न!...यह सब नहीं होना चाहिए!...कभी नहीं। सजे-संवारे वैभव को गला डालने, राजमुकुट को खो देने में कौन-सी बुद्धिमत्ता होगी?

कभी नहीं!... क्या कंस युवराज ही बने रह जाएगें? भोजपति बनने का स्वप्न अपूर्ण रह जाएगा। कभी नहीं। स्वतंत्रता के नाम पर ऐसी मूर्खता नहीं की जा सकती। हानि भी क्या है यदि जरासन्ध की सत्ता स्वीकार ली जाए? उससे अच्छे संबंध बनाए रखे जाएं?...

एक-एक कर अनेक राज्य और राजा याद आने लगे हैं कंस को। बहुतेक तो उसके रक्त-संबंधी हैं। ऐसे जिनके पास मथुरा से भी कहीं अधिक शक्ति थीपर सबने चुपचाप जरासन्ध से मैत्री की है।..वह यादव गणसंध भी कर सकता है..। इसमें महाराज उग्रसेन के लिए इतना चिंतित होने की क्या आवश्यकता...? राजनीति में भी कहा गया हैसमय जिसे शुभ समझे, उसी को घटाए...। यही नीति। यही ज्ञान। यही राजत्व...।

एक गहरा सांस लिया। कक्ष में पहुंचे। सेवक आ गए। वे युवराज के जूते उतारने लगे। दूसरा गया, दौड़कर जल-पात्र ले आया। युवराज आसन पर बैठे। चरण पात्र में रख दिए...सेवक ने हौले-हौले उन्हें धोना प्रारंभ किया।

कंस को लगा कि थक गए हैं। सोचते-सोचते थक गए हैं। पूछा, 'देवी मानसी कहां है?'

'अपने भवन में है, युवराज!...' सेवक ने तत्परता से उत्तर दिया।

'कहो कि हम स्मरण करते हैं।' कंस ने पांव पात्र से निकाले। सेवक ने उन्हें पौंछ दिया। युवराज आसन पर आंखें मूंदकर लेट गए।

मानसी।

सेविका ने कंस के संदेशावहक को द्वार पर ही रोक लिया था, 'देवी, किसी कार्य में व्यस्त हैं।'

'किंतु युवराज ने उन्हें इसी क्षण स्मरण किया है।'

'तुम तनिक यहीं ठहरो। मैं पूछकर आती हूं...' सेविका ने द्वार खोला कंस का सैनिक बाहर ही खड़ा रहा। द्वार अपने पीछे बंद कर वह निश्चिंत भाव से मानसी के सामने जा खड़ी हुई।

मानसी किसी से वार्ता-व्यस्त थी। एक युवक उनके सामने बैठा था। गंभीर और चौकन्ना। सेविका ने उसे अनदेखा कर दिया। मानसी के सामने पहुंचकर निवेदन किया, 'देवी!..युवराज ने आपको स्मरण किया है।'

'कहां है वह?'

'अपने कक्ष में।' सेविका ने कहा'उनका संदेशवाहक बाहर खड़ा हुआ है।'

'उससे कहो, मैं उपस्थित होती हूं।'

सेविका ने सिर झुकाया। उसी तरह यंत्रवत् लौट पड़ी। मानसी उसे जाते हुए देखती रही, फिर सामने बैठे युवक से कहा, 'अब मैं चलती हूं बकुल!...कल सभा में संदेश देने के बाद दूत सुषेण विश्राम करें। उन तक युवराज की मनस्थिति और सभाभवन में हुई बात की चर्चा-वार्ता के सारे समाचार पहुंच जाएंगे।'

'अच्छा, देवी!' बकुल उठ खड़ हुआ मानसी उसे भवन के पिछले द्वार तक विदा करने गई फिर शीघ्रतापूर्वक साज-श्रृंगार करके युवराज के निवास की ओर चल पड़ी। चलते समय मन हल्कापन अनुभव कर रहा था।... वह दिन आ पहुंचा, जिसकी भूमिका बनाते हुए मानसी ने कई माह खर्च कर डाले थे...कैसे-कैसे उतार-चढ़ाव नहीं झेलने पड़े थे युवराज कंस को

जीतने-समझने और समझाने के लिए?..किस तरह कंस तक पहुंची थी वह?...

पहुंची थी या पहुंचाई गई?

शायद दोनों ही शब्द सही हैं। पहले पहुंचाई गई थी मानसी, फिर पहुंची।...वह पहुंचाने और पहुंचने की क्रिया अब याद करती है तो स्पप्न-सी अनुभव होती है। कई माह पहले का वह दिन...मानसी को लगा था कि चलते-चलते अपने ही विगत को चित्र की भांति मस्तिष्क-पटल पर उभरते देख रही है...हर दृश्य...हर क्षण...और क्षण में मन के भीतर बीतते-रीतते अनेक वर्ष!...

वह देर से उस बीहड़-वन के उतारवाले रास्ते में आंखें गड़ाए हुए थी.. .कितना समय बीता होगायाद नहीं। पर इतना याद है मानसी को, कि जिस समय बकुल उसे इस जगह छोड़ गया थातब चारों ओर धूप बिखरी हुई थी।

पर अब धूप धीमे-धीमे धुंधलाहट भर बन कर रह गई थी। बीहड़ सन्नाटे से पक्षियों का कलरव गूंगा होने लगा था। उसकी जगह ले ली थीएक थर-थराते कड़वे स्वर ने। कीड़े-मकौड़ों के स्वर। ये स्वर बढ़ते अंधकार के साथ-साथ गहरे और तीखे होते जा रहे थे, लगता था कि मानसी के बदन पर अपने पतले नुकीले पंजों को जमाने लगे हैं...।

कुछ अंधेरा और बढ़ेगा और फिर सन्नाटा बिखर जाएगा। इस सन्नाटे में कीड़े-केकड़ों की टांगें मानसी के बदन पर रेंगने लगेंगी। घिन, आतंक और भय में डूबने लगेगी मानसी। कोमल बदन पसीने की चिपचापाहट से भर जाएगा। श्वासों की गति भी बढ़ उठेगी..शायद हांफने लगेगी वह!

अनायास ही मानसी को अनुभव हुआ, जैसे वह हांफ रही है...वह अभी से हांफने लगी है। अपने ही भाग्य लेख पर चिढ़न और कुढ़न से भर उठी मानसी। बेबस स्थिति केवल खीझ बनकर रह गई । अपने को ही कोसना शेष रहा उसके पास!

उसे इसी क्षण नहीं कर देनी थी, जिस क्षण उसे यह काम सौंपा जा रहा था। पर नहीं कैसे की जा सकती थी?...असंभव!

मानसी को लगा था कि अंधकार के बावजूद उसके सामने मगधराज का चेहरा उभर आया है...साक्षात् आतंक और यम की तरह डरावना! चेहरे-मोहरे से जरासन्ध अनाकर्षक या असुंदर नहीं हैकिंतु उसकी शक्ति, सम्पन्नता, क्षमता और क्रोधी स्वभाव ने उसके प्रभावशाली व्यक्तित्व को केवल ज्वालामुखी बना रखा है। बदली हुई दृष्टि लावा बहाती-अनुभव होती है। किसी अस्वीकार के उत्तर में उठा चेहरा साक्षात् मृत्युदण्ड लगता है...

नहीं!...मानसी उसके आदेश पर स्वीकार के अतिरिक्त और कोई प्रतिक्रिया व्यक्त नहीं कर सकती थी। वही क्यों, उसकी जगह भरत खण्ड का कोई भी शक्तिसम्पन्न व्यक्ति क्यों न होतावह भी शीश झुकाए रखता!

मगधराज बोले थे'तुम बकुल के साथ उस निश्चित स्थान पर पहुंचोगी, जहां से युवराज कंस आखेट से लौटते हुए निकलते हैं...और इसके बाद तुम्हें वही सब करना है जो तुम्हें पहले बतलाया जा चुका है।'

सहमती, आपने ही भीतर गलती हुई सी मानसी चुपचाप खड़ी रही थी। एक पल के लिए लगा कि मगधराज की भारी आवाज ने उसके शरीर को अनेक विद्युत-तरंगों से भर डाला है..ये तरंगे मानसी के भीतर से लहू सोखने लगी हैंकिंतु उसे दृढ़ता से काम लेना था। गुप्तचर विभाग के एक महत्वपूर्ण अधिकारी ने उसे महीनों प्रशिक्षण दिया था कि अपने भीतर को अव्यक्त रखना ही गुप्तचर-धर्म का पहला नियम है। उसने अपने आपको अव्यक्त रखा। कितना लहू सूखा, कितना मन रिसा, किस तरह साहस थर्राया और कैसे मानसी अपने को रेशे-रेशे बिखेरन में पाकर भी बटोरे रहीमानसी को इस क्षण याद नहीं।

मगधराज ने अधिक बात नहीं की थी। कहा था, 'अब तुम जा सकती हो।' और मानसी इस तरह मुड़ी थी जैसे किसी सिंह की गुफा से भागी हो। अनायास याद हो आया था उसे। महाशक्तिशाली सम्राट को नमन् करना हैं उसने तुरंत अपने को संभाला, नमन किया और अपने ही चरणों की तीव्रता को बांधने का प्रयत्न करती हुई जैसे-तैसे मुड़कर द्वार से बाहर हो गई।

सहसा श्वांस उबलकर बाहर आ गए थे मानसी के। वे सारे श्वांस, जो कुछ पल पहले जरासन्ध के सामने गले के भीतर एक भीड़ बनकर थमे

रह गए थे...उसने चार-छह बार फेफड़ों से हवा बाहर फेंककर उनसे मुक्ति पाई थी।

और तभी सैनिक सामने आ खड़ा हुआ था, 'देवी!...रथ तैयार है। गुप्तचर बकुल प्रतीक्षा कर रहे हैं।'

मानसी ने एक पल आंखों से उसे देखाउत्तर नहीं दियाचुपचाप उसके आगे-आगे चल पड़ी। फिर वह रथ में बैठ गई थी...

रथ यात्रा चलती रही...और मानसी विचारहीन होकर इस तरह रथ मे बैठी रही जैसे जड़ हो चुकी हो...

यह जड़ता उस समय टूटी थीजब इस बीहड़-वन में आकर रथ सहसा थम गया था। बाहर से उभरा तेज स्वर सुना था उसने'बस!...यहीं। यही स्थान है।'

रथ रुक गया था।

'देवी?...'बकुल का स्वर था।

मानसी ने यांत्रिक दृष्टि से गुप्तचर को देखावह सहज था। एकदम सामान्य। मगध का पुराना, अनुभवी गुप्तचर जो ठहरा। उसका चेहरा सामान्य था। इतना स्वाभाविक कि यह किसी बालक की तरह कोमल, अबोध लगता था। मानसी को न जाने क्यों उस पर चिढ़ हुई, फिर लगा जैसे व्यर्थ है उस पर चिढ़न। बकुल का क्या दोष है? वह भी तो उसी की तरह मगध का सेवक है।..उसका सेवाधर्मगुप्तचर होना। वही निबाह रहा है...मानसी व्यर्थ ही चिढ़ रही है उससे?

मानसी रथ से उतरी। बकुल ने एक और सुंदर संदूक में रखे उसके बहुमूल्य वस्त्र निकाले, आभूषण दिए। कहा था'देवी!...तूम उस एकांत में जाकर यथोचित शृंगार कर लो...इस बीच मैं शेष व्यवस्था किए देता हूं।

मानसी ने बिना कुछ बोले, सभी चीजों को सम्हाला और वन-क्षेत्र के एकांत में चली गई।

जब तक मानसी ने नए वस्त्र धारण किए, शृंगार किया, उस बीच तक बकुल बहुत कुछ कर चुका था। झाड़ियों से बाहर निकलकर जब मानसी

रथ के पास पहुंची, तब उसने देखा, एक और विशाल वृक्ष से टकराए हुए रथ के अवशेष पड़े थेसब जहां-तहां, सब बिखरे हुए।

बहुत प्रभावशाली दृश्य बना था। संदेह की तनिक भी गुंहाजइश न थी रथ टकरा-कर चूर-चूर हो गया है...

मानसी ने अपने बहुमूल्य वस्त्रों पर जहां-तहां धूल के धब्बे लगाए, अनेक जगहों से वस्त्रों को घिस डाला...उस क्षण बहुत पीड़ा हुई थी, जब उसके शरीर पर भी अनेक जगह खरोंचें डाली गई। केशसज्जा को एक ओर से अस्त-व्यस्त कर दिया गया। कुछ आभूषण तोड़े या चटका दिए गए।...कुछ समय तक बकुल एक-एक चीज को ध्यान से देखता रहा, फिर निश्चिंत हुआ था, 'अब सब कुछ ठीक है।...एकदम स्वाभाविक!'

मानसी तब भी चुप रही। क्या चुप ही थी वह? संभवतः नहींवह रह-रह कर डर और सहम से भर जाती थी। जैसे-जैसे वह क्षण समीप आ रहा था, जिसके लिए उसे अपनी सम्पूर्ण अभिनय शक्ति से काम लेना थावैसे-वैसे भय मन में सघन होता जा रहा था। इस बीहड़-वन की ही तरह।

उसी समय बकुल बोलने लगा था...मानसी ने उसकी ओर देखा।

बकुल कह रहा था'मानसी! वह जो मार्ग दीख रहा है ना, उसी से युवराज कंस आखेट करके लौटेंगे...निश्चित समय तो नहीं बतला सकता, किंतु अनुमानतः संध्या और रात्रि के किसी प्रहर मे उनकी वापसी होगी. ..रथ के ये टूटे अवशेष उनकी राह रोकेंगे। तुम उस वृक्ष के सहारे बैठी होगी...किस तरह बैठी होगीयह तो तुम जानती ही हो?..युवराज बहुत रसिक स्वभाव नहीं हैकिंतु पुरुष तो हैं ही...शेष स्थिति के अनुसार सभी कुछ तुम सहेज लोगीजानता हूं।

मानसी ने उत्तर न देकर सुना और केवल देखा...वह दिशा, जिस ओर से कंस के आगमन का संकेत किया था बकुल ने...एक अनुमानित चेहरा जो कंस को लेकर उसके सामने मगध मे ही शब्दचित्र से वर्णित किया गया था...रसिकताहीन मुसकान जो केवल पुरुष के चेहरे पर हो सकती थी...।

और उसे पिघलाकर रसिकता में बदलने की मानसी की अपनी अभिनयकला, जो उसे उपयोग करनी थी...

मानसी ने एक गहरा श्वांस लिया थाबस।

बकुल ने कहा था, 'कुछ विशेष जानना हो तो पूछ सकती हो तुम।'

'नहीं।' मानसी ने उत्तर दिया था।

'तब मैं चलता हूं' बकुल ने अपने रथ की ओर मुड़ते हुए कहा था'मुझे विश्वास है कि मगध का गौरव तुम सुरक्षित रखोगी।...ईश्वर तुम्हारा शुभ करें।' बकुल रथ पर सवार हो गया था, फिर रथ मुड़ा...पुनः मगध के मार्ग की ओर दौड़ पड़ा।

और मानसी टुकुर-टुकुर उस ओर देखती रही। रथ उसकी दृष्टि के पार पहुंचकर गायब हो गया...

तब से कितना समय बीत चुका होगा? मानसी ने सोचा। लगा कि दोपहर से भी अधिक ही हो गए होंगे। मानसी ने दृष्टि पुनः उस दिशा की ओर लगा दी, जिधर से युवराज का रथ आना था...

पर रथागमन के पूर्व तो उसके स्वर उभरने लगेंगे? मानसी ने सोचा। कानों ने झांई के स्वरों से ध्यान हटाकर विशिष्ट ध्वनि सुननी चाही...पर कहीं कुछ न था। मन आशंका से भर उठा मानसी का। कहीं युवराज ने अपने आने का कार्यक्रम परिवर्तित तो नहीं कर दिया?...यह भी हो सकता है कि उनके रथ के साथ कोई दुर्घटना हो गई हो?...

मानसी भय और आशंका की गहन रात्रि से भर उठी। 'हे ईश्वर!... ऐसा न हो!...' यह कैसे, किस क्षण अपने ही भीतर अपने ही शब्दों को सुनने लगीयाद नहीं। मस्तिष्क दोहरे विचारों से भर उठा था। इस भयावह वन में मानसी अकेली, उसने कंस के आगमन मार्ग की विपरीत दिशा में देखा। याद आया। बकुल ने राह में कहा था..जिस स्थान पर युवराज से तुम्हारी भेंट होगी, वह मथुरा से आठ योजन दूर है।

मानसी उसी पल शंकित हुई थी। पूछना चाहा था'यह तो निश्चित है ना कि युवराज उस मार्ग से उस निश्चित तिथि और समय पर निकलेंगे जब मैं वहां रहूंगी?' पर पूछने के पूर्व ही बकुल बोला था'युवराज के हर कार्यक्रम की हमें सूचना है। सारी योजना उसी कार्यक्रम और सूचना के आधार पर बनाई गई हैतुम निश्चिंत रहना।...'

प्रश्न बुझ गया था।

पर इस क्षण वह प्रश्न पुनः जाग आया। अपने से ही तर्कातर्क कर उठी वह। हो सकता है कार्यक्रम परिवर्तित न हुआ हो, किंतु दुर्घटना?...संयोग?...वे तो मनुष्यायोजित होते नहीं?

पर मानसी ने बिखरते साहस को संजोयानहीं-नहीं, व्यर्थ ही भय-ग्रस्त हो रही है मानसी। ऐसा कुछ नहीं होगा। बकुल पहले ही स्पष्ट कर चुका है कि संध्या या रात्रि के किसी प्रहर ही लौट सकेंगे युवराज कंस!...और अभी तो पूरी तरह रात्रि भी नहीं हुई?

मानसी ने जबड़े कसें। शांत हो रही...सहसा उसे लगा था जैसे उसके कानों में रात की डरावनी झुनझुनी को तोड़ती हुई कोई गड़बड़ाहट उभरी है..फिर और तेज..और...

मानसी ने स्वयं को संयत किया...निश्चित ही रथ है कोई!...इसी ओर आता हुआ। उत्सुकतावश मानसी का मन हुआ कि खड़ी हो जाए। पर नहीं। उसे यहीं बैठे रहना है...विशिष्ट मुद्रा में। उसने तुरंत अपने को सहेजा, कपड़े बिखेरे अधलेटी-सी वृक्ष के किनारे लेट रही।

पर आंखें उस दिशा में गड़ी हुई, जिधर से युवराज कंस का रथ आना था...गड़गड़ाहट तेज होती जा रही थी। उसके साथ-साथ उतार वाले मार्ग पर प्रकाश की किरनें कौंधी..निश्चय ही रथ की प्रकाशिकाएं ज्योति बिखेरती आ रही हैं...वह ज्योति भी दौड़ती हुई...मानसी की ओर आती हुई...

मानसी ने पलकें मूंद ली। अभिनय का पहला चरण प्रारंभ हुआ। मुद्रा थकन और पीड़ा से भरी हुई। बेसुधी का भाव।

गड़गड़ाहट तेज और तेज होती जा रही थी...

आंखें मूंदे हुए मानसी का मन पुनः आशंका से भर उठा था...कहीं ऐसा न हो कि यह रक्ष युवराज कंस का न होकर किसी और का निकल आए?...सारी योजना चौपट हो जाएगी!'

पर इस आशंका को लेकर आगे कुछ सोच-समझ या स्वयं को सांत्वाना-साहस बंधा सके इसके पूर्व ही रथ की गति हल्की होती हुई लगी...गड़गड़ाहट रुकती हुई। निश्चय ही रथ रुक गया है। मानसी ने पलकें बंद होते हुए भी कल्पनाशक्ति से स्पष्ट देखा...

चौंके हुए वे सब रथ के टूटे, क्षत-विक्षत हिस्सों को देख रहे होंगे, जिन्होंने मार्ग भी रोक रखा है...और अब संभवतः उनमें से किसी ने मानसी को देखा होगा

वे क्रमशः यहीं कुछ देख रहे थे। फिर देखा था मानसी को। युवराज कंस की ओर मुड़कर सारथी बोला था, 'मार्ग अवरुद्ध है, देव!...एक युवती संभवतः मृत या घायल पड़ी हुई है मार्ग में....'

पलके मूंदे हुए मानसी ने अपने करीब आती हुई पदपार्चें सुनी...एक बार फिर उसे लगा कि उसकी धड़कनें बढ़ने लगी हैं..पर तुरंत स्वयं को सम्हाला। कोई हाथबहुत मजबूत, चौड़ा पंजा, उसे करवट दिला रहा था...मानसी ने शरीर ढीला छोड़ दिया। पंजे ने उसे सीधा किया...फिर एक भारी स्वर, 'यह जीवित है सारथी!...इसे उठाकर रथ में ले चलो।''

निश्चय ही युवराज होंगे। मानसी ने सोचा। पर आवश्यक नहीं है कि वहीं हों? कोई साथी, सहयोगी या सामंत भी हो सकता हैकिंतु स्वर की यह आदेशात्मक गरिमा?...

'हां, देव!' सारथी का उत्तर मिला।

मानसी ने पुनः हृदयगति तीव्र होती अनुभव की। युवराज ही थे। स्पर्श के स्थान पर बांह में सनसनी अनुभव की उसने। मथुरा के युवराज कंस ने छुआ था उसे। ओह! कैसी वज्र-देह!...गौरव ने भर दिया मानसी को। सहज था। मगध की एक साधारण मंच-अभिनेत्री और मथुरा का राजसी हाथ...? गौरव की बात ठहरी। मथुरा यादव गणसंघ का मुकुट है। 18 यादव क्षत्रिय कुलों की नेतृत्वशक्ति!

और मानसी रथ में थीफिर रथ पुनः राजमार्ग परआगे बढ़ता हुआ। मानसी सोचती जा रही थी कि युवराज पर क्या प्रभाव हुआ होगा उसके सौंदर्य का। रसिक नहीं है वहपर रसिकता की जगह एक प्रेमलता उत्पन्न करनी होगी उसे। वही मार्ग वैध बनेगा मगध की राजनीति के चक्र के लिएइस प्रेमलता का माध्यम बनेगी कंस की संवेदना!इस संवेदना को जीतना होगा

रह-रह कर बेसुधी का अभिनय करती मानपसी के भीतर उत्तेजना

का ज्वार उभरने लगतायोजना का एक चरण पूरा हो चुका था, किंतु अगला चरण?

अगला चरण होगा युवराज कंस से सुध के बीच सामना।

तब क्या होगा?

सब ठीक ही होगा। अब तक सब ठीक ही तो होता जा रहा था..

पर याद है ना मानसी...युवराज रसिक स्वभाव के नहीं है। क्षण-क्षण केवल राजनीतिज्ञ हैं। केवल राजपुरुष। जिस पर मगध में ही तुझे सूचना मिल चुकी है कि महाराज उग्रसेन के बाद होनेवाला मथुराधिपति क्रौधी, उग्र और कठोर स्वभाव का है। संवेदन लगभग सोया हुआ। जागृत है मात्र राजस्व!वह भी सत्ता की उग्र भूख से भरा हुआ केवल राजमोह!

ऐसे व्यक्ति को उसके स्वभाव और इच्छाओं के विपरीत चलना होगा मानसी को। यही नहीं, इस तरह वश में करना होगा कि वह मानसी के कहे सोचे, मानसी के दिखाए, देखे। मानसी के समझाएसमझे!

सहज होगा क्या?

यह भी हो सकता है कि दुष्कर हो जाए!...यह भी कि वह मानसी को दुत्कार दे।इस सीमा तक दुत्कार दे कि मानसी जीवन भर उनके सामने आने का साहस न कर सके!

पर मानसी को यह करना था

न करना मानसी के लिए मगधराज के आदेश की अवहेलना होगी। और मगधराज के आदेश की अवहेलना का अर्थ हैअपना सिर, अपनी ही खंग से काट लेना!

मानसी करेगी!पलके मूंदे हुए रथ की गड़गड़ाहट के बीच उसने एक दृढ़ निश्चय बटोरा था। अवश्य करेगी!

लगता हैउसके बाद की घटनाओं में मानसी ने स्वयं को जिस तरह ढाला, वह अपने आप में योग-साधना का एक चरण बन गया है!दुष्कर हटयोग की साधना!

जिस क्षण मानसी ने राजकुमार कंस के कक्ष में प्रवेश कियावह व्यग्र भाव से चहलकदमी कर रहे थे। मानसी दृष्टि में चंचलता और चेहरे पर

सहजता प्रकट कर उनके सामने जा खड़ी हुई थी, ''दासी के लिए आज्ञा, युवराज?'

कंस मुड़े। एक गहरा श्वांस लिया। मानसी के चेहरे को टकटकी लगाए देखते रहे, फिर कहा था'तुम्हें पाता हूं तो लगता है मन द्वंद्व और समूची राजकीय चिंताओं से परे पक्षी की तरह स्वतंत्र हो गया है।'

'देखती हूं, बहुत व्यग्र हैंकुमार?' मानसी ने चिंता जाहिर की। उनके पास जा खड़ी हुई।

'जरासन्ध का दूत आ पहुंचा है मानसी!। 'युवराज बोले' मैं ही नहीं, सम्पूर्ण मथुरावासी चिंतित हैं।'

मुझे भी ज्ञात हुआ है, युवराज!' मानसी युवराज के साथ वाले शैयासन पर अधलेटी हो रही। 'यह भी जानती हूं कि मगधराज ने क्या चाहा होगा? और उपचार भी जानती हूं

कंस मुड़े'उपचार?वह क्या है मानसी?'

'बहुत सहज है कुमार! मदमस्त गजराज के सामने सम्पूर्ण वीरत्व भी अर्थहीन हो जाता है।' मानसी ने उत्तर दिया था'ऐसे समय गजराज को अनुकूल करने का एक ही मार्ग हैउनकी पूजा।'

युवराज कंस थमे रह गएकुछ देखते रहेफिर आसनारूढ़ हो गएचुप।

और कर डाला था मानसी नेपरिणाम सामने। कंस उसकी ओर इस तरह देख रहे थे, जैसे जमकर रह गए हैं। आंखें ठहरी और चुप्पी के बीच कहती हुईहां, मानसी, संभवतः तुम ठीक ही कह रही हो! यदि कुछ करना होगा। ऐसा ही।

मानसी उनके सामने भव्य आसन पर लेटी हुई हौले-हौले अलसाने का अभिनय कर रही थी। गुदाज शरीर का हर उभार किरनो की तरह आंखें चौंधियाता हुआ। वस्त्र कुछ इस तरह के थे कि मानसी की कटि से लेकर पिंडलियो तक मांस का सुगठाव झलकता हुआ। अभिनय कला में दक्ष मानसी सौंदर्य गौरव से सदी हुई इतनी निश्चिंत लेटी थी जैसे कंस उसके सामने अस्तित्वहीन न हों।

कठोर, वज्र स्वभाव कंस को मानसी ने यूं ही नहीं जकड़ा था। या यों कि कंस यूं ही जकड़ जानेवाली शय नहीं था। कंस को अपने सामने इतनी अवश स्थिति में लाने के लिए मानसी ने जैसे अभिनय-कला की वह सारी दक्षता उंडेल दी थी, जिसके लिए उसने मगध की राजधानी गिरिब्रज में बड़े-बड़े अभिनयाजों से महीनों अभिनय सीखा था। किस मुद्रा, किस भाव में शरीर कहां से लोच ले, किस तरह दृष्टि उठे, कैसी चितवन होबहुत कुछ सीखी-समझी थी मानसी। पुरुष को आकर्षित करने से लेकर दास बना लेने तक की क्रियाओं को उसने अपने हर अंग, हर रोम-में रचा बसा लिया था।

कंस शांत बैठे थे। पर चेहरा उत्तेजना से भरा हुआ। मानसी जानती थी कि द्वंद्व से भर उठे हैं युवराज। इस द्वंद्व को जैसे उसने फिर चिताया था। अंगारे से लपट बनाने की चेष्टा में भरे कुछ शब्द उंडेले, "आप राजनीतिज्ञ हैं युवराज! मात्र पौरुष ही नहीं, क्षत्रियोचित गौरव-गरिमा और वीरत्व भी हैं आपके पासकिंतु मगधराज की दुःस्सह शक्ति से केवल क्षत्रिय दंभ भर में उलझ जाना उचित होगा क्या?विदर्भराज भीष्मक भी ऐसी चेष्टा नहीं कर सके।दक्षिण खण्ड के जिस-जिस राजा ने महाबलशाली जरासन्ध की अवहेलना की, उस-उस ने केवल अपने ही नहीं, अपने सम्पूर्ण राज्य और निर्दोष प्रजा के भाग्य पर अकाल मृत्यु की बिजलियां बरसा दीं!नाश को जानते हुए भी आमंत्रण देनाकहां तक उचित होगा राजकुमार? मेरी साधारण स्त्री-बुद्धि तो इतना ही समझ पाती हैंइससे अधिक क्या कहूं?' बात समाप्त करके मानसी ने कंस की दृष्टि को चोरभाव से देखाऐसे, जैसे पढ़न की चेष्टा की होक्या कुछ लिखा है उसमें?या मानसी की दुःसलाह वहां, कितने गहरे तक युवराज के मन-मस्तिष्क में बैठीप्रभावशील हुई है।

लगा था कि कुछ सहज हुए हैं। पर पूरी तरह नहीं। वह बेचैनी से भरे हुए एक बार पुनः हौले-हौले कक्ष में घूमने लगे थे। मानसी ने देखा कि उनके पीछे बंधे हुए हाथों में अंगुलियां निरंतर हरकतें कर रही हैंउनके अवशउनके मन की तरह अकुलाई, थर्राई हुई।

एक क्षण के लिए मानसी को लगा था कि वह जो कुछ कर रही हैउचित नहीं है। युवराज कंस ने अपनी कठोरता के बावजूद उसके प्रति गहन संवेदन और विश्वास से ही काम लिया था सदा। मन की हर परत मानसी के सामने

खुले आकाश की तरह बिछा रही थीपर मानसी सदा ही कालिख से भरी हुई। उनके उग्र स्वभाव और-और घृणा-प्रतिशोध, कामना और राजमोह के अंधियारों में डुबाती हुईकितनी बार मन ने नहीं कहा था'यह गुप्तचर धर्म हुआ मानसी या विषवत् पाप!कभी विचारा है तुमने?'

पर हर बार मानसी ने मन मार लिया था। एक ही तर्क बटोरकर'यह सब धर्म है!देश और काल का धर्म!मानसी मगध की बेटी है और उसे जो कुछ सोचना, करना, या जीना-मरना हैकेवल मगध की उस धरती के लिए, जिस पर उसने जन्म लिया है।

इस बार भी मन के उद्वेलन को इसी तरह शांत किया उसने। केवल दृष्टि-सत्य से जुड़ गई।

युवराज थम चुके थे। उनके होंठ शब्द उगलने से पहले कुछ थरथराए, फिर कहा था, 'मैं तुमसे हर तरह सहमत हूं मानसीपर मैं केवल मथुरा का राजकुमार हूं। यादव गणसंघ की सर्वोच्च शक्ति और सत्ता हैंमेरे पितृ। उनके भी साथ है वह मंत्रि-परिषद् जिसे यादव गणराज्य के नागरिकों ने सादर, समर्थन देकर विभिन्न क्षेत्रों का सत्ता-संचालन सौंप रखा है। निर्णय जो भी होगा, वह उन्हीं की सर्वसम्मति से होगा।और मैं जानता हूं वे क्या निर्णय करेंगे।'

'क्या?' जानते हुए भी मानसी ने पूछ लिया।

'मगधराज की अधीनता का प्रस्ताव वे अपने जाति और राज्य के अपमान स्तर पर लेंगेनिश्चय ही वे युद्ध स्वीकार करेंगे, किंतु आधीनता नहीं!'

मानसी ने सुनाएक पल शांत रही, फिर बड़ी मृदु हंसी में हंस पड़ी। कंस ने चौंककर उसे देखा, 'तुम हंस रही हो?'

'हंसू नहीं तो करूं क्या युवराज?'

'क्या तुम जानती नहीं कि यह हंसी का नहीं मृत्युवेदना झेलने का क्षण है।'कंस कुछ आहत हो उठे थे।

'युवराज!मानसी सहसा गंभीर हो उठी। उसने स्वर को इस तरह गति दी जैसे उसमें बिजली भरी हो। शरीर के हर रोम को दहलाती हुई'क्षत्रियत्व का दंभ, कभी-कभी कितना मूर्खतापूर्ण हो सकता हैयह सुनकर मैं ही क्या, कोई भी साधारण बुद्धि व्यक्ति हंस ही सकता है!'

युवराज चुप हो गए।

मानसी इठलाती हुई उठी, बोली'होना तो यह चाहिए कि समयानुसार यादव गणसंघ, मगधराज से मैत्री-संबंध बनाकर अपना और जन-जन का शुभ करे!इससे एक नहीं ,बहुविधि लाभ होंगे कुमार...! मगधराज का वरद किसी और सत्तालोलुप दृष्टि को यादव गणसंघ की ओर दृष्टि उठाने का साहस भी नहीं करने देगा। सुरक्षा तो रहेगी ही।'

'पर यह सब कुछ वे मानेंतभी तो!' युवराज कंस ने व्याकुल स्वर में कहाकुछ और कहें, मानसी बोल पड़ी थी'आप भी युवराज हैं मथुरा के। आपके भी समर्थक होंगे। बहुत नहीं तो कुछ तो निश्चय ही होंगे। उन्हें साथ लेकर ऐसे लोगों का विरोध कीजिए जो कालचक्र की गति नहीं पहचान पा रहे हैं!

उत्तर नहीं दिया था कंस ने। केवल गहरा श्वांस लिया। कक्ष के बाहर खिड़की के पार दूर दूरंत देखने लगे।

'अब मुझे आज्ञा दें, युवराज।आज शरीर कुछ अस्वस्थता अनुभव कर रहा है। मानसी ने पीछे से स्वर उछाला।

कंस बोले थे'हां, तुम विश्राम करो, देवी!'

मानसी ने प्रणाम किया। बाहर निकल गई।

मानसी के शब्द अब भी कक्ष में हर दीवार पर जड़ेगूंजते अनुभव हो रहे हैंयही कुछ अनुभव किया था युवराज ने

'क्षत्रियत्व का दंभ, कभी-कभी कितना मूर्खतापूर्ण हो सकता हैयह सुनकर मैं ही क्या, कोई भी साधारणबुद्धि व्यक्ति हंस ही सकता है!'

'निश्चय ही!' कंस बड़बड़ा उठे थे'तुमने असत्य नहीं कहा है मानसी! निश्चय ही क्षत्रिय-दंभ केवल मूर्खता है!'

'मदमत्त गजराज के सामने सम्पूर्ण वीरत्व भी अर्थहीन हो जाता है कुमार!' मानसी ने यह भी तो कहा थाऔर राजकुमार कंस जान रहे हैं कि यह उसके पिता का थोथा अहं ही है कि वह चारो ओर से घिरने के बाद भी जरासन्ध की अजस्त्र-असहनीय शक्ति को अस्वीकारे रहना चाहते हैं!'

युवराज कंस को लग रहा था कि माथे से लेकर तलवों तक की हर

नस पिता के दब्बू स्वभाव ने जकड़न से भर दी है। पल-पल शब्द कानों में तिरते हुए। उग्रसेन बोले थे'यादव जाति के अंधक, वृष्णि और भोजों ने यदि मथुरा पर यह विश्वास छोड़ा है, तब हमें उस विश्वास को उसी गणतंत्रीय पद्धति से सम्हालना होगा

'उंह!' चलते-चलते कंस के भीतर से एक धिक्कार उठा था फिर होठों से बह निकला। लगा था कि राजगौरव मोम की तरह रिसकर बहने लगा हैऊबड़-खाबड़, विद्रूप होता हुआ। भला इस तरह राज्यचालन होता है? फिर कंस के पिता उग्रसेन यों ही तो यादव गणसंध के प्रमुख नहीं हुए हैं। भोजवंशी यादवों के पास अंधकों और वृष्णिवंशियों से अधिक शक्ति है, इसलिए वे सब उनके सत्ताधीन हैं। उनसे सम्मति लेने का अर्थ है, अपनी शक्ति और सत्ता को अपमानित करना

कंस स्वयं भोजराज होता तो ऐसा कभी न करते। जो समयानुकूल उचित दीखता, वह निर्णय कर लेते। वह निर्णयवृष्णिवंशी हों या अंधक सभी को स्वीकारना पड़ता न स्वीकारते, तो स्वीकार करवा दिया जाता।

शक्तिपूजा ही तो राज्य है। वही राजस!

लगा था कि उग्रसेन वृद्ध ही नहीं, शक्ति और आत्मविश्वास से हीन हो चुके हैं। क्यों न होंगे? इतनी आयु हो चुकीअब भी राजा बने रहने के योग्य अपने को मानते हैं। तब क्या कंस प्रौढ़ायु में राजा बनेंगे?...तब जब राजभोग, शक्ति-उपासना का तेज बह चुकेगा?

ऐसा पहली बार ही कंस को लगा होनहीं है। उग्रसेन के बहुविधि निर्णय, बातचीत, स्वर यहां तक कि दृष्टि भी थकी जान पड़ती है। किसी भी पल कंस अनुभव नहीं कर पाते कि वे केवल राजा ही नहीं भोजपति हैं!...विशाल यादव गणसंघ की सर्वोच्च निर्णायक शक्ति...!

पर कुछ किया भी तो नहीं जा सकता। मथुराधिपति उग्रसेन के पुत्र हें कंस। युवराज भी। एक सीमा से आगे बढ़कर न तो बोल सकते हैं, न ही तर्कातर्क करने की स्वीकृति है उन्हें।

क्या सदा ऐसी ही स्थिति में रहेंगे कंस? उनके अपने भीतर एक विचार कुलबुलाने लगा था। विचार, जिसने उन्हें जितना डराया, उतना ही चिंताग्रस्त किया। बुदबुदाकर अपने से ही कह उठे थे...'नहीं...! यह नहीं होगा? बूढ़े, कृशकाय उग्रसेन ने यदि लम्बी आयु पा ली हैं तो इसका अर्थ यह कदापि

नहीं कि उनकी इस आयु के राजस पर कंस का यौवन गल जाए। बलिदान हो जाए!...कंस कदापि ऐसा नहीं होने देंगे।

तब क्या करेंगे कंस...? क्या पिता की अवहेलना करेंगे? उनसे विद्रोह? औंर ऐसा करने का परिणाम जानते हैं वह?...यादव गणसंध में अति-सम्मानित हैं उग्रसेन। कंस युवराज भले ही हों, किंतु उनकी किसी भी वाचालता, विद्रोह या उद्दण्डता की चेष्टा को वृष्णि-अंधक वंशी यादव राजा कभी नहीं सहेंगे। उनकी एकत्र शक्ति इतनी तो है ही कि वे न केवल कंस को कुचल डालें, अपितु उनकी हत्या तक कर दें।

तब स्पष्ट है, कंस ऐसा कभी नहीं कर सकेंगे...! कंस मुड़े, व्यग्र मन उद्यान की ओर चल पड़े। मन व्यग्र ही नहीं, व्याकुल हो उठा है...शूरसेन जनपद के विशाल क्षेत्रों में राज्य कर रहे यादवों का चेहरा रह-रह कर उभरता है...सत्यक, श्वफलक, वसुदेव, सत्रांजित, शूरसेन आदि...बारह वनक्षेत्रों की बारह यादव सत्ताएं...। ये सभी उग्रसेन को केवल अपना नेतृत्व नहीं सौंपे हुए हैं, उस पर श्रद्धा करती हैं। इस श्रद्धा को चाहे अपना चोट पहुंचाए, चाहे बेगानावे उसे समाप्त करते तनिक संकोच नहीं करेंगी।

कंस ने अनुभव किया था कि एक सनसनी ही नहीं, भय को लकीर मन को चीरती चली जा रही है...लगा था कि चलते-चलते कुछ लड़खड़ाहट उभर आई हैं पावों में। जैसे-तैसे राजभवन का लम्बा मार्ग पार किया था...निवास पर जा पहुंचे।

मानसी उनकी प्रतीक्षा कर रही होगी। सुंदर, गौरवर्णा, सरल मानसी आखेट करते समय अनायास ही भेंट हो गई थी मानसी से। बातचीत में पता चला था कि गंधर्वकन्या है। कंस उसे अपने साथ ले आए थे। गुप्त रूप से अपने निवास में रख लिया था। निवास के उस कक्ष में प्रवेशद्वार पर अपने विश्वस्त अनुचर लगा रहे थेडिम्भक और चित्रसेन।

किंतु कंस को कुछ-न-कुछ करना होगा...! मन में विचार कौंधा था। फिर मानसी की प्रेरणा याद आई थी'...आप भी युवराज हैं मथुरा के। आपके भी समर्थक होंगे, बहुत नहींतो कुछ तो होंगे।...ऐसे लोगों का विरोध कीजिए, जो कालचक्र की गति नहीं पहचान पा रहे है!'

कंस यह कर सकते हैं...! उन्होंने अपने समर्थकों को अजाने ही स्मरण करना प्रारंभ कर दिया था...अंधक, वृष्णि और भोजों में उनके समर्थक...लगा था कि खोजना पड़ रहा हैयही नहीं कर पा रहे हैं...इक्का-दुक्का नाम ही हैबस!

तब...?

तब असंभव है। महाराज उग्रसेन का निर्णय ही सर्वोपरि होगा।

और उस निर्णय का अर्थ हैनाश!...अभी से पूरी तरह जान रहे हैं कंस। वे सब जरासन्ध की आधीनता स्वीकार करने के बजाय युद्ध करके मर जाना ही श्रेष्ठ समझेंगे और युद्ध का अर्थ होगाकंस का युवराज रहते ही अंत!...विशाल शूरसेन जनपद[1] की एकछत्र सत्ता मथुरा उनकी मुट्ठी में आकर भी फिसल जाएगी।

नहीं...नहीं...! ऐसा समय नहीं आने देंगे युवराज कंस...! यदि मृत्यु ही निश्चित है, तब सम्पूर्ण विरोध करके कालगति के साथ जीने की चेष्टा करेंगे वह! पर कैसे...?

विचार करना होगा। पर उससे पूर्व गणसंघ के यादव-प्रमुखों की सभा को देखेंगे कंस। अपनी सम्मति भी व्यक्त करेंगे। हो सकता है जिस आशंका को मन में पाले हुए व्यग्र हो रहे हैंउनकी तरह और विचारनेवाले भी निकल आएं...?

एक पल के लिए लगा था कि मस्तिष्क की एक विचारतरंग ने मन हल्का कर दिया है। हवा के झोंके मीठे लगेशीतल भी। कंस निश्चिंत भाव से उठे और शयन-कक्ष की ओर चल पड़े।

---

1. शूरसेन जनपद : शूरसेना के जनपद में आचार्य चतुरसेन शास्त्री ने पांच स्थल : क्रमशः अक्कथलं, वीरयसम्, भृदु वर्ण, पऊमत्थलं, और रहात्थलं बतलाए हैं। उन्हीं के अनुसार वहां बारह वन थे।...शोहजंघवर्ण, खइरवर्ण, कामिअवर्ण, भृदु वर्ण विल्लवर्ण, कोलवर्ण, तालवर्ण, विंदावर्ण, भण्डीरवर्ण, बहुलावर्ण महावर्ण, कमुअवर्ण। इन सभी को चतुरसेना जी ने तीर्थ-कल्प कहा है। जबकि 'सूरसागर' की 'अखिल भारतीय विक्रम परिषद् काशी' द्वारा प्रकाशित टीका व ग्रन्थ में ब्रज के 12 वन इस प्रकार हैं...महा, काम्य, कोकिल, ताल, कुमुद, भार-भाण्डीर, जत्र, खदिर, लोहज, भद्र, बहुल और विल्प। वृन्दावन इन 12 अधिवनों में से एक कहा गया है। संभवतः विदावर्ण ही वृन्दावन है।

मानती जानती हैजैसा उससे कहा गया था, वैसा ही चल रहा है। संतुष्ट भी होना चाहिए उसे। वह मगधराज की श्रेष्ठतम सेविका साबित होगी। निश्चय ही उसे कार्य होने पर असाधारण पुरस्कारों से सम्मानित किया जाएगा। स्वर्ण, रत्नादि के अतिरिक्त सारा जीवन भोगविलास और आनंद से सराबोर होकर कटेगा...उसे अपनी इस अभूतपूर्व सफलता पर प्रसन्न होना चाहिए! एकांतों में मन के भीतर दबी पड़ी खिल-खिलाहटों के साथ खुलकर हंसना चाहिए...।

पर अजीब बात हैवैसा हो नहीं पाता! सब कुछ जानते, अनुभव करते हुए वैसा नहीं कर पाती मानसी।

क्यों...?

इस 'क्यों' का उत्तर बहुत बार उसने अपने भीतर खोजने की चेष्टा की है, पर मिलता नहीं। बस, इतना ही लगता है कि वह सफलता बहुतों के साथ विश्वासघात से भरी हुई है। विशेषकर युवराज कंस और उनकी जन्मभूमि के विरुद्ध विश्वासघात! कितनी बार मन की इस पीड़ा को उसने अपने ही भीतर तर्क जनमकर घोंट लेना चाहा हैव्यर्थ की बातों पर विचार करती है मानसी। भला गुप्तचर का धर्म, संवेदना, भावना, कर्त्तव्य उसकी अपनी धरती से विलग कुछ होते हैं...? नहीं! उसके लिए तो सब कुछ मगध है, मगध के महाराज जरासन्ध के आदेश हैं। मगध की वह धरती है जिसके लिए मानसी ने स्वयं का कुमारीत्व अर्पित कर दिया है। इस सीमा तक कि वह केवल विलास वस्तु बनकर रह गई है...? कंस की अंकशायिनी। उसकी प्रिया! उसकी सर्वस्व! विश्वास से लेकर बुद्धि तक!

पर मानसी ही है, जो अपने से हर बार असहमत हुई है...झूठ...। उसने मातृसेवा या मगध की भूमि के प्रति कोई धर्म नहीं निबाहा, अपितु अपने आपको एक सत्तालोलुप, शक्ति के पुजारी ऐसे सम्राट की राजनीति

का मोहरा बना लिया है, जिसके लिए मगध का गौरव या मनुष्यता का संवेदन महत्वपूर्ण नहीं हैजिसका लक्ष्य है केवल शक्ति और सत्ता का विस्तार! अभूतपूर्व और अमानवीय गौरव जुटाना। आतंक और भय बिखराकर सम्राट कहलाने का दंभ जुटाना...। यही कुछ तो है जरासन्ध! और यही कुछ रह गई है मगध की राजनीति!

पहले इतना कुछ तो न जानती थी मानसी, न ही समझती थी। वह मात्र यही जानती-पहचानती थी कि वह मगध देश की सेवासमर्पिता होकर जा रही है। एक तरह से मथुरा की स्वतंत्र सत्ता की बुनियाद खोखली करके मानसी मगध की सेवा करेगी!' उन्मत्त राजकुमार कंस के भीतर जड़ी-जकड़ी हुई राजभोग की लालसाओं को उभारेगीइस उभार से मगध लाभान्वित होगा। मथुरा मगध के अन्तर्गत आकर एक साधारण राज्य रह जाएगाअस्तित्ववान होते हुए भी अस्तित्वहीन!

यही कुछ सोचकर चली थी मगध से। गुप्तचरी नया-नया और बहुत रोमांचक अनुभव था सुंदरी मानसी के लिए। उसने सम्पूर्ण एकचितता से वही सब कुछ किया था! उस समय यह सब करने की चाह और अधिक बढ़ गई थी, जब कंस ने अपने सहज रसिकहीन व्यक्तित्व से उसके सुगठित सौंदर्य और अप्सरावत आकर्षण की ओर अनदेखा कर केवल व्यक्ति-धर्म निबाहा!' राह में जो मिली थी मानसी! घायल, असमर्थ और एक दुर्घटना की शिकार रोगिणी! कंस ने उसके प्रति वही व्यवहार किया था!

मानसी को वह सब अच्छा नहीं लगा। कंस के प्रति अनायास ही सही विद्रोह और प्रतिशोध से भर उठी थी वह। भला समझता क्या है अपने आपको? स्त्री का अपमान कर रहा है! मानसी उसे ऐसी राह लगाएगी कि वह उसका दास होकर रह जाएगा! मन, शरीर, इच्छा और यहां तक कि बुद्धि से भी दास!

भूल गई थी मानसी कि वह किसी और काम के लिए आई है उस क्षण तो उसे केवल यही स्मरण रहा था कि किसी भी तरह होमानसी को रूखे, शुष्क, उदासीन कंस के पौरुष को झकझोर डालना है! चमचाकर जतला देना है कि स्त्री यदि चाहे तो पुरुष एक भिक्षुक की तरह दासभाव से उसके सामने खड़ा रह जाता है!

जतला दिया था कि वह शुष्क, रसिकताहीन व्यक्ति हैस्त्रियों में उसकी कोई विशेष रुचि नहीं है...।

पर यह कहां जानती थी मानसी कि वह इस कदर काला, अंधेरा, प्रकाशहीन और खाली कूप भर है! आश्चर्य हुआ था उसेफिर चिढ़ आई थीऔर उसके जबड़े कस गए थे। निश्चय कर लिया था। "कंस! देखती हूं तुम्हारे भीतर यह रेगिस्तान कब तक ठहर पाता है? तुम बहोगे! इतना बहोगे कि अपनी ही लहरों पर बेकाबू होकर ओर-छोर भी भूल जाओगे!

कंस के कक्ष से विदा लेकर अपने भव्य, सजे-संवरे निवास-गृह मे आई, तो पलंग पर लेटकर अनजाने ही अपने विगत से जुड़ गई थी...।

वह दिन जब उसने कंस की शुष्कता को केवल रसकुण्ड बनाने का निर्णय लिया था...।

नहीं चाहा था कि वह दिन याद करे। विगत की उन घड़ियों को माथे में जीवित रहने दे, पर कभी-कभार मन के भीतर ऐसे ही उबल आया करता था विगत...आज भी उबल आया था।

मानसी ने रेशमी तकिए पर सिर डाला और एक हल्की करवट लेकर पलकें मूंद लींविगत-चित्र उभरने लगे थे।

उस दिन रथ में 8 योजन का मार्ग, उस तरह पलकें मूंद हुए तय करते समय मानसी को बहुत कष्ट हुआ था। वह युवराज के रथ में थी। युवराज ने अपने ही समीप उसके शरीर को बिखरे रहने के लिए जगह बनादी थी ...रथ के हिचकोले लगते और रह-रह कर मानसी के शरीर-अंग युवराज की गठीली देह से छू जाते...मानसी को अनुभव होता कि उसके बदन में असंख्य बिजलियां कौंधने लगी है। उत्तेजना और सकुचाहट को एक साथ बटोरे हुए...।

किंतु कंस बेखबर। कहीं खोए हुए। मानसी उनके लिए एक जड़ वस्तु से अधिक नहीं थी। यों भी उसे घायल और बेसुध जो पाया था उन्होंने। उसके प्रति एक राहगीर का कर्त्तव्य निबाहने के अतिरिक्त और कोई चाह नहीं।

राह कट गई थी। युवराज समूचे मार्ग में चुप रहे थे। यह कम बोलना उनका स्वभाव था या किसी अन्य विचार में मग्न थेमानसी तय नहीं कर सकी थी, बस इतना जाना था उसने कि युवराज कंस के भीतर संवेदन पैदा करना ऐसा ही होगा जैसे किसी चट्टान के स्रोत निकालने की दुष्क्रिया की जाए।

इस विचार ने मानमी को मन ही मन कुछ सहमा दिया था...पर अब हो भी क्या सकता था? केवल यह कि मानसी अपनी ओर से भरपूर चेष्टा करेगी। असफलता की कल्पना ने भी कम नहीं डराया था उसे। जरासन्ध को क्रोध जाना-समझा था...वह जन्मशः भले ही राजरक्त से होकिंतु संस्कार उसमें उस राक्षसी माता के थे जिसने उसे जीवनदान दिया था...वह एक लम्बी, पर विस्मित कर देने वाली अलग कहानी...

मानसी चेष्टा करेगी...भरपूर चेष्टा करेगी कि जिस लिए आई है, उस काम को निबाहे...

सहसा रथ थम गया था। युवराज का स्वर सुना था उसने। कसा-गसा, संक्षिप्त और विस्फोटक जैसा, 'सारथी...! रथ चिकित्सा-केन्द्र पर ही रोका है ना?''

'हां, युवराज...। 'एक थरथराता स्वर आया।

फिर युवराज ने कुछ नहीं कहा था...।

मानसी ने कुछ पदचापें सुनी थी, फिर अपने आपको अनेक हाथों पर अधर उठते हुए अनुभव किया। इस चेष्टा में अजाने ही वे हाथ मानसी के उत्तेजक अंगों को छू रहे थेएक कसमसाहट अनुभव की थी उसने...बस चुप साधे रही।

कुछ समय बाद उन हाथों ने मानसी को किसी गुदगुदे आसन पर लिटा दिया था। अजाने ही एक भरा, निश्चिंत श्वास बाहर आया था मानसी ने अंतर से। लक्ष्य का एक चरण और पूरा हुआ।

फिर मानसी का उपचार प्रारंभ हुआ था...बड़ी दक्षता के साथ कुछ समय बाद उसने सुधि में आने का अभिनय किया था...देखाएक प्रौढ़ा

महिला सामने थीं। आंखों में स्नेह, स्वर में प्रेमिलता'कैसी हो अब?'

"हं...? प्पर...मैं...हूं कहां?" मानसी ने अभिनय जारी रखा।

"तुम मथुरा में हो।"

"मथुरा?"

"हां...।"

मानसी ने थूक का घूंट निगला, पर मैं...मैं यहां आई कैसे?'

"युवराज कंस ने आखेट से लौटते समय तुम्हारे रथ को क्षतिग्रस्त पड़े पाया था और तुम बेसुध पड़ी हुई थीं...।"

'ओह...। मानसी ने पुनः आंखें मूद ली थींऐसे शरीर वेदना से टूटा जा रहा हो। एक गहरा श्वांस लिया था। होठों पर जीभ फिराई।

'अब तुम पूर्ण स्वस्थ हो।' महिला ने कहा था"युवराज को तुम्हारे सुधि में आने की सूचना दे दी जाएगी।"

'और...और वह कहां है? 'मानसी ने पलकें पुनः खोली।

'वह? वह कौन?'

'वही जो मेरा हरण कर लिए जा रहा था...।'

'हरण?' प्रोढ़ा चौंकी। माथे पर सलवटें उभरी। उससे कहीं अधिक व्यग्र चिंता। दृष्टि में कौतूहल, पूछा, 'कौन कर रहा था तुम्हारा हरण?'

'मैंगंधर्वकन्या हूंमानसी...।' मानसी ने पूर्वायोजित झूठ कहा था, 'वह दुष्ट असुर मेरा हरण करके वायुवेग से मुझे इस ओर लिए आ रहा था...मैं नही जानती थी कि वह कौन है? क्या नाम है उसका?'

सब कुछ इस मासूमियत और सहजता के साथ कहा गया था, कि वह प्रोढ़ा चिकित्सका मानसी के प्रति भावुक हो उठी'ओह...। 'सहसा उसने प्रसन्न होते हुए कहा'यह सब तो अच्छा ही हुआ। संभवतः तुम्हारे रथ के क्षतिग्रस्त हो जाने पर वह दुष्ट भाग खड़ा हुआ होगा...उसी बीच युवराज उधर से आ निकले...। तुम भाग्यशाली हों युवतीं!'

मानसी शांत रहीपलकें पुनः मूंद लीं। इसी बीच चिकित्सालय का अन्य सेवक उपस्थित हुआ, 'सूचना पहुंच गई है देवी...। युवराज ने कहा है कि समय बाद जब इन्हें सम्पूर्ण स्वास्थ्यलाभ हो जाए, तब उनके समक्ष उपस्थित किया जाए।'

मानसी ने सुनागहरा धक्का अनुभव हुआ था उसे। सचमुच बड़ा ही पथरीला आदमी है ये कंस...। उसने अपने ही द्वारा बचाई गई युवती को देखने आना तक उपयुक्त नहीं समझा। जी हुआ कि खीझकर कह दे'तुम्हारे राज्य का राजकुमार मनुष्य है या शिला?' पर चुप रही। यह सब कहा नहीं जा सकता था।

'अब तुम विश्राम करो...। संभवतः कल ही तुम सहज हो जाओगी, फिर युवराज से समय लेकर उनकी सेवा में तुम्हें उपस्थित किया जाएगा।' चिकित्सका बोली और लौट गई।

मानसी ने पुनः अज्ञात डर ने घेर लिया..हे भगवान...। पल-पल प्रकट हो रहा था कि युवराज कंस बहुत ही शुष्क व्यक्ति है। कर्त्तव्य के नाम पर भी केवल यंत्र...। उसे किस तरह संवेदन-जाल में उलझा सकेगी वह...?

जिस क्षण मानस को मधूपुरी[1] स्थित कंस के निवास पर ले जाया जा रहा था, उस समय वह अपने आपको बहुत सहज रखने के प्रयत्न में भी रह-रह कर असहज होने लगती थी...कंस! चिकित्सालय में ऊबते हुए हर क्षण में उसने कंस की एक कल्पना मूर्ति बना रखी थीआशंका और भय से भरी हुई...।

कैसा होगा कंस? स्वर से कुछ-कुछ अनुमान किया था। बहुत रोबदार दबंग, कठोर और उबाऊ। स्पर्श की उस जकड़ ने शक्ति का अनुमान करा दिया था। यादव श्रेष्ठ कंस शरीर शक्ति और पौरुष के मामले में भी अद्वितीय ही हैं।

हर कदम के साथ कोई न कोई प्रश्न उठता, माथे की नसों से टकराता, एक कौधन-सी पैदा हो जातीमन शरीर में! क्या पूंछेंगे वह...? और क्या

---

1. मधुपूरी : सूरदास कृत सूरसागर मे मथुरा को मायापुरी कहा गया है। 'महाभारत' में कंस को मधुराधिपति बतलाया नया है। अतः यह विवादास्पद है कि वर्तमान मथुरा का तत्कालीन नाम मथुरा ही था, या मधुपूरी था। मथुरा की सम्पूर्ण भौगोलिक स्थिति का जो वर्णन मिलता है, उसके अनुसार वर्तमान मथुरा नगर ही तत्कालीन मथुरा या मधुपुरी था।

उस तरह विश्वास करने वाला स्वभाव होगा युवराज का, जिस तरह चिकित्सका ने उसके अभिनय और शब्दों को मान लिया था।...

उंहुं...। मन कहता थावह राजनीतिज्ञ है। पल-प्रतिपल झूठ, और सच को जांचते-परखते रहना ही उनका व्यवसाय। ऐसे आदमी को साधारण अभिनय से प्रभावित नहीं किया जा सकेगा!

यह भी हो सकता है कि वह उस कल्पना-गढ़ित असुर की खोज ही करवाने लगे, जिसके द्वारा हरण किए जाने की बात मानसी ने कही थी...?

पर लगा थाव्यर्थ है...। बिना कंस को देखे, समझे, उससे सामना किए आशंकाओं के दलदल में मन को डुबोए जाना मूर्खता है!...मानसी पहले कंस को देखेगी, एक क्षण में समझेगी, फिर स्थिति के अनुसार तुरंत ही संवाद और अभिनय के साथ उसके हर प्रश्न या जिज्ञासा का समाधान कर देगी।

यही ठीक था। यही ठीक हो भी सकता था। शेष सोचना-समझना व्यर्थ! मानसी ने स्वयं को आश्वस्त कियाशरीर का बिखराव सहेजा, बढ़ चली।

कुछ पल बाद ही मानसी, कंस के सामने थी। दृष्टि उठाकर युवराज को देखने के लिए भी साहस जुटाना पड़ा था उसे। धड़कते हृदय से उसने उन्हें देखा था। उनके गिर्द का वातावरण।

स्वर्णजटित एक सुंदर आसन पर बैठे हुए थे वह। माथे पर रत्नजटित मुकुट। आंखे कुछ लालिमा से भरी हुई। शरीर सुपुष्ट। लगता था कि द्वंद्वयुद्ध के आदी थे वह। जबड़े अजब से कसाव से भरे हए । भारी-भारी मूंछें। चौड़ा वक्षस्थलहर कपड़ा रेशमी। उनकी कलाइयों में भी स्वर्ण के कड़े थे।

'तुम्हारे बारे मे सब कुछ सुनने-जानने को मिला है सुंदरी...!' वह बोले थे'इसे ईश्वर की कृपा समझो कि उस क्षण हमारा रथ उस ओर से आ निकला, अन्यथा उस निपट वन-बीहड़ में तुम किसी वनपशु का आहार भी बन सकती थीं...!' उन्होंने बात प्रारंभ की थी।

'मैंमैं आपकी आभारी हूं, महाराज!' मानसी ने बहुत चाहा था। कि स्वर न कांपे, किंतु कांप गया। डरी भी थीकहीं संदिग्ध न हो उठें युवराज, पर मन ने तुरंत दिलासा दिया'नहीं, तुम्हारा प्रथम बार युवराज के सामने

बोलना इतना ही अस्वभाविक हो सकता है...! यह सहज! घबराहट थम गई।

कंस अपने आसन से उठे'तुम्हें स्वस्थ देखकर प्रसन्नता हुई है सुंदरी...! चिकित्सका ने बतलाया कि तुम गंधर्व कन्या हो?'

'हां, देव!' सिर झुका दिया था मानसी ने। यही उचित होगा। युवराज से दृष्टि न मिलाकर सहज रह सकेगी वह।

'हूं...' वह सिर्फ गुरगुराए। चहलकदूमी करने लगे, फिर बोले'तुम सुंदर हो, आकर्षणमयी हो...तुम्हें इस तरह असुरक्षित स्थिति में उस असुर के सामने नहीं आना चाहिए था...।'

'मैं अपनी माता के साथ ही थी देव, किंतु उस दुष्ट ने मेरी माता का वध कर दिया और फिर बलात् मेरा अपहरण...' कहते-कहते मानसी का स्वर भर्राया।

'शांत हो..' कंस ने कहा, 'सुनकर हमें दुःख हुआ है।'

मानसी शांत होने-न-होने की चेष्टा का अभिनय करती रहीपर सिर झुका हुआ। बदन ज्यों का त्यों कंपन करता हुआ।

'अब तुम किस स्थान पर जाना चाहोगी?' युवराज ने उसकी ओर पीठ फेर ली थीप्रश्न इतना सपाट था, जैसे मन से नहीं, केवल गले से बाहर आया हो। नितांत रूखा।

मानसी आहत हुई। बिलकुल ही मरुस्थल है वह व्यक्ति...! उफ्! इसे जीतना होगा। मानसी को अपने बारे में विश्वास ही नहीं आश्वस्ति हैवह सुंदरी ही नहीं, लावण्यमयी और अद्भुत आकर्षण, शरीर-सौष्ठव से पूर्ण है...और युवराज उसकी ओर से पीठ करके खड़े हो गए है। मन ने बहुत अपमानित किया स्वयं को।

चुप रही।

'बोलो, सुंदरी...?' कंस ने कहा'तुम जहां भी जाना चाहोगी, तुम्हें वहां सुरक्षित रूप से भेजे जाने की व्यवस्था कर दी जाएगी!'

मानसी इस बीच सोच रही थी कि क्या करे...सोच भी चुकी। सहसा वह हिचकियां भर-भर कर रोने लगी थी...इतनी जोर से कि युवराज कंस ने चौंककर उसे देखा। एकदम पूछा, क्या हुआ गंधर्वकन्या?'

पर मानसी एकदम बोली नहींसिर्फ रोई, बहुत स्वाभाविक, बहुत सहज।

'अब...अब क्या उलझन है सुंदरी...?'

'मैंमैं असहाय हूं, युवराज!...अब कहां जा सकती हूं...? पितृ रहे नहीं। माता उस दुष्ट के हाथ समाप्त हो चुकीं और मैं हतभागिनी...वह फिर रोने लगी...

कंस परेशान-से उसे देखते रहे...मानसी ने एक बार चोरदृष्टि से उन्हें देखामन आश्वस्त हुआ। कंस पर प्रभाव हो रहा है...पर उसे इतना प्रभावित होना चाहिए कि वह उसे वहीं रखने के लिए तैयार हो जाए...

'तब, तब तो तुम्हें भी निश्चय करना होगा कि तुम क्या चाहती हो?' युवराज बोले'डरो मत..तुम जैसा भी चाहोगी, वैसी व्यवस्था कर दी जाएगी!'

'आप...आप ही मेरे प्राण दाता हैं, प्रभु..! मुझे अपने ही चरणों मे ले लीजिए। यह जीवन आपका ही दिया हुआ है। मैंमैं आपकी सेवा कर के ही प्रसन्न रह लूंगी...! समझूंगीयही मैंने भाग्योपलब्धि की!'

'यह...यह क्या कहती हो, गंधर्व कन्या?...' कंस ने उत्तर दिया। स्वर सहसा असह्य हो गया था'मैं अपने निवास पर युवतियों या स्त्रियों को नहीं रखता। यह तभी संभव है, जब कि यहां युवरानी होतीं...मैंमैं उसे उचित नहीं समझता!'

'पर मनुष्य तो स्त्री भी होती है देव...!' अनायास ही वह कह गई थी।

'मैं तुमसे तर्कशास्त्र सीखने नहीं बैठा हूं।' कंस का स्वर अनायास ही कठोर भर नहीं, कटु हो गया था'यह नहीं हो सकता।...

'किंतु युवराज मैं दुखियारी...अब अनाश्रित हूं...' मानसी ने तुरंत आंसू जुड़ाएबहाने लगी।

कंस कुछ देर सोचते रहे। पर मानसी बहुत कुड़ी। युवराज पुनः उनकी ओर से पीठ मोड़ चुके थे। कुछ क्षण बाद कहा था उन्होंने'तुम्हारे लिए क्या किया जाए, यह विचार करूंगा।...इस समय तुम यहां से जा सकती हो...।'

मानसी सहसा झुकी, युवराज के पेरों में गिर पड़ी'देव...! मुझ पर कृपा करें मैं कहां जाऊंगी...? अब तो मैं गंधर्व समाज में भी स्वीकार्य नहीं रही। अकलंकित होते हुए भी मुझे...सब दोषी ही ठहराएंगें। मुझे अपनी ही सेवा में...।'

सहसा कंस ने चरण पीछे खींच लिए थे। बोला था'गंधर्व कन्या!...बहुत हुआ मैं तुम्हें बतला चुका हूं कि युवतियो को सेवा में रखने मे मुझे तनिक भी रुचि नहीं है। मैं छल को अपने समीप नहीं रखता...।' सहसा उनका तेज स्वर कौंधा था'चित्रसेन!'

मानसी ने लेटे-लेटे ही देखाएक कठोर सेवक उपस्थित हुआ।

'इस गंधर्व कन्या को ले जाओ। किसी अच्छे स्थान पर इसके लिए निवास-व्यवस्था करदो बाद में मैं विचार करूंगा कि इसे क्या काम दिया जाए?'

'जो आज्ञा, युवराज!' चित्रसेन धरती पर बिखरी पड़ी मानसी के पास आ खड़ा हुआ था।

मानसी ने जबड़े कसे, अपमान से अंगार की तरह झुलसती-सुलगती हुई उठ पड़ी। कंस ने उसकी ओर देखा तक नहीं था। वह चित्रसेन के पीछे-पीछे चल पड़ी।

केवल अरसिक भर नहींस्त्री के प्रति घोर वितृष्णा से भरा हुआ पशु...। मानसी ने यही कुछ समझा-देखा था कंस को! एक-एक हरकत उसे याद आई थी...मानसी की ओर अनदेखा करना, पीठ मोड़ना, कभी-कभी मिली दृष्टि में पथरीली खुरदुराहट से देखना, अजब-सी उपेक्षा और तिरस्कार का भाव...।

उस क्षण किस तरह अपमानित किया था मानसी को, जब वह उसके पैरों पर जा गिरी थी...? नीच!

मानसी के भीतर कंस के प्रति जनम आई वितृष्णा सहसा ही गालियों से भर उठी थी। पौरुष और राजदंभ मे डूबे हुए दुष्ट...। एक-न-एक दिन यही मानसी तुझे अपने तलवों पर सिर रखवाएगी...। अब प्रश्न मगध की राजनीति, गुप्तचरी अथवा जरासन्ध के निर्देशों का नहीं थाअब प्रश्न था मानसी के अपने अपमान का! यह मानसी का नहीं उसके स्त्रीत्व, सौंदर्य, आकर्षण और समर्पण की अवहेलना थी! केवल अवहेलना नहींकंस ने थूक दिया था उस पर!

इस थूक को तुझे एक दिन माथे लगाना होगा दुरभिमानी कंस...। मानसी ने अपने से ही बड़बड़ाकर कहा था। वह जैसे पागल हो उठी थी। याद आए थे मगध के वे दिन। जिस क्षण मंच पर उतरती थी मानसी। अभिनय को अपने जीवंतता से भरती थी। मगध की हर आयु के पुरुष उसके लिए पागल हो उठते थे! यहां तक कि अनेक बार बड़े-बड़े सामंतों तक ने उससे प्रेमयाचना की थी। मानसी ने उन्हें ठुकरा दिया था, किंतु उसी मानसी को कंस ने केवल ठुकराया नहींउसके समूचे गौरव को ठोकर मारकर भरे नाले में उछाल दिया!

मानसी यह नहीं सहेगी...। कोई भी सौंदर्याभिमानि नारी यह नहीं सह सकती। कंस तुझे भोगना होगा सब कुछ! बहुत कुछ भोगना होगा...। तेरी इस मथुरा को भोगना होगा...। मानसी तुझे जीवन भर के लिए मानसिक रूप से अपंग बना छोड़ेगी! विलास के उस नर्क में डुबो देगी, जिसमें कदम रखते ही बड़े-बड़े वैभवशाली राजा ही नहीं सम्राट ही नहीं सत्ताएं लुप्त हो गई हैं...! पृथ्वी की अतल गहराइयों मे डूब चुकी हैं। अवशेष रूप में बचे हैं खंडहर...।

मानसी तुझे खण्डहर बना डालेगी...।

सो नहीं सकी थी सारी रात। मन शरीर, सोच सभी कुछ अस्तव्यस्त हो गए थे! कई-कई जगह से लहू-लुहान...। अपमान के घाव ऐसे ही होते हैं...। शरीर के घावों में मृत्यु भय होता हैअपमान के घावों में प्रतिक्षण मृत्यु अनुभव की जाती हैमृत नहीं हुआ जाता।

मानसी उन दुर्योजनाओं का जाल बुनने लगी थी जो कंस को मानसी का दास बना छोड़ें।

गणिका नहीं थी यह। केवल अभिनेत्री थी मगध के कलाप्रेमियों के बीच नृत्याभिनय, भावाभिनय करना ही उसका व्यवसाय था। उसने इस व्यवसाय में जन्मजात प्रतिभा पाई थी फिर भूरि-भूरि प्रशंसा भी अर्जित की थी।

युवराज कंस ने उसके निवास आदि की भव्य व्यवस्था दी थी। चित्रसेन, कंस का विश्वसनीय व्यक्ति हैमानसी ने समझ लिया था। इस चित्रसेन को ही माध्यम बनाना होगा। जिस तरह जल्लाद फांसी के लिए विशिष्ट

किस्म का फंदा बनाता हैमानसी ने चित्रसेन को फंदा बनाया था...उसके प्रति सद्व्यवहार ही नहीं करती, कला-संसार और नृत्याभिनय को लेकर कभी-कभी लम्बी वार्ता भी किया करती। चित्रसेन कभी-न-कभी युवराज कंस तक उसके स्वरमाधुर्य और कलाप्रिय स्वभाव की चर्चा करेगाजानती थी मानसी।

यह हो रहा था...पर किसी भी बार मानसी ने युवराज से भेंट की उत्सुकता नहीं जतलाई। यही नहीं, उन्हें लेकर चर्चा भी नहीं किया। वह चाहती थी कि चित्रसेन भली-भांति समझ लेमानसी कोई ऐसी-वैसी, साधारण युवती नहीं है, जो राजसी पुरुषों या धनिक समाज में रुचि रखती हो।

यह क्रम कुछ माह तक चला था...अशनिका नामक एक विश्वसनीय मागधी स्त्री को भी उसने गुप्त रूप से मथुरा बुलवा लिया था। वही मानसी के सदा पास रहती। सुंदर थी, पुरुषों को रिझाने-मोहित करने की पर्याप्त कला भी थी उसके पास। मानसी ने अशनिका के माध्यम से चित्रसेन पर वश किया। अशनिका को वह इतना समय और अवसर दिया करती कि वह चित्रसेन को फांसे।

इस क्रम में अशनिका ने बहुत समय नहीं लिया। चित्रसेन स्वभावतः रसिक और नई उम्र का था। शीघ्र ही अशनिका के जाल में उलझ गया। धीमे-धीमे अशनिका अपनी और चित्रसेन की प्रेम-व्याकुल भेंटों के संदर्भ में युवराज कंस के दिन-प्रतिदिन के कार्यक्रमों की पर्याप्त सूचनाएं बटोरने लगी।

अशनिका ये सूचनाएं मानसी तक पहुंचाती। मानसी उन पर विचार करती, उसे किसी ऐसे समय की तलाश थी, जबकि युवराज पूर्णतः एकांत में कहीं जाएं और ठीक उस समय एक अन्य संयोगवश मानसी से उनकी भेंट हो।...यह भेंट निःसंदेह पिछली भेंट से अलग, सौंदर्याकर्षण ही नहीं कामकाज से भरी होगी।...कैसे भी अरसिक क्यों न हों कंस उनके पौरुष को खलबली से भर डालेगी! पर बहुत दिनों, बहुतेक सूचनाएं पाते रहने पर भी मानसी को ऐसा समय या सूचना नहीं मिली थीजिसका भरपूर उपयोग मानसी अपनी योजना के अनुसार कर पाती।

पर बहुत धैर्य था मानसी में...और एक दिन यही धैर्य काम आया।

अशनिका ने उस दिन सूचना दी थी'देवी!...आज संध्या समय युवराज कुछ समय यमुना तट पर होंगे...'

'किस जगह?' मानसी ने पूछा।

अशनिका ने स्थान बतला दिया। बोली, 'चित्रसेन ने बतलाया है कि पिता से कुछ कहासुनी हो जाने के कारण आज युवराज कुछ व्यग्र ही नहीं दुखी हैं। उन्होंने पूर्व-निर्धारित आखेट कार्यक्रम छोड़कर यमुना किनारे टहलने का कार्यक्रम बनाया है...राजोद्यान की उस दिशा में दूर-दूर तक एकांत पड़ा है देवी!...युवराज सांझ ढलते ही उधर चल पड़ेंगे।'

मानसी कुछ बोली नहीं। दांत के नीचे होंठ दबाया और मस्तिष्क में एक साथ हजारों तरंगों की गति अनुभव की...एक गहरा सांस लेकर अशनिका से पूछा था, 'आशी, आज तो पूर्णचद्र हैं ना?'

'हां, देवी!'

'तब हम भी उस दिशा में चलेंगी।' मानसी ने निर्णय ले लिया था। यही वह समय थाजिसकी खोज मानसी महीनों से कर रही थी...

वह मन ही मन बुदबुदाई थी'युवराज!...अब मानसी देखेगी कि तुममें स्त्री के सौंदर्य रस से बच पाने की कितनी शक्ति है।...उसे लगा था कि वह मन ही मन हंस पड़ी है।

पूर्णचन्द्र की वह शीतल, रस बरसाती चांदनी और यमुना की हौले-हौले किलकारियां भरती कोमल लहरें।...

मानसी ने उस रात कंस के उखड़ाव को अनायास ही अपने अंकपाश में इस तरह समेट लिया था कि अब तक कंस अपने हर क्षण बिखरे ही रहते हैं...वह मन-बुद्धि से तभी सहज-शांत हो पाते हैं, जब मानसी उन्हें बटोरकर अपनी स्वरमाधुरी से सहलाए!

मानसी ने जय ली थी कठोर कंस के वज्र-हृदय पर।...लगा था कि मानसी के भीतर युग-युगों से जल रही आग ठण्डी हुई है। अपने ही विष में जलती-झुलसती नागिन ने दिन-दिन फन पटकते हुए पहली बार किसी को डसकर विष शांति पाई है। वह प्रसन्न थी। कंस की वे कठोर आंखें, तना

हुआ चेहरा और पुष्ट-गठीला शरीर उसने किसी कोमल बच्चे की तरह अपनी मुट्ठी में जकड़ लिया था...हां, बिलकुल ऐसी ही स्थिति में छोड़ा कंस को!

उस रात्रि कंस के यमुना किनारे यूं ही घूमते हुए मानसी सहसा जल के भीतर से ऐसे निकली थी जैसे स्वर्ग की अप्सरा ने अचानक देह-धारण कर यमुना से जन्म लिया हो।...

कंस सकपकाता-सा खड़ा देखता रह गया। और मानसी उसे देखते हुए भी उसकी ओर से इस तरह अनदेखा किए हुएजैसे उसे कुछ भी ज्ञात नहीं है।...

सारा विवरण तुरंत तो ज्ञात नहीं हुआ था मानसी को, किंतु बाद में बहुत कुछ अशनिका के मुंह से सुनने को मिला...वह सब, जो कंस के साथ उसके विशेष अंगरक्षक के रूप में किनारे घूमते हुए चित्रसेन ने अशनिका को बतलाया था...

बोला था'क्या कहूं अशनिका!...उस क्षण युवराज की क्या दशा हुई थी' चित्रसेन के स्वर में जैसे कविता बहने लगी थी'तुम्हारी स्वामिनी उसी पल यमुना में से जलक्रीड़ा करती हुई बाहर आईं, जिस पर युवराज ने बालू पर पांव रखे...बहुत चिंतित और व्यग्र थे वह। सहसा धसे रह गए थे। स्तब्ध वैसे चांदनी को ही उन्होंने साक्षात् देखा हो।...ओह! सचमुच आश्चर्यजनक देह गठन है देवी मानसी का।...युवराज को मैंने नारियों में सामान्यतः रुचि लेते नहीं देखावे केवल राजतंत्र और राजनीति में ही रुचि लेते हैंकिंतु उस पल तो सब कुछ भूलकर क्षण खड़े ही रह गए।...'

'सच...?' अशनिका ने बड़ी सफाई से अपने होंठो पर उभरने लगी मुसकान थामी थी।

'बिलकुल सच।...और यही कारण तो हुआ है कि आज भोर हुए ही सहसा युवराज ने मुझे स्मरण किया?...'

'क्यों?'

'उन्होंने कहलवाया है कि वह देवी मानसी से भेंट करना चाहते हैं...'चित्रसेन ने कहा था।

'आश्चर्य।...' अशनिका बोली थी'पर तुम्हारे युवराज को यह कैसे ज्ञात हुआ कि जिन्हें उन्होंने यमुना-तट पर देखावह मेरी स्वामिनी ही है?'

'मैंने बतलाया था ना...' चित्रसेन ने कहा'वह तो कल्पना भी नहीं कर सके थे। जब तुम्हारी स्वामिनी गीले बालों को पौंछती हुई उन्हें गरदन में बल देकर पीठ पर फेंक रही थीं, तब अचानक पूछ बैठे थेयह कौन है चित्रसेन?...और मैंने उन्हें बतला दिया।'

अशनिका इस तरह देख रही थी चित्रसेन कोजैसे असमंजस में पड़ गई थी। चित्रसेन ने कुछ व्यग्र होकर पूछा था, 'क्या हुआ?'

'कुछ नहीं।' अशनिका बोली थी'युवराज ने देवी मानसी को स्मरण किया है, यह तो उनके लिए आनंद और गौरव का विषय है, किंतु...'

'किंतु क्या?...'

'वह कल रात्रि से ही तनिक अस्वस्थ हैं, चित्रसेन।...' अशनिका ने मुंह लटकाकर उत्तर दिया था।

'ओह।...' चित्रसेन ने कहा था, फिर बोला'कोई बात नहीं। मैं युवराज को सूचना पहुंचा देता हूं।'

'कहीं वह अप्रसन्न तो न होंगे?' अशनिका ने स्वर में चिंता भरकर प्रश्न किया।

'न-न।...' चित्रसेन बोला था'हो सकता है कि चिंतित हो जाएं। हमारे युवराज कठोर बहुत हैं, पर सदा कठोर नहीं होते।' वह चला गया था...और अशनिका दौड़ी आई थी मानसी के पास शब्दशः सब सूचना दे दी...

'मानसी केवल मुस्कुराई थी। दृष्टि में चपलता और होंठों पर विशिष्ट बांकपना अशनिका ने पूछा, 'अब क्या करना है देवी?'

'कुछ नहीं आशी।...'मानसी ने इठलाकर आसन पर लेटते हुए छत की ओर आंखें गड़ा दी थी। बड़बड़ाई'केवल उनको देखना हैवह क्या करते हैं...?' फिर होंठ भींच लिए।

कुछ समय बाद आशी पुनः दौड़ती हुई आई थी मानसी के पास...चेहरे पर घबराहट, दृष्टि में भय और वक्ष असहज ढंग से उठते-गिरते हुए, 'देवी...। देवी?'

'क्या हुआ?' मानसी ने गरदन मोड़ी थी।

आशी जैसे-तैसे अपने वेग को थाम सकी, 'वह...वह...' उसकी सांस जैसे असंयमित हो उठी थीबेलगाम, 'वह...?'

'पर हुआ क्या जरा सहज होकर कहो?'

'युवराज स्वयं आपसे भेंट के लिए आ पहुंचे हैं देवी...।' मानसी ने लगभग धक्के की तरह समाचार दे डाला था।

'क्याअ्...?' मानसी इस तरह उठी जैसे आसन सहसा तप गया हो, 'वह...स्वयं यहां आ पहुंचे हैं?'

'हां, देवी...।' आशी ने उसी तरह व्यग्र स्वर में कहा था'मैंमैं उन्हें अतिथि-कक्ष में बिठाकर आई हूं...'

'ओह...।' मानसी बड़बड़ाई फिर अपने में ही खो गई। इस तरह जैसे आशी का कोई अस्तित्व ही न हो। एकदम चुप कमरे में शांत सोच रही हो मानसी। फिर एक गहरा श्वांस लेकर त्वरित निर्णय लिया था उसने। बोली थी, 'युवराज से निवेदन करो, सेविका अभी उपस्थित होती है।'

आशी दौड़ गई अतिथि-कक्ष की ओर। मानसी ने अपने भीतर-बाहर रुग्णता को अभिव्यक्ति दी। चेहरे पर पीड़ा उगाई, स्वर, शरीर सभी को अस्वस्थ की भांति बना लिया और हौले-हौले अतिथि-कक्ष की ओर बढ़ी...

युवराज मुख्य कक्ष में शांत बैठे थे। स्थिर जैसे ही मानसी उनके समक्ष उपस्थित हुई और झुककर प्राणम किया, युवराज ने दृष्टि उठाई। मानसी को पहली नजर में ही अनुभव हो गया थासंकोच और दुविधा से ग्रस्त हैं कंस।

मानसी ने चेहरे पर सम्पूर्ण नाटकीयता बिखेरे हुए कहा था, 'अहो भाग्य देव! आपका आगमन हुआ। दासी को आदेश भिजवा दिया होतास्वयं उपस्थित हो जाती?'

कंस की दृष्टि एक बार उठकर पुनः झुक गई थी। मानसी की मृदुता ने जैसे जीवनसंचार ही कर दिया। कहा था...'विशेष कारण नहीं था, देवी...। बहुत समय से तुम्हारे दर्शन नही किए थे...और तट पर घटी घटना के कारण मन और भी व्याकुल था...यही उचित समझा कि स्वास्थ्य समाचार ले लिए जाएं...।' कंस को लगा था कि बोलते समय शब्द गले में झूलते हुए से

बाहर निकलते हैं। निःसंदेह अस्वाभाविक...फिर यह भी अनुभव कि मानसी को विशेष स्त्री शक्ति दृष्टि और स्वर का वह असंतुलित भाव केवल समझी ही नहीं होगी, देख भी चुकी होगी। लगा कि असत्य बोलकर भी बोल नहीं पा रहे हैं...मन रह-रह कर मानसी को दृष्टि भरकर देखने बेचैन हो उठता...

और मानसी...? वह समझ गई थीजिस वांछित को चाहा था उसनेवह क्षण आ पहुंचा है। अब कंस पूरी तरह मानसी का मानस दास हुआ...। जरासन्ध के आदेश निबाहने का कर्त्तव्य-काल आ पहुंचा। उसने आमंत्रित करती दृष्टि से कंस को देखा, फिर कहा'महाप्रभु का संवेदन समझती हूं और उसके प्रति बहुत आभार भी व्यक्त करती हूं...' शब्द पूरे हों, तभी अशनिका आ पहुंची। कुछ फलाहार ले आई थी। मानसी ने तुरंत पैंतरा बदल कर कहा था'यों तो श्रीमान् को कुछ भी दान करना मूर्खता और मात्र अहम् होगा, किंतु फिर भी दासी के निवास पर चरण पड़े हैं तो कुछ फल पान कर उसे कृतार्थ करें।'

कंस ने गले का थूक निगला। लगता था कि मानसी शब्द-स्वरों से उसके मन में गहरे-गहरे उतरती जा रही है। स्त्री को लेकर सदा ही विचित्र-सी अरसिकता में खोए रहते कंस ने अनायास ही अपने आपको गहन रस-मयता से सराबोर अनुभव किया। हौले से हाथ फलदान की ओर बढ़ा दिया...

मानसी कह रही थी'युवराज ने मुझ निराश्रिता को न केवल शरण दी, जीवनदान भी किया है...यदि सम्पूर्ण समर्पण और निष्ठा से कुछ सेवा कर सकी तो सेविका को आनंद मिलेगा, सुखोपलब्धि होगी...।'

कंस ने चौककर मानसी की ओर देखा। दृष्टि मिली। लगा था कि मन की अनंत गहराइयों को एक खलबली से भरती सौंदर्य की बिजली कौंध गई है..। गला और चटख आया था...

मानसी ने शब्दो ही शब्दों में बहुत कुछ स्पष्ट कर दिया था...प्रेम, समर्पण, और सेवा...यह किस ओर इंगित करता है? कंस ने सोचा।

मानसी ने कह गई'अधिक स्पष्ट और अधिक बिजलियां कौंधाती हुई, 'युवराज! मथुरा में मुझे सभी सुख-साधन आपने दिए हैं...पर...पर मेरी कुछ और ही इच्छा थी...'

'वह क्या देवी?' कंस ने प्रश्न किया।

'मात्र इतनी कि युवराज के व्यस्त समय से कुछ पल जब भी बचें, दासी को भेंजे...अपने कृपावंत के चरणों में पहुंचकर सुख मिलेगा।'

सब स्पष्ट था...। बेहद खुला और धूप की तरह चमकता हुआ। कंस ने समझ लिया।...केवल समझा ही नहीं, मन में उतार लिया। मानसी ने सलज्ज भाव से गर्दन झुका रखी थी। कंस कुछ पल देखते रहे, फिर उठ खड़े हुए 'गंधर्वकन्या...। तुम पहली नारी हो, जिससे वार्ता और सानिध्य में इतना सुख मिला है...अब चाहूंगा कि तुम सदा ही मुझ पर यह सुख बरसाती रहो।'

'अ...हो भाग्य!' मानसी ने तुरंत उठकर कहा। उसका बदन फूलों की लता कंपन से भर उठा था...

कंस चले गए...

पर कहां जा सके?

उसी रात चित्रसेन को भेजकर यमुना तट नौका बिहार के लिए आमंत्रण दिया था मानसी को...।

पथरीला युवराज अनायास ही लहरों में जा पहुंचा था...फिर ये लहरें कब मानसी ने भंवर में बदल दीउसे पता ही नहीं चला...।

वे सभी आ पहुंचे थे...जिस गति से समाचार मिला था, उसी गति से आए थे वे। महाराज उग्रसेन ने सबसे अलग-अलग भेंटवार्ताएं की। सबके मन को जाना, इच्छाए समझीं! अधिकतर गणसंघ शासक इस पक्ष में थे कि जरासन्ध की चुनौती का मुंह तोड़ उत्तर दिया जाए...। पाशविकता के सामने सिर झुकाना उतना बड़ा अधर्म नहीं, जितना कि किसी मदांध सेना और स्वातंत्र्यहर्ता के सामने शीश झुकाना होता है...।

देवक, कृतवर्मा, देवाई, सत्राजित शूरसेन और वासुदेव की भी यही इच्छा थी! हर राजा से भेंटवार्ता के समय महाराज उग्रसेन ने युवराज कंस को अपने साथ रखा था। वह भी यदा-कदा राय देते...पर यह सोचकर मन बुझता जा रहा था कि वृष्णि, अंधक और यादववंशी अधिकतर राजा जरासन्ध की आधीनता स्वीकारने को तैयार नहीं है। सभी से बात-चीत के बाद एक सभा भी हुई...इस सभा के बहुविधि तर्कातर्क हुए...और हर तर्क ने एक ही परिणाम पर पहुंचाया...

कंस निराश होते गए। नाश...। महानाश...। जितने मृत्युभय से चिंतित, उससे कहीं अधिक इस पीड़ा ने खिन्न किया कि विशाल गणसंघ के स्वामी होते-होते रहे जा रहे हैं...

उन्होंने अलग-अलग राजाओं से भेंट की। जरासन्ध की अपार शक्ति और सत्ता का संकेत दिया...बहुतों के मन हिचकिचाहट से भर दिए, बहुतों को यह एहसास दिलाया कि उचित यही होगा, आज जरासन्ध की महाशक्ति से मैत्री भाव से समर्पण किया जाए, फिर शक्ति बटोरकर यादव गणसंघ को स्वतंत्रता दिलाई जाए...तर्कातर्क में अलग-अलग बहुतों ने निर्णय या तो बदल दिए या फिर अनिर्णय की स्थिति में ला दिए...कुछ थे, जिन्हें समझाना तो दरकिनार, उनसे अधिक बहस भी नहीं कर सके थे...

एक थे देवक। पिता उग्रसेन के भाई। उन्होंने कंस की हर राय पर

केवल यह कहकर अपनी सहमति प्रकट कर दी थी'पुत्र...। महाराज उग्रसेन गणसंघ की सर्वोच्च शक्ति है। यों भी मेरे बन्धु हैं, तुम्हारे पिता। उनका निर्णय आदि आत्मघाती हो सकता है तो आज्ञाकारी भाव से मैं उसे भी शिरोधार्य कर लूंगा!'

कंस चुप हो गए थे...वसुदेव उनसे भी आगे निकले। कहा था'यह तो महाराज उग्रसेन की कृपा है कि उन्होंने सम्पूर्ण गणसंघ के नेतृत्व से सम्मति लेना उचित समझा है, अन्यथा मैं तो उनका वह निर्णय भी मान लेता, जिसे वह मथुराधिपति के नाते दे देते...। अतः बाध्य हूं, भाई...। मैं कुछ नहीं कर सकता!'

कंस उखड़ाव और दुविधा से भरे-भरे पुनः राजमहल में जा पहुंचे थे। ऐसे राजनीतिक भंवरजाल में फंसे हुए, जिससे मुक्ति नहीं सूझ रही थी...।

व्यग्रभाव से पलकें मूंदकर लेट रहे...। नींद नहीं आ सकी थी। कैसे आती? कल की सभा में जरासन्ध के दूत को निर्णय जो दिया जाना है?...महाराज उग्रसेन महाशक्ति के अनुरोध को जिस क्षण अस्वीकार करेंगे, उसी क्षण कंस की राज्येच्छा के मरणपत्र पर हस्ताक्षर हो जाएगें!

सहसा पलकें खुल गई...। जूही के कुछ फूलों की तीव्र गंध ने चौंका दिया उन्हें। मानसी सामने थी। मुस्कुराती, इठलाती और उससे भी कहीं अधिक मांसल शरीर का सौंदर्य सागर उण्डेलती हुई...

कंस का मन हुआ था कि झुंझलाकर कह दें उससे'इस क्षण मुझे एकांत चाहिए मानसी...।' पर कहते-कहते थम गए। भला तन-मन में बिखरे मरूस्थल में अनायास ही फूट पड़े झरने को अनदेखा कर देना कैसे संभव है...? लगा था कि मानसी की उपस्थिति मन की व्यग्रता थामेगी।

'बैठो, मानसी!' उन्होंने कहा, फिर पास ही स्थान बना दिया।

मानसी बैठ रही...मांसल देह और सौंदर्याकर्षण का मोहक जाल फेंकती हुई। पूछा'देखती हूं कि कुमार कुछ व्यग्र है?'

'हां-अ्, मानसी!' कंस ने गहरा श्वांस लेकर कह दिया था'संभवतः कल सभा में महाराज उग्रसेन मगधराज जरासन्ध का प्रस्ताव अस्वीकार कर देंगे!'

'किंतु...किंतु परिणाम...' मानसी ने स्वर में समूचा भय, दुश्चिंता और बेचैनी उंडेलकर कहा था'आश्चर्य है।...यह तो दृष्टि होते हुए भी दृष्टिहीनता वाली बात होगी।'

'वही कुछ तो मैं विचार रहा हूं गंधर्वपुत्री...!' मानसी की ओर बेबसी से देखकर राजकुमार कंस ने कहा था

आगे कुछ कह सकें, कि मानसी ने शब्द-छोर थाम लिया, बोली'आश्चर्य है, युवराज!...विशाल गणसंघ के सभी राजा उपस्थित हैं और सभी इस आत्मघाती निर्णय का समर्थन कर रहे हैं?'

'नहीं-नहीं, मानसी!' कंस ने कहा'अनेक से मेरी चर्चा हुई है। वे अनिश्चय की स्थिति में हैं...न तो मथुराधिपति की अवहेलना का साहस है उनमें, न ही जरासन्ध से जूझने की इच्छा...पर वे कुछ नहीं कर सकेंगे!'

मानसी सोचती रही। सहसा इस तरह बोली थीं, जैसे बहुत विचार करके बोली हो'क्या यह संभव नहीं युवराज कि सम्पूर्ण सत्ता आपके हाथ हो और निर्णय आप दें?'

भौंचक्का होकर देखने लगा था कंस...मानसी ने कहा था'चकित मत होइए, कुमार...! राजनीति-कूटनीति में साम, दाम दण्ड, भेद सभी कुछ धर्म कहे गए हैं...असंख्य लोगों की प्राण रक्षार्थ और व्यर्थ ही पराजय पाने के बजाय क्या यह उचित नहीं होगा कि सत्ता आप संभाल लें?'

'और पूज्य उग्रसेन...?' कंस ने अचकचाकर कहा। उसके माथे पर अजब-सी उत्तेजन के साथ-साथ ढेर सलवटें बिखर गई थीं...

'आप तो घोर राजनीतिज्ञ कहे जाते हैं कुमार!...' मानसी उसी सहजता से कहे गई'जन सामान्य को जितना समझी हूं मैं, वह आपसे आतंकित और भयभीत रहते हैं...ईश्वर की आप पर कृपा है। मथुरा गणंसध के बहुत पास है जरासन्ध के मित्र शिशुपाल...ऐसे अवसर पर यदि आप शक्ति से ही सही, पर सत्ता संभाल लेंगे तो अनिर्णय में पड़े गणसंघ के राजा तुरंत कुछ निर्णय नहीं कर सकेंगे...शेष रहे, वृद्ध मथुराधिपति के समर्थक वे भी सहसा कुल वंश, गण संगठन आदि का विचार करके तुरंत कुछ नहीं कर पाएंगे...इस बीच जितना समय मिलता है, उतना आपकी सत्ता जमाने के लिए काफी होगा!'

कंस एक पल टकटकी बांधे हुए देखता रहा था मानसी को...सहसा उसने होंठ काट लिया"हां, बहुत सीमा तक तुम्हारी राय उचित ही है मानसी।...यह जानकर प्रसन्न हूं कि तुमने जिस अनुपात में सौंदर्य पाया है, उतनी ही बुद्धिमती हो तुम...।"

मानसी ने उत्तर दिया"संयोग भर है युवराज कि दासी को आपने सम्मति योग्य समझा...।"

पर कंस ने जैसे कुछ सुना ही नहीं...संभवतः सुनने का न तो समय रहा था उसके पास और न ही उसे आवश्यकता अनुभव हुई थी। केवल इतना महसूस हुआ था जैसे मानसी की राय मरुस्थल में मुरझाती महत्वाकांक्षा को शीतल जल से सींच गई हैं!

मानसी ने कहा था, "मुझे आज्ञा दे कुमार...।'

कंस ने उसकी ओर देखा नहीं। यांत्रिक भाव से कह दिया था, 'हां, तुम जाओ...। और सुनो...?'

मानसी बढ़ते-बढ़ते ठिठक रही।

'चित्रसेन को भेज देना...द्वार पर होगा वह!'

'जैसी कुमार की आज्ञा!' मानसी तीव्रगति से आगे बढ़ गई। मुख्य द्वार के बाहर बैठे चित्रसेन को उसने भीतर जाने के लिए कहा फिर तीव्रगति से अपने निवास की ओर चल पड़ी।

चित्रसेन सामने पहुंचा। यांत्रिक स्वर में कंस का आदेश मिला था उसे'चाणूर और मुष्टिक को बुलाओ...इसी क्षण!'

कुछ भी नहीं समझ सका था चित्रसेन। युवराज के स्वर में जो कठोरता थी, उसने कुछ कह पाना तो दूर, कंस की ओर देखने तक का साहस न होने दिया...। वह मुड़ा। कंस ने आगे कहा था'उनकी यात्रा गुप्त रहेयह स्मरण रखना!'

'जी, देव!'

वह चला गया था।

कंस उठे, बदन में अजब-सी सनसनी अनुभव करते हुए तेजी से

चहल-कदमी करने लगे...उसी गति से विचार दौड़ रहे थे...विचारों के बीच-बीच मानसी के सुझाव...एक-एक शब्द स्थिति के अनुसार सटीक लगता था। सच ही तो कहा है उसने। कुछ स्तब्ध रह जाएगें और कुछ अनिर्णय की स्थिति में। जब तक उनकी स्तब्धता टूटेगी या अनिर्णीत मन निर्णय की देहरी तक पहुंचेंगेउस समय तक कंस सिंहासनारुढ़ हो चुके होंगे। चाणूर और मुष्टिकविश्वसनीय थे उनके। उन्हीं की तरह कटु, कठोर और दुस्साहसी। उससे भी कहीं अधिक शक्ति-आराधक। मथुरा की सेना के एक बड़े हिस्से की देख-रेख वे ही करते थे। बहुत प्रभावशाली।

उन्हें अपनी योजना में सेवक-भाव से सम्मिलित करना दोष नहीं होगा। वे वह सब कर सकते हैं, जो कंस चाहेंगे।

पर मन रह-रह कर व्यग्रता की एक आंधी का थपेड़ा भी दे देता था। क्या वह सब करना उचित होगा, जो वह करने जा रहे हैं? इतने बड़े राजनीतिक उलटफेर को मथुरावासी सह सकेंगे...? उससे भी अधिक भय और चिंता का कारण हैं वासुदेव। यादव गणसंघ के अति प्रभावशाली व्यक्ति...। वे सहजता से झेल सकेंगे उस सबको? वृद्ध मथुराधिपति उग्रसेन का सहसा गुम हो जाना कहीं अस्वाभाविक तो नहीं लगेगा उन्हें...?

निस्संदेह स्वाभाविक तो नहीं ही होगा...

पर स्वाभाविक हो जाएगा उस समय जब मथुराधिपति की सेना का एक महत्वपूर्ण भाग ही टूट-बिखर जाए...?

सोच, विचार में कुछ ही समय बात था कि चित्रसेन चाणूर और मुष्टिक को लेकर उपस्थित हुआ। वे विशाल देहधारी शक्तिसम्पन्न व्यक्ति थे। दोनों ही मल्लयुद्ध में विशेष पारंगत। एक मुष्टिका युद्ध में अद्वितीय था तो दूसरा पैंतरेबाजी के साथ मल्लसंग्राम में।

युवराज ने उन्हें आदरपूर्वक आसन दिया...फिर कहा था, मेरे विचार में आप दोनों ही वीरों को मथुरा में हो रही उथल-पुथल और जरासन्ध के दूत आगमन की सूचना मिल चुकी होगी?

'हां, कुमार!' वे एक साथ बोले थे।

'कल राज्य की ओर से मगधराज को प्रत्यत्तर जाएगा...।' कंस ने चिंतित स्वर में बतलाया था'और...और इस समय मैंने उसी संदर्भ में आप दोनों को यहां बुलाया है...।'

चाणूर और मुष्टिक चौंके। वे मथुरा की सेना में तो थे, किंतु उस स्थिति में उनकी गणना नहीं होती थी, जहां राज-निर्णय में उन्हें सहायक और सहयोगी रखा जाता...अविश्वास से भरकर युवराज को देखने लगे थे।

कंस के चेहरे पर अजब-सी रहस्यमयता बिखरी हुई थी...उतनी ही रहस्यपूर्ण, जितनी कि बढ़ते जाते रात्रि के प्रहरों में थी...बहुत कुछ घटते हुए को छिपाए रखने का रहस्यभाव!

चित्रसेन जा रहा था। कंस ने आदेश दिया था उसे। 'द्वार बन्द करते जाना चित्रसेन...।'

'जो आज्ञा, स्वामी!' बह बाहर निकल गया।

रात्रि का दूसरा प्रहर प्रारंभ ही हुआ था कि वे बाहर आए। चाणूर और मुष्टिक के साथ विश्वसनीय सैनिकों की कुछ टुकड़ियां थी। गहरे, मावसी अंधकार में कब, किस तहर सांपों की तरह रेंगते हुए वे अपनी-अपनी निर्दिष्ट जगहों पर जा पहुंचे थेकिसी को ज्ञात होना तो दूर, आंशका तक न हुई। सम्पूर्ण राजमहल के सैनिक और प्रहरी एक-एक कर बदल दिए गए। दोनों नायकों ने स्वयं ही कुशलतापूर्वक सब कुछ अपनी आंखों के सामने निबटाया।

ठीक उसी समय कुछ टुकड़ियों ने नगर के मुख्य प्रहरियों को उनके स्थान से या तो हटाया या मार डाला। शव रातोंरात यमुना को वेगमयी लहरों के हवाले कर दिए गए। मुख्य सैनिक केंद्रों पर या तो कंस के विश्वसनीय आदमियों का अधिकार हो गया या वे छलयुद्ध में इस तरह मारे गए कि कराहें तक लेने का अवसर नहीं मिला।

कंस निश्चित स्थान पर संदेशवाहक की प्रतीक्षा कर रहे थे...रह-रह कर मन धड़कता, किंतु उसे कठोरता से सहेज लेते। समझ चुके थे, अब नहीं तो कभी नहीं। प्रहर पूरा होते-न-होते सब कुछ इस चपलता और चतुरता से हुआ था कि किसी को तनिक भी आशंका नहीं हुई। कारागार से लेकर सैन्य मुख्यालय तक छल-युद्ध की ऐसी आंधी फैली, जिसने तिनकों की तरह अपनों द्वारा, अपनों की ही टूटते-बिखरते देखा...।

सब कुछ बदला जा चुका था...! जिस समय चाणूर और मुष्टिक

सफलता की मुसकानें लिए हुए युवराज कंस के सामाने उपस्थित हुएकंस को उन शब्दों के सुनने की आवश्यकता नहीं हुई थी, जो उन्होंने कहे। वे बोले थे'सब कुछ यथापूर्वक पूरा हुआ, कुमार...! अब?'

कंस ने उत्तर नहीं दिया। चुपचाप महाराज उग्रसेन के शयनागार की ओर बढ़ चले। पीछे-पीछे चाणूर, मुष्टिक और उनके विश्वसनीय साथी...

राजा के शयन-कक्ष में प्रवेश करते हुए भी कोई टोकाटोकी या प्रश्नोंतरों का अवसर नहीं आया। प्रहरी वहां भी बदले जा चुके थे...

कंस और उनके साथियों को आता देखकर ही शयनागर का द्वार खोल दिया गया।

महाराज उग्रसेन वृद्ध थे। शरीर जर्जर होता हुआ। उससे भी कहीं अधिक जर्जरित मन सोते थे, किंतु नींद इतनी कच्ची आती थी कि पदचापों से टूट जाए। जबसे मगधराज का दूत आया था, तब से यह नींद न के बराबर हो चुकी थी।

बहुत धीमे, बिलकुल शब्दहीन चलने का प्रयत्न किया था उन सभी ने, किंतु राजा ने एकदम पलकें खोल दी थीं'कौन?'

'मैं हूं पूज्य...' कंस ने बहुत शांत किंतु सपाट स्वर में कहा था'आपका पुत्र कंस!'

'इस समय किस कारण आगमन हुआ, राजुसत?' राजा व्याकुल होकर उठ पड़े। इस बीच राजा की विशाल शैय्या सैनिकों ने घेर ली थी। राजा चकित, व्यग्र होकर रात्रि के दीप की मंद ज्योति में अपने पुत्र को आश्चर्य और अविश्वास से देख रहे थे। समझ में कुछ नहीं आ रहा था...जिस आशंका ने मन में भय पैदा किया थाउस पर विश्वास नहीं कर पा रहे थे...कंस उदण्ड हैं, क्रौंधी हैं, दुर्दांत हैंपर वह अपने पिता परिवार के लिए भी घातक हो सकता है? यह भला किस प्रकार विश्वास किए जाने योग्य शंका है?

'क्षमा करें, महाराज...!' कंस बोला था'मथुराधिपति के नाते अब आपका मन-मस्तिष्क असंतुलन की आयु में जा पहुंचा हैं, अतः मैंने बाध्य होकर यह निर्णय लिया कि आप राजपद छोड़ दें...।' विशाल गणसंघ का

शुभ-शुभ का निर्णयाधिकार किसी युवा के हाथ में होना चाहिए...अतः प्रार्थना करता हूं कि आप मेरा राजतिलक कर दें।

राज की क्रोधाग्नि सहसा प्रज्ज्वलित हो उठी'नीच...! कुलकलंक...! तुझे यह धृष्टता करने का साहस कैसे हुआ...? तू जानता है ना कि मेरे एक संकेत से तेरा यह मदमत्त स्वर सदा-सदा के लिए समाप्त हो जाएगा...? क्या तू भूल गया है कि मथुराधिपति का शक्ति केंद्र भले ही मथुरा हो, किंतु उनकी बारह भुजाओं जैसे बारह राज्य भी है...। मूर्ख...! तू...।'

राजा उठने को हुए, किंतु कंस के दृष्टि संकेत ने उन्हें पल भर में अवश कर दिया। उन्होंने पाया कि वह अशक्त स्थिति में दो सैनिकों के बीच जकड़े हुए कांप भर रहे हैं।

मुझे खेद है राजन...!' कंस ने कहा था'उत्तेजना और असंतुलन-वश आपने मथुरा गणसंघ का तो दूर, अपना भी शुभ विचार नहीं किया...।' फिर वह चाणूर की ओर मुड़ा था'महाराज के लिए विशेष रूप से व्यवस्थित किए गए काराग्रह तक इन्हें पहुंचा दो...।'

सैनिक उग्रसेन को ले जाने लगे थे...वे छटपटा रहे थे, चीख रहे थेपर विशाल राजभवन की दीवारों ने कृशकाय राजा की हर चीख, हर श्राप को अपने भीतर पी डाला था। सैनिकों ने कारागृह तक ले जाते हुए मार्ग में राजा के स्वरों तक को बाहर आने का अवसर नहीं दिया...।

रात के एक प्रहर के भीतर ही मथुरा के शक्तिसम्पन्न गणसंघ का पूरा इतिहास बदल गया था...अगली भोर हुई थी, किंतु सन्नाटे से भरी हुई। प्रकाश जनमा था, पर दूर-दूर तक विवशता और निराशा का अंधेरा अपनी कोख में समेटे हुए...और इसी अंधकार में नए मथुराधिपति का राजतिलक हुआऐसे जैसे सैकड़ों बेबस हाथ उठे हों उन्होंने नए राजा के लिए जय-जयकार किए हों! आशीर्वचन के शब्द उच्चारे हों, पर हर जय-जयकार अदृश्य घृणा के शाप से भरा हुआ, हर आशीर्वचन खोखला और बेमानी!

गणसंघ के राजाओं की बिखरी सम्मतियों और टूट चुके आत्मविश्वास ने अनायास ही मथुरा को एक क्रूर, मदांध शासक के हाथों सौंप दिया...! और एक नई कहानी प्रारंभ हुई, जिसका न आदि दीखा थान अंत दीख रहा था...

मथुरा मे एक नया सूर्योदय हुआ। पर इस सूर्यादय में न तो तेज की किरणें थीं, न ही गणतन्त्र के जन-गौरव का तेज...! इसके विपरीत यह सूर्योदय गणतंत्र से सहसा राजतंत्र के बदलाव की पीलिमा लिए हुए था। भय और आंतक की बदलियों से घिरा हुआ। अपने फीके, अस्वस्थ चेहरे से सम्पूर्ण यादव जनपदों को निहारता हुआ। एक वीभत्स चेहरा।

इस नए चेहरे ने कितने पंछी भाव से उड़ते मन-विचारों को आक्रांत किया, कितने सुंदर चेहरों पर असौंदर्य की कालिख बिखेरी, कितने शिशुओं को संसार में आंख खोलने के पूर्व ही बंदी भाव प्रदान कर दियाकहा नहीं जा सकता...! केवल इतना ही कहा जा सकता था कि वहां कहने-सुनने के लिए कुछ शेष न रहा!

राजनीति के किस चक्र ने यह बाजी बदली, किस सम्मोहन ने युवा राजकुमार कंस को सहसा उदण्डता से कहीं आगे अभद्रता में बदल डाला कोई नहीं जानता! जो जान रहे थे, वे शांत नहीं थे...पर अशांत भी नहीं हो सके। केवल स्तब्ध रह गए...।

वसुदेव रात्रि में निश्िंचत नींद सोए थे, पर भोर होते ही उन्हें जगाया गया। विशेष दूत संदेश लिए हुए द्वार पर खड़ा भेट की प्रतीक्षा कर रहा था...अन्यमनस्क-से उठे और प्रश्न किया, 'ऐसा क्या हुआ...? इस समय दूत?'

'हां, देव...! 'सेवक के स्वर और चेहरे पर विचित्र-सी असहजता बिखरी हुई थी। उसने कुछ थमकर कहा था'कुछ विशेष कारण ही है...।'

वसुदेव ने गहरा सांस लिया, उठ पड़े। कहा 'भेजो उसे!'

दूत गयादो पल बाद जो व्यक्ति उपस्थित हुआउसे देखकर चिंतातुर हो उठे। 'तुमवसुहोम...?'

'हां, मंत्रिवर...!' वसुहोम की आवाज भी पिटी हुई थी'बड़ा अनर्थ हुआ! युवराज कंस ने महाराज को बंदी बना लिया है।'

वसुदेव ने सुना। कुछ क्षण तो वसुहोम को देखते ही रह गए। विश्वास नहीं हो रहा था कि जो कुछ वह कह रहा हैवह सत्य है? दोहराया'यह क्या कह रहे हो...? महाराज को बंदी...'

शब्द पूरे नहीं होने दिए थे वसुहोम ने, 'हां, मंत्रिवर...! मैंने जो कुछ कहा है, अक्षरशः सत्य हैं। महाराज आज रात्रि में ही बंदीगृह भेजे जा चुके हैं...'

'पर...पर यह कैसे हो सकता है!' वसुदेव की नींद उड़ चुकी थी। इस तरह जैसे कभी सोए ही नहीं थे। आलस्य किस कोने में जा दुबका थावह भी अनिश्चित...! इस तरह उठे जैसे किसी जहरीले कीड़े ने काटा हो...। आगे क्या पूछा जाएनिश्चित नहीं था।

कुछ समय के लिए प्रकोष्ठ चुप्पी से भरा रहा। फिर वसुदेव के प्रश्न ने उसे तोड़ा'विश्वास नहीं कर पा रहा हूं वसुहोम...। कुमार उदण्ड हैं, क्रोधी भी हैं किंतु इतने मर्यादाहीन हो सकते हैंविश्वसनीय नहीं लगता!

'घटित के लिए विश्वस्त और अविश्वास की कसौटियां नहीं हुआ करती, देव...।' वसुहोम ने शांत स्वर में उत्तर दिया'महाराज बंदीगृह में हैं। और बंदीगृह कुमार के विश्वस्त व्यक्तियों की देखरेख में हैं...सारी रात्री कुमार के विशेष कक्ष में उनके विश्वसनीय साथियों यथा केशी, चाणूर मुष्टिक और मगधराज जरासन्ध के विशेष दूत सुषेण की मंत्रणा होती रही है... आगे क्या कुछ होगाकहा नहीं जा सकता!'

'प्रद्युम्न कहां है?'

'वह भी युवराज के पक्ष में ही हैं, महाराज!' वसुहोम ने उत्तर दिया। वसुदेव स्तब्ध खड़े रहे। लगा था कि वसुहोम का समाचार शब्दशः सत्य है। जिन-जिन व्यक्तियों के नाम लिए गए थे, उनको कभी भी चरित्र की दृष्टि से अच्छा नहीं समझा वसुदेव ने। बहुत कुछ उन्हें लेकर जानते भी थे। प्रद्युम्न के दब्बू स्वभाव से परिचित थे वह...केशी के उग्र स्वभाव से भी...। मथुरा गणसंघ की ये दो विशेष शक्तियां थीं जो कंस की समर्थक बन चुकी थीं...। इन सबसे अलग सबसे ज्यादा चौंकाने वाला नाम था सुषेण का। मगधराज जरासन्ध का विशेष दूत...।

लगा था कि आंखों से लेकर मस्तिष्क तक चित्रवत् षडयंत्र की सारी

योजना वसुदेव इस समय भी घटते देख पा रह हैं...जरासन्ध की शक्ति-सहायता का विश्वास पाकर ही कंस ने वह उग्र कदम उठा लिया होगा...। यह भी कि केशी और प्रद्युम्न भी अपने निहित स्वार्थों के लिए उसके सहयोगी बन गए होंगे...।

वसुहोम उसी तरह सिर झुकाए खड़ा था, जैसे सम्मानित मंत्री के अगले आदेश की प्रतीक्षा कर रहा हो...पर वसुदेव थे कि तुरंत कुछ निर्णय नहीं कर पा रहे थे। निर्णय के योग्य स्थिति भी नहीं थी। निश्चय किया थापहले समूचे वातावरण, स्थिति और सामर्थ्य का अनुमान कर लेंगे, फिर किसी निर्णय तक पहुंच सकेंगे...कोरी उत्तेजना में भर कर कोई ऐसी-वैसी बात कह देना था कि निर्णय ले लेना इस समय असंतुलितता ही हो सकती थी। कहा, 'तुम कुछ समय प्रतीक्षा करो, वसुहोम...। समूची स्थिति को समझो ज्ञात करो कि मथुरा के आसपास या कहीं दूर मगध सेनाओं का तो कोई जमघट नहीं है...? यह भी पता लगाना कि सुषेण के अतिरिक्त कौन-कौन लोग हैं, जिनसे युवराज कंस मिलते-जुलते रहे थे...यादव गणसंघ के लोग भी तो हो सकते हैं जो उनके सहयोगी हुए हों? इन सभी सूचनाओं को पाकर मुझे हर्ष होगाअगले निर्णय में सुविधा भी रहेगी!'

'जैसी आपकी आज्ञा श्रीमन्...!' वसुहोम ने प्रणाम किया। चला गया। और वसदुेव फिर से बहुमूल्य शैय्या पर जा लेटे...पलकें बंद कर लींपर यह निद्रा नहीं, ऐसी जागृतावस्था थीजिसे न तो तोड़ा जा सकता है, न झकझोरा जा सकता है!

आवश्यक और अनिवार्य सभा का आयोजन हुआ।

सूचना वसुदेव तक भी आई...। सेवक से पूछा था'अन्य जनपदों और राजाओं तक भी यह सूचना भेजी है ना?'

'मुझे ज्ञात नहीं, श्रेष्ठवर...।' सेवक ने विनीत, किंतु भय की घबराहट से डूबा हुआ उत्तर दिया था'मुझे केवल आप तक संदेश पहुचाने के आदेश दिए गए थे।'

'हूं...वसूदेव बोले। बोले थे या सिर्फ अपने से ही बड़बड़ाकर कह गए

थेयाद नहीं केवल इतना याद है कि वह बोले...अपना स्वर उन्हीं ने सुना था।

सेवक ने अभिवादन कियालौट गया। वसुदेव का मन हुआ थान जाएं ऐसी राजसभा में...। राजाज्ञा का उल्लंघन कर दे। कंस के प्रति केवल घृणा की नहीं, घोर वितृष्णा की भावना मन में घर कर गई थी, किंतु लगा ऐसा करके राजनीतिक दृष्टि से भूल करेंगे। अभी उनके लिए उचित यही है कि शांत भाव से केवल दर्शक श्रोता बने रहें। देखें कि क्या कुछ घटा है, किस तरह घटा है और आगे क्या कुछ घट सकता है...। रह-रहकर मन निराशा से भर उठता था। रात्रि के एक प्रहर में शक्तिशाली मगध ने मथुरा की गणसंघीय शक्ति और पद्वति को नष्ट भ्रष्ट कर डाला। भला ऐसी स्थिति मे क्या किया जा सकता था...? करने का विचार भी व्यर्थ..। समुद्र के भीतर एक खौलता हुआ जलबिंदु डाल दिया जाए तो क्या समूची जलराशि खौलने लगेगी...? वसुदेव ऐसा बचपना नहीं कर सकते...।

पर न करना भी तो अधर्म होगा! यदि राजतंत्र का धर्म है दमन तो गणतंत्र की धर्मशिक्षा है उसके प्रति निरंतर अवरोध-विद्रोह का भाव रखना...। भला इस धर्म से कैसे विलग हो सकेंगे वसुदेव...? वह मथुरा के केवल मंत्री नहीं, गणसंघ के एक जनपद के राजपुत्र भी हैं। शूरसेन जनपद के तेजस्वी राजा देवक के निकटस्थ...। फिर मथुराधिपति के प्रति उनकी एक राजकीय भर नहीं, पारिवारिक जिम्मेदारी भी हैं। महाराज उग्रसेन उनके सजातीय हैं। पितृबंधु की तरह। उनके लिए वसुदेव यदि प्राणों की बाजी भी लगा देंगे, वह भी कम...।

फिर धर्मार्थ और समाजशुभ के लिए मरण, चिर-जीवन प्राप्ति का अमरतत्व होता है...। इस अमरतत्व को गणसंघ के संस्कार ने ढाला है उनमें। वसुदेव इस संस्कार से विलग नहीं होंगे!

किंतु संस्कार और धर्म के नाम पर विवेकहीन ढंग से प्राणदान कर देना भी एक प्रकार की मूर्खता है...। उचित यही होगा कि वसुदेव शांत रहकर स्थिति देखें, अनुकूल वातावरण को परखें...

वही करेंगे।

और वह सब करना है तब उन्हें अति-सहज भाव से नए राजा की

सभा में पहुंचाना होगा। उसकी बात सुंननी होगी, विवेकपूर्वक इस क्षण चुपचाप समर्थन भी दे देना होगा

'हां, यही करना होगा मुझे...।' सहसा वह जैसे अपने को ही आदेश दे बैठे थेफिर अपने से ही सहमत हुए'निस्संदेह यही करूंगा मैं!'

वह राजसभा में पहुंचने की तैयारी करने लगे थे। नितांत यांत्रिक ढंग से। समूची शक्ति और विवेक जुटाकर उन्होंने मन की उद्विग्नता थाम ली थी। स्वर, चेहरा, दृष्टि, व्यवहार सभी में एक संतुलन कायग किया था. ..कुछ समय बाद राजसभा में होगे वह। कंस मथुराधिपति के स्थान में...।

यह केवल मथुराधिपति होगा या सम्पूर्ण गणसंघ का नायक...? एक प्रश्न मन में कौंधा या वसुदेव केफिर बुझ गया। कालचक्र की गति क्या कुछ, किस तरह घटाएगीबहुत घटना शेष था!

सभा हुईपर सन्नाटे के उसी स्तब्ध वातावरण में डूबी हुई। केशी ने राजघोषणा की थी'समयानुसार राजनीति में उलटफेर होते रहना समय-सिद्धांत है। संभवतः इसी कारण महाराज उग्रसेन ने अपनी वृद्धायु और अस्वस्थता के कारण युवराज कंस को गणधिपति निर्वाचित करना उचित समझा है...! आप सभी का स्नेह-समर्थन पाकर वे मथुरा और सम्पूर्ण गणसंघ को गौरवान्वित करेंगे। न्याय, धर्म और कुल परंपरा का निर्वाह भी उसी भांति होता रहेगा, जिस भांति पूज्य महाराज उग्रसेन के समय से होता आया है...।

वसुदेव ने सुना। दृष्टि चारों ओर घुमाई। सभा में उपस्थित अधिकतर लोग या तो उन्हीं की तरह स्थिति के साथ चुपचाप दर्शक बने हुए थे या फिर कंस के समर्थन में आ चुके थे...। कुछ दोहरे-तिहरे स्वर उठे'शुभम्...! महाराज का निणय उचित ही है!''

'सुनकर प्रसन्नता हुई...। अब राजतिलक का विधि-विधान पूरा हो।' प्रद्युम्न ने आसन से तत्परतापूर्वक उठकर कहा।

वाद्य बजे। मंगलगान प्रारंभ हुआ और महाराज कंस के राजतिलक हेतु पण्डित उपस्थित हुए...!

मथुराधिपति के सिंहासन पर रखा था भव्य मुकुट...। गणतंत्र के बहुमुखी प्रकाश से कौंधता हुआ! न्याय, सत्य और जन-जन की

कल्पनाओं-भावानाओं से भरा हुआ...। वसुदेव के मन में हल्की-सी कसक उठी थीयह मुकुट जिस क्षण दुरभिमानी कंस के माथे चढ़ेगा, उसी क्षण ये जन भावानाएं-कल्पनाएं छुईमुई की तरह मुरझाकर रह जाएगीं!

तीव्रगति से बजते वाद्ययंत्रों का कोलाहल रसमय से कहीं अधिक कर्णकटुता से भरा लगा था उन्हें...केवल उन्हें ही क्यों, बहुतों को लगा होगा...! पर कभी-कभी कैसा बेबस होता है सत्य? असत्य को केवल सहता नहींउससे समझौता करने के लिए बाध्य भी हो जाता है।

वे शांत बैठे रहे थे। वे सब, जो शांत रहते आए थे...! वे अशांति उत्पन्न करने लगे थेवे सब, जो सदा शांत रहते आए थे...। सत्य के मुंह पर असत्य का यह थप्पड़ तिलमिला डालने वाला था...।

पर यह तिलमिलाहट सहना मथुरा की नियति...। उससे भी अधिक तिलमिलाहट उस समय सही थी उन्होंने जब राजमुकुट माथे पर पाकर कंस चाटुकारिता और करुणापूर्ण जय-जयकरों के कोलाहल को राजगौरव से भरी हथेली दिखा-दिखाकर शांत करने लगे थे...। संतोष और मुस्कान की एक कौंध उनके चेहरे पर दमदमाई, फिर कहा था उन्होंने'आप सभी के स्नेहादर का स्वागत करता हूं मैं...! उससे कहीं अधिक पितृ के इस निर्णय ने मुझे चिंतित कर दिया है। मैंने तो विचारा ही नहीं था कि पूज्य महाराज सहसा ही राजकाज सम्हालने का यह महत् दायित्व मुझे सौंप देंगे...पर अब उनकी यह आज्ञा मेरी परीक्षा है...। आप सभी से स्नेह-सहयोग मिले-तभी उनकी आज्ञा का निर्वाह कर सकूंगा मैं...।'

वसुदेव बुरी तरह सुलग उठे। एक दृष्टि कोने में चुप बैठे तमाशबीन की तरह हतप्रभ श्वफलक पर पड़ी...लगा था कि वह भी बुरी तरह झुलस रहे हैं...। पर अजब है यह झुलसन...! मुरझाहट व्यक्त करने में भी असमर्थ...।

असहाय से उन सभी ने वह दृश्य देखा। और तभी प्रद्युम्न ने महाराज का संकेत पाकर उनके पास पहुंचकर आदेश लिया...अगले ही क्षण वह आदेश सभा में गुंजरित हो उठी। प्रद्युम्न बोला था'महाराज कंस की इच्छा है कि मगधराज के दूत को मथुरा गणसंघ की ओर से जा रहा संदेश दिया जाए!'

अजब-सी धुमकी और बेचैनी बिखर गई थी सभी ओर...सुषेण एक

ओर चुपचाप बैठा थायंत्र की तरह खड़ा हो गया। राजा को प्रणाम किया।

कंस बोले'कैसा विचित्र है यह संयोग...? जिस समय मगधराज का संदेश आया, उसी समय पूज्य उग्रसेन ने मुझे मथुराधिपति बनाने का निर्णय लिया...। नए मथुराधिपति के नाते हम तुम्हारा हार्दिक स्वागत करते हैं दूत सुषेण।'

'महाराज की जय हो...! मैं आभारी हुआ।' दूत ने सिर झुकाया। वही यांत्रिक झुकाव-मुड़ाव।

मगधपति का मथुरा के प्रति प्रेम और वरद पाकर हम सभी को बहुत प्रसन्नता हुई है।' कंस आगे बोले थे'मगध और मथुरा की मैत्री दो विशाल साम्राज्यों को केवल शक्तिशाली ही नहीं बनाएगी, अपितु एक-दूसरे के प्रति स्नेह-संबंधों का उदाहरण भी बनेगी।'

सुषेण चुपचाप सुने गया...उसी तरह जिस तरह सारी सभा, सभाजन चुपचाप सुने जा रहे थे। जिस तरह सुषेण जानता था कि उसे क्या सुनना है, उसी तरह वे सब भी जान चुके थे कि उन्हें क्या सुनाना है।

महाराज कंस ने संदेश में क्या लिखा, वह सब उन्होंने एक ही पंक्ति में सुना दिया था'दूत'...! हमारी ओर से मगधराज को सादर अभिवादन देते हुए यह राज-संदेश दे देना...।' कहकर उन्होंने सेविका द्वारा एक स्वर्णथाल रखे हुए संदेश-पात्र की प्रति उठाकर सुषेण की दिशा में बढ़ा दी थी...। सुषेण तीव्रगति से आगे बढ़ा। संदेश थामा और उसे शीश से लगाया। जैसी आपकी आज्ञा, महाराज!'

वह पुनः अपनी जगह लौट आया था

कंस बोले थे'आज, इसी क्षण से मगध और मथुरा घनिष्ट मित्र हुए...। हम एक-दूसरे की सहायता और सेवा के प्रति वचनबद्ध हैं...।'

कोशी, प्रद्युम्न, मुष्टिक आदि ने जय-जयकार की...। लयबद्ध उठी कुछ और जय-जयकारें! इन जय-जयकारों के स्वरों में कितने स्वर सत्य थे और कितने विवशनिश्चित नहीं किया जा सकता था।

सुषेण ने यह सब भी सुना, पर जाने क्यों प्रसन्नता की मुद्रा प्रकटाते हुए प्रसन्नता अनुभव नहीं कर सका। लगता था कि वह अवश प्रसन्नता किसी न किसी दिन विस्फोट का कारण बनेगी...।

किंतु ऐसा नहीं सोचना चाहिए उसे...। उसने अपने मन को जैसे बाध्य करना चाहा था कि वह अपनी सफलता पर प्रसन्नता अनुभव करे...पर विचित्र होता है मन...? वह बहुत बार केवल मन न रहकर बुद्धि-विवेक से इतना जुड़ जाता है कि वह सब सहज स्वीकार नहीं करता जिसे कोई भावना या उत्तेजना स्वीकार करवा सकती है! सभा विसर्जित हुई।

सुषेण संतुष्ट हो गया था...। या संतोष जाहिर कर दिया था उसने।

संध्या समय वसुहोम बहुतेक सूचनाएं लेकर उपस्थित हुआ। उस समय वसुदेव अपने निवास में रोहिणी के पास थे...सभा से लौटते ही रोहिणी ने प्रश्न किया था'जो कुछ मैंने सुना है, क्या वह सत्य है स्वामी?'

'क्या...?'

'यही कि दुर्मति युवराज कंस ने असत्य प्रचार कर दिया है कि महाराज अस्वस्थ हैं...।' रोहिणी चिंतित और व्यग्र थी। चेहरा किसी अज्ञात आशंका और चिंता से व्यथापूर्ण। जानती थीं कि यदि महाराज उग्रसेन पर विपत्ति आ चुकी है तब उनके पति भी विपत्ति में ही है...! और केवल वसुदेव क्यों, वे सभी प्रभावशाली, यादव, जो मथुराधिपति उग्रसेन के शुभेच्छु रहे हैं गणसंघ के विचार में जिनकी आस्था रही है...।

'संभवतः सत्य है देवी...!' वसुदेव बोले थे। थके-से सिंहासन पर बैठ गए। रोहिणी समीप आ खड़ी हुई। पति का थकान और चेहरे पर लिखी दुश्चिंता पढ़कर अधिक ही व्यग्र हो उठी। कुछ अटकते शब्दों में पूछ लिया था'इसका अर्थ तो यह हुआ शूरसुत कि दुरभिमानी और उदण्ड कंस आपको और अन्य सभी यादवपतियों को बंदी बना सकता है?'

'अवश्य...!' वसुदेव ने संक्षिप्त-सा उत्तर दिया था फिर एक पल रुके, कहा'इस क्षण निश्चित नहीं कि क्या होगा? पर इतना निश्चित है कि विपत्तिद्वार पर वे सभी खड़े हुए हैं, जो गणसंघ की पद्धति और स्वतंत्र चेतना में विश्वास करते थे।'

रोहिणी की चिंता सहसा आंसुओं में बदल गई थी...स्वर रुंध उठा, 'तब...तब क्या होगा स्वामी? कुछ विचार किया आपने?'

'विचार कर रहा हूं, पर विचार के लिए भी समय शेष रहा है, अथवा

नहींनहीं जानता!' वसुदेव एक गहरा श्वांस खीचकर आसन पर ही लेट रहे। रिक्त, भटकती-सी दृष्टि छत पर टिका दीचुप रहे।

रोहिणी चरणों की ओर बैठ गईं। बहुत कुछ पूछना चाहती थीं। सम्मति देने की भी इच्छा थी, किंतु न तो स्वर ने साथ दिया, न ही शब्दों ने। मन जैसे किसी दलदल में समाने लगा था...छटपटाहट झेलती हुई-सी बैठी रहीं। लग रहा था कि भव्य प्रकोष्ठ और उसकी बहुमूल्य सज्जा सहसा विधवा की तरह सूनेपन से भर गई है। उसकी जगह धीमे-धीमे उभरने लगा है कारागार का सन्नाटा...। कालिख में डूबा दिन...! और कभी न कटने वाली रात्रि।

इस रात्रि को अचानक एक स्वर ने तोड़ दिया था। सेविका उपस्थित हुई, 'प्रणाम मंत्रिवर...!'

वसुदेव ने चौंककर देखा।

'विशेष भेंट-कक्ष में नायक वसुहोम देर से प्रतीक्षा कर रहे हैं।' सेविका ने सूचना दी।

वसुदेव उठे। रोहिणी चुपचाप देखती रहीं। तीव्रगति से पति प्रकोष्ठ पार कर गए।

वसुहोम एक ओर चुपचाप खड़ा था। दृष्टि में चिंता। चेहरा उदास। वसुदेव ने जैसे ही भेंट-कक्ष में प्रवेश कियाउसने अभिवादन में सिर झुकाया।

उत्तर न देकर सीधा प्रश्न किया था वसुदेव ने'क्या समाचार हे?'

'मगधराज का दूत प्रस्थान कर चुका है।' वसुहोम ने कहा।

'जन-प्रतिक्रिया?'

'सभी असंतुष्ट हैं देव! अधिकतर लोग इस बात पर सहसा विश्वास करने को तैयार नहीं हैं कि महाराज उग्रसेन ने अस्वस्थ हो जाने के कारण सत्ता युवराज को सौंपी है।'

'यह तो हम भी अनुमान कर सकते हैं वसुहोम!'

'मगधराज की सेनाएं मथुरा के बहुत समीप तो नहीं हैं, किंतु समाचार मिला है कि बहुत दूर भी नहीं हैं।' वसुहोम ने कहा था'एक और विशेष समाचार है महाराज!'

वसुदेव ने दृष्टि उसकी आंखों में बढ़ा दी थी।

'बड़ी संख्या में सेना और नगर-व्यवस्थापक संस्थाओं में पदोन्नतियां हुई हैं...। कुछ जनपदों के राजा भी युवराज के समर्थक बन चुके हैं...यह किस तरह, किस आधार पर हुआ हैयह ज्ञात नहीं हो सका।'

वसुदेव ने सुना...। लगा था कि सुनने योग्य अब कुछ नहीं बचा है।

वसुहोम कहे जा रहा था'बहुतेक यादव सामंतों ने संगठित रूप से एकत्र होकर महाराज कंस से निवेदन किया था कि वह वृद्ध उग्रसेन से भेंट करना चाहते हैं, किंतु महाराज ने स्वीकृति नहीं दी। उत्तर दिया गया कि वैद्यों ने भेंट न करने के लिए कहा है। पूर्ण विश्राम के लिए यह आवश्यक है।'

वसुदेव मुसकुराएपर लगा था कि अपनी ही बेबसी पर मुसकुराना बहुत कष्टकर होता है। उससे कहीं अधिक कष्ट देता हुआ।

'सुना है कि अब वे यादव सामंत आपसे भेंट करना चाहते हैं।' वसुहोम ने कहा। एकदम चौक गए थे वसुदेव'मुझसे?'

'हां, महामंत्री...!'

सहसा टोक दिया था वसुदेव ने, 'तुम भूल रहे हो, वसुहोम...। अब मैं महामंत्री नहीं रहा हूंयह पद उसी समय तक था जब तक कि महाराज उग्रसेन मथुराधिपति थे।'

वसुहोम चुप ही रहा...लगा कि उसके चेहरे पर अंधेरा सघन हो गया है...इतना सघन कि वसुदेव को देखकर भी देख नहीं पा रहा है वह।

और वसुदेव विचार कर रहे थे'...यादव सामंत आपसे भेंट करना चाहते हैं...!' यह चेतावनी थी उनके लिए। समाचार से अधिक चेतावनी...निश्चय! निश्चय ही ये वे सामंत होंगे जो कंस के प्रति विद्रोही होने जा रहे हैं... और उनकी वसुदेव से भेंट का अर्थ होगाकंस के प्रति वसुदेव का विद्रोह! घोषणा...। एक पल के लिए सहम गए थे वह, किंतु अगले ही पल स्वयं को सम्हालासंयत हुए। राजपुरुष के लिए इस तरह मन को चेहरे पर व्यक्त करना शोभा नहीं देता! उनके अपने भीतर से ही किसी ने चीखकर सावधान कर दिया था उन्हें...।

वसुहोम अगले आदेश की प्रतीक्षा में खड़ा था। पर वसुदेव बोले थेंइस क्षण तुम जा सकते हो वसुहोम...! आवश्यकता हुई तो तुम्हें बुलवा लूंगा।'

'जैसी आपकी आज्ञा!' वसुहोम बाहर निकल गया।

कब सांझ ढली, कब रात्रि शुरू हुईवसुदेव को पता ही नहीं चला था। वे अपने ही भीतर के विचार-वन में भ्रमण करते-करते थकने लगे थे...लग रहा था कि इस वन से निकलने को कोई राह नहीं है...। और तो और कहीं प्रकाश किरण भी दीख नहीं पड़ती।

कंस के उग्र क्रोधी, उद्दंड स्वभाव को जानते हुए भी राजलिप्सा की दबी हुई ज्वाला को कभी नहीं देख पहचान सके थे वे...। आश्चर्य...! भला कोई आदमी अपने भीतर इतना विष भी भरे रह सकता है? विश्वास नहीं होता था।

पर विश्वास न किया जाएऐसा कुछ भी तो नहीं बचा है...? सब स्पष्ट है। कंस का पितृघात...! और उससे भी आगे बढ़कर स्वतंत्रता विक्रय कर डालने का घिनौना दृश्य...।

वे शब्द जो कंस ने राजसभा में कहे थेइस क्षण भी वसुदेव की आत्मा को उलीचे डाल रहे हैं'आज...इसी क्षण से मगध और मथुरा घनिष्ट मित्र हुए...!' वसुदेव का मन हुआ था कि अपने पर ही नहीं, समूचे यादव कुलों पर हंसे...! थूक से भरी हुई हंसी...।

मित्र...? मगधराज जरासन्ध मित्र...? अंधीराज-शक्ति से किसी को भी नष्ट कर डालने में समर्थ जरासंध के लोलुप स्वभाव का मित्र मथुरा...? विचित्र...विचित्र ही तो है? भला मांसाहारी बाघ और सहज सरल हिरन में मित्रता होती है?

नहीं...! यह मित्रता नहींकृपा और दया के ऐसे जुड़े हुए हाथ हैं, जिन्होंने यादवों को ही नहीं सम्पूर्ण गणतंत्रीय विचारावस्था को ही याचक बना डाला है। केवल दयायाचक...।

कैसी विडम्बना? जो हाथ मुक्ति और संवेदन का समुद्रदान किया करते थे, सहसा पोखर का जल हाथ में लेकर खड़े हुए जीवंत होने का भ्रम पाल रहे हैं...। धिक्कार! कंस केवल पितृघाती नहीं, सिद्धांतघाती भी सिद्ध हुआ है...। अक्षम्य ...! उग्रसेन को बंदी नहीं बनाया है उसनेसम्पूर्ण गणतंत्र को बंदी बना लिया है। दासत्व थोप दिया है एक स्वतंत्र सत्ता पर!

इस दोष का दण्ड उसे अवश्य ही भोगना होगा। तुरंत नहीं तो फिर

कभी। वसुदेव या किसी यादव वृष्णि या अंधक सामंत अथवा राजपुरुष से नहीं तो किसी जन-पुरुष से...। कोई जनजायक अवश्य आएगा जो मथुरा की इस लुप्त की गई गरिमा को पुनर्जीवित करेगा। गणसंघीय विचार को पुनर्प्रतिष्ठा प्रदान करेगा...।

पर उस समय तक तो बहुत कुछ घट चुकेगा वसुदेव..., कंस की मदांध शक्ति चेतना का संहार ही प्रारंभ कर देगी...। विचार को ही नष्ट-भ्रष्ट कर दिया जाएगा। विश्वासों को चकनाचूर कर डालेगी उद्दंड कंस की राज्यव्यवस्था...।

लगा था कि कोई है जो उनके अपने भीतर से, उन्हें डरा रहा है...। किंतु डरेंगे नहीं वसुदेव...! जितने बड़े डर से सामना हो चुका है और जिसे सह लिया है, उससे घृणित सहने के लिए कौन-सा डर शेष रह गया है?

आहट हुई...वसुदेव मुड़े। सेवक उपस्थित था। दृष्टि अपनी ओर पाते ही थर्राते स्वर में कहा था उसने...'महामंत्री की जय हो...! मथुराधिपति इसी क्षण भेंट करना चाहते हैं।'

वसुदेव ने सुना। कुछ पलों के लिए जड़ हो रहे। कंस का बुलावा...। क्या कहेगा वह...? या क्या करना चाहता है...?

बहुत सोचने का अवसर नहीं थान ही समय। 'तुरंत भेंट करना चाहते हैं' समाचार में ही यही शब्द थे। वसुदेव यंत्रवत् चल पड़े थे कंस के राजनिवास की ओर!

सब कुछ इतनी ही आसानी के साथ हो जाएगामानसी कल्पना भी नहीं कर सकती थी। जिस क्षण कंस को राज्याधिकार की सम्मति दी, उस क्षण केवल यही सोचा था कि राजकुमार अवश्य ही कुछ यादव राजाओं या सामंतों के विरोध का सामना करेंगे...। हो सकता है कि उन्हें युद्ध भी करना पड़ जाए, पर वैसा कुछ नहीं हुआ था। यही नहीं, लगता था कि कभी कुछ हो सकता है। इसकी आशंका भी नहीं है।

प्रसन्न थी मानसी...! इसलिए और प्रसन्न थी कि उसने दोहरी सफलता पाई। मगधराज को तो संतुष्ट किया ही, अपरोक्ष रूप से ही सही कठोर स्वभाव, वज्रपुरुष कंस को भी अपने मोहपाश में जकड़ लिया...।

समाचार मिला था बकुल से। मथुराधिपति उग्रसेन जिस समय कंस के विशिष्ट सेवकों द्वारा बंदी बनाए जाकर करागृह भेजे जा रहे थे, उसी समय बकुल आ पहुंचा था। मानसी सो नहीं पा रही थी...लगता था कि रात और उसके किसी भी पल-प्रहर मथुरा में कोई न कोई राजनीतिक उथलपुथल हो सकती है...। यों मानसी का उस उथलपुथल से किसी तरह का संबंध हो, अथवा वह जोड़ी जाएविचार में भी नहीं था, इसके बावजूद वह उद्विग्न रही थी। क्यों नहीं सो सकी थी...? उसने स्वयं सोचा। तिस पर उद्विग्न होना? यह तो और भी आश्चर्यजनक...।

पर मानसी को लगा था कि न कुछ आश्चर्यजनक है, न असहज...। पूर्णतः सहज है। नितांत स्वाभाविक। इसलिए कि मानसी, इस सारी घटना से किसी के जाने हुए भले ही न जुड़ी हो, पर स्वयं तो जानती थी कि जुड़ी है?

'निश्चय ही नहीं।' मन के किसा तार ने अनायास ही झनझनाकर मानसी का तर्क दबोच लिया था'यह सच नहीं...!'

'तब, तब क्या है सच?' न चाहते हुए भी वह जैसे ही अपने को कुरेदने लगी।

'सच यह है कि मानसी कंस को सम्मोहन जाल में जकड़ते-जकड़ते स्वयं भी उसी जकड़न में जकड़ गई है! वह-वह प्रेम करने लगी है कंस से। उससे भी आगे समर्पिता हुई है उनकी...। कंस की हर सफलता-असफलता, शुभाशुभ मानसी का अपना। उनकी वेदना, मानसी की वेदना, उनका उल्लास, मानसी का उल्लास।

लगता है कि उसके अपने ही भीतर उमड़ा विचार अचानक किसी ने ठहाकों के साथ दबोच लिया है...केवल दबोचा नहींकुचल डाला है...। इस दमन में गूंज रही है कुछ गालियां, धिक्कार'मूर्खा...! कल्पनासुख में डूबने वाली एक वीरांगना...। क्या जानती नहीं तू कि मथुराधिपति कंस या उस मान-सम्मान वाले व्यक्ति के लिए तुझ जैसी स्त्री या स्त्रियां केवल मनोरंजन हैं...? केवल सभा-सभाजनों के सन्मुख सम्मान में अक्षत्-रोली के भाव से प्रस्तुत की जानेवाली वस्तुएं...। इससे अधिक कुछ नहीं?'

मानसी ने अपने भीतर मुरझाहट की पहली बला ढालनेवाली विद्युत तरंग अनुभव की...फिर यह विद्युत-तरंग धीमे-धीमे उसके संवेदन और

विश्वास के साथ-साथ सपनों को झुलसाती अनुभव होने लगी...मन हुआ, कह देनहीं...! नहीं...।' मैं मगध के राजमंच की एक साधारण अभिनेत्री भले ही होऊं, किंतु मैंने अपनी भावना-शरीर केवल एक ही को समर्पित किए हैं...केवल कंस की अंकशायिनी हुई हूंवह भी सम्पूर्ण निष्ठा और भावना के साथ।'

लगा था कि इस उत्तर से अपने भीतर की झुलसन को शांत कर सकेगी मानसीवह पल भर में ही अनुभव हो गया थाव्यर्थ रहा विचार...। उस झुलसन को दबा पाने में घोर असमर्थ...। ठहाके और अधिक तीव्र और गहरे हुए, कहीं अधिक नुकीलेहोकर मानसी के अपने ही आत्म को रेशे-रेशे कुरेदने लगे...। झूठ...। यदि नहीं तो अपने प्रति छल...। इससे अधिक इस विचार का न कोई रूप है, न चेहरा!

बाहर से जय-जयकार उठने लगे थे...। इन जय-जयकारों के बीच अनेक बार मानसी ने घोषणाएं भी सुनी थी'नगरवासियों, प्रजाजनों के नाम राज-संदेश...।'

'आज के साथ मथुराधिपति का दायित्व युवराज कंस ने सम्हाल लिया हे...। अब वही जन-न्याय करेंगे, उन्हीं की सत्ता से यादव गणसंघ चलेगा! उन्हीं की आज्ञा धर्म और न्याय कहलाएगी।'

मानसी ने कुछ देर चुपचाप बैठे हुए सुनी थी ये सूचनाएं, फिर दौड़ी हुई झरोखें में जा पहुंची थीदृश्य देखने का अजब-सा कौतूहल और सुखानुभूति की इच्छा हुई थी उसे!

दृश्य देखा, आनंद भी हुआसुख भी मिला...। कंस की उपलब्धि, मानसी को अपनी उपलब्धि लगी थी...पर जिस क्षण अपने ही भीतर तर्क के थप्पड़ों ने चेहरे पर प्रहार किया, उसी क्षण से मुरझाहट प्रारंभ हो गई।

राजनिवास का हर प्रहरी बदला हुआ था। हर चेहरा नया। हर आंख सतर्क और सावधान...। जिस समय रथ से उतरकर वसुदेव मथुराधिपति के जाने-पहचाने मंत्रणा-कक्ष की ओर बढ़े, उस समय उनकी ओर हर प्रहरी की सतर्क और चौकन्नी आंखें ठहरी हुई थीं। कुछ देर तक वसुदेव अपने ही भीतर ग्लानि का अनुभव करते रहे...छि...। मन ने कहा था'कैसी अपमानास्पद स्थिति झेलने को बाध्य हुए हैं वह...?जिन प्रकोष्ठों, परकोटों और कक्षों के भीतर उनकी अगुवाई सुनकर शीश झुके रहते थे, उनमे थूहर के कांटों जैसी आंखें बिधी हुई हैं...हर आंख बढ़ते चरण में लगती हुई. ..पीड़ा से भरी कराह होठों से विद्रोह करने को व्यग्र...।

इच्छा हुई थी कि राज्यादेश की अवहेलना कर दें। लौट पड़े अपने निवास को। धिक्कृत इस जीवन पर...। अपने ही सम्मान और सत्ता पर ऐसा कीचड़ उछलते हुए झेलना पड़ रहा है...।

किंतु नहीं। ऐसा नहीं करेंगे वह...। कर नहीं सकते! राजनीति-धर्म बाध्य करता है उन्हें। समयानुकूल चलकर समय को अपने अनुकूल बनाना ही राजनेता का धर्म...। उस बीच जो भी सहना पड़े, सहेंगे वह!

वसुदेव अपने आपको घोंटे हुए चले गए। मंत्रणा-कक्ष पर पहुंचकर सूचना भिजवा दी थी'महाराज से कहो, वसुदेव आ पहुंचे।'

सैनिक जिस गति से गया था, उसी गति से लौटा। सप्रणाम निवेदन किया'आप ही की प्रतीक्षा कर रहे हैं, मथुराधिपति!'

वसुदेव ने कक्ष में प्रवेश किया। कंस सामने थे। युवराज नहीं, मथुराधिपति कंस...। उन्हें देखते ही मुसकुराए, उठे, वसुदेव आगे बढ़ सकें इसके पूर्व ही आसन से आगे बढ़कर दोनों बांहें फैलाए हुए उन्होंने वसुदेव का स्वागत किया, बोले, 'आपके आगमन से आनंदित हुआ स्वजन...। पधारिए...। आसन ग्रहण कीजिए!'

वसुदेव एक पल के लिए चकित खड़े रह गए। कंस का वह मुसकुराना, आगे बढ़ना, स्वागत में बांहें फैलाना...सब कुछ यदि नाटकीय नहीं था तो विश्वसनीय भी नहीं था। लगा कि उद्दण्ड कंस भी राजनीति की चौसर पर सफलता के साथ चाल खेल सकते हैं...। यह रूप तो कभी देखा ही नहीं था उनका। एक साथ आनंद और चिंता घर कर गए मन में। कंस का यह व्यवहार सच हो या नाटकीयपर चौंकाने वाला है...। ऐसे छल और अभिनय प्रवणता से भरी राजनीति को झेलना सहज नहीं होगा! वसुदेव ने तुरंत समझ लिया था।

और चिंता...? चिंता यह कि इस राजनीति के रहते, वसुदेव या उनकी तरह के सरल मन लोग कितने दिन विगत के कंस को इस तरह याद रख पाएगें...?

कंस उसी तरह मुसकुरा रहे थे। दृष्टि में विश्वास, उससे कहीं अधिक सतर्कता। आसन पर बैठने के बाद बोले थे'मैंने आपको विश्राम के समय कष्ट दिया, पर क्या करूंस्थिति ही ऐसी आ पड़ी थी। आप तो जानते ही हैं कि राज-काज और व्यवस्था-प्रबंधों का अनुभव नहीं है मुझे...आप जैसे विद्वानों का सहयोग पाए बिना यादव गणसंघ के शुभार्थ कैसे, क्या कर सकूंगायही विचार कर आपसे सहयोग मांग रहा हूं...'

वसुदेव भीतर-ही-भीतर बौखलाकर रह गए थे। तुरंत निश्चय नहीं कर सके थे, क्या कहे? पर इतना समझ चुके थे कि तीव्रबुद्धि कंस उनसे सहयोग याचना केवल इस कारण कर रहा है क्योंकि उसे यादव गणसंघ में सत्ता की जड़ें फैलाने का यथोचित अवसर चाहिए...। वसुदेव को निरुतर पाकर कंस ने तुरंत ही शब्द-स्वर बदल दिया। बोला, 'आपके संकोच का कारण समझ पा रहा हूं, विद्धश्रेष्ठ...। संभवतः बहुत से बंधुओं की तरह आपको भी यह रुचिकर नहीं लगा होगा कि हम पितृ के रहते सत्ताधीश बनें, किंतु आपको तो ज्ञात ही है कि पूज्य उग्रसेन शक्ति, सामर्थ्य और निर्णयात्मक दृष्टि से मथुरा के शुभार्थ निर्णय नहीं कर पा रहे थे...। मगधराज जरासन्ध की अतुलनीय शक्ति से जूझने का अर्थ होता है जन-नाश...। पराजय तो निश्चित ही थी...ऐसी स्थिति में बाध्य होकर ही हमने वह कठोर निर्णय लिया...प्रियकर तो हमें स्वयं भी नहीं लगा, पर किया भी क्या जा सकता

था...? मथुराधिपति पर केवल मथुरा का नहीं सम्पूर्ण गणसंघ के शुभाशुभ का दायित्व-धर्म है।'

वसुदेव इस बीच निश्चय कर चुके थेक्या कहना और क्या करना उचित होगा। कहा था'मैं संकोचग्रस्त नहीं हूं, महाराज...। केवल विचार कर रहा हूं कि जो घट चुका है, उसके कुप्रभाव को नष्ट करने के लिए आपकी ओर से क्या किया जाना उचित होगा...। यह तो आप भी जान-समझ चुके होंगे कि जनपद में इस सबकी बहुत विश्वसनीय प्रतिक्रिया नहीं हुई है...'

कंस बोले नहींकेवल देखते रहे, जैसे वसुदेव के हर शब्द को कसौटी पर कस रहे हों। कैसी तीखी, कुरेदतीअंतर तक छीलती हुई आंखें थीं उनकी...?

वसुदेव जानते थेयह होगा। कहा'राजन्...! अब महत्वपूर्ण यह नहीं रहा है कि मगधराज के दूत को क्या उत्तर दिया गया, क्या नहीं? महत्त्वपूर्ण यह है कि जन-मानस को आपके प्रति विश्वस्त किया जाए...।'

कंस की आंखों में चमक पैदा हुई। वसुदेव ने तुरंत समझ लिया कि उनकी बातों ने दुर्मति राज को प्रभावित किया है। पर प्रश्न भी नहीं हुआ कंस की ओर से।

वसुदेव कहे गए'मेरी सम्मति में तो इस समय, जितने शीघ्र संभव हो सके मथुरा और विभिन्न यादव, वृष्णि अंधक वंशियों के जनपदों को अपने विश्वास में लाना उपयुक्त होगा मथुराधिपति...। यही समयसूचकता रहेगी!'

एक गहरा श्वासं लिया कंस ने। कहा, मैं आपकी बुद्धि, ज्ञान और सम्मति पाकर प्रसन्न हुआ वसुदेव...। निस्संदेह आपने जो कुछ कहा है, वह उचित है। अब यह भी बतलावें कि किस तरह, किन साधनों से जन-मानस की प्रतिक्रिया को अपने पक्ष में किया जा सकता है! हमारे पास शक्ति है, समृद्धि है और उससे कहीं अधिक है कठोर प्रशासन। क्या इस माध्यम से...'

'कदापि नहीं राजन्...! जन-साधारण को दमन या आतंक से प्रभावित करके चुप अवश्य किया जा सकता हैउन्हें विश्वस्त नहीं किया जा

सकता...। राज्यशुभ में जनता का आतंकित होना नहीं, विश्वस्त होना अधिक महत्वपूर्ण होता हैउसी के उपाय करें...'

'...किंतु कैसे...?' कंस सहसा प्रश्नहीन हो गए थेआशाभारी निगाहें वसुदेव के चेहरे पर ठहरी रह गई थीं...

और वसुदेव चुप। जानबूझकर हुए या अजानेकहा नहीं जा सकता, पर सन्नाटा गहरा गया था वातावरण में।

वसुदेव शांत थे। गंभीर भी। इस तरह जैसे विचार कर रहे हों। कंस उनकी ओर टकटकी लगाए देख रहा था। वसुदेव ने एक दृष्टि डालीसमझ लिया था कि उनकी ओर से वह विश्वस्त हो गया है। सदा के लिए नहीं तो कम-से-कम इस क्षण के लिए अवश्य ही निश्चिंत दीख रहा था...

वसुदेव ने वार्तारम्भ किया'मेरे विचार में इस समय केवल यह उचित होगा कि महाराज उग्रसेन के समय के विशेष मंत्री, सलाहकार जनपद के विभिन्न अंचलों की यात्रा करें। प्रमुखों से भेंट करके उन्हें यथासंभव विश्वास में लाने की चेष्टा करें...कहें कि समयानुकूल जो किया गया, वही राजनीतिक दृष्टि से उचित था...। मगधराज को व्यर्थ हो चुनौती दे डालनामृत्यु को आमंत्रित करने की तरह होता। वीरत्व, बुद्धि के बिना व्यर्थ होता हैयही कुछ उन्हें समझाया जाए...'

कंस की जो दृष्टि कुछ समय पूर्व धुंधला गई थी, फिर से आशा में चमक उठी। निस्संदेह...! इस समय वसुदेव की सम्मति ही योग्य और उचित है...! पल भर में राजा ने निर्णय लिया। कहा'आप महाराज उग्रसेन के लिए भी सबसे योग्य और विद्धान नीतिज्ञ रहे हैंमेरी इच्छा है कि आप ही महामंत्रिपद स्वीकारें...। आपने जो विचार व्यक्त किया है, उससे मैं पूर्णतः सहमत हूं। वही करें...आगे भी आपके निर्णयानुसार गणसंघ का संचालन-प्रशासन हो, यही हमारी इच्छा है!'

'जैसी आपकी इच्छा, राजन्...!' वसुदेव ने शांत स्वर में उत्तर दिया। न चाहते हुए भी अपरोक्ष रूप से उत्तर में हर्ष व्यक्त किया था, स्वर में आनंद...इस तरह जैसे कृतार्थ हुए हों।

कंस ने आसन छोड़ दिया। कक्ष में चलकहदमी करते हुए कहा था'मेरे

विचार में कल से ही आप इस शुभकार्य को स्वयं सम्हाल लें...राज्य की ओर से सम्पूर्ण गौरव-गरिमा सहित विभिन्न जनपदों की यात्रा करें...'

'आज्ञा शिरोधार्य है महाराज!' वसुदेव भी उठ पड़े थे।

मानसी ने मन की उहापोह से मुक्ति पाकर दासियों को बुलवायाश्रृंगार की आज्ञा दी। फिर स्वयं तैयार हुई...

भवन को विशेष रूप से सज्जित किया गया था। अब इस भवन मे युवराज कंस के नहीं, महाराजधिराज मथुरा के चरण पड़ेंगे...। मन विभिन्न कल्पनाओं से भरा हुआ था। कभी लगता कि राजा राजगरिमा की मंद-मंद चाल में पधारेंगे, कभी लगता कि उत्साही प्रेमी की भांति कंस कक्षद्वार में आते ही तीव्रगति से मानसी को बांहों में भरकर जकड़ लेंगे। उनके चेहरे और अंग-अंग में हर्षोल्लास की मादकता समाई होगी। स्वर में आनंद होगा...

और कभी लगता कि हो सकता है महाराज के नाम पर विशेष अनुचर सूचना लेकर आए'देवी...! आपको स्मरण कर रहे हैं मथुराधीश!'

मानसी के भीतर पुलक उठ रही थीं...ज्वार-भाटे की तरह! पल-पल नए-नए कद वाले उतार-चढ़ाव लेती हुई। दृष्टि हर आहट पर चपलता के साथ दांए-बांए मुड़ती हुई। शरीर का हर हिस्सा फूलों के ढेर की तरह कल्पनाओं के झोंके खाकर धीमे-धीमे हिलता हुआ! सब कुछ सुखद, सब आनंद भरी मादक हवाओं में झूमता हुआ-सा!

आशी ने क्रमशः हर गतिविधि के समाचार दिए थेमहाराजाधिराज को पल भर भी अवकाश नहीं मिल पा रहा है। गणसंघ के सामंतों से लेकर जनमंच तक विश्वास बटोरना पड़ रहा है। छोटा-मोटा उलटफेर तो हुआ नहीं है। एक तरह में भरत खण्ड की राजनीति की एक पूरा अध्याय ही बदल गया है...।'

मानसी ने शांति और धैर्य के साथ सुना था सब। उससे कहीं अधिक समझा। यह सब होगापूर्वनिश्चित था। उससे भी अधिक था परिणाम से कुछ घटने की आशंका! पर यह सोचकर गहरी शांति मिली थीवैसा कुछ नहीं घटा। अब तक सब कुछ सहजता के साथ चल रहा था...पर यह

सहजता शांतिपूर्ण तूफान की भी हो सकती है। बकुल और सुषेण गुप्त भेंट में बतला गए थे...

इस सबके बावजूद मानसी को कंस की प्रतीक्षा थी। थके-बेचैन मन को हमेशा ही मानसी के कोमल स्पर्शों और मृदु वचनों की जलधारा से शांत करते आए हैं। अब भी उसी की आवश्यकता होगी उन्हें। राजनीति-चक्र के उलटफेरों से भरे समय में जैसे ही अपने लिए कुछ क्षण पा जाएंगेंमानसी उनके मानस में उभरेगी और तब या तो चरण मुड़ पड़ेंगे इस ओर या फिर मानसी को हो एक विह्वल बुलावा आ पहुंचेगा...

कैसे क्या करना होगा उस क्षण...? वह आए या बुलावा आए'दोनों ही स्थितियों के लिए मानसी को तैयार रहना होगा। कक्ष की एक-एक वस्तु को जांचा-परखा, एक-एक कोने-कातर को निहारा...हर ओर स्वच्छता और सौंदर्य झलकता चाहिए! उससे कहीं अधिक मन की व्यग्रता को शांति देनेवाले सुखद वातावरण की सृष्टि रहे! महाराजाधिराज कंस का इससे श्रेष्ठ स्वागत मानसी क्या कर सकेगी...?

सारा दिन इसी तरह कट गया था...फिर सांझ झुकी। पल-पल व्यग्र मानसी स्वयं को संजाए-संवारे हुए इस विश्वास में मन को प्रफुल्लित रखती आई कि किसी भी क्षण कंस आ सकते हैं या उनका संदेश...किंतु वैसा कुछ नहीं हुआ...! जिस तरह दोपहर सन्नाटे से भरी बीती थी, उसी तरह सांझ अजब-सा बोझ लिए मन और माथे पर उतर आई...

फिर हुआ रात का पहर...दीप जले, झालरों की तरह आशाएं पुतलियों को अधिक व्यग्र करती हुई प्रतीक्षा में झिलमिलाने लगीं...पर कंस?

वह नहीं आएन आया कोई संदेश! इस बीच कितनी बार, अकारण ही आशी को बुला लिया था, याद नहीं। पुकार बैठती और जब आशी सामने आ खड़ी होती तो जैसे कहने के लिए अपने ही भीतर कुछ खोजना पड़ता...फिर अंत में खालीपन पाकर कहती'कुछ नहीं, आशी...। तू विश्राम कर!'

आशी गहरा श्वांस लेकर लौट जाती...वह भी समझ रही थी मानसी की व्यग्रता...। एक बार बोल पड़ी थी, 'देवी, स्वीकृति दें तो एक निवेदन करूं?'

'हूं?' जैसे चौंककर पूछा था मानसी ने, 'कह...? क्या बात है?' आप व्यर्थ ही व्यग्र हो रही हैं...'

मानसी ने बेचैनी से उसे देखा।

कुछ क्षमायाचना करते-से स्वर में उत्तर दिया था आशी ने'चिंतित न हो, देवी...। निश्चय ही महाराज कंस राजनीतिक उलटफेर की व्यस्तता में व्यस्त है। इस क्षण तो सुध-बुध खोए हुए होंगे...सुना है महामंत्री वासुदेव गणसंघ में बहुत प्रभावी हैं...राजा उन्हीं को किसी तरह पक्ष में करने का प्रयत्न कर रहे हैं...'

मानसी ने सुना। मन हुआ था कि आशी के इन शब्दों से अपनी छटपटाहट को कम कर लेंपर लगा वैसा हो नहीं सकेगा। मन-सवर उसी तरह उदास रहे। औपचारिक स्वर में कह दिया था'हां, संभवत तू ठीक ही कहती है...'

मानसी चुप हुई तो आशी लौट गई। शब्द अब भी गूंजते हुए से लगे...फिर अपने को ही कुरेदता प्रश्न अधिक गहरी गूंज के साथ मन में घुमड़ आया थाक्या सच ही ऐसा होगा...? कंस सत्ताधिपति होते ही कहीं मानसी को बिसरा तो नहीं तो नहीं बैंठेंगे?'

बहुत शक्ति से चाहा थाअपने ही भीतर एक शक्ति पैदा करें और नकार दे इस तर्क को...।

किंतु न नकार सकी, न स्वीकार सकी। उसकी जगह मन सिर्फ उलझे हुए रेशम की तरह अनसमझा-अनजाना रह गया।

रात का पहला पहर भी बीतने लगा था...सेविका ने आकर पूछा था, "भोजन तैयार है देवी?"

मानसी ने उत्तर दिया'नहीं, इस क्षण इच्छा नहीं है।

कंस सचमुच बहुत व्यस्त थे। उससे कहीं अधिक चिंताग्रस्त और व्यग्र! वसुदेव को अवश होकर महामंत्रीपद पर लाना पड़ा था। वृष्णिवंशी गणसंघ में प्रभावशाली लोग थे। वसुदेव उनके प्रमुख। उनका अस्तित्व नकारना असंभव था। बहुत सूझबूझ के बाद निर्णय लिया था उनके प्रभाव का अपने पक्ष में लाभ उठाएं। केशी और प्रद्युम्न जैसे प्रभावी व्यक्ति पहले ही साथ आ चुके थेवसुदेव का सम्पूर्ण समर्थन गणसंघ की सत्ता में अनायास ही

कोंपल की तरह उग आए कंस को गहरी जड़ें दे सकता था...। जिस क्षण उनसे भेंट करने बुलाया उस क्षण कंस को विश्वास नहीं था कि वसुदेव इतनी सहजता से उनकी सत्ता स्वीकार लेंगे, पर अघटित घट गया था। इसे ईश्वर की कृपा ही समझा था उन्होंने...किंतु मन फिर भी सहज नहीं। लगता था कहीं कुछ ऐसा अवश्य घट रहा है, जिसे देखते हुए भी समझ नहीं पा रहे हैं वह...।

वसुदेव भोर के साथ ही राज्यादेश के अनुसार गणसंघ के विभिन्न क्षेत्रों में राजपुरुषों से भेंट के लिए चल पड़े थे...जो प्रस्ताव उन्होंने किया था, वह ग़लत नहीं था। निस्संदेह उन्हें वृष्णि, अंधक और यादवों का समर्थन चाहिए था...और चह समर्थन प्रभावशाली व्यक्तियों से भेंट किए बिना संभव न था...।

फिर भी लगता थाकुछ छूट रहा है? क्या? समझ से बाहर...। रात देर तक जागे। बहुत सोचा, बहुत करवटों विचार कियापर हर बार अनुभव हुआ जैसे सिरा हाथ में होते हुए भी रह-रह कर मस्तिष्क की तरंगों से फिसल जाता है! और सब कुछ रहस्यमय ही रहता है...। वह सबजो नहीं समझा जा रहा है! जो देखकर भी पहचान में नहीं आ रहा है!

जैसे-तैसे रात कटी, फिर भोर के साथ ही आशंका ने मन घेर लिया! क्या है वह जो दीख कर भी दीखता नहीं...?

संभवतः कंस के अपने मन की शंका है वह...। उत्तर मिला। पर नकार दियाउंहुं! केवल यह नहीं। कुछ और है!

क्या हो सकता है?

संभवतः विश्वासघात का भय!

लगा था कि यह तो हो सकता है। मन ने कहा था'तुम ने भी तो विश्वघात ही किया है राजपुत्र...। पिता से ही नहीं, सम्पूर्ण गणसंघ से...। यह विध्वासघाती स्वभाव ही है जो अब तुम्हारे भीतर पैठ गया हैअतः तुम्हें भी सदा इसी से भय रहेगा! इस समय भी वही भय काट रहा है।'

अपना ही उत्तर, अपने को ही सहन नहीं हुआ। न, यह बात नहीं है...। ऐसा नहीं हो सकता! यह तो वहम है कंस का। व्यर्थ-सा विचार!

तब क्या है?

कुछ नहीं है!

नहींकुछ अवश्य हैं!

न तो मन ठीक तरह व्यवस्थित हो पा रहा है, न सहज। इसके विपरीत उत्तेजना से आकुल ही होता जाता है। निरंतर...।

कुछ देर हथेलियां मसलते हुए कक्ष में घूमते रहेसहसा पुकार लिया था उन्होंने'कोई है?'

सेवक उपस्थित हुआ।

कंस ने आज्ञा दी थी'सेनापति केशी को इसी क्षण बुलाओ!'

सेवक जाने के लिए मुड़ा, उसी व्यग्रता में रोक दिया था उसे'नहीं, तनिक रुको!

वह पत्थर की शिलावत् मुड़ गया। भयभीत, सहमा हुआ-सा नए राजा को दीखने लगा। जानता है बहुत कठोर और वज्रहृदय है मथुराधिपति। रक्तसंबंध को भी महत्वहीन समझा है उन्होंने, तब यह बेचारा दास ठहरा! इसका कैसा अस्तित्व..। डर रोम-रोम में भर गया।

कंस ने धीमे से होंठ काटा, फिर कहा'चित्रसेन को भेजो!'

'जैसी आपकी आज्ञा, राजन्!' 'कंपकंपाते स्वर में उसने कहा, तीव्रगति से मुड़ाफिर इस तरह भागकर बाहर निकला जैसे यम से छूटने को' आत्मा व्याकुल हो उठे...।

कंस फिर से चहलकदमी करने लगे। थोड़ी देर बार चित्रसेन उपस्थित हुआ। सिर झुकाया, कुछ कहना चाहा, तभी कंस बोल पड़े थे'सुनो, चित्रसेन!'

'आज्ञा देव? वह आगे बढ़ आया। एकदम समीप। कंस के स्वभाव, मुद्रा, दृष्टि सभी को पहचानता है वह। छुटपन से लेकर अब तक उनकी सेवा में रहा है। शरीर की हर चेष्टा से समझ सकता है कि कंस के भीतर क्या घट रहा होगा...क्या होंठों से बाहर आएगा।

'वृष्णिश्रेष्ठ वसुदेव आज प्रातः ही विभिन्न जनपदों और अंचलों की ओर गए हैं।' कंस ने कहा। चित्रसेन की ओर देख नहीं रहे थे वहलगता था कि कहीं दूर, संभवतः वसुदेव को ही यात्रा करते देख रहे हैं...बोले'हमारी इच्छा है कि विश्वस्त व्यक्तियों से उस हर क्षेत्र में सम्पर्क साधा जाए, जिनमें

वसुदेव पहुंचेंगे, विभिन्न ग्रामों, क्षेत्रों के मुखियों से भेट करेंगे...'

'जैसी आपकी इच्छा, महाराज!' चित्रसेन ने कहा और कंस ने आदेश पूरा कर दिया'वसुदेव क्या चर्चा करते हैं, किस तरह मिलते-जुलते हैं यह सारी सूचनाएं हमें तुरंत मिलती जानी चाहिएं!'

चित्रसेन ने शीष झुकायामुड़ गया।

कंस गहरा श्वांस लेकर पुनः विचारमग्न हो गए।

चले तब रोहिणी को साथ ले लिया था। गर्भवती थी वह। आशंकित भविष्य को महामंत्री वसुदेव की दृष्टि दूर-दूरागत तक देख पा रही थी। कंस की राजलिप्सा और शक्ति अराधना का यह क्रूरतापूर्ण युद्ध यहीं समाप्त नहीं हो जाएगावह दूर, बहुत दूर जाएगा!'

वसुहोम रथ हांक रहा था। कुछ सेवक रथ के आगे-पीछे चल रहे थे। सभी कंस के लोग। एकमात्र वसुहोम ही था, जिस पर सम्पूर्ण विश्वास सौंपा जा सकता था! यही नहीं, उसके सामने अवसर कुअवसर अपने भीतर धड़कते पीड़ा के ज्वालामुखी को खोल भी देतेतो लावा बाहर नहीं जा पाता! उसे लेकर निश्चिंत थे। बाल्यावस्था से वसुदेव के साथ रहा था वह खेला, पढ़ा-लिखा भी। महामंत्री पद पर पहुंचे, तब भी वसुहोम को ही अपने सबसे पास रखा। बुद्धि भी तीव्र थी उसकी। समयानुसार निर्णय लेने और चेहरे के भाव संतुलित रखने की आत्मशक्ति भी थी उसके पास। वसुदेव[1] ने उसके सभी गुणों का मूल्याकंन किया और जिस तरह मूल्यांकन हुआ उसी तरह वसुहोम निबाहता भी आया।

मथुराधिपति कंस का आदेश था'मथुरा गणसंघ के प्रभावशाली व्यक्तियों, प्रमुखों, और क्षेत्राधिपतियों से भेंट करेंकंस के लिए समर्थन लें!' सुझाव स्वयं वसुदेव ने दिया था। किस तरह, अचानक यह विचार कौंधा और त्वरित बुद्धि ने काम कियावसुदेव स्वयं ही नहीं जानते। पर इतना जान रहे थे कि उस क्षण वह सब कहकर उन्होंने समझदारी की थी। ऐसे

---

1. वसुदेव की तीन पत्नियां कही गई हैंभद्रा रोहिणी और मदिरा। देवकी, कंस के राज्यारूढ़ हो जाने पर वसुदेव से विवाही गईं।

ही जैसे किसी हिंस्र पशु का आहार होते-होते उसकी मानसिकता को बदल दिया हो...। जिस क्षण महाराज उग्रसेन को करावास मिलने की सूचना पाई थीउसी क्षण समझ चुके थे कि अगला नाम वसुदेव का ही होगा...। कंस भलीभांति जानता हैमहाराज उग्रसेन के बाद सर्वाधिक प्रभावशाली व्यक्ति हैं वसुदेव! नीतिज्ञ भी, विद्वान भी!

जब बुलावा आया, तब भी यही समझा था कि सब समाप्त हुआ, किंतु उचित समय पर जिस विद्युतगति से बुद्धि ने करवट ली और कंस को वश कियावह अपने आप पर चमत्कृत हो उठे थे!

और सब सोचने लगे थेकब तक चल सकेगा यह बुद्धिजाल? कब तक दुर्मति कंस को सम्हाले रह पाएंगे वह!

लगता थाबहुत दिन नहीं। एक न एक दिन कंस की क्रूरबुद्धि, वसुदेव को अपने से असहमत पाकर उन्हें वहीं पहुंचा देगी जहां कि महाराज उग्रसेन हैं...। और केवल उग्रसेन ही क्योंउनके अन्य विशेष अनुचर भी!

उग्रसेन को कारावास पहुंचाते ही कंस ने विश्वस्त सेवक-सेविकाओं तक को एक-एक कर कैद कर लिया था...। यह मात्र वसुदेव का सौभाग्य या कि कंस का दुर्भाग्य...। वसुदेव मुक्त घूम रहे हैं...केवल मुक्त नहींमहामंत्रीपद पर भी बने हए हैं!

रोहिणी शांत बैठी थीं। सिर झुका हुआ। यह समझना कठिन कि आगत के प्रति चिंताग्रस्त है, अथवा वर्तमान के प्रति आनंदित...? सहसा वसुदेव बोल पड़े थे'देवी?'

रोहिणी ने सिर उठायापति की ओर देखा। लगा जैसे उनकी दृष्टि में बैठा शून्य बहुत कुछ कहता दीख रहा है...प्रश्नों और चिंताओं से भरा एक सागर...। पलकें लहरों की तरह थरथराती हुई, पुतलियों पर चमकते जल की एक परत...।

बोली कुछ नहीं।

प्रश्न वसुदेव ने ही किया'क्या विचार रही हो रोहिणी?'

कुछ विशेष नहीं, स्वामी...। 'रोहिणी ने भर्राए, आकुल स्वर में उत्तर दिया था'सोच रही हूं कि आपने अनायास मुझे अपने साथ लेकर गणसंघ यात्रा का निर्णय क्यों कर लिया?'

वसुदेव मुसकुराए। मन ने टोका था उन्हेंक्या सचमुच ही मुसकुराए हैं? या इस मुसकुराहट के लिए उन्हें चेष्टा करनी पड़ी है। कहा'मथुरा के राजनीतिक-चक्र ने ही मुझे इस निश्चय के लिए बाध्य किया है देवी...।'

रोहिणी के माथे पर बल पड़ आए। संभवतः सोचने लगी थींराजनीतिक-चक्र से उनका क्या लेना-देना? वह कहां आती हैं बुद्धि और छल-प्रपंच के इस मायाजाल में...? राजभवन में रहने वाली महिलाओं को भी यह राजचक्र प्रभावित करता है क्या...? दृष्टि में पुनः अजानी व्यग्रता उभर आई, जैसे प्रश्न किया होकैसा राजनीति चक्र...? और उससे मेरा क्या मतलब?'

वसुदेव ने शांत, किंतु धीमे स्वर में कहा'तुम गर्भवती हो देवी...। मैंने विचार किया कि मथुरा की राजनीतिक अनिश्चितता में तुम्हें तुम्हारे परिजनों तक पहुंचा दूं...वहां तुम शांत रह सकोगी!'

'शांत...' वह बोली, किंतु लगा कि उस धीमे बोल में भी एक चीख छिपी हुई थी। वह कहे जा रही थीं'आप इस कालचक्र में बंदी हों और मैं शांत रहूं, यह, कैसे संभव होगा देव? तनिक सोचिए क्या मातृगृह में रहकर भी मैं आपको बिसरा सकूंगी...उस आपत्ति से अजानी रहूंगी जो प्रतिक्षण पूर्व महाराज के विश्वसनीय के विश्वस्तों पर मंडरा रही है?'

वसुदेव हंसे। एक बार स्वंय पर ही पुनः विश्वास करना चाहाक्या हंसे ही हैं? या अभिनय लादा है अपने आप पर कहा'जानता हूं कि मन तुम्हारा वहीं रहेगा, जहां मैं रहूंगा...किंतु जो भी शुभाशुभ घटे, उससे दर्शक रूप में तो परे रह सकोगी। यही विचारकर मैंने तुम्हें मातृगृह छोड़ने का निर्णय लिया है...। यह तुम्हारे लिए ही नहींअपने उस शिशु के लिए भी शुभ होगा जो शीघ्र ही जनमने वाला है!'

रोहिणी ने उत्तर नहीं दिया। प्रश्न शांत हो गया था, किंतु आंखों की जिन पुतिलयों पर आंसू केवल जल बनकर तिर रहे थे, सहसा बूंद में बदलकर ढुलक आए।

वसुदेव ने उनके कंधे पर हाथ रखा। हौले-हौले थपथपाते हुए बोले'शांत हो, देवी...। यह अवसर दुखी होने से कहीं अधिक संयत रहने का है...। यह राजकुल के हर सदस्य का दायित्व धर्म!'

रोहिणी ने आंसू पौंछ लिएसिर झुका लिया। नहीं चाहती थीं कि पति को लगे, उनकी अवज्ञा हो रही है...धर्म किसी भी क्षेत्र, समय और काल का होसहज मानव प्रतिक्रिया भला उस तरह संयत की जा सकती है, जिस तरह सूक्तियों में व्यक्त होती है...? रथ चलता रहा...

विभिन्न अधिवनों की यात्रा करते रहे थे वसुदेव। रोहिणी को मातृगृह छोड़ दिया गया था। हर अधिवन में वृष्णि, अंधक या यदुवंशियों से भेंट-वार्ताएं करते। बहुत बार ये वार्ताएं लम्बी चली थी...तर्कातर्क हुए...।

कंस के महामंत्री होने के नाते उनके स्वागत की औपचारिकताएं तो सभी अधिवनों की प्रमुख बस्तियों में हुई थीं, किंतु सहसा प्रमुखगण अपने आपको उनके सामने व्यक्त नहीं करते थे। उल्टे उनकी दृष्टि में वसुदेव को लेकर एक विशेष प्रकार की उपेछा और घृणा व्यक्त होती। कुछेक स्थानों पर साफ-साफ सुनना पड़ा था उन्हें! 'बड़ा खेद हुआ मंत्रिवर...। क्रूर युवराज की घिनौनी राजनीति में आपने साथ दिया...? सुना तो विश्वास नहीं हुआ था, किंतु अब देखकर जान रहे हैं कि विश्वास के साथ, विश्वासघात कैसे होते है?'

बहुतेक उलाहने! बहुतेक व्यंग्य...। किंतु वसुदेव सुनते 'संयत रहते, फिर धीमे से बात करतेबात का हर शब्द समय और काल के अनुसार इतना तर्कसंगत होता कि व्यंग करने वालों को पछतावा होने लगताक्यों कर इतना कटु बोल गए उन्हें...?

अंत में वसुदेव उन्हें समझाते'राजनीति का सिद्धान्त है मित्र...। उत्तेजना और क्रोध पर यथाशक्ति अंकुश लगाए रखना! अन्यथा अनेक बार चौसर पर जय पाते-पाते, पराजय मिल जाया करती है!'

प्रश्नकर्ता शांत हो जाते, केवल सुनने लगतेमहामति वसुदेव आगे क्या कहेंगे? क्या निर्णय लेंगे...? क्या सुझाव होगा उनका?

और फिर शांत स्वर में सुझाव आता'इस क्षण उचित यही है कि मथुरा और गणसंघ की प्रजा के शुभार्थ महाराज कंस का समर्थन करते रहें...वह अवसर शीघ्र आएगा, जब कंस से मथुरा को मुक्ति मिल सकेगी!'

'पर कैसे?'

यह 'कैसे' तो उन्होंने भी नहीं सोचा थाकेवल इतना ही सोच सके थे कि शांति का वातावरण बन जाने पर 'क्या करना है' निर्णय ले सकेंगे...? वह भी स्पष्ट कह देते'इस समय तो मैं भी निश्चय नहीं कर सका हूँक्या किया जाएगा या क्या करना होगा? किंतु इतना जानता हूँशीघ्र ही वह समय आएगा, जब मथुरा गणसंघ अपनी पूर्व संघ प्रणाली के अंतर्गत चल सकेगा! किसी व्यक्ति विशेष की अंधसत्ता या इच्छासे नहीं!'

इस तरह यात्रा के हरण में उन्होंने कंस के प्रति उभरा विद्रोह दबाया नहीं था, अपितु शांत किया...कुछ समय के लिए मुंह बंद ज्वालामुखी बना दिया!

चरण-चरण सम्पूर्ण यात्रा पूर्ण हुईलौटते समय अंतिम पड़ाव आया'गोकुल!' यादववंशियों का जनक्षेत्र...। नंद थे गोकुल के प्रमुख। वसुदेव के बालसखा।

चित्रसेन के गुप्तचरों ने समूची यात्रा में केवल गोकुल ही था, जिसे छोड़ दिया। सोचा थागोकुल की स्थिति ही क्या है। गणसंघ में? साधारण-सा ग्राम हैं, फिर मथुरा के बहुत समीप। वहां वसुदेव केवल मैत्री-संबंध के कारण ही रुके होंगे। गोकुल के नंद क्षेत्र-प्रमुख तो थे, पर गणसंघ की राजनीति को बहुत प्रभावित नहीं करते थे!

चित्रसेन के पास पहुंचकर सूचनाएं दीं। सभी सूचनाएं लेकर चित्रसेन महाराज कंस के विशेष कक्ष में उपस्थित हुआ।

चित्रसेन की उपस्थिति सहज थी। उस पर रोक-टोक भी न थी, किंतु दृष्टि मिलते ही कंस समझ गएकुछ विशेष है जो बतलाना चाहता है! देखते ही अंतरंग कक्ष की ओर बढ़ गए। पीछे-पीछे चित्रसेन।

आसन पर बैठते ही प्रश्न किया था, 'कुछ विशेष?'

चित्रसेन ने निवेदन किया था, 'महाराज की जय हो...। महामंत्री वसुदेव के पीछे रहे गुप्तचर सभी सूचनाएं ले आए हैं...'

'किंतु वसुदेव तो अभी यात्रा से लौटे नहीं?' कंस ने आश्चर्यचकित होकर पूछा।

'वह अपने बालमित्र गोप नंद से मिलने गोकुल चले गए...चित्रसेन ने जिस सहजता से कहा, लगभग उतनी ही सहजता से कंस ने बात ली'अच्छा, अच्छा। जानता हूं कि नंद गोप उनके परमस्नेही हैं...। सोचा होगा महावनों की निरंतर यात्रा के बाद कुछ समय मित्र के यहां रुके।' कंस बोलते-बोलते थमे, फिर पूछा, 'क्या समाचार हैं...? क्या चर्चा हुई उनकी?'

'आपकी आशंकाएं व्यर्थ हुई देव...।' चित्रसेन ने धीमे स्वर में उत्तर दिया'महामंत्री ने सचमुच आपके पक्ष में सम्पूर्ण शांति और स्नेह का वातावरण बनाने की चेष्टा की। बहुत बार तो उन्होंने उत्तेजित जन समूहों को भी जरासन्ध से युद्ध करने के परिणामों को जतलाया...यहां तक कहा कि यदि कुमार महाराज उग्रसेन से सत्ता नहीं लेते तो अब तक गणसंघ दावानल में झुलस रहा होता! कुमार ने सम्पूर्ण नीतिज्ञता और राजनीतिक चातुर्य से जो कुछ कियाजन शुभार्थ किया!'

कंस सुनते रहे...मन ही मन वसुदेव के प्रति आशंकाओं के जिस कोहरे ने उन्हें ग्रस रखा थाछंट-गया! चित्रसेन विश्वस्त सेवक था। उसकी जुटाई सूचनाएं असत्य नहीं हो सकती थीं।

प्रश्न न कर चित्रसेन से मिलता विवरण ही सुना। चित्रसेन बतला रहा था'महामंत्री ने बुद्धिमत्तापूर्ण तर्कों से अनेक बार क्षेत्र-प्रमुखों और सामंतों को शांत किया देव...। उन्हें आपके अनुकूल बनाया...ऐसी-ऐसी बातें कि हमारे गुप्तचर भी सुनकर प्रसन्न हुए! वसुदेव की यात्रा ने निःसंदेह महाराजाधिराज का शुभ किया है!'

'हमें प्रसन्नता हुई चित्रसेन...।' कंस के स्वर में सहसा हल्कापन उभर आया था। चित्रसेन को भी सुख मिला। पिछले अनेक दिनों से कुमार को निरंतर उत्तेजित और व्यग्र ही देखता रहा था वह...पहली बार वे शांत और सहज दीखे।

'महामंत्री के स्वागत की जोरदार व्यवस्था की जाए चित्रसेन...। हम स्वयं उन्हें तिलक करेंगे, सम्मान आसन तक लाएगे!' कंस का आदेश हुआ!

चित्रसेन ने सिर झुकाया। चला आया। कंस प्रसन्न मन आंखें मूंदकर लेट रहे। लगता था कि जिस सत्ता के पौधे को रोपा था, अब जड़ पाने लगा है...कितने संतोष की बात!

'तुम्हें महामंत्रिपद पर न देखकर कारागृह में देखता तो मुझे संतोष मिलता, वसुदेव,!' नंद गोप के स्वर में चिंता से अधिक घृणा थी। लगता था कि हर शब्द इस तरह कहा है जैसे सीना चीरने का प्रयत्न किया हो...। हर शब्द नुकीला, सांघातक अस्त्र की तरह!

वसुदेव ने सुना, शांत रहे। केवल शीतल दृष्टि नंद के चेहरे पर गड़ाए रखी। जानते थेनंद सरल हैं और सरलता का सबसे बड़ा दोष यही होता है कि वह कटुता की तरह छिप नहीं पाती। वही कुछ देख रहे थे। यही सोचकर संतुष्ट हुए थे कि नंद गोप ने उन्हें दुत्कार नहीं दिया। उनका अधिकार थाचाहते थे वसुदेव को गृह-प्रवेश की आज्ञा भी न देते। पर वैसा न कर उन्होंने वसुदेव को घर के भीतर ही नहीं, अतरंग कक्ष में आने दिया था। गले भी मिले थे, पर जो शब्द-तीर छोड़ना थाछोड़ दिया।

उतने पर ही थम सके होते तो गनीमत होती। आगे भी कहे गए थे'जिस क्षण यह सुना कि कंस ने वृद्ध राजा को बंदी बना लिया है, उस समय उतना आश्चर्य नहीं हुआ था, जितना यह सुनकर हुआ कि तुम अब भी उस दुर्बुद्धि, क्रूर सत्ताधारी के सेवक बने हुए हो...। नंद के स्वर में सहसा पीड़ा उभर आई थी। गरदन झुकाकर अचानक उन्होंने एक श्वांस लिया, कहा'सच कहो, देवतुल्य वसुदेव...। तुमने यह हो कैसे सका...? किस बाध्यातावश यह सुखानंद की आशा में तुम यह नीचकृत्य किए जा रहे हो...? मित्र हो अतः स्थिति को सह नहीं पा रहा हूं...तुम्हें लेकर सोचते हुए जितना कष्ट होता थाउससे कहीं अधिक आज तुम्हें अपने सामने पाकर हुआ है!'

वसुदेव फिर भी शांत ही रहे। केवल नंद की ओर श्रद्धा से भरे देखते रहे। राह भर यही कुछ सोचते आए थे! नंद है अपनत्व से भरे हुए...। एक तरह से वसुदेव पर सम्पूर्ण स्नेहाधिकार है उनका। निश्चय ही सरल

मन उन्हें महामंत्री के नाते अपने यहां आना सह नहीं सकेगा। वही हुआ।

एक बार बोल पड़ने की इच्छा हुई थी, किंतु स्वयं को दबोच लिया। पहले नंद गोप के भीतर उन्हें लेकर जितनी पीड़ा और दुख है, उसे बाहर निकल आने देंगेफिर अपनी बात कहेंगे। नंद की सरलता को जिस गहराई तक जानते थे, उतनी ही गहराई तक उनके मन की निर्मलता को भी पहचानते थे वसुदेव।

उत्तेजना और क्रोध धीमे-धीमे रिसने लगे हैं...केवल वसुदेव ने नहीं, स्वयं नंद ने अनुभव किया...अंतिम बार केवल इतना ही कह सके थे नंद। तुम्हें महामंत्रिपद पर पाकर बहुत कष्ट हुआ है वसुदेव...। बहुत...। तुम न आते तो अच्छा था!' गला भर्रा गया था नंद कापीड़ा से। कांपती हथेलियों में वसुदेव का हाथ लेकर बड़बड़ाने लगे'तुमने ठीक नहीं किया...।'

वसुदेव को लगा था कि बोलना आवश्यक हो गया है। कहा'तुम यदि मुझे दोषी समझ रहे हो, तो ऐसा समझते हुए जितना तुमने कहा है, वह सब शिरोधार्य करूंगा...पर जो कुछ कहने जा रहा हूंउसे ध्यान देकर पहले सुन लो...। फिर मुझे मेरी और मेरी स्थिति को लेकर निर्णय करना नंद!'

नंद ने भोली दृष्टि चेहरे पर गड़ा दी। लगा कि मित्र की आंखें भी उतनी ही भरी हुई हैं, जितना नंद का अपना आप भरा हुआ है।

वसुदेव कहे गए'जिस तरह जो कुछ घटा, तुम सुन चुके होगे। एक रात्रि अनायास ही युवराज ने महाराज उग्रसेन को बंदी गृह में डाल दिया...। हम सब लोगों को तो भोर हुए ज्ञात हुआ कि गणसंघ का नेतृत्व जरासन्ध के प्रति समर्पित व्यक्ति के हाथों चला गया है...। और तब कंस का विरोध किया जाना मूर्खता होती...। ऐसे समाचार भी मिल चुके थे कि मगध की सेनाए मथुरा से बहुत दूर नहीं हैं...तनिक सोचो, उस अवसर पर कंस से जूझने का परिणाम क्या हो सकता था नंद...? यही ना कि जो गणसंघ के प्रति निष्ठावन लोग हैं, वे आत्महत्या कर लें...। नीतियुक्त यही था कि किसी तरह अपनी रक्षा करके उस अवसर की प्रतीक्षा की जाए, जब मथुरा को कंस से मुक्त कराया जा सके...? इसीलिए मैंने कंस को समर्थन दिया...। इसमें नीति को यदि तुम दोष मानते हो तो मैं तुम्हारा ही नहीं सम्पूर्ण नागरिकों

का अपराधी हूंजो दण्ड दोगे, सिर झुकाकर स्वीकार लूंगा...।'

नंद स्तब्ध होकर देखते रह गए थे मित्र को। फिर चेहरा बुझ गया। जैसे कुछ पल पूर्व जितना कुछ कह-सुन चुके हैंसबके प्रति स्वयं को दोषी और अपराधी समझ रहे हैं। अजानी ग्लानि से मन भरा हुआ।

वसुदेव टकटकी बांधे देख रहे थे नंद की ओर...समझ चुके थे कि नंद का क्रोध केवल शांत नहीं हुआ है, वह ग्लानि भी अनुभव करने लगे हैं...

हाथ अब भी नंद की दोनों हथेलियों के बीच, पर अब थरथराहट नहीं था उसमें। लगता था कि भूकम्प थम गया है। सब कुछ स्थिर...। पहले ही जैसा।

ठीक तभी नंद की आंखें भर आई। हाथ खींचे और वसुदेव को गले लगा दिया। अस्पष्ट हो गया था स्वरभर्राहट ने गले को अवरुद्ध कर दिया था किंतु बड़बड़ाए जा रहे थे'मुझे क्षमा करना मित्र...। बहुत दोष हुआ! उत्तेजना में न जाने क्या कुछ बक गया मैं...। मुझे क्षमा करना!'

वसुदेव बोले नहीं। आंखें उनकी भी छलक आई थींगला उनका भी भर्राया हुआ। केवल नंद गोप की पीछ सहलाते रहे...जैसे एक भोले बालक को सांत्वना दे रहे हैं...।

केशी और प्रद्युम्न से विशेष चर्चा कर रह थे महाराज कंस। कक्ष विश्वस्त सेवकों से सुरक्षित था। वसुदेव की यात्रा के जो समाचार मिले थे, उन्होंने बहुत संतुष्टि दी थी। केशी और प्रद्युम्न को सब कुछ सुनाकर कहा था'वसुदेव का अपने पक्ष में होना बहुत शुभ हुआ है...। उनकी यात्रा से निःसंदेह गणसंघ की उत्तेजित जनता का आक्रोश ठण्डा हुआ होगा... पर वह रहेंगे सदा ही प्रभावशाली...। केवल इस चिंता ने व्यग्र कर रखा हमें!'

केशी और प्रद्युम्न। दोनों ही कभी महाराज उग्रसेन के विश्वस्त सेवक हुआ करते थे। केशी को सेना में उच्च पद तक पहुंचाया था राजा उग्रसेन ने। किंतु सेनापतित्व के मोह जाल में सुविधा से कंस ने फांस लिया था उसे। स्वभावतः क्रूर, उद्दण्ड और मदांध केशी भी सत्ताशक्ति की उसी भूख

का मारा हुआ था, जिस भूख ने कंस को पितृघाती बनाया था। समझौता होने में बहुत देर नहीं लगी थी।

कंस का बतलाया, सब कुछ शांत स्वभाव से सुना था केशी ने। प्रद्युम्न की ओर देखासोचा था उसकी अपनी तरह संभवतः प्रद्युम्न भी इस सूचना पर विश्वास नहीं कर सकेंगे, पर लगा कि प्रद्युम्न पूरी तरह संतुष्ट हैं...।

जितना जो कुछ, कंस ने कहा, उसे सुनकर केशी को सन्तुष्ट ही नहीं, वसुदेव की ओर से उसे निरापद अनुभव करना चाहिए था...। पर केशी का मन तैयार नहीं था...। वसुदेव के स्वभाव, पोर-पोर में बैठे राजनीतिक चातुर्य और भावहीन चेहरे को बखूबी पहचाना था उसने। वसुदेव उग्रसेन ही नहीं, गणसंघ पद्धति में पूर्णतः निष्ठा और विश्वास रखते आए हैं... यह असंभव है कि वह कंस के शुभार्थ कुछ करें...। यदि कुछ किया भी है तो वह इतना उलझा हुआ होगा कि मूढ़बुद्धि गुप्तचर सहसा उसकी गहराई नहीं समझ सके होंगे! केवल शब्दार्थों का लेकर महाराज तक सूचनाएं पहुंचा दी है। शब्द-मर्म को नहीं समझा।

और अब कंस भी निश्िंचत हो गए हैं। केवल निश्िंचत नहीं, आश्वस्त! इस सीमा तक कि वह वसुदेव के प्रति सम्पूर्ण विश्वास से समर्पित हुए दीख रहे हैं...

कंस कह रहे थेमहामंत्रिपद पर वुसदेव जैसे योग्य और नीतिज्ञ का होना ही आवश्यक है...। हमने निर्णय किया है कि वहीं रहेंगे!'

आहत प्रद्युम्न भी हुए। कंस के सत्तारूढ़ होते ही मन के भीतर कहीं आस जग आई थीअब साधारण सलाहकार से उठकर मंत्रिपद और फिर महामंत्रित्व तक पहुंचना सरल होगा। कल्पना भी नहीं थी कि वसुदेव अपने लगभग धराशायी होते आसन को असामान्य संतुलन से सम्हाल लेंगे! पर किया भी क्या जा सकता है? चुप रहे। मंत्रिपद मिल गया हैइसी पर संतोष करना ठीक होगा। मन साध लिया।

कंस सहसा उठे, कहा'सेनापति...।'

'आज्ञा महाराज?' विनम्र भाव से केशी भी उठ खड़ा हुआ।

'हमारी इच्छा है कि गोकुल से लौटते ही महामंत्री वसुदेव का भव्य स्वागत किया जाए...।' कंस का संदेश गूंजा'उन्होंने हमारे शुभार्थ बहुत कुछ किया है।'

केशी ने दांत भींच कर स्वीकार में शीश झुका दिया'जैसी आपकी आज्ञा!' कंस विश्राम कक्ष की ओर बढ़ गए। प्रद्युम्न और केशी खड़े कुछ पल सन्नाटे भरी आंखों से एक-दूसरे को देखते रहे, फिर थकी-सी चाल में अपने-अपने निवासों की ओर लौट पड़े।

राह में फुसफुसाते हुए वार्ता चली। सबसे पहले केशी ने प्रारंभ किया'क्षमा करें, मंत्रिवर...। क्या आपको भी लगता है कि वसुदेव ने वही किया जो महाराज कंस बतला रहे हैं?'

प्रद्युम्न की दृष्टि उठी। इस दृष्टि में सतर्कता थी। उससे कहीं अधिक नीति-चातुर्य भी झलक रहा थाकिंतु होंठ नहीं खुले। इतनी शीघ्र उलझी हुई बात पर सम्मति देने का स्वभाव नहीं था उनका। केवल उनका ही क्यों, किसी नीतिज्ञ का नहीं होता। फिर यह थी बड़ी विलक्षण स्थिति! कंस, पिता की तरह शांत स्वभाव नहीं हैयह संकेत पाते ही कि प्रद्युम्न की ओर से असंतुलित शब्द बाहर आया था, पल भर में पद तो दर किनार जीवन छीन लेने में भी संकोच नहीं करेंगे!

केशी ने पुनः कुरेदा'कुछ बोलिए, मंत्रिवर...। इस तरह शांत रहे तो महाराज कंस की सत्ता को ही नहीं, हम सभी के अस्तित्व को भय है। सम्मति दीजिए?'

'क्या कहूं?'

'वसुदेव ने सचमुच मथुराधिपति के शुभार्थ वातावरण बनाया होगा?' केशी ने साफ-साफ प्रश्न कर दिया।' क्या आपका भी यही विचार है?'

'सूचनाए तो यही मिली हैं महाराज को!' प्रद्युम्न ने उत्तर दिया, किंतु बहुत सधा-बंधा। न इधर झुके थे, न उधर। ऐसे जैसे किसी रस्से पर चलकर नट का करतब बतलाया हो।

केशी वक्र दृष्टि से हंसा, 'आप चतुर हैं महामंत्री...'

'मैं महामंत्री नहीं'मंत्रियों में से एक हूं...आप भूल रहे हैं सेनापति प्रद्युम्न ने हंसकर सुधार किया।

'आपको महामंत्री ही होना चाहिए!' केशी उसी उद्दण्डता के साथ बोला'क्या आपकी भी यही इच्छा नहीं है?

प्रद्युम्न फिर चुप मार गए। लगा था कि मनुष्य से कछुए हो गए हैं। विपत्ति पूर्व सिर छुपा लेना स्वभाव।

केशी केवल वाचाल ही नहीं बहुत उद्दण्ड भी था। उससे कहीं ज्यादा शक्तिमद में चूर। वह शरीर से जितना हृष्टपुष्ट था, बल में उतना ही। मथुरा के श्रेष्ठतम योद्धाओं में गणना होती थी उसकी। कंस ने पद के योग्य सुपात्र चुना था, किंतु बुद्धि की उच्छृंखलता ने पद के योग्य गरिमाशाली नहीं रहने दिया था उसे।

प्रद्युम्न के चुप हो हंसकर टाल गया था वह...केवल यह कहकर मुड़ गया था...'मैं जानता हूं, महामंत्री! आप भी वही सोच रह हैं जो मैं सोच रहा हूं...अच्छा यह होता कि आप स्पष्टतः मेरा साथ देते विश्वास कीजिए, मैं वसुदेव के षडयंत्र को एक न एक दिन अवश्य ही महाराज के सामने ला दूंगा...।'

प्रद्युम्न ने सुना। कदम ठिठके थे, पर अपने आपको धक्का मारकर आगे लिए गए। उद्दण्ड केशी से इस तरह राह चलते गंभीर राजनीतिक वार्ता नहीं की जा सकती थी।

वसुदेव गोकुल से लौटे। संतुष्ट थे, प्रसन्न भी। नंद को ही पूरी तरह संतुष्ट कर आए थे। अधिक प्रसन्नता इस बात पर थी कि उन्होंने यदा-कदा रोहिणाी की सुधि लेते रहने का विश्वास भी दिलाया था...

मथुरा मे भव्य स्वागत हुआ उनका। स्वयं महाराज कंस ने राजनिवास के मुख्यद्वार पर आकर उन्हें स्नेहपूर्वक गले लगाया, जन-समुदाय के बीच प्रशंसा की। वसुदेव निश्चिंत हुए। कभी-कभी राह में शंका ने ग्रसा था मन। कही, किसी गुप्त सूत्र से कंस को ज्ञात न हो जाए कि वसुदेव इस राजयात्रा में जनपदीय राजाओं, नायकों से कंस को ही उखाड़ने की असंतुष्ट उग्रइच्छा अधिक उग्र कर आए हैं..।

पर यह स्वागत-सम्मान...? सब जतला रहा था कि कंस पूरी तरह उनकी ओर से निश्चिंत हैं!

पर कब तक रह सकेगा...? या कब तक वसुदेव अपने प्रभाव में पनपते,

जड़ लेते विद्रोह को काबू में कर सकेंगे? किसी दिन, किसी घटना विशेष से किसी विशिष्ट जनपद में फूट पड़ा तो हर छिलती परत जिस चेहरे को सामने लाएगीवह वसुदेव का ही होगा...।

पर यह समय यह सब सोचने का नहीं था। सम्पूर्ण राजकीय स्वागत-सम्मान पाकर निवास पर आए। विश्राम किया। इच्छा हो रही थी कि कुछ पल निद्रा लें, पर वैसा हो नहीं सका। एक-एक करके वे चेहरे याद आने लगे थे, जिनसे क्रमशः शक्ति-संगठन और परस्पर संबंध बनाते रहने की योजना गढ़कर आए थे वसुदेव...गणसंघ के विभिन्न जनपदीय राजाओं और मुखियों के बीच शक्ति-संयोजन का यह छिपा खेल तब तक कंस के सामने नहीं आएगा...? अपनी ओर से तो बहुत सावधान कर दिया था सभी को"कुछ दिन शांत रहकर ही वह सब प्रारंभ करना उचित होगा...।" पर लग रहा था वे शांत नहीं रह सकेंगे। सभी के भीतर स्वातंत्र्य इच्छा चिनगारी बनी हुई थी...कब सुलगकर दावानल बन जाएगीअनुमान कर पाना असंभव..।

और कमजोर दावानल भी तो नष्ट हो जाया करता है...। वसुदेव यही कुछ सोच रहे थेनींद पलकों पर आकर ठहर गई थी।

मानसी की आंखें पथराने लगीं थी...।

आशी हर दिन समाचार लाती रही थी। किसी दिन यह कि आज महाराज कंस ने अमुक राज्योत्सव में भाग लिया और किसी दिन यह कि आज कंस राजसभा में उपस्थित न होकर आखेट पर चले गए...।

मानसी सुनती। मन को बार-बार समझाती"नहीं-नहीं, राजनीतिक उलट-फेर के कारण संभवतः राजा समय ही नहीं निकाल पा रहे होंगे कि मानसी तक आएं, किंतु हर बीतता दिन और बीतती रात विश्वास के उजाले को धीमे-धीमे अविश्वास की बदली से ढंकती हुई! फिर भी अपने को सहेजती। मन के बिखराव को सहेज-सहेजकर दाने-दाने जोड़ती, अपने को ही सांत्वना देती...।' नहीं-नहीं...। बहुत छोटे और ओछे ढंग से विचार रही है मानसी! कंस ने उसे उतना ही निर्मल विश्वास और नेह दिया है, जितना उसने कंस को दिया है!"

लगता कि भीतर से कोमल, किंतु कुदेनभरी हंसी उठती है। एक धिक्कार मानसी पर उछालती हुई...। 'पगली...। तुझे जो पाना थातूने तो पा लिया और कंस जितना पा सकते थेतुझसे पा चुके...। अब कैसा मोह उनका और कैसा तेरा...? जिस तरह संयोजन से आरंभ हुआ था सब कुछ, उसी तरह संयोजित ढंग से समाप्त हो गया...। भूल जा कंस को. ..। इसलिए कि कंस भी तुझे बिसरा चुके हैं!'

मन होता चीख पड़े'नहीं!' पर होंठ...? वे न जाने किस मर्यादा से चुप रह जाते हैंचिपके हुए!

मर्यादा से या कि भय से? जरासन्ध को संकेत मात्र मिला और मानसी जीवन मुक्त हो जाएगी...यही नहीं, कंस स्वयं भी अपने आपको किसी तरह मानसी के साथ लांछित होना पसन्द नहीं कर सकेंगे! वह मथुराधिपति हैं...।

और मानसी...? एक साधारण-सी छलना! कभी रंगमंच पर नृत्याभिनय करके हजारों-हजार मागध-जनों को छलती थी, फिर उसने मथुरा के स्वातंत्र्य को छला और अब खुद को भी छल रही है...। यह विचार कर कि कभी अंकशैया में लेने वाले मथुराधिपति उसे राजशैया पर ले लेंगे...।

विचित्र होता है छल और उससे भी अधिक विचित्र होते हैं छली...। छलते-छलते जब थकने लगते हैं या छलने को कुछ नहीं बचता तो स्वयं को ही छलकर स्वयं पीड़ा का आनंद लेने लगते हैं...। अजब-सी क्रूरता से भरी आनंदलाभ की इच्छा जनम आती है उनके भीतर!

कितनी बार पलकों के भीतर आंसू गड़े हैं? कितने एकांतों में ये आंसू विद्रोही होकर पलकों से नीचे उतर आए हैं? और कितनी बार रातों के सन्नाटे मे इन आंसुओं ने मानसी के आत्म-विश्वास को गलाकर अपने ही भीतर डुबो लिया हैमानसी को याद नहीं। पर इतना याद है कि हर बार मानसी जली है, क्षीण हुई है, पीड़ित हुई है। उसने अपने स्वत्व को अपने से ही लांछित और अपमानित अनुभव किया है। अपने सौन्दर्य पर अपने ही हठों से थूका है...।

पर अब असहाय होने लगा है सब! मानसी रोज थक जाती है प्रतीक्षा मेंउससें कहीं अधिक थकती है रात्रि में जब अपना आप ही उसें नींद नहीं लेंने देता...। ऐसा अपमान...? ऐसा तिरस्कार?

कंस, लगते तो नहीं थे ऐसे...?

मन हंसता हैमूर्खा...। जिस व्यक्ति को सत्तामोह पिता के प्रति मर्यादित नहीं रख सका...। जिसकी लोलुपता ने राज्य का स्वातंत्र्य नष्ट कर दिया...उसे लेकर तू विश्वास खोज रही है?...और मानसी सहसा स्वयं से ही निरुत्तर हो जाती है। मन-बुद्धि से खाली! एक शिलामूर्ति-सी!

एक के बाद एक दिन बीत रहे हैं और यह मूर्तिभाव शरीर को जकड़ चुका हैअब मन भी इसकी जकड़ में है...। आशी तरह-तरह से उसे प्रसन्न रखने की चेष्टाएं करती है।

पर व्यर्थ...।

मानसी भी समझ रही है और आशी भीअब सब व्यर्थ लगा है। अर्थवान रह गया है केवल खालीपन। रहा नहीं गया तो एक दिन कह बैठी थी आशी, 'देवी?'

मानसी ने दृष्टि उठाईपथरीली, प्रकाशहीन।

'क्षमा कर दें तो एक प्रार्थना करूं?'

मानसी ने एक थर्राता सांस लिया, कहा'बोलो?'

'आप मथुराधिपति को लेकर इतनी चिंता न करें...। मुझे विश्वास है कि वह एक दिन अवश्य आएंगे...' आशी ने जैसे मुरझाते मन को सींचा था'राज-काज की स्थितियां जटिल होती हैं, तिस पर जिस तरह कंस राजा बने हैं, उसमें तो और भी जटिल हुई हैं। आपको तनिक धैर्य रखना चाहिए!'

मानसी ने उसे टकटकी बांधे हुए देखा, फिर जैसे अपने को ही छिपाने की व्यर्थ-सी कोशिश की। बोली'तू क्या सोचती है कि मैं उनके आने न आने को लेकर चिंताग्रस्त हूं...? नहीं, आशी! सच केवल यह है कि मुझे मगध का स्मरण आ रहा है...बहुत व्यग्र हूं अपनी जन्मभूमि देखने के लिए!'

आशी ने उसे देखा, स्वर की पीड़ा भांपी, फिर जैसे मानसी के असत्य को ही सत्य स्वीकार लिया। बोली, 'मैं भी ऐसा ही समझती हूं, देवी...और अगर सचमुच ऐसा ही है तो वह अवसर आ पहुंचा जब आप मगध देखेंगी...। मगध का राजकीय सम्मान पाएंगी!' वह लौट पड़ी थी...मानसी ने जैसे

समझना चाहा था कि उसने क्या कहा, किस संदर्भ में कहा...पर आशी ने अवसर नहीं दिया। जब तक मानसी विचार कर सकेवह प्रकोष्ठ से बाहर निकल गई।

चार दिन बाद ही सब कुछ सच हो गया था वह सब, जो आशी अन-चाहे बोल गई थी। बकुल उपस्थित हुआ। मगध का विश्वस्त सेवक और गुप्तचर। मानसी से तुरंत भेंट चाहता था वह।

भोर की पहली किरन के साथ ही मानसी को समाचार दिया गया था'बकुल भेंट करने उपस्थित हुए हैं!'

बकुल...! मानसी ने सुनाधक्का महसूस किया। किसलिए?

पर इसलिए आ सकता है? प्रश्न का उत्तर बकुल के पास ही हो सकता थासंदेश लाई आशी के पास नहीं। कहा था, 'प्रतीक्षा करेंमैं आती हूं।'

आशी चली गई।

मानसी उहापोह में किसलिए आया होगा? अनुमानों के अनेक थपेड़ों ने लहरों कि तरह बार-बार मानसी के मन को हिलाना प्रारंभ कर दिया. ..किसलिए?

क्या सम्राट जरासन्ध का कोई संदेश होगा...? अथवा मानसी के लिए कोई समाचार?

जरासन्ध का संदेश भी हो सकता थामानसी के लिए समाचार भी!

पर मानसी इतने अनुमान भर से संतुष्ट नहीं। जाने क्यों लग रहा है जैसे कुछ अशुभ घटने जा रहा है...या अशुभ समाचार लाया होगा बकुल!

मन अकुलाहट से भर उठा। उससे कहीं अधिक भय। क्या कहेगा बकुल और किस तरह उस सबको मानसी सह सकेगी...? यह कल्पनातीत!

कुछ ही पलों में इस तरह थक गई थी जैसे घण्टों की दौड़ ने हांफने के करीब पहुँचा दिया हो। मौसम ठंडा था, पर जाने क्यों पसीना छलछला आया माथे पर...माथे पर ही क्योंशायद सारे शरीर में।

कुछ देर पलंग पर बैठी रह गई फिर जैसे-तैसे स्वयं को सम्हाला और लगभग अपने को घसीटते हुए भेंट-कक्ष की ओर बढ़ी...।

बकुल सामने था।

मानसी ने देखाठिठक गई, फिर जैसे याद आयाकुछ भूल कर रही है। आगे बढ़ी।

बकुल सम्मान में उठा, कहा, 'सम्राट ने देवी को शुभकामनाएं और बधाई दी है...! बहुत प्रसन्न हैं वह...!'

मानसी ने सुनालगा कि कानों में शोर उठने लगा है। मन को ज्यादा और ज्यादा थकाता हुआ।

मानसी पास पहुंच चुकी थी। बकुल ने पुनः अपना आसन ग्रहण किया। कहा, 'विशेष रथ भेजा है आपके लिए...! कहा हैआप जिस साध्य के लिए गई थीं, वह सिद्ध हुआ। मगध पर आपने उपकार किया। अब आप मगध लौटें!'

आशी एक ओर खड़ी थीदिखने में शांत, किंतु गहरी अशांति से भरी हुई!

मानसी कुछ बोली नहीं तो बकुल ने राजाज्ञा का अगला अंश सुना दिया'मगधराज जरासन्ध तुरंत आपसे भेंट करना चाहते हैं। उनकी इच्छा है कि वह अपने ही हाथों आपको इस सफलता के लिए पुरस्कृत करें, राज सम्मान दें!'

मानसी सब कुछ सुन रही थी...इस तरह जैसे पूरी तरह शिला हो चुकी हो। सचमुच शिला ही तो हो गई वह? शिला न हुई होती तो भला इस तरह शांत बैठी रहती वह? अश्रुहीन...! शब्दरिक्त!

बकुल कहे गया था'सन्ध्या समय ही यहां से विदा होना पड़ेगा...।' फिर वह आशी की ओर मुड़ा था'मगधराज की इच्छा तुरंत पूरी हो, यह भी कहा है उन्होंने। अनुकूल समय भी नहीं है। मथुराधिपति को ज्ञात नहीं होना चाहिए कि आप गंधर्व कन्या नहीं, मगध की गुप्तचर हैं...! तुरंत मगध लौटना होगा आपको!' बकुल उठ खड़ा हुआ'मैं चलता हूं।' शब्द पूरे करते-करते वह तीव्रगति से बाहर निकल गया।

बकुल कब का जा चुका है...पर लगता है कि शब्दरूप में वह मानसी के सामने उपस्थित है। केवल उपस्थित नहीं हैमगधराज के आदेश का अंकुश

लिए हुए मानसी की आत्मा को कुरेद रहा है। गहरे तक मन को पहुंचाता हुआ...।

विशाल कक्ष खाली थापर अजब-सा बोझिलपन लिए हुए...! जरासन्ध का वज्रादेश जैसे शब्दों के एक-एक बोल के साथ प्रहार कर रहा है...! यह प्रहार थमते नहीं, ये प्रहार कमजोर नहीं होते!

'जरासन्ध तुरंत आपसे भेंट करना चाहते हैं। उनकी इच्छा है कि वह अपने ही हाथों आपको इस सफलता के लिए पुरस्कृत करें...! राजसम्मान दें!'

मानसी को लगता है कि यह शब्द यदि अधिक देर तक मन और माथे को इसी तरह कचोटते रहे तो मानसी विक्षिप्ता की तरह सिर धुनने लगेगी! उस क्षण जी हुआ था उसका, बकुल से कह दे'क्या सम्राट अब मुझे अपनी इच्छा पर जीने का अधिकार नहीं दे सकेंगे?'

पर शब्द गले में ही थमे रह गए थे। मानसी को यह नहीं भूलना चाहिए कि बकुल उससे कम महत्वपूर्ण नहीं है। वह और मानसी एक स्थिति, एक नियति, एक कर्म कर रहे हैं...इस तरह अपने आपको उजागर करके मानसी बकुल के गुप्तचर स्वभाव को प्रश्नों से भर देगी और फिर वह इन प्रश्नों के कारण को खोजने लगेगा...बहुत कठिनाईया नहीं होगी यह जानने-समझने में कि अजाने ही सही मानसी महाराज कंस के प्रति अतिरिक्त मोह से घिर गई है...और बकुल का यह जानना, मानसी के लिए शुभ भी हो सकता है, अशुभ भी।

शुभ इस कारण कि हो सकता है बकुल उसके प्रति सहानुभूति और संवेदन से विचार करके कुछ न करे-कहे...और अशुभ इसलिए कि हो सकता है बकुल सारी सूचना अपना कर्त्तव्य धर्म निबाहना समझकर सम्राट तक पहुंचा दें...!

ऐसी सूचना पाकर जरासन्ध क्या करेंगेमानसी खूब जानती है...! मगधराज के मन-स्वभाव और विचारों में तनिक भी संवेदन नहीं हैवह कोरे और कठोर राजनीतिज्ञ है...! अपितु उससे भी अधिक विचारहीन यंत्र...! वे मानसी, उसके स्त्रीत्व, प्रेम अथवा भावना किसी को भी नहीं आंकेंगे! सीधा कठोर राज्यादेश होगा'मानसी के जीवन की अब कोई आवश्यकता

नहीं!' यह भी हो सकता है कि वह यह कहें नहींकेवल दुर्घटना की तरह घटा डालें!

मानसी इस विचार भर से कांप उठी थी...! नहीं-नहीं! उसे अपनी भावना अपने ही भीतर दबाए रखनी होगी! उसकी यह नियति है, यही सत्य और यही बेबसी! शब्दों को गले में ही दबोच लिया था उसने...

पर लगता है कि अब ये शब्द आंखों की राह रिसने को ही आए हैं...पिघलते हुए! अनजाने ही मानसी रुआंसी हो उठी है...रुआंसी हुई है या कि रोने ही लगी है? कब, किस अजानी शक्ति और स्थिति में उसने हाथ उठाया और आंखों पर फिरा लियाएक पर्त अंगुलियों पर तिर आई...!

रोने लगी थी वह...! बेबसी, खीझ, और लाचारी ने उसे अपने ही भीतर डुबो लिया था! लगता था कि उसका अपना आप कह रहा हैतेरे सामने इसके अतिरिक्त और कोई राह नहीं है मानसी कि तू चुपचाप वह आदेशपालन करे जो मगधराज की ओर से आया है...!

एक गहरा सांस लिया मानसी ने। लग रहा था कि दिमाग खाली हो गया हैउससे कहीं अधिक खाली होने लगा है मन...! जिस जगह कंस के बाहुपाशों और प्रेमिल शब्दों की स्मृति भरी हुई थी, सहसा किसी ने उलीच कर बाहर फेंक दी है...बिलकुल पशुभाव से! ऐसे जैसे मानसी जीवित शरीर नहींमात्र एक लाश थी, जिसे किसी हिंस्र पशु के घिनौने पंजे ने उधेड़ना प्रारंभ कर दिया था...! यह पशु है जरासन्ध...! पंजेवह कठोर निर्मम राज्यादेश! इसी तरह बहुत कुछ सोचती मानसी...शायद देर तक किंतु एक स्वर ने चौंका दिया था उसे। मातृत्व और नेह में भीगा शब्द...'देवी?'

मानसी ने माथा उठायाअशनिका सामने थी। दृष्टि में मानसी के प्रति गहरी आत्मीयता और उससे भी कहीं गहराई तक समाया स्नेह...!

अशनिका से मानसी का अन्तर वाह्य कुछ भी छिपा नहीं है। किसी क्षण उसे मानसी ने सहेली के स्नेह से भरे पाया है, किसी क्षण मातृत्व का नेह मिला है उसकी वाणी में। किसी पल अधिकार की अपनत्वधारा और किसी बार आत्मीयता का मानवीय स्वभाव...उससे कुछ भी छिपा नहीं।

मानसी ने छलछलाई आंखों को उठाए हुए उसे देखा था, फिर बोलने के लिए होंठ खोलने चाहे, पर आशी ने अवसर नहीं दियाकहा था'जानती हूं देवी कि मगधराज ने क्या कहलवाया है...? और उससे भी कहीं अधिक यह जान पा रही हूं कि आप क्या अनुभव कर रही हैं...?'

लगा था कि गीले, रिश्ते जख्मों की कुरेदन को हौले से सहेज दिया है आशी ने। मानसी की छलछलाहट सहसा ही रुलायी में बदल गई थी...शब्दहीन होकर भी जैसे चीख-चीखकर कहती हुई''बोले, अशनिका...? मैं क्या करूं...? क्या करूं मैं?''

संवेदना-पीड़ा और भावनाओं में इस तरह उबाल आया था कि वह पास खड़ी आशी के सोने से किसी बच्ची की तरह लग गई थी...सिसकनें फूट पड़ी थीं होंठों...से।

आशी ने भी वैसा ही व्यवहार दिया, जो उस क्षण मानसी की आवश्यकता थी। धीमे-धीमे स्नेह से सिर दुलराया फिर कहा था'धैर्य रखें देवी...! सब ठीक हो जाएगा...! सब कुछ! पर इस क्षण तुम्हें करना वही होगा जो मगधराजा चाहेंगे...और वही उचित भी होगा!'

'किंतु...आशी...? महाराज कंस से भेंट किए बिना मैं सहसा मथुरा नहीं छोड़ना चाहती!' आशी को और किसी बच्ची की मासूम निगाहों से देखते हुए ही मानसी ने जैसे-तैसे कह डाला था...।

'निश्चिंत हों, देवी...! मैं वैसी व्यवस्था भी करती हूं!' आशी ने उत्तर दिया, धैर्य बंधाया और चल पड़ी।

मथुराधिपति कंस और अधिक व्यस्त थे...गोकुल से वसुदेव की अगवाई थी। फिर विशेष भेंट कक्ष में उनसे भेंटवार्ता हुई। बहुत कुछ कहा सुनाया था वसुदेव ने...विभिन्न महावनों और उनमें बिखरी यादव, वृष्णि और अंधक शक्तियों से हुई बातचीत बतलाने के बाद कहा था'मैंने यथाशक्ति तुरंत सहेज-सम्हाल लिया है महाराज किंतु...बार-बार इसी तरह भेंट क्रम चलाकर उनके विद्रोही होते मन को सहेजे रखना आवश्यक होगा!'

कंस सहमत हुए।

वसुदेव पर यही जिम्मेदारी सौंपकर मुक्त हुए। विश्वास पूरी तरह बैठ चुका थावसुदेव उन्हीं के अनुकूल चलेंगे...उन्हीं को सहयोग करेंगे!

वार्ता-समय पर केशी भी उपस्थित थे, प्रद्युम्न भी। दोनों ही कुटिल भाव से वसुदेव का हर शब्द सुनते, सहेजते हुए। रात्रिभोज के लिए वसुदेव निमंत्रित किए गए, फिर राजनिवास की ओर विदा हुए।

वसुदेव मुक्त हुए, किंतु उनकी तीव्र बुद्धि को केशी और प्रद्युम्न की दृष्टि परखते देर नहीं लगी। जितना उन्होंने समझा था, उतना ही केशी और प्रद्युम्न ने भी। लौटते ही वसुहोम को बुलावा भेजा था। मन का संदेह प्रकट किया। कहा'मुझे लगता है वसुहोम, केशी और प्रद्युम्न मेरे प्रति उतने ही संदिग्ध हैं, जितने मथुराधिपति निश्चिंत...। यह शुभ नहीं है।'

वसुहोम चुपचाप खड़ा रहा। केवल आज्ञा की प्रतीक्षा में...जिस तरह मथुरा की राजनीति एक के बाद एक उतार-चढ़ावों और घाटियों से गुजर रही थी, उसमें बहुत तीव्र और बुद्धि का प्रयोग आवश्यक था और वसुहोम अनुभव करता था कि उस तरह सोच-समझ पाना उसके लिए संभव नहीं है...। इसे केवल वही करना चाहिए जो वसुदेव कहें, सुझाएं...।

वसुदेव देर तक सोच में पड़े रहे, फिर बोले थे'तुम्हें इस समय केवल केशी के समीप पहुंचने की चेष्टा करनी चाहिए...!'

'किंतु देव...?' वसुहोम के स्वर में कुछ हिचक पैदा हुई...वसुदेव ने जैसे उसकी हिचक समझा ली थी...'जानता हूं कि तुम क्या कहना चाहते हो...? यही ना कि सहसा केशी और उनके सहयोगी तुम पर विश्वास नहीं कर सकेंगे...?'

'हां, महामंत्री...! मैं यही कुछ निवेदन करना चाहता था।' वसुहोम ने उत्तर दिया'वे सब भली प्रकार जानते है कि मैं आपकी सेवा में केवल तत्पर ही नहीं, समर्पित रहा हूं...ऐसी स्थिति में...!'

'वह स्थिति मैं उत्पन्न करूंगा, वसुहोम...! शीघ्र ही वह स्थिति मैं बना दूंगा!'

वसुहोम चकित भाव से देखता रह गया। वसुदेव बोले'इस समय तुम्हें केवल यही करना है कि किसी तरह उनसे परिचय-संबंध प्रगाढ़ करने की चेष्टा करते रहो। मैं जानता हूं कि तुरंत वह तुम्हें विश्वसनीय नहीं मानेंगे,

किंतु आगे जो कुछ मैं करना जा रहा हूं, उससे तुम्हारी यह भूमिका पर्याप्त उपयोगी रहेगी।'

'जैसी आपकी इच्छा, मंत्रिवर?' वसुहोम ने सिर झुका दिया।

कितनी देर हो गई होगी...? कक्ष में भेंट के लिए प्रतीक्षित आशी ने अनुमान किया थाबहुत देर...! महाराज कंस तक वह अपनी अगवाई का संदेश पहुंचवा चुकी थी, किंतु उत्तर मिला था'प्रतीक्षा करें! राजन् इस समय विशिष्ट सभासदों से मंत्रणा में व्यस्त हैं।'

बैठ रही थी आशी।

कंस के साथ-साथ चित्रसेन भी कुछ ज्यादा ही व्यस्त हो गया था। देर से दर्शन ही नहीं हुए थे उसके। मिल सकता तो निश्चय ही आशी की महाराज तक पहुंच सहज हो जाती...पर दुर्भाग्य जैसे-जैसे समय टल रहा है, वैसे-वैसे आशी की व्यग्रता बढ़ती जा रही है। बकुल की सूचना याद है उसे। संध्या समय, मगधराज का रथ मानसी को वापस गिरिब्रज ले जाने के लिए तैयार रहेगा और यह भी जानती है आशी कि मानसी प्रतिरोध नहीं कर सकेगी आज्ञा का...! और वही क्या, कोई भी होमगधराज जरासन्ध के आदेश की अवज्ञा करने का साहस नहीं जुटा सकेगा...।

कितनी बार इस व्यग्रता और उतावली में आशी के माथे पर पसीना आया, कितनी बार वह व्याकुल होकर उद्दण्ड भाव से महाराज के कक्ष में पहुंच जाने की इच्छा हुई होगी...उसे याद नहीं। पर इस सबके साथ यह भी जानती है वह युवराज नहीं है कंस। अब हैं मथुराधिपति उनके आदेश की अवहेलना तुरंत राजदण्ड का भागी बना देगी उसे। लगा था कि कुछ शब्दों में बांधकर रख दिया है उसे! बेबस।

कितने उच्छ्वास लिएकितने छोड़ेयाद नहीं। बस, इतना याद है कि समय बीतता गया था...चित्रसेन गुम।

ठीक तभी सैनिक आ खड़ा हुआ, 'देवी...? तुम महाराज से भेंट चाहती हो ना?'

'हां-हां!' आशी जैसे देर तक मुरझाते रहे पौधे में जल पड़ जाने की

तरह जीवंत हो उठी'हां, मैं उनकी सेवा में तुरंत उपस्थित होना चाहती हूं।'

सैनिक मुसकुराया, 'तो चलो, बुला रहे हैं तुम्हें।'

सांझ का प्रारंभ ही हुआ था...आशी पल-पल तीव्र होती श्वांस गति को जैसे-तैसे सहेजती हुई सैनिक के पीछे-पीछे कंस के सामने पहुंची।

आशी को वहीं छोड़कर सैनिक बाहर चला गया। कंस ने उसे देखा, मुसकुराए, पूछा'बोलो, अशनिका? क्या समाचार है? तुम्हारी स्वामिनी तो कुशल से हैं ना?'

'प्रसन्न हैं, महाराज...।' आशी ने सिर झुकाया, विनम्र स्वर में उत्तर दिया।'

'कोई विशेष बात?'

'वह बहुत अस्वस्थ हैं महाराज...।, आशी ने भीगे-से स्वर में उत्तर दिया था कितने ही दिनों से आपके दर्शन लाभ की इच्छा कर रही है...संयोग है कि आप राजकाज से समय नहीं पा सके...।'

'मैं स्वयं भी यही अनुभव कर रहा हूं, अशनिका...!' कंस सहसा मानसी के स्मरण से सहानुभूतिपूर्ण हो उठे थे'देवी मानसी की अस्वस्थता के समाचार ने मुझे दुःख पहुंचाया...।' एक क्षण जैसे वह कुछ सोचते रहे, फिर कहा था'देवी से कहना हम आज ही किसी समय उनसे भेंट के लिए अवश्य पहुंचेंगे...! वह हमारी प्रतीक्षा करें...।'

आशी प्रसन्न हुई। वह राह मिल गई थी, जिससे तुरंत मगधराज के दूत का मानसी के हरण प्रयत्न से बचाया जा सकता था। उसने प्रसन्नमन सिर झुकाया, लौट पड़ी।

किस वायुगति से किस तरह और कितनी शीघ्र मानसी के निवास पर आ पहुंची थी, यह उसे स्वयं ही ज्ञात नहीं हुआ था...बस, इतना जानती थी कि वह अपने आपको इस तरह प्रसन्न और हल्का अनुभव कर रही थी जैसे मानसी की जगह ही वह सुख पूर्वक सूचना मिली हो।

जिस पल आशी ने मानसी के कक्ष में प्रवेश किया, वह जैसे जीवनगंध

की तरह अनुभव हुई थीमानसी को। देखते ही मानसी ने आगे बढ़कर उसकी बांहें थाम ली थीं, प्रश्नों की एक बौछार आशी पर आ गिरी'कैसे हैं महाराज...मथुराधिपिति के रूप में तूने उन्हें देखा है ना आशी? तुझे देखकर क्या बोले? मुझे स्मरण किया या नहीं?...और...'

'बस-बस...! मुझे तनिक चैन भी लेने दोगी देवी...?' आशी चेहरे पर मंद-मंद मुसकान लिए बैठी रही'मैं कुछ समय श्वासं तो ले लूं...? दौड़ी चली आ रही हूं राजभवन से।'

आशी के स्वर, स्वर के संतुलन, शब्दों के वजन ने पल भर में ही मानसी को जतला दिया था कि कुछ शुभ समाचार ही लाई है वह। कहा था'हां-हां, तू कुछ पल रुककर कह...! पर मैं सब कुछ सुनना चाहती हूं। वह सब जो तूने देखा, सुना और उन्होंने कहा...।'

आशी एक ओर बैठ रही। चमकती दृष्टि मानसी के चेहरे पर गड़ाए हुए, जिस पर उत्तेजना में एक लालिमा बिखर गई थी।

कुछ देर बाद का वह चुप किस उतावली के ज्वार-भाटे से भरा बीता था दोनों ने ही महसूस किया। फिर आशी ने क्रमशः सब कुछ कह सुनाया था... मानसी यह विचार कर प्रसन्न हुई थी कि महाराज कंस रात्रि को किसी समय उससे भेंट करने का वचन दे चुके हैं...पर वह पीड़ा मन से नहीं छंटी थी कि मानसी को आज नहीं तो कल मथुरा छोड़ना अवश्य होगा!

सभी समाचार देकर आशी ने कहा था'आज महाराजाधिराज कंस के आगमन की सूचना देकर बकुल को टाला जा सकता है देवी...! किंतु सदा के लिए उसे टाला जा सकेगा, संभव नहीं है।

मानसी ने सुनाबोली नहीं। लगा था कि बहुत कुछ मिला है, पर सब अधूरा! महाराज कंस से मिलेगी वह, किंतु फिर भी नहीं मिल सकेगी...! लगा था कि नियति ने संभवतः जितना कर दिया है, वह दान है! किसी विगत के शुभकर्म का प्रतिफल...।

आशी उठ पड़ी थी'बकुल आएगा। मैं उसे सूचना देकर विदा कर दूंगी।'

मानसी ने सुनाफिर अनसुना कर दिया। आशी चली गई। और मानसी सोचने लगी थी। कैसी विडंबना की स्थिति...? लगता था कि मृत्युदण्ड को एक दिन के लिए टालकर दण्डप्राप्त बंदी आनंद का अजब-सा पीड़ामिश्रित दुःख झेल रहा हो...। इसे पीड़ा कहा जाए या सुख? निश्चय करना कठिन हो गया है।

वसुहोम जानता थाकेशी और प्रद्युम्न के विश्वसनीय आदमियों के बीच खपना बहुत कठिन ही नहीं, लगभग असंभव होगा। पर वासुदेव की यही आज्ञा थी...! और आज्ञा का निर्वाह उसका सेवाधर्म।

समय लगेगा इसमें...बहुत देर भी लग सकती है, पर वसुहोम को करना यही होगा। धैर्य के साथ दायित्व-निर्वाह में जुटते हुए धीमे-धीमे ही सही, पर करेगा वसुहोम। कुछ उपेक्षा मिलेगी, लोग तिरस्कृत भी कर दें...। पर निर्लज्ज भाव ओढ़कर वह निरंतर उनसे संपर्क करेगा। उनके साथ रहने का प्रयत्न करेगा। उनसे घुलने-मिलने की चेष्टाएं जारी रखेगा! देर में ही सही, पर एक न एक दस-बीस चेहरों में से किसी एक को वह अपने करीब ला सकने में सफल हो सकेगा।

यही किया था उसने...। और जैसा कि पूर्व-निश्चित थावही सब मिला जिसकी आशंका उसके मन में पहले से थी। तिरस्कार, अपमान, उपेक्षा और अवहेलना...।

और सब कुछ सहता-झेलता रहा था वसुहोम...! कुछ ही दिनों की इस घुसपैठ के दुस्साहसी प्रयत्न ने उसे लेकर केशी और प्रद्युम्न ने विश्वस्तों में ही तर्का-तर्क का विषय बना दिया था। कुछ लोगों की सम्मति थी कि वसुहोम और वसुदेव पूरी तरह बदल चुके हैं...। पूर्व महाराज उग्रसेन के प्रति नहीं, अपितु कंस के प्रति समर्पित हैं। जबकि कुछ लोगों की सम्मति में वसुदेव विश्वस्त नहीं थे। वह निश्चय ही किसी षडयंत्र-साधना में रत दीखते थे।

वसुहोम का अस्तित्व, वसुदेव से अलग नहीं किया जा सकता था...। जो भी हो...वसुहोम प्रसन्न था कि वह केशी और प्रद्युम्न के अंध समर्थकों

में विचार का विषय बन चुका है। अपनी हर भेंट, उनके हर व्यवहार की सूचना वह वसुदेव तक निरन्तर पहुंचाता रहता था...और उसी ने सूचना दी थी'केशी के विश्वसनीय गुप्तचर आपकी गणसंघ-यात्रा को लेकर खोज-पड़ताल का रहे हैं...!

वसुदेव चौंके, किंतु स्वयं को संयत किया। पूछा, 'किस कारण?'

'क्षमा करें, महामंत्री!' वसुहोम ने उत्तर दिया'सेनापति केशी को संदेह है कि आपने गणसंघ-यात्रा के अवसर पर वह सब वार्ता नहीं की है जो महाराज कंस के पक्ष में जाती। इसके विपरीत निश्चय ही अपने महाराज कंस के विरुद्ध वातावरण बनाया होगा!'

वसुदेव ने जबड़े कसेशंका ने मन को बेचैनी से भर दिया, किंतु स्वयं को उसी तरह सहेजे रहे। कुछ क्षण की चुप्पी के बाद कहा था उन्होंने'महाराज कंस को तो ऐसा कोई संदेह नहीं है ना?'

'यही कुछ जानकर संतोष होता है महाराज!' वसुहोम बोला'केशी के विश्वसनीय व्यक्तियो की सम्मति है कि कंसराज आप पर अंधविश्वास कर रहे हैं...। यह अंधविश्वास उनके लिए ही नहीं, महाराज कंस के विश्वसनीय सेवकों यथा केशी, चाणूर, प्रद्युम्न आदि के लिए भी घातक हो सकता है...। संभवतः इसी कारण वे लोग किसी न किसी तरह आपको लेकर वातावरण बनाने में व्यस्त हैं!'

'ठीक है...!' वसुदेव ने गहरा श्वांस लिया, फिर कहा'मैं तुम्हारी सूचनाओं से प्रसन्न हुआ वसुहोम...! तुम जा सकते हो।'

वसुहोम ने प्रणाम कियाबाहर चला गया।

वसुदेव नई परिस्थितियों को लेकर नए ढंग से व्यूहरचना में व्यस्त हुए।

बकुल बहुत निराश हुआ।

आशी बोली थी'देवी तो बिलकुल तैयार हो चुकी थीं, किंतु क्या करें...। कुछ समय पूर्व ही महाराजधिराज का संदेश आया कि वह आज रात्रि देवी से भेंट करने पधार रहे हैं। अब तुम्हीं सोचो बकुल, ऐसी स्थिति में क्या किया जा सकता था?'

बकुल को तुरंत पता नहींक्या कहे...? हकबकाया-सा खड़ा आशी की ओर टकटकी बांधे देखता रहा।

आशी मन ही मन प्रसन्न थी। उसके दांव ने काम किया। जो प्रभाव चाहा था, वही हुआ है। बोली'आज देवी से भेंट के बाद महाराज कंस क्या कहते-सुनते हैं, तब कुछ इसी पर निर्भर करेगा, गुप्तचर... । अच्छा होगा कि महाराज आएं, मिलें और चले जाएं...अन्य कोई आदेश दे बैठे तो मगध-प्रस्थान के प्रस्ताव की योजना पर पुनर्विचार करना होगा।'

बकुल ने सुना। चिंतित हुआ। कहना चाहता था कि मगधराज तुरंत ही मानसी की वापसी चाहते हैं, किंतु अनायास ही जिस परिस्थिति का सामना हो गया था उसमें मानसी को सहसा मथुरा से नहीं निकाला जा सकता था। बाध्य होकर कहा था उसने'ठीक है। मैं कल पुनः आऊंगा। मुझे विश्वास है कि देवी मानसी प्रयत्न करेंगी कि महाराज के किसी नए आदेश में न बंधे।'

'प्रयत्न तो उनका भी यही रहेगा गुप्तचर...!' आशी ने उत्तर दिया'स्वयं भी शीघ्रातिशीघ्र गिरिब्रज पहुंचना चाहती है। मातृगृह की याद ने उन्हें भी बहुत विचलित कर रखा है।

बकुल संतुष्ट हुआ। आशी से विदा लेते हुए पुनः कहा था'देवी से कहना यथासंभव मुक्ति का प्रयत्न करेंगे...।'

आशी ने उसे पुनः विश्वास दिलायाविदा कर दिया।

रात का प्रथम प्रहर होते ही महाराज कंस आ पहुंचे। आशी प्रसन्न हुई थी उनके वचन-निर्वाह पर। किंतु मानसी अतिरिक्त रूप से प्रसन्न। स्वागत की पूर्ण व्यवस्था पूर्व में ही की जा चुकी थी। मानसी ने बहुत शालीन श्रृंगार कर रखा था। निश्चय किया था कि राजा के सामने अब उत्तेजक पोशाक में न आकर प्रयत्न करेगी कि कुलीनाओं जैसी सज्जा में सजी रहे। फिर पड़ेगी कंस की दृष्टि। यह दृष्टि जतला देगी कि कंस के मन में मानसी के लिए कौन-सा स्थान है?

जिस क्षण महीनों से किए जाते रहे कामोत्तेजक श्रृंगार को बदलकर शालीनता और कुलीनता के परिधानों से ढका, उस क्षण अनायास ही एक रोमांच और पुलक से भर उठी थी मानसी। लगता था कि केंचुल बदली है...! मन ही नहीं, शरीर को भी पूर्णतः एकात्म में ढाल लिया है। पर तुरंत ही अनुभव हुआ था कोई मानसी को उसके अपने अंतर से उलीचने लगा है...। हर उलीचन पोखर के गंदे जल से भरी हुई...। अपना ही उपहास अपने पर ही उछलता अनुभव किया था उसने'विचित्र बात है...। सर्पकेंचुल बदल ले तब क्या विषहीन हो जाता है...? अपने मूल गुण-दोष से परे?'

मानसी का मन हुआ तर्क करे'असत्य है यह...! वह कोई सांपिन नहीं है। न ही उसने किसी को डसा है।'

'क्या सच ही?' प्रश्न सघन हुआ, फिर उसका रुख प्रहारात्मक हो गया'अंतस से उठा ठहाका और गहरा हुआअपना दोष-विध्न पहचान कर भी क्या मानसी यह सोचने का दुस्साहस कर सकती है कि उसने सर्प धर्म नहीं निबाहा...? महाराज उग्रसेन से कंस को विमुख कर देने का अपराध दोष विष नहीं तब क्या है?'

'किंतु वह सब तो महाराज जरासन्ध के आदेश पर हुआ...? 'मानसी ने अपने ही उत्तर को मृतप्राय होते अनुभव किया था। उत्तर मिला था'क्या

सच ही? मानसी चाहती तो ऐसा करने के लिए उसे बाध्य किया जा सकता था?'

मानसी का मन हुआ, कहे'नहीं!'

पर मन ने साथ नहीं दिया। शब्द जनमते-जनमते किसी गर्भ के नष्ट हो जाने की तरह बह गए। वे कभी जनम नहीं सकेंगे। भला बांझ आत्माओं से सत्य का जन्म हुआ करता है? मानसी तो उन स्त्रियों में से हैं जो केवल शरीर से जी रही हैं...। आत्महीन होकर। यदि कहीं आत्म शेष रहा है तो केवल बुद्धि संचालित यंत्र की तरह...। उसका अपना कोई अस्तित्व नहीं रहा।

नहीं रहा या मानसी ने नहीं रहने दिया...?

जो भी होपर सत्य यही है? एक थप्पड़ की तरह निष्कर्ष कनपटी पर आ बैठा था, फिर समूचे शरीर को झकझोर गया। इस झकझोरन ने मुसकान छीन ली।

बहुत प्रयत्न किया था कि शालीन परिधानों से सजी मानसी उसी भव्य, दीप्तिमयी मुसकान को चेहरे पर संजोए रह सकेपर संभव नहीं हुआ। इसके विपरीत बहुत प्रयत्न के बावजूद वह केवल उस मुसकान को ही चेहरे पर उगा सकी थी, जिसमें पूर्णतः नकलीपन था...। व्यावसायिक मुसकान! वही मुसकान, जिसकी सीढ़ियों पर चढ़कर उसने कंस के भीतर बैठी सत्ता मोह को अधिक पिपासु बनाया था।

आशी कंस का स्वागत करती हुई मानसी के विशेष सज्जित कक्ष में लाई थी मथुराधिपति को...।

वे आए, लगा था कि नई मानसी को देख रहे हैं...।

और मानसी...? उसने भी अनुभव किया थानए कंस सामने हैं...।

शालीनता के सलज्ज वैभव से भरी मानसी...।

और राजगरिमा के गौरव से ओतप्रोत कंस...।

वे आमने-सामने हुए। ठिठके, एक-दूसरे को प्रथम परिचय-सी दृष्टि में निहारा, कुछ सहमे, मुसकुराए फिर हंस पड़े...।

सब कुछ इस तरह हुआ था जैसे न कुछ पूर्वायोजित हो, न कुछ

असहज...बल्कि सब सहज। इसके विपरीत भी कुछ ऐसा था जिस पर आयोजित का महीन पर्दा पड़ा हुआ...। इस पर्दे के पार तक देखने के लिए दोनों के ही भीतर एक छटपटाहट।

'हमें खेद है मानसी...कि तुमसे भेंट का अवसर ही नहीं मिला...।' वह बोले थे। मानसी ने सुना। अनुभव हुआ जैसे इस बोलने में भी एक विशिष्ट राजभाव जनम आया है। इस राजस ने कहीं किसी स्तर पर मानसी को अनुभव कराया जैसे वह प्रेमी कंस के सामने नहीं, मथुराधिपति के सामने है। हर बोल नपा-तुला है, स्वर का आरोह-अवरोह विशिष्ट प्रकार की भाव मुद्रा से नहाया हुआ। हर और स्वयं मानसी की हर भाव मुद्रा अत्यधिक अहंकार के बादलों से भरी हुई।

मानसी की इच्छा हुई थीं जल की तरह बरस पड़े। रिक्त कर दे इन बादलों को...।

और कंस ने भी चाहा था कि स्वर के राजस का आरोह अवरोह भुला कर केवल संगीत बन जाए। सहज, स्वतः अवतरित जल धारा जैसे।

उन्होंने अपने-अपने को, अपने आप की स्थितियों पर ही छोड़ दिया था। यंत्रवत् एक-दूसरे के समीप आए थे, फिर परस्पर आलिंगनबद्ध हो गए थे...शब्द होते हुए भी शब्दरिक्त रहकर। बहुत कुछ न कहना चाहकर भी बहुत कुछ कहते हुए...।

कंस ने स्पष्टीकरण की तरह रटे रटाए शब्द उण्डेल दिए थे मानसी के सामने...किस तरह, किन-किन अवरोधात्मक स्थितियों को तुरंत सामना करना पड़ा था उन्हें...और किस तरह इस समय भी वह अवरोधमुक्त नहीं हो सके थे...आदि।

उत्तर में मानसी ने अपनी विरहव्यथा उण्डेल दी थी वह किस तरह व्यग्र होती जा रही थी? महाराज कंस के दर्शन न पाकर उसने अपने आपको जैसे जड़ अनुभव करना प्रारंभ कर दिया था...आदि।

देर बाद वे परस्पर स्पष्टीकरणों से मुक्त हुए।

क्या सचमुच मुक्त हो सके थे...? संभवतः नहीं। बस, इस सुख से संतुष्ट हो लिए थे कि उन्होंने परस्पर कुछ निबाह दिया है। अभिवादन की तरह नियम जैसा। अंत में मानसी ने कहा था'महाराज...! एक इच्छा थी, आज्ञा दें तो निवेदन करूं?'

कंस के दोनों चौड़ी हथेलियों में उसका चेहरा थामा, शब्दहीन होकर दृष्टि से कह दियाकहीं?

'कुछ समय के लिए मेरी इच्छा मथुरा से कहीं अन्यत्र जाकर रहने की है..।' मानसी ने न चाहते हुए भी कहा था। जानती थी कि बकुल भले ही चला गया हो, किंतु मानसी के निवास में किसी न किसी सेवक-सेविका को उसने अपना समाचार-सूत्र अवश्य ही बना रखा होगा...। यह सूत्र बकुल तक यह समाचार पहुंचा सकेगा कि मानसी ने मुक्ति की प्रार्थना की थी...। और उसे विश्वास था कि कंस अनुमति नहीं देंगे।

कह गई थी वह, पर लगा था कि हृदयगति बढ़ गई है! एक भय बटोरे हुए। कहीं ऐसा न हो कि कंस स्वीकृति दे दें...।

पर मन का एक हिस्सा ऐसा भी था जो कह रहा थानहीं...। ऐसा नहीं कहेंगे कंस।

कंस सोच में पड़ गए थेः शांत। भयभीत मानसी उनकी ओर देखती रही। कंस के होठों से जो शब्द बाहर आएंगे, वही मानसी के भाग्य निर्णायक होंगे। कुछ देर बाद मथुराधिपति ने कहा था'जानता हूं ऐसा तुमने क्यों विचारा है...?'

मानसी चुप रही। हृदय की गति को जैसे-तैसे संभालती-सहेजती हुई।

'तुम संभवतः हमारी अनुपस्थिति के कारण विचलित हो गई हो।' कंस बोले थे'पर...देवी...। बहुत समय नहीं लगेगा, जब सब कुछ ठीक हो जाएगा। मथुरा गणसंघ के सभी श्रेष्ठ पुरुष हमारे सहयोगी हो चुकेंगे...। क्या तनिक-सा समय तुम हमसे परे रहकर नहीं काट सकतीं!'

परे...? मानसी ने धक्का अनुभव किया था। समझ नहीं सकी। क्या कंस उसे चले जाने की स्वीकृति दे रहे हैं...!

या उन्होंने कहा है कि मानसी यहीं रहकर उनके लिए प्रतीक्षा करे?

कंस के अगले शब्दों ने सब कुछ स्पष्ट कर दिया था'एक तुम ही हो देवी, जिसके सामीप्य में हम कुछ समय के लिए स्वयं को भारमुक्त अनुभव कर सकते हैं...। यदि तुमने मथुरा छोड़ दी तो किस जगह अशांतथके मन को शांति दे सकेंगे हम?'

मानसी ने एक गहरा श्वांस लिया। जी हुआ कि जोरों से हंस पड़े।

पर कठोरता से स्वयं को वश में रखा। बोली'जैसी आपकी इच्छा राजन् ...। मानसी आपके लिए प्रतीक्षा की पीड़ा को भी सुखपूर्वक काट सकती है....! मेरे समर्पण और विश्वास में बहुत शक्ति है राजन्।'

'मुझे तुमसे यही अपेक्षा थी मानसी...।' कंस ने भावावेश में कहा, फिर उसे पुनः आलिंगन में भर लिया। और मानसी इस तरह उन विशाल भुजाओं में बंधी रह गई थी जैसे अपने आपको उसने तीरों के मूसलाधार में किसी चट्टान के नीचे छुपा लिया हो। सुरक्षा के अजेय दुर्ग में रक्षित अनुभव करने लगी थी स्वयं को।

कंस ने उस रात्रि पूरा एक प्रहर वहीं काटा था, फिर राजनिवास लौट गए।

वे सब एकत्र हुए थेप्रद्युम्न, केशी, चाणूर आदि। सब चिंतित थेसब व्यग्र। लग रहा था कि चौरस के पांसे आपोंआप बदलने लगे हैं।

केशी ने अपने गुप्तचरों से जो समाचार प्राप्त किए, उसके तुरंत बाद वह प्रद्युम्न से भेंट करने जा पहुंचा था। सदा की तरह शालीनता की ओट में देर तक अपने आपको छिपाए रहे थे मंत्री प्रद्युम्न। सहसा खुलकर कुछ उगल देना उनके स्वभाव में नहीं था। होता तो मंत्रिपद तक कैसे पहुंच पाते। पहले केवल केशी को सुना था...उग्रस्वभाव सेनानायक...। पल भर में जिस तरह हाथ अस्त्र की ओर जाता था, उसी तरह जिह्वा व्याकुल होकर शब्द फेंकने लगती थी। केशी स्पष्टवादी न होकर कई बार केवल अहंकार मद से चूर सैनिक भर दीखते थे! वीरता को धृष्टता में, पराक्रम को शब्दों से पार शरीर चेष्टाओं में व्यक्त करके स्वयं को आतंक का कारण बनाए रहे थे वह। कभी यह सब सहज भाव से स्वभाव में लाना प्रारंभ किया था, अब वह सहज-स्वभाव बन गया था। न चेष्टा करनी पड़ती थी, न किसी तरह की इच्छा! सब कुछ सहज होकर व्यक्त होने लगता।

उस दिन भी हुआ। रात्रि के जिस प्रहर ज्ञात हुआ कि मथुराधिपति कंस गंधर्व-कन्या मानसी के निवास मे जा रहे हैं, केशी ने तुरंत मिलने के लिए आज्ञा चाही थी, किंतु आज्ञा नहीं मिली। कंस ने कहलवाया दिया

था'जो वार्ता करना चाहें, प्रातः मिलकर करें...। इस समय हम व्यस्त है...! कहीं, अन्यत्र जाने का कार्यक्रम निश्चित कर चुके हैं।'

केशी उत्तेजित हो उठे। पर यह उत्तेजना कंस के निर्णय के सामने ऐसे ही थी जैसे किसी विशाल जलसागर में मछली तड़पे, कुछ पलों के लिए जल के एक छोटे-से क्षेत्र में उथल-पुथल मचा दे।

पर मगरमच्छ बेखबर...!

केशी की यह तड़पन मंत्री प्रद्युम्न के सामने तीखी हुई। वह सीधे मंत्री के निवास पर पहुंचे। समाचार भिजवाया'सेनापति तुरंत भेंट करना चाहते हैं।'

प्रद्युम्न ने सूचना भिजवाई'स्वागत है।'

और केशी लगभग दौड़ते हुए पहुंचे। तनावग्रस्त चेहरा, सुर्ख, दहकती आंखें, उससे कहीं ज्यादा रह-रहकर माथे पर खिंचती रेखाओं ने प्रद्युम्न को तनिक भी विचलित नहीं किया। पूछा'क्या बात है सेनापति...? देखता हूं बहुत उत्तेजित हैं।'

उत्तेजित होने का कारण होता है मंत्रिवर...। 'केशी ने आसन ग्रहण किया, फिर जैसे क्रोध की ज्वाला से सने, लावे जैसे शब्द उगलने प्रारंभ कर दिए' पल भर पहले मथुराधिपति से भेंट की प्रार्थना की थीयह जानकर बहुत दुःख हुआ कि उन्होंने समय नहीं दिया...। मुझे लगता है कि महाराज कंस, सिंहासन पर विराज जाने भर को राजस समझ रहे हैंयह नहीं देख पा रहे कि जिस पृथ्वी पर राजसिंहासन रखा हुआ है वह कहां तक खोखली है।'

प्रद्युम्न ने तनिक भी चिंतित हुए बिना प्रश्न किया'कारण तो ज्ञात हो, सेनापति...? इस बीच ऐसा क्या हो गया है, जिसने आपको इतना व्यथित और चिंतित ही नहीं, उत्तेजित कर दिया है?'

'महाराज के बाद आप ही हैं, जिनसे वह सब कहा जा सकता था और वही कहने मैं आया हूं।' केशी ने कहा'वसुदेव से जितने भी समाचार मथुराधिपति को मिले हैं, वे असत्य हैं। सत्य यह है वसुदेव की गणसंघ-यात्रा पूर्णतः उनके अपने राजनीतिक उद्देश्य से रही।'

प्रद्युम्न ने सुना। लगा उत्तेजना में केशी स्पष्टतः अपने को व्यक्त नहीं

कर पा रहे हैं। क्रोधी स्वभाव और असंतुलित मनस्थिति में यह सहज होता है। तीव्रबुद्धि मंत्री ने समझ लिया। शांतिपूर्वक पुनः कुरेदा'स्पष्ट कहें, सेनाधिपति...। वसुदेव की यात्रा में राजनीतिक उद्देश्य तो निहित था हीस्पष्ट है...! यह यात्रापूर्व आप भी भली प्रकार जानते थे, मैं भी और महाराज कंस भी। इसमें नया क्या है?'

'नया यह है कि वसुदेव की यात्रा महाराज कंस के हित में नहीं, बंदी राजा उग्रसेन के हित में रही।'

प्रद्युम्न ने सुना। उत्तेजित भी नहीं होना चाहते थे, चौंकना भी पदयोग्य गरिमा न होती, फिर भी अकचका गए। कुछ घबराकर प्रश्न किया'मैं अब भी नहीं समझा।'

'वसुदेव ने यात्रा में गणसंघ प्रमुखों से बातें कुछ की हैं, मंत्रणा कुछ और की है।' केशी ने उत्तर दिया'मेरे गुप्तचर अभी-अभी विभिन्न जनपदों से समाचार लेकर आए हैंवसुदेव ने उन्हें उचित समय की प्रतीक्षा करने के लिए कहा हैउस समय तक संयमपूर्वक शांत बने रहकर कंस को समर्थन देते रहने और सैन्य दृष्टि से गुपचुप तैयारियां करते जाने की सलाह दी है...।'

प्रद्युम्न की आंखें विस्मय से फैल गईं। वसुदेव तीवबुद्धि हैंजानते थे, पर यह नहीं कि राजनीतिक षडयंत्र भी कर सकते हैं...। दृष्टि में भय उतर आया। शरीर बेचैनी से भर उठा। उठे और कक्ष में चहलकदमी करने लगे।

केशी ने जो सूचनाएं दी, उन्होंने विश्वास दिला दिया कि महाराज कंस राजा होकर भी राजा बने रह सकेंगेइसमें संदेह था।

देर तक सोचने के बाद पूछा था'अब?'

'अब क्या हो सकता है मंत्रिवर...?' केशी ने स्वर सहज किया'मात्र यही राह है कि वसुदेव को तुरंत दण्डित किया जाए...। उन्हें कारावास भोगना चाहिए...। राजद्रोह का एकमात्र उचित दण्ड यही है।

'नहीं-नहीं, केशी...। यह नहीं हो सकता।' प्रद्युम्न ने टोक दिया।

'तब क्या हो सकता है?' केशी उसी तरह उत्तेजित हो उठे'तब क्या सच कुछ जानकर भी अनजान बने रहना शुभकर होगा?'

'हां... ।' प्रद्युम्न सहसा थम गए। निर्णयात्मक स्वर में कहा था उन्होंने'इस तरह वसुदेव को बंदी बनाने की जन-प्रतिक्रिया बहुत बुरी होगी सेनापति। वसुदेव केवल वृष्णिवंशियों के प्रमुख नहीं, मथुराधिपति के महामंत्री भी हैं। सम्पूर्ण गणसंघ में उनकी छवि एक आदर्श और सज्जन पुरुष की है...। उन्हें लेकर ऐसा कदम उठाने के पूर्व उसकी प्रतिक्रिया पर विचार कर लेना है कहीं अधिक अच्छा रहेगा।'

'किंतु मंत्रिवर...कोई और राह?'

'वही खोजनी होगी!' प्रद्युम्न पुनः चहलकदमी करने लगे। लगता था कि उनका हर कदम असंतुलन से भर उठा है। दृष्टि में बिखरा सन्नाटा समूचे बदन में उतर आया है।

केशी ने आसन पुनः ग्रहण कर लिया। माथा थाम कर बैठ गए।

प्रद्युम्न थोड़ी देर बाद पुनः बोले थे'महाराज कंस भी सब सुन-जानकर वह निर्णय नहीं कर सकेंगे, तो तुमने विचारा है। वह भी वसुदेव का जन-प्रभाव अच्छी तरह जानते-समझते हैं...। ऐसी स्थिति में एकमात्र राह यही है कि वसुदेव और किसी गणसंघ नायक से हुई वार्ता का प्रमाण जुटाया जाए!'

'उससे क्या होगा?' केशी ने प्रश्न किया।

'बहुत कुछ हो सकता है!' प्रद्युम्न ने कहा'एक तो वसुदेव पर मथुराधिपति द्वारा किया गया अंधविश्वास टूटेगा, दूसरे उसके पूर्व कोई राह निकाली जा सकेगी जिससे वसुदेव की उस जन-छवि को समाप्त किया जा सके जो अब तक टूटी नहीं है'

'पर किस तरह?

'अन्य विश्वस्त सहयोगियों को भी बुला लोविचार कर देखते है...।' प्रद्युम्न ने जवाब दिया था...

उत्तर में दौड़ गए थे दूत। थोड़ी देर बाद वे सभी एकत्र हो गए...षड्यंत्रों के निरंतर चक्र में एक नए षड्यंत्र का रचनारंभ हुआ!

बहुत सोचा-बहुत समझा पर राह नहीं। वसुहोम की सूचना ने जितना चौंकाया था उन्हें, उससे कहीं अधिक इस विचार ने पीड़ा पहुंचाई थी कि महाराज

उग्रसेन के लिए सब कुछ करना चाहकर भी कुछ नहीं कर सकेंगे वासुदेव!

नियति भी कितने-कितने रंग लिए प्रकट होती हैं? उन्होंने निराश होकर चुप हो जाना ही श्रेयस्कर समझा था। जितना वश में था, किए जा रहे थे फिर अगर जो वश में नहींवह घटता है, तब भाग्याधीन। यही मानकर अपने आपको धैर्य दे दिया। शांत हुए।

दो दिन पूर्व उग्रसेन के ही भोजवंश की कन्या देवकी[1] के स्वयंवर की सूचना मिली थी उन्हें देवकी को अनेक बार देखा था वसुदेव ने। उनके सरल, सहज और प्रभावी व्यक्तित्व से बहुत प्रभावित भी हुए थे। पिता की ही तरह शांत और सरलचित थी बेटी। उस समय विचार किया था कि जिस घर में भी पहुंचेगी पति और परिवार को सुख-शांति देगी...उत्साहित थे उस सुंदर का विवाह देखने के लिए...।

किंतु वसुहोम की सूचना ने समूचा उत्साह झुलसा डाला। अब जाएंगे तो सही, किंतु उस उत्सुकता, उत्साह से नहींबल्कि केवल राजकीय औपचारिकता निबाहने। स्वयंवर में कुलोत्तम पुरुष सक्रिय रूप से भाग लेंयह परंपरा थी। इसी परंपरा का निर्वाह करेंगे वसुदेव!

यो भी वसुदेव का जाना अनिवार्य था। देवकी महाराधिराज कंस की चचेरी बहिन है। एक तरह से देवकी का विवाह महाराज कंस के अपने परिवार का शुभोत्सव है। महामंत्री के नाते भी वसुदेव की उपस्थिति अनिवार्य।

रह-रह कर परिजनों का स्मरण भी हो आता। पहले ऐसा कभी नहीं हुआ...। वसुदेव सोचते और चकित होते। इन्हीं दिनों, विशेषकर इस समाचार के बाद कि उनकी चौसर के पांसे बदल सकते हैंयह स्मरण किस कारण आने लगे...?

संभवतः अनिष्ट की आशंका ने ही मन को बिखराव से भर दिया है। तनिक-सी आहट होते ही लगता है कि महाराज कंस का बुलावा आ पहुंचा...। उस बुलावे का अर्थ होगा वसुदेव को भी कारावास की उन्हीं

---

1. देवकी...भोजवंशी मथुराधिपति के कुल की बेटी थीं। राजा आहुक के पुत्र देवकी की बेटी, राजा उग्रसेन उनके चाचा होते थे। इसी नाते वह कंस की बहिन हुई।

सलाखों में बंद कर दिया जाए, जिनमें महाराज उग्रसेन बंद हैं...। उनके अन्य समर्थक अवश पड़े हैं।

जैसे-तैसे मन को धीरज देतेमनुष्य-कर्म ही उसके वश में होता हैं। उसके परिणाम सब अनंत महाशक्ति के हाथ। सोचकर तात्कालिक संतोष पा जाते हैं वसुदेव...पर क्या सच ही यह विचार संतोष दे पाता है।

नहीं!

इसके विपरीत यही विचार है जो उन्हें बार-बार याद दिलाने लगता है कि कहीं कुछ ऐसा है जो होने से रह गया है...। अजाना-असमझा।

दिन कटते रहे थे...रातें भी। दोनों में खामोशियां, पर हर खामोशी आशंकित भय की कालिख में पुती हुई...। इसमें आशा की कोई किरण, कहीं नहीं चमकती...। सब ओर केवल कालछाया हुई हैं...। केवल अशुभ।

सम्पूर्ण रात्रि के सलाह-सुझावों ने भी किसी निश्चित परिणाम पर नहीं पहुंचाया था उन्हें, वसुदेव को लेकर मथुराधिपति से कुछ कहना-सुनना ऐसा ही जैसे उन्हें चौंकाया ही न जाए, विस्मित कर दिया जाए। स्वयं महाराज कंस के गुप्तचरों ने उन्हें समाचार दिया था कि वसुदेव ने संघयात्रा के समय जिन-जिन वंश-प्रमुखों, अधिपतियों से भेंटवार्ताएं की है, वे सभी किसी न किसी रूप में नए महाराज कंस के प्रति शुभेच्छा का वातावरण निर्मित करने वाली रही हैं...। ऐसी स्थिति में यदि उन्हें वसुदेव ने षड्यंत्र कियासूचना दी जाएगी, वह सहसा विश्वास नहीं कर सकेंगे।

प्रद्युम्न बोले थे'जब तक पूरी तरह प्रमाण न हों, कंसराज के सामने इस तरह का वार्तालाप करना कितना घातक हो सकता है, यह विचार कर लेना उचित होगा सेनापति...। उनके उग्र स्वभाव और उद्दण्ड व्यवहार से हम सभी अपरिचित नहीं है। मुझे आशंका है कि राजा उलट कर हम पर ही बरस पड़ेंगे।'

'तब?' केशी ने शांतिपूर्वक सुना। चिंतित होकर मंत्री का चेहरा देखने लगे।

'तब एक ही मार्ग है सप्रामाण किसी प्रत्यक्षदर्शी को उपस्थित करो...।'

'प्रयत्न कर देखता हूं मंत्रिवर...।' व्यग्र भाव से केशी ने उत्तर दिया था। चिंता सघन हो उठी थी। भला उनको अपनी तरह सभी तो जानते है मथुराधिपति कंस का उग्र और क्रोधी स्वभाव! कौन, किस साहस को जुटाकर केशी के पक्ष में बोलने आएगा...? फिर वसुदेव के विरूद्ध! मन जितना घबराया, उससे कहीं अधिक इस विचार ने डरा दिया के प्रद्युम्न का कहा असत्य नहीं है! उग्र राजा आवेश में आकर कहीं अविश्वास कर बैठे तब केशी के लिए ही मंहगा पड़ जाएगा मामला!

चाणूर और मुष्टिकऐसी हर षड्यंत्र सभा में उपस्थिति तो देते थे, किंतु लगता था कि केशी और प्रद्युम्न की वार्ता में सम्मति देने के योग्य नहीं है। शरीर बलिष्ठ पाया था उन्होंने। शक्ति-सामर्थ्य भी अद्भुत थी पर बुद्धि उतनी गतिशील नहीं हो पाती थी, जितनी इस तरह की वार्ताओं में चाहिए होती है।

प्रद्युम्न उठ पड़े थे। कहा'मैं जानता हूं सेनापति...। तुम सभी के शुभार्थ विचार कर रहे हो, किंतु किसी का अशुभ करने के पूर्व अपने शुभाशुभ को लेकर विचार कर लेना अधिक उचित होता है।'

केशी चुप रहे। प्रद्युम्न निरंतर बड़बड़ाते गए...। प्रमाण...। वसुदेव को लेकर बिना किसी प्रमाण के की जाने वाली वार्ता मथुराधिपति के लिए विस्मयकारी तो हो सकती है, किंतु विश्वसनीय नहीं...।'

केशी ने निराश भाव से एक गहरा श्वांस लिया। कहा, 'ठीक है मंत्रिवर...। यदि आप यही कहते हैं तो प्रयत्न करूंगा शीघ्र ही सप्रमाण किसी को महाराज के सामने उपस्थित कर दूं...।'

प्रद्युम्न ने सुना। पीठ किए हुए थे उन सभी की ओर से। मुड़े नहीं। कुछ तेज गति वाली पदचापों से अनुमान कियावे सभी जा चुके हैं।

बकुल चुपचाप सुनता जा रहा था...

पहले आशी बोली थी, फिर मानसी...दोनों के ही चेहरों से लेकर स्वर तक बेबसी का ऐसा स्वाभाविक नाट्य छिपा था, जिसने बकुल को अविश्वास करते हुए भी अवशिवास नहीं करने दिया।

'यह बड़ी दुविधा की स्थिति है गुप्तचर...।' सबसे पहले मानसी ने कहा था'मुझे विश्वास नहीं था कि महाराज कंस मेरी इच्छा को उस तरह अस्वीकार देंगे।'

बकुल ने चकित, अविश्वसनीय दृष्टि से उसे देखा।

मानसी ने प्रश्न समझा। उत्तर दिया'मुझे बहुत आश्चर्य हुआ गुप्तचर कि उन्होंने कहा'तुम कुछ समय यहीं रहोगी मानसी, ताकि मैं तुम्हारे पास यदा-कदा आकर अशांति के इस कुछ समय के कुछ पल काट सकूं। ऐसी स्थिति में मैं कोई भी निर्णय नहीं कर पा रही हूं और निर्णय तुम्हीं पर छोड़ती हूंमुझे क्या करना चाहिए और क्या नहीं?'

बकुल परेशान हो गया था। ऐसे लचीले और नाजुक राजकीय मामले में भला वह क्या कह सकते हैं? पर चिंता ने उसे भी बौखला दिया था। विचित्र स्थिति बनी। एक ओर था मगधराज का आदेश कि मानसी को ले आया जाएऔर दूसरी ओर महाराज कंस की यह इच्छा कि मानसी कुछ समय के लिए मथुरा न छोड़े। वह बोलता, पर मानसी ने निर्णय करना उसी पर छोड़कर उसे बहुत कठिनाई में डाल दिया।

बोल नहीं सका था बकुल। चुपचाप बैठा रह गया।

तभी आशी कहने लगी थी'मैं तो स्वयं चिंतित हो रही हूं। क्या किया जाए और क्या नहीं? एक ओर मगधराज का आदेश है, दूसरी ओर महाराज कंस की इच्छा।' उसने दृष्टि बड़ी करुणामयी बना ली थी। ऐसे जैसे बकुल से कह रही होतुम और हम सभी लगभग एक उलझन में पड़ गए हैं। एक ऐसी स्थिति, जब दो राज्यादेशों के बीच क्या उचित होगा और क्या अनुचितयह निर्णय करना आवश्यक हो गया हो। और ऐसी निर्णायक शक्ति भी किसी के पास न हो, निर्णय क्षमता भी।

बकुल बहुत कुछ कहना चाहकर भी आशी और मानसी के शब्दों में दबा रह गया। उसे अनुभव हुआ जैसे दोनों ही स्त्रियों की बेबसी ने उसके शब्दों को गले में ही दबोच डाला है। इस कदर शक्ति से कि वे कसमसा भी नहीं सकते।

'बोलो, गुप्तचर। तुम्हीं सम्मति दो!' मानसी ने उसकी दुविधा-पूर्ण मनस्थिति का लाभ उठाया। उसे अधिक दबा दिया।

बकुल ने एक गहरा श्वांस छोड़ा। हड़बड़ाया हुआ-सा कभी मानसी और कभी आशी को देखता रहा।

'कुछ तो कहो?'

'वही सोच रहा हूं...' जैसे-तैसे बकुल के होठों से शब्द फूटे।

कुछ पलों के लिए तीनों को ही चुप ने घेर लिया। अंत में बकुल ने कहा था'जानता हूं कि खाली हाथ मगध लौटकर सम्राट की उपस्थिति में खड़े रहना भी कष्टकर हो जाएगा, परकिया भी क्या जा सकता है? मैं तुम्हारी स्थिति समझ सकता हूं देवी...। मथुरा की सीमाओं पर महाराज कंस ने कठोर सैनिक व्यवस्था कर रखी है। तुम सभी की सुपरिचित हो। तुम्हारा मथुरा से निकलना, तुरंत ही मथुराधिपति तक सूचना बनकर जा पहुंचेगा...। और मैं ही नहीं संभवतः मगधराज भी कभी नहीं चाहेंगे कि किसी भी रूप से तुम मथुराधिपति के सन्देह का कारण बनो।'

मानसी रुआंसी हो उठी'वही तो...। इस चिंता ने मुझे ठीक तरह विश्राम भी नहीं करने दिया है गुप्तचर...। मैं प्रतिक्षण मातृग्रह के स्मरण से व्यग्र रही हूं, और प्रतिक्षण इस आशंका ने मुझे भयग्रस्त किया है कि कहीं किसी भी रूप में मैं महाराज कंस की दृष्टि में अविश्वसनीय न हो जाऊं।'

बकुल ने सुना, फिर कुछ निश्चय किया। उठते हुए बोला था'ठीक है, मैं चलता हूं। मगधराज को सारी सूचना पहुंचाकर उन्हीं से आज्ञा लूंगा कि अब वह जैसा आदेश करें; वैसा ही किया जाए।'

मानसी को लगा कि हृदय पर कुछ दिनों से रखी शिला अचानक गल गई है...। बहुत हल्कापन अनुभव होने लगा है उसे। श्वांस अवरोध सहसा थम गया है। मन-शरीर सभी तनावमुक्त हुए।

आशा भी काफी कुछ सहज हुई। पर पूरी तरह नहींबकुल जिस गति से जाएगा उसी गति से गिरिब्रज का कोई नया आदेश लेकर लौटेगा...। उस आदेश के शुभाशुभ होने का निश्चय नहीं किया जा सकेगा...। पर तुरंत संतोष थाजरासन्ध के आदेश से कुछ सयम के लिए ही सही, पर मुक्ति मिल गई है।

बकुल ने विदायी ली। दोनों उसे छोड़ने निवास के गुप्त द्वार तक गईं

फिर बिना कुछ कहे बोले लौट पड़ीं। बीच में अनेक बार उन्होंने एक-दूसरे को देखा था, जोर से हंस पड़ना चाहती थीं किंतु लगता था कि हंसी मन के भीतर है होंठों तक आते-आते वापस लौट जाती है। अभी जरासन्ध के अगले आदेश की प्रतीक्षा उन्हें करनी है!

और अगला आदेश क्या होगायह अनिश्चित...।

अनिश्चित क्या है उसमें? स्पष्ट है। या तो मगधराज उसे कंस के आदेश-इच्छा की अवहेलना कर देने को कहेंगे या फिर हो सकता है कि कंस को इच्छानुसार कुछ समय चलते रहने के लिए कहला भेंजे।

कुल दो ही संभावनाएं थीं। मानसी ने अपने विश्राम कक्ष में आकर पलकें मूंद ली थींपर मस्तिष्क में उठते-गिरते ज्वार-भाटे से मुक्ति नहीं पा सकी। कुछ आशंकाएं रह-रह कर मस्तिष्क को झिझोड़ जाती है

हो सकता है कि मगधराज उसे लौट आने को कह दें। और यह भी हो सकता है कि मगधराज सदा-सर्वदा के लिए उसे कहीं, किसी और नगर-ग्राम में बस जाने का आदेश दे दें? यह संभव नहीं है कि मगधराज उसे मथुरा में रहने देंगे। राजनीति-चक्र यही कहता है! उपयोगिता के अतिरिक्त उसमें व्यक्ति या सत्ता का कोई महत्व नहीं होता। यह सनातन परंपरा। इस परंपरा से कोई संतबुद्धि राजा भले ही विरक्त भाव ओढ लें, किंतु जरासन्ध जैसे सम्राट का विरक्त होना असंभव।

और यदि वैसा कुछ भी हुआ तब मानसी के उन स्वप्नों का क्या होगा जो उसने अपने भविष्य को लेकर संजो लिए है

संजोए हैं या अनायास ही उसके मन-मस्तिष्क में आ बैठे हैं ये स्वप्न...।

मानसी फिर बेचैन होने लगी। लगा कि बहुत अधिक विचार रही है अपनी सामर्थ्य से अधिक। अपने वांछित की सीमाएं तोड़ती हुई। अपने भाग्य को बदलने की चेष्टा में रत केवल मूर्खभाव से हृदय संचालित स्त्री..।

जो सोचा है सो संभव नहीं...। जो सोच रही है सो भी असंभव...। और जिस स्वप्न को संजोया है, वह मात्र भावुकता...। जिस विचार से व्यग्र हैवह विचार ही उस जैसी स्त्रियों का अधिकार नहीं!

कितनी अनधिकार इच्छा है मानसी की? मथुराधिपति की अंकशायिनी गणिकावत स्त्री होना और बात हैसिंहासन का हिस्सा बन जाना और बात...। और मानसी ने गणिका होते हुए भी वह दुस्साहपूर्ण विचार मन-माथे में बैठा लिया है। केवल मूर्खता...। अपितु मूर्खता से भी अधिक यदि कुछ होता है तो वह!

मानसी ने पलकें खोली। उठी और खालीपन संजोऐ हुए कक्ष मे यहां-वहां घूमने लगी। नहीं जानती थी कि क्यों घूम रही है? यह भी ज्ञात नहीं कि घूम रही है...बस, लग रहा था कि मानसी को न चाहते हुए भी केवल शरीर चेष्टा से चलते रहना ठीक लग रहा है। शायद थकान शरीर में भी घर कर जाए और फिर मानसी विश्राम कर सके...।

कैसे और कब तक यह हो सकेगायह भी मानसी को ज्ञात नहीं। केवल इतना ज्ञात है कि खौलते हुए मानस को शांत रखने के लिए कभी-कभी ऐसी अनियंत्रित स्थिति में अपने आप को छोड़ देने से शांति मिलती है।

शांति पा सकेगी या नहीं...? यह भी नहीं सोचा। केवल यह सोचा कि जो अच्छा लग रहा है, वही करती जाए!

देवकपुत्री के स्वयंवर का दिन आया...। कंस ही नहींसमूची मथुरानगरी व्यस्त हो गई थी। दूर-सुदूर के अनेक राजा ओर राजपरिवारों के लोग स्वयंवर में भाग लेने उपस्थित हुए। सब ओर उत्साह दीखता था, उससे कहीं अधिक उल्लास...।

पर वसुदेव जानते थे कि सारे उत्साह-उल्लास के भीतर जैसे एक नदी तिर रही है। पीड़ा और दुख से भरी नदी। कैसी विचित्र स्थिति थी यह...? देवक के सगे भाई राजा उग्रसेन बंदीगृह में थे और देवकी का स्वयंवर रचाया जा रहा था। कंस के मन में नहीं कुछ ममत्व शेष रहा है यही कुछ देखना-समझना चाहते थे...आशा थी कि कम-से-कम इस अवसर पर महाराज उग्रसेन को कंस अवश्य ही कारामुक्त कर सकेंगे। बंधन भले ही लगा दें कि उग्रसेन कुछ कहेंगे, बोलेंगे नहींपर भतीजी के विवाह में वह भाग ले सकेंगे...।

स्वयंवर समय तक व्यग्र भाव से ऐसे ही किसी राज्यादेश की आशा बटोरे रहे, पर व्यर्थ हुई हर आशा...। जिस क्षण स्वयंवर सभा में उपस्थित हुए, उस क्षण हर चेहरे पर दृष्टि घुमाई...अजब-सी व्याकुलता और आशा भरी आंखों में...किंतु पल भर में ही आंखें थक आई। उग्रसेन नहीं थे!

मन मसोसकर रह गए थे वह...। एक वही क्यों, उनकी तरह बहुत से अन्धक, वृष्णि और यादव कुलश्रेष्ठ होंगे जो इसी तरह मन को कुचले हुए चुपचाप इस सभा में उपस्थित हैं...दीखने में आनंद और उल्लास से भरी स्वयंवर सभा बहुरंगी लग रही है, पर भीतर से ही कालिख का एक गहरा दाग लगा है उसमें...। इस कालिख में आनंद-उल्लास का मुखौटा लगाए हुए नए मथुराधिपति कंस का दुष्ट चेहरा...। इस चेहरे ने अपने आतंक और भय के वितसार से दाग को दबोच भले ही रखा हो, किंतु भीतर ही भीतर यह दाग किसी दिन सुलगन बनकर मथुरा नगर की सम्पूर्ण सुख-शांति को दबोच लेने वाला है!

रेशमी, झिलमिलाते वस्त्रों में सजी-धजी राजपरिवार की महिलाओं का एक झुंड सभा-प्रकोष्ठ के एक हिस्से में बैठा हुआ है। उन्हीं के बीच कहीं होगी देवकी...। अनजाने ही बहुत बार देखा देवकी का चेहरा वसुदेव के सामने उभर आया था...शांत, सौम्य, शालीन मुस्कान से नहाया जूही-सा चेहरा...। देवकी के समूचे व्यक्तित्व दर्शन में गहरी शांति का अनुभव होता है...ऐसे जैसे सूर्य की अग्निधाराओं में अनायास ही कोई चंद्रकिरण फूट निकले...। असंभव, पर संभव!

जब-जब देवकी को देखा है उन्होंने, तब-तब मन में यही कुछ भाव आया है। बहुत कुछ सुन-जान भी रखा है उन्हें लेकर। चेहरे से जिस तरह शीतल लगती है, स्वभाव और गुण भी वैसा ही शीतलता लिए हुए हैं। सहज भी है स्वाभाविक भी। स्वयं देवक और पत्नी बहुत शांत स्वभाव के हैंवसुदेव के ख़ूब जाने-पहचाने। उस रक्तांश ने जनमी कन्या में वे गुण आ जाना नितांत स्वाभाविक है।

अजाने ही दृष्टि उस झुंड की ओर आ ठहरी थी...पल भर बाद ही राज घोषणा के साथ राजसुता देवकी वरमाला किसी को पहनाएंगी...। उसके बाद परंपरानुसार बनेगा एक उग्र वातावरण... पल भर में ही सुंदर राजसुता को देखनेवाले क्षत्रिय राजा-राजस स्वभाव के लोग देवकी को पाने लालायित हो उठेंगे! हो सकता है कि चुनौतियों का आदान-प्रदान भी हो? यह भी संभव कि युद्धामन्त्रण तक पहुंची चुनौतियां देवकी की इच्छा के विरुद्ध किसी बलशाली राजा या राज-परिजन को करने बाध्य हो जाए...।

एक क्षण के लिए जाने क्यों शांत स्वभाव वसुदेव को वह सब अच्छा नहीं लगा था। विचित्र-सी परंपरा है यह..। राजसुता जिसे चाहे वर ले पर उसी राजसुता को शक्ति संपन्न राजा उसकी इच्छा के विपरीत धन की भांति हरण कर सकता है...। यह कौन-सा मानवीय न्यायपक्ष हुआ...? पर तर्कातर्क करने का न तो समय है, न ही यह वसुदेव का विचारक्षेत्र! इसके निर्णायक हैं ब्राह्मण! वे जो शास्त्र-रचना करते हें। वे जो समाज नियमों को समाजश्रेष्ठों के हाथ सौंपते हैं!

स्त्री धन होती है इस नियमानुसार! पुरुष की शक्ति-सामर्थ्य में सुरक्षित संचयकोष का एक हिस्सा...। इस हिस्से को पाने, छीनने, चुरा लेने का अधिकार पुरुष की सामर्थ्य और शक्ति पर...।

इस सामर्थ्य शक्ति की पौरुष लीला ने अनेक बार भयावह युद्धों को जन्म दे दिया है! बहुतों के जीवन-मरण का निर्णय हुआ है उनमें...। किंतु परंपरा है, जिस पर कभी पुनर्विचार नहीं हुआ! न आवश्यकता ही समझी गई...।

यही कुछ सोच रहे थे कि महाराज कंस सिंहासन से उठे, घोषणा की'इस शुभावसर पर आप सभी का सादर स्वागत करता हूं...। यह सूचना देते हुए मुझे हर्ष है कि कुछ समय बाद पूज्य देवक की पुत्री सुकन्या देवकी इस कक्ष में उपस्थित हो रही हैं...। देवकी मेरी भगिनी है! वह धर्मानुसार जिस पात्र को भी अपने योगय समझेंगीवरमाला पहनाकर वरण करेंगी!'

सभा में सहसा सन्नाटा बिखर गया। महाराज कंस अपनी घोषणा के बाद पुनः आसन पर बैठ गए...कुछ ही पलों के भीतर रेशमी परदे झिलमिलाए। स्त्री-कक्ष की ओर से राजसुता देवकी ने सलज्ज चाल में धीमे कदमों सभा-प्रवेश किया...

सभी उन्हें देखने लगे। कुछ पहली बार देख रहे थे! कुछ पहली बार देवकी की सुंदरता परख रहे थे। किसी दृष्टि में चकाचौंध बिखरी हुई थी, किसी में उत्तेजना...।

देवकी भी क्रमशः एक-एक चेहरा देख रही थीं। उन्होंने आसन पर एक ओर बैठे वृद्ध पिता को धीमे से सिर झुकाकर प्रणाम किया, फिर धीमी चाल में पंक्तिबद्ध आसनों पर बैठे हुए एक-एक राजपुरुष के पास पहुंचने लगती थीं...

जिनके पास पहुंचतींउस राजपुरुष के राज-कुल का वर्णन किया जाने लगता। उस पुरूष के वीरत्व और पराक्रम की संक्षिप्त गाथा सुनाई जाती।

देवकी के साथ-साथ चल रही थीं सेविकाएं! उन्हीं की तरह साज-शृंगार से सजी धजीं। एक-एक कर देवकी राजपुरुषों के पास पहुंच रही थीं, उनकी ओर से आगे बढ़ रही थीं...जिस चेहरे के सामने से बढ़ जातींया तो वह निराशा में शीश झुका लेता, या फिर उत्तेजना और क्रोध उसके माथे से लेकर जबड़ों तक लकीरों की तरह खिंच जाते!

वह वसुदेव के पास आ रही थीं...हर बढ़ते कदम के साथ वसुदेव और आसपास बैठे राजपुरुषों की हृदय-गति तीव्र होने लगती...। अनेक थे, जो अजाने ही अपने कुलस्वामी का स्मरण करने लगते...इतनी सुंदर, सुशीला राजकुमारी यदि उनकी अंकशायिनी बने तो...

आगे सोच सकेइसके पूर्व ही राजकुमारी का कदम आगे बढ़ जाता! निराशा और अपमान का हल्का-सा थप्पड़ सिर को इस तरह झुका देता जैसे पौरुष लज्जा की किसी वजनी चट्टान के नीचे दब गया हो!'

वह वसुदेव के सामने आ थमी थीं। वसुदेव ने उन्हें आशापूर्वक देखा, फिर धीमे से दृष्टि झुका ली...।

ज्ञात नहीं, इस बीच देवकी ने क्या किया होगा, क्या भाव आए होंगे उनके चेहरे पर...बस, वसुदेव को इतना भर याद है सहसा उन्होंने अपने गले में मुलायम महकते फूलों की एक लड़ी झूलती पाई...।

देवकी ने वर लिया था उन्हें!

वसुदेव सिहर उठे थे। पास ही बैठे उनके पितृबंधु शिनि ने गौरव के साथ कहा था, 'तुम धन्य हो देवी...। तुमने वृष्णिवंशियों को गौरव दिया!'

अगले शब्द उभर सकें इसके पूर्व वाद्ययंत्रों की ध्वनियां बजने लगी थीं! राजघोषणा हुई...। 'मथुराधिपति महाराजकंस की भगिनि देवकसुता देवकी ने वृष्णिवंशी शूरसुत वसुदेव का पति रूप में वरण किया...।'

मंगलगानों की ध्वनियां उठीं...! पर अनायास थम गई। राजसभा में बैठे कुछेक राजा उत्तेजित भाव से उठ खड़े हुए थे'नहीं...। यह नहीं हो सकेगा! हम जैसे कुलजों के होते हुए देवकन्या एक साधारण व्यक्ति को पति रूप में चुनेंहमें स्वीकार नहीं...। हम सभी उन्हे युद्धामंत्रित करके देवकी को अधिकारपूर्वक लेने का आमंत्रण देते हैं!'

सभा मैं सन्नाटा बिखर गया...। वसुदेव कुछ कहें, तभी उग्र स्वभाव शिनि उठ पड़े थे'हमें स्वीकार है...। जो देवकी को अपने पौरुषबल से जय कर सके, उसे मैं भी युद्धामंत्रण देता हूं!'

कुम्हाला गई थीं देवकी...। कैसी अविश्वसनीय किंतु आहत करने वाली परंपरा है यह! स्त्री के समूचे निजत्व का अपमानित करने वाली...। इच्छा हुई थी, कह दें'अपने पौरुष और युद्धकला पर गर्व करनेवाले महापुरुषों...!

तुम मनुष्य हो या केवल प्रस्तर...? भावनाशून्य...। क्या प्रेम और समर्पण का अधिकार किसी जड़ आभूषण की तरह प्राप्त किया जा सकता है?'

पर नहीं! होठों में ही शब्द भिंच गए। ऐसा नहीं किया जा सकेगा! यह देवकी ही नहीं, किसी भी राजसुता के लिए असंभव है...। परंपरा और नियम से विद्रोह का अर्थ है तर्कातर्क के नए युद्ध को आमंत्रित करना...। शिलावत खड़ी अपने ही दाएं-बाएं खिची तलवारें देखती रहीं।

वसुदेव भी उठ चुके थे...। वरमाला गले में थी, किंतु न्यायप्राप्ति के लिए सुलगती आंखें!

'तब ठीक है!' एक स्वर उठा'आओ वृष्णिवीर...! हम परस्पर युद्ध करके देवकी किसकी हैयह निर्णय कर लें!' [1]

शिनि आगे बढ़ेसाथ बढ़ आए थे वसुदेव, किंतु शिनि ने उन्हें हाथ से परे कर दिया था। सेविकाएं, देवकी को सभा के एक ओर कोने में खींच ले गईं...। तलवारें खिंचने को ही थीं कि मेघगर्जन करते हुए कंस उठ पड़ेनहीं...। यह सब नहीं होगा...! मेरी बहिन ने न्यायपूर्वक धर्म से योग्य वर का चुनाव किया है...! यदि किसी राजा को आपत्ति है तो वह पूज्य शिनि से युद्धपूर्व मेरे प्रहार सहने के लिए तैयार हो जाए...।'

शब्द कौंधे, फिर विद्युत के असंख्य कौंधों जैसे सभागृह में जहां-तहां बिखर गए...। मथुराधिपति कंस को युद्धामंत्रण देना ऐसे ही था जैसे बाघगृह में पहुंचकर कोई बाघ को चुनौती दे!'

राजा थमे रह गए थे...। कुछ पल सन्नाटा फैला रहा, फिर जिन-जिन

---

1. महाभारत के द्रोणपर्व में अध्याय 114 के अन्तर्गत कहा है कि राजा देवक के स्वयंवर में वृष्णिवंशी शिनि ने सब राजाओं को जीतकर देवकी को वसुदेव को लिए जय किया। शिनि, वसुदेव के चाचा थे। एक अन्य कथा के अनुसार गणसंघ में देवक का राजनीतिक प्रभाव और शक्ति देखते हुए उनके भतीजें कंस ने योजनाबद्ध रूप से यादव गणसंघ की ही दूसरी शक्ति शूरसेन के पुत्र वसुदेव से देवकी का विवाह रचाने में सहायता की। संभवतः शिनि को, वसुदेव के लिए देवकी प्राप्त करने में कंस ने सहायता की थी...ताकि वृष्णिवंशियों से उसे यादव गणसंघ में समर्थन मिले।

राजाओं या राज-परिजनों ने तलवारें खींच रखी थीं, अपने-अपने खोलों में समो लीं। अनेक ने गहरे श्वांस लिए। लगता था कि भूकम्प आते-आते थम गया है...। नाश का भयावह वेग लिए आई आंधी अनायास ही शीतल जल की वर्षा ने गतिहीन कर डाली है।

कंस उत्तेजनापूर्वक उठे थे, अब भी खड़े थे। बोले'देवकी...! तुम अपने चयन के लिए स्वतंत्र हो...।'

देवकी सहज हुई। उसी तरह सलज्ज चाल में आगे बढ़ती हुई, वसुदेव के पास जा खड़ी हुई। एक बार पुनः मंगलगानों की धुनें उठीं, वाद्ययंत्र का गुंजन बिखर गया...। और थोड़ी ही देर में सम्पूर्ण नगर, घर-द्वारों पर समाचार था'महमंत्री वसुदेव को मथुराधिपति की भगिनि ने पति रूप में वरण किया...।'

तुरंत प्रतिक्रिया में मथुरावासियों ने प्रसन्नता ही व्यक्त थी। यह समझ पाना कठिन कि इस संबंध से उन्होंने भविष्य में गणसंघ के किस रूप, व्यक्तित्व का संयोजन किया होगा?

वसुदेव मथुराधिपति के बहनोई हो गए...! अंधक, वृष्णि और यादवों के बीच यह जितनी प्रसन्नता का समाचार था, उससे कहीं अधिक राजनीतिक प्रतिक्रिया हुई थी इसकी। केशी और प्रद्युम्न सर्वाधिक चिंतित हुए! दबे-मुंदे शब्दों मे एकांत अवसर पाकर महाराज कंस से निवेदन भी किया था, 'महामंत्री से राजसुता का विवाह कितना और कैसा प्रभाव होगा ,महाराजआपने पूर्णतः विचार कर लिया है ना?'

कंस प्रसन्न थे। उपेक्षा से कहा था उन्होंने ,'मुझे आश्चर्य है प्रद्युम्न, इतनी छोटी-सी बात भी समझ नहीं पा रहे हो...? वृष्णि वंशी गणसंघ की प्रमुख और प्रभावशाली शक्ति हैं। इस तरह हमने उन्हें अपनत्व की उन सीमाओं में जकड़ लिया है, जिससे वह चाहकर भी मुक्त नहीं हो सकेंगे...। अब वे हमारे हैं, हम उनके! मथुरा के लिए यह संबंध अत्यंत शुभकर हुआ है!'

प्रद्युम्न चुप हो रहे। केशी स्वभाव से लाचार उग्र होकर कुछ बोल

पड़ना चाहते थे, किंतु प्रद्युम्न की सधी दृष्टि के संकेत ने सहसा चुप कर दिया उन्हें

कंस ने कहा था'देखता हूं कि सभी अवरोध धीमे-धीमे शांत होते जा रहे है...यह शांति हमारे लिए शक्ति-संयोजना का अवसर देगी।'

जी हुआ था, प्रद्युम्न का कि कह देंराजन्...! आप ही हैं जो लावे पर खड़े होकर मल्हार सुना सकते हैं...।' पर कहा नहीं। क्रोधी राजा के सम्मुख इस तरह के शब्दों का पूरा उच्चारण भी कठिन हो जाता। जानते थे कि बात के आधे में ही मदोन्मत्त कंस का वज्रखंग उठेगा और तनिक भी सोच-विचार किए बिना मंत्री का शीश धरती पर आ रहेगा...। रक्त-रंजित!

केशी ने भी सुनाहथेलियां मसलते रह गए। दोनों साथ-साथ विदा हुए थे महाराज के कक्ष से। बौखलाए, सुलगते हुए अपने ही भीतर बोलते-बड़बड़ाते चले आए। परस्पर विदा होते हुए प्रद्युम्न ने पुनः याद दिला दिया था'स्मरण रहे सेनाधिपति...! अब यदि कोई स्थिति राजा कंस और हम सभी को बचा सकती है तो वह मात्र तुम्हारा प्रमाण हो सकता हैजैसे तुम एकत्र कर रहे हो!'

'जानता हूं, मंत्रिवर...!' केशी ने जवाब दिया, फिर तीव्रगति से अपने निवास की ओर बढ़ गए।

जहां-तहां भेजे गए अपने विश्वस्त गुप्तचरों को लेकर सूचनाएं जुटाने लगे थे। विवाह की शेष विधियां पूरी हो सके, इसके पूर्व ही वसुदेव के विरुद्ध सभी प्रमाण एकत्र हो जाना आवश्यक हो चुका था।

देवकी से विवाह ने वसुदेव की राजनीति को सहसा ही नए उलटफेर से भर दिया! जानते थे, सुंदर, सुशील पत्नी को पाकर वैयक्तिक रूप से जितने सम्पन्न हुए हैं, सामाजिक और राजनीतिक रूप से उतने ही निर्धन हो गए हैं...। कंस की बहिन से विवाह का गणसंघ के विभिन्न प्रमुखों पर क्या प्रभाव होगाकहा नहीं जा सकता था! एक संभावना तो यह थी कि वह इसे वसुदेव की राजनीति का चक्र मानकर ही विश्वास कर लें...किंतु दुसरी

ओर सर्वाधिक स्वाभाविक प्रतिक्रिया यह हो सकती थी कि उन्हें वसुदेव द्वारा पिछले समय की गई गणसंघ यात्रा वाली बातें खोखली जान पड़े...। सिर्फ महाराज उग्रसेन के प्रति वफादारी की बेबुनियाद कहानी...।

क्या प्रतिक्रिया हुई होगी? कितनों ने सहज बुद्धि से इस दुष्कर राजनीतिक उलटफेर पर सोचा होगा और कितनों ने गहराई सेनिश्चय कर पाना कठिन था...। जिस क्षण देवकी ने उन्हें वरमाला पहनाई थी, आनंदित हुए थे...पर जिस समय उसके परिणामों पर सोचने बैठे, अशांत हो गए!

विवाहोत्सव की तैयारियां जोर-शोर से प्रारंभ हुई...। कंस ने जैसे यह विवाह राज्योत्सव बना दिया था! अकुलाए, सिटपिटाए हुए वसुदेव मूक दर्शक की भांति सब कुछ देखे जा रहे थे। लगा था कि कंस कोरे क्रोधी राजा भर नहीं हैंइतने विलक्षण और कुटिल राजनीतिज्ञ हैं कि उनसे पार पाना वसुदेव जैसे पुराने मंत्री के लिए भी कठिन हो गया है! अब तक जितना चक्र उलटफेर के लिए वसुदेव ने चलाया था, वह एक ही झटके में कंस ने उन्हीं पर ला गिराया!

यही चिंता व्यग्र किए हुए थे कि नई सूचना मिली...। वसुहोम ही लाया था सूचना। कहा था'महामंत्री की जय हो...। एक समाचार सारी नगरी में फैला हुआ है कि इस बार जब मथुराधिपति कंस अपनी बहिन देवकी को मातृगृह से विदा देंगे, उस समय वर-वधू का रथ सारथी की जगह वह स्वयं चलाएगा...।'[1]

चीख पड़ना चाहते थे वसुदेव'क्याअ्? 'पर आवाज गले से नहीं निकली! इसके विपरीत भीतर-ही-भीतर कंस के लिए क्रोध से भरी एक गाली उभर आईकुटिल कंस...। वसुदेव के समूचे व्यक्तित्व को भूसे की तरह बिखरने देने का बहुत शालीन कूटजाल रचा था उसने! विनम्रता और नेह का ऐसा नाटक, जिसका कोई एक दृश्य झेलना तो दर किनार, उस दृश्य के अंशमात्र को झेल पाना भी वसुदेव के लिए कठिन हो गया था!

---

1. एक अन्य कथा के अनुसार वसुदेव मथुरा राजवंश के प्रमुख मंत्रियों में थे। कहा जाता है कि कंस ने वसुदेव को अपने समर्थन में जाने के लिए देवकी और वसुदेव के विवाहोत्सव में स्वयं सारथी बनकर रथ हांकने की आत्मीयता जतलाई।

वसुहोम किसी प्रतिक्रिया या नए आदेश की प्रतीक्षा में कुछ पल थमा-थका हुआ-सा उन्हें देखता रहा, फिर मुड़ने को हुआ...वसुदेव ने रोक दिया था उसे...'सुनो, वसुहोम!'

'आज्ञा महामंत्री,' वसुहोम ने हाथ बांध लिए।

'तुम्हें स्मरण होगा वसुहोम, हमने तुमसे महाराज कंस और उनके अनुयायियों का विश्वास प्राप्त करने के लिए कहा था?' वसुदेव ने पूछा।

'प्रयत्न कर रहा हूं देव...।' वसुहोम ने विनम्र स्वर में उत्तर दिया, फिर एक गहरा श्वास खींचकर बोला'पर अब तक बहुत सफल नहीं हो सका हूं, श्रीमन्...!'

'कारण?'

'वे सब अच्छी तरह जानते हैं कि मैं आपका अत्यंत विश्वसनीय सेवक हूं।'

वसुदेव चुप हो रहे। कुछ क्षणों एक रहस्यमय शांति बिखरी रही, फिर वसुदेव बोले थे'संध्या-समय मिलना!'

'पर देव...संध्या तो आपका विवाहोत्सव है!'

'मैं उसी समय की बात कर रहा हूं...' वसुदेव ने कहा थामुंह मोड़ लिया, जिसका अर्थ था कि वसुहोम अब जाए।

वसुहोम ने सिर झुकायाचल पड़ा। वसुदेव कुछ देर सोचते रहे, फिर एक निर्णय ने सहसा उन्हें निश्चिंत कर दिया। जानते थे कि इस तरह वह वसुहोम को केवल कंस के साथियों का ही नहीं, कंस का भी विश्वसनीय बना देंगे...। थोड़ी देर बाद वे अपने कक्ष की खिड़की के पास जा खड़े हुए। थमी दृष्टि भाव से भावहीन चेहरा लिए उस सजावट को देखते रहे जो उनके और देवकी के विवाहोत्सव की तैयारी में की जा रही थी...

बहुत व्यस्तता में बीते थे वे दिन...कंस, ही नहीं समूचे मथुरा गणसंघ को ही जैसे व्यस्त कर दिया था। महाराजाधिराज की बहिन का विवाह, महामंत्री के साथ हो रहा था। सहज ही थी यह व्यस्तता।

उल्लास का समुद्र बिखर गया था सभी ओर। पर इस समुद्र के भीतर, बहुत नीचे, एक ज्वालामुखी धधक रहा था। इस ज्वालामुखी को कोई कितना

जानता था, कितना नहींपर वसुदेव बखूबी जान रहे थे। सामान्य जनों में उनके प्रति या तो दुविधाग्रस्त स्थिति बन चुकी थी, या फिर वे पूर्णतः शंका और अविश्वास के पात्र बन गए थे। जिन महाराज उग्रसेन के विश्वसनीय ही नहीं, अति विश्वसनीय व्यक्तियों में उनकी गणना होती थी, उन्हीं महाराज के प्रति उनकी निष्ठा अब पूरी तहर संदिग्ध हो गई थी। कंस ने देवकी के स्वयंवर में किस तरह वसुदेव को बहिन दिलाने का प्रयत्न किया था, सब जानते थे। इस सारी स्थितियों में भला यह कैसे न मान लिया जाता कि वसुदेव ने अपना विश्वास, निष्ठा और गणसंघ के शुभार्थ कभी ली शपथ केवल भुला ही नहीं दी है, बल्कि एक तरह बिक्री कर डाली है...।

वसुदेव मन-ही-मन झुलसते। बहुतेक उठी दृष्टियां जैसे चीख-चीख कर कहतीं'तुम राजद्रोही हो, महामंत्री...! तुमने राजा के प्रति ही नहीं, समूचे गणसंघ के प्रति दोष किया है...।'

वसुदेव सिर झुका लेते। इसके अतिरिक्त अन्य कोई राह न थी। कितनी बार मन होता था कि स्पष्टीकरण दे डालें। चीख-चीख कर कह दें'कुछ पल धैर्य रखो, मित्रों...! शीघ्र ही यादव गणसंघ मुक्त हो जाएगा...। यह सब तो तुम देख रहे होसत्य नहीं है...। सत्य है कि मुक्ति-मार्ग केवल यही रहा है...!'

पर शब्द गले में चिपके रह जाते। नीति, समयसूचकता, विचार सभी जैसे उन्हें भीतर-ही-भीतर चिपका लेते। कोई भीतर से वसुदेव को मुट्ठियों में भींचकर चीख पड़ता'नहीं-नहीं...तुम ऐसा नहीं कर सकते, महामंत्री...। ऐसी कभी नहीं कर सकते!'

वसुदेव बाध्य। ऐसे जैसे किसी अपने ही बुने धागे से बंध गए हो...। दायित्व-धर्म का ऐसा धागा, जिसे तोड़ने में समर्थ होते हुए भी असमर्थ वसुदेव...। विधाता भी मनष्य को किन-किन कसौटियों पर कसता है...? बिलकुल उस तरह जैसे किसी स्वर्ण को तपाया जा रहा हो...। खूब गहरी आंच और फिर निरंतर बढ़ता तापमान...। इसे सहकर ही कुंदन चमक सकेगा! पहचान हो पाएगी उसकी। मूल्यांकन होगा।!

बहुत कष्टकर यह तपन की स्थिति। पर यही तपन वसुदेव या उन जैसे व्यक्तियों का सत्य...।

वसुदेव यांत्रिक भाव से सब कुछ करते गए थे...भावनाओं को कब

कर्तव्य की शिला के नीचे दबा ही नहीं डाला थाबल्कि लहूलुहान कर दियास्वयं को ज्ञात नहीं। केवल इतना जानते हैं कि इसी तरह दबते, गलते रहना वसुदेव की नियति!

समय बीतता गया था...और उसके साथ-साथ घटनाएं भी गति लेती गई थीं! वसुदेव के विवाह समारोह का आयोजन करने में कंस जितना उत्साह दिखा रहे थे, उससे पल-पल वसुदेव की जन-स्थिति बिगड़ती जा रही थी!

और हर बीतते दिन, हर बीतते पहर भी हर पल के साथ मानसी की भी स्थिति बिगड़ती हुई। राजनीति-चक्र किन-किन चेहरों और रूपों में घूम रहा था, मानसी समझती थी, इसके बावजूद वह उन अनेक गुत्थियों से अपरिचित थीजो उनके संस्कार में ही नहीं थी! जो संस्कार में था वह केवल सामान्य जन हो। इस सामानय जन को राजनीतिक उलटफेरों और उन उलटफेरों में से अपनी राह खोज निकालना विचार विषय नहीं था। मानसी पल की किसी करवट कंस को लेकर विचार करती, और किसी करवट स्मरण हो आता कि बकुल मगध से लौट रहा होगा...। लौट कर क्या निर्णय लाएगाकह पाना असंभव!

मन किसी बार थककर घायल पेड़ की तरह रिसने लगा और किसी बार ऊबता हुआ ठूंठ जैसी निर्जीवता अनुभव करता। कितना प्रयत्न करती थी कि ऐसा न हो...? कितनी बार चाहा था कि स्मरण रखेवह साधारण नारी है! नीतिचक्र का केवल एक फेरा! चक्र नहीं...।

यह संचार था चक्रों का! उनका जो राजनीति के ऊबड़-खाबड़ों में निरंतर घूमते थे। यह घूमना उनका स्वभाव! यही उनका संस्कार! यही उनका आदि और यही उनका अंत! पर मानसी अपनी स्थिति भूलकर केवल नारी हो गई...। एक कामना! सहज, स्वाभाविक इच्छा!

और इच्छा का स्वभाव है कि किसी पल उमंग बनकर पंछी की तरह आकाश के अनंत में कुलांचें भरती है, किसी पल अपनी ही कुलांचों से थककर धरती पर पड़ी छटपटाती है! इस सहज इच्छा में न राज होता है, न संगमरमरी पहल-अट्टालिकाएं...। इसका संसार न धरती, न आकाश! यह

स्वयं में एक संसार होती है! इस संसार में ही वह जनम लेती है, इसी में मृत हो जाती है!

तब क्या मानसी भी इन इच्छाओं और कामनाओं के संसार में मृत हो जाएगी...? मन करवटों से तनिक-सी मुक्ति पाकर ही पूछने लगता। और मानसी होती उत्तरहीन! भला इच्छा का भी कोई उत्तर होता है...? जो होता है, वह कब का मर चुका। या कि जिसे सांसारिक बुद्धि कहा जाता है, वह कब की बिसर चुकी!

कहां जानती थी कि जिस जाल को मथुराधिपति कंस के गिर्द बुनने का कर्त्तव्य निबाहने जा रही हैवह उसके अपने आत्म को घेर लेगा! इस तरह जकड़कर कि उससे मुक्ति नहीं पा सकेगी...।

मुक्ति...? मानसी थकी-हारी, व्यग्र भाव से अपने शयन-कक्ष में लेटी टकटकी बांधे हुए विशाल कक्ष की छत निहारती रहती...लगता कि दृष्टि की राह मन छत के हर कोने-कांतर में घूम रहा है...हर खोज का लक्ष्य एक! हर खोज का एक प्रारंभ और एक ही अंत! कंस...! मथुराधिपति कंस...!

मथुराधिपति न भी होतब भी केवल कंस...। इस कंस को ही मानसी चाहती है! यह कंस अब उसके लिए व्यक्ति नही, एक कामना बन गए हैं! और कामना हीन जी पाना संभव है क्या...?

काश! कंस जान सकते मानसी को भी इसी तरह...। मानसी उनके लिए शरीर नहींकामना बन जाती! तृप्ति...।

पर मानसी देख रही थी कि कंस केवल मथुराधिपति को जानते हैं...। संभवतः अपने को जानने का न अवसर है उनके पास, न उनकी आवश्यकता...।

आशी आई थी एक बार...! सदा की तरह समाचारों का हर समय-संदर्भ सुनाने के लिए। उस उसका नियत क्रम था। दिन में ही दो-तीन बार आती और बतला जाया करती थी कि क्या कुछ घट रहा है इस भावना के बाहर...। कंस कहां हैं और किस कार्य में व्यस्त हैं...!

मानसी सुनती। उसी तरह तटस्थ रहकर सुनने की चेष्टा करती, जिस तरह पहले कभी सुना करती थी। तब, जब वह मथुरा में आई-आई ही थी...उसे इन समाचारों में रुचि होती थी...। इन समाचारों की सीढ़ियां चढ़कर

वह मथुरा और मगध की राजनीति के बीच झांका करती थी। बिल्कुल उस यांत्रिक दास भाव से जिस भाव से सेवक मन-शरीर भूलकर केवल सेवक होते हैं...। व्यक्ति हों या राज्य, व्यवसाय हों या अपना जीवन।

लगता था कि यही दास भाव सच है। यही भाव है जो जीवन में सुख, आनंद, तृप्ति और सम्पूर्णता देता है...किंतु अनायास ही उसे लगा था कि न यह सुख है, न आनंद, और न ही तृप्ति...। यह है किसी का दासत्व! इसमें मानसी का अपना क्या है?

दासों में उनका अपना क्या होता है...?

जिज्ञासा बनकर यह प्रश्न मन में कब किस क्षण कौंधामानसी को याद नहीं। बस, इतना याद है कि इस प्रश्न के उत्तर में उसने जिस कालसत्य को पाया था...या कि केवल सत्य को पाया थावह था उसका स्वतंत्र अस्तित्व! यह अस्तित्व किस तरह होता है या कि कब और कैसे पहचाना जाता हैयह भी नहीं जानती थी मानसी। केवल इतना ही रहस्य जान सकी थी कि जो कुछ वह करती रही हैवह उसका सुख, आनंद, तृप्ति या सम्पूर्णता नहीं है...।

तब क्या है स्वप्न, आनंद, सत्य और सम्पूर्णता...?

मानसी को मालूम नहीं।

किंतु क्या किसी को इतना मालूम होना काफी नहीं कि जो है, वह उसका अपना कुछ नहीं है? और उसका अपना क्या है? यही खोजने लगी थी मानसी...चाहा नहीं था, पर जाने कैसा यह खोजी जनम आया था उसके भीतर! इस खोजी ने हर पल, हर क्षण के साथ अपने, दूसरों के और फिर जड़ के भीतर तक खोज करना प्रारंभ कर दिया था...और इस खोज ने ही उसे निष्कर्ष दिया था...

यह निष्कर्ष कंस के प्रति कामना है? या कामना पूर्ण कर पाने की केवल इच्छा? मानसी को यह भी मालूम नहीं। पर कुछ है जरूर...।

एक अजाना निष्कर्ष...! यही निष्कर्ष सत्य है...।

कभी-कभी राहत के पल पाकर कंस आ जाया करते थे...कुछ प्रहर बिताते और फिर दास-भाव से अपने संसार में लिप्त हो जाते...। मानसी किसी

पल खुली पलकों और किसी पल बंद पलकों उनकी विशाल भुजाओं की कैद में पड़ी अपने सत्य, अपने अस्तित्व को खोजती। एक बार तो यह सत्य होठों पर आ ही गया होता...कंस उस दिन बहुत शीघ्र आ पहुंचे थे मानसी के निवास में देर तक बहुतेक बातें होती रही थीं...वे, जिनसे न मथुरा की नीति का संबंध था, न मगध अथवा भरत खण्ड के किसी राजचक्र का...। वे बातें अच्छी लगती थी। जब-जब उनके बीच होती, लगता था कि मानसी ने मन पर ओस झरने लगी है...। यह ओस उसके शरीर-मन को उस हरे पत्ते की तरह हिलाए रखा करती थी...जिस पर कई-कई चांद जनम आए हो...ठण्डी, मुलायम चमक बिखेरते हुए...।

ऐसा ही पल था वह। कंस अनायास पलकें मूंदकर शैय्या पर लेटे हुए थे और मानसी श्रृंगार कर रही थी...होठो ने एकदम ही बुदबुदाकर प्रश्न कर दिया था'राजन्!'

'हूं।' पलकें नहीं खोली थीं उन्होंने। मानसी ने श्रृंगार करते हुए सामने के शीशे में उनकी वह शांत मुद्रा देखी थी, फिर कहा था'कभी-कभी लगता है देव, मैं बहुत...बहुत-सी बातें करना चाहती हूं आपसे!'

'करो...।' कंस ने कहापलकें खोल दीं।

मानसी इन खुली पलकों को शीशे में देखते ही जैसे सकुच गई... कंस पूछ रहे थे'कहो, देवी...? क्या कहना चाहती हो?'

और मानसी के होंठ बंद। केवल श्वांस के साथ-साथ मन खलबली कर उठा। एक संकोच जनम आया मन में। इस संकोच ने ही कहा था उससे'क्या बक रही है...? कंस के प्रति प्रेम-समर्पण तो बोले-अबोले कई बार व्यक्त किया है तूने किंतु...किंतु सदा-सर्वदा उनके साथ, उनके समीप होने की इच्छा का अर्थ जानती है क्या होगा...?'

मानसी ने चाहा था, कहे'जानती हूं...' पर लगा कि अपने ही भीतर गुनगुनाई भर हैशब्दयुक्त होकर भी शब्दहीन!

संकोच पुनः कह गया था...चेतावनी की तरह गुंजाते शब्दों में'ऐसी भूल कभी न करना मानसी...! कंस जितना जो कुछ दे रहे हैं, उसे अधिक कभी नहीं देंगे...इसलिए कि दे नहीं सकते...। वे केवल कंस नहीं हैंतेरी तरहवे हैं, मथुराधिपति! महाराज कंस!

और मानसी ने सहसा अनुभव किया था जैसे पल भर पूर्व जिसे ओस से नहाया मन हरे पत्ते की तरह थरथरा रहा थाअचानक सूख गया है! केवल एक खड़बड़ाहट देता हुआ, आंधी में वृक्ष से गिरे पत्ते जैसा...!

छार-छार हो उठी थी वह! कंस उस समय भी पूछ रहे थे'...तुम कुछ कहना चाहती हो ना, कहो...।'

और मानसी ने जिस झटके से बाल कन्धे के पीछे उछाले थे, उसी झटके से विचार मन से उछाल दिया था'कुछ नहीं...। एक कविता मन में जनमें आई थी...अब बोल ही खो गए...। क्या कहूं?'

हंस पड़े थे कंस। मानसी भी हंसी। या सिर्फ हंसने का प्रयत्न किया था उसने...।

और एक वही दिन क्यों, अनेक दिनों, अनेक बार, इसी तरह, ऐसे ही क्षणों में कविता के बोल मन में जनमें हैं...पर तुरंत ही उसके अपने भीतर खो गए हैं...घण्टों, पहरों और पलों के खर्च से उन्हें सहेजती-बटोरती है मानसीऔर वे फिर बिखर जाते हैं।

यह मानसी का नित्य कर्म! नित्य जीवन...।

इसी तरह चलता रहा है...इसमें भी संतुष्ट है...पर कितने दिनों चल पाएगा? किसी-न-किसी दिन बकुल आ पहुंचेगा। उसके साथ आएगामगधराज जरासन्ध का राज-निर्णय! आदेश का एक अंकुश लगेगा मानसी की नंगी आत्मा पर और वह धकियाती हुई उस दिशा में चल पड़ेगी, जिधर वह अंकुश ले जाना चाहेगा...।

मानसी ने पलकें मूंदली। इस तरह कड़वी, मन को झुलसा डालने वाली दवा पी हो। शैय्या पर लेटी रही...

'देवी...?

मानसी चौंकी थी। पलकें खोलीं, करवट बदलकर उसकी ओर देखा। आशी सिर झुकाए हुई थी। मानसी पहचान नहीं सकीउसके चेहरे पर क्या है?

'देवी...!' आशी ने पुनः कहा, इस तरह जैसे किसी कोड़े का प्रहार खाकर कसकी हो।

'बोल, आशी...? क्या बात है?' मानसी बैठ गई।

'बकुल आया है गिरिव्रज से...।' आशी ने कहा था। मानसी की पलकें फैल गई। मन किसी आहत पंछी की तरह फड़फड़ाने लगा...। आशी का स्वर बतला रहा था कि वह कोई अच्छा समाचार नहीं लाया होगा...।

मानसी की ओर से चुप्पी पाकर आशी ने कहा था'यह इसी क्षण आपसे भेंट करना चाहता है देवी...।'

मानसी फिर भी चुप रही। दृष्टि आशी की ओर नहीं थी। दृष्टि थी दीवार की ओर। पर विचित्र बात थी! अच्छी-भली दृष्टि होते हुए भी कुछ नहीं दीख रहा था।

आशी ने कहा था'उसे यहीं बुला लाऊं या आप स्वयं उससे भेंट करने चलेंगी?'

मानसी ने इस बार दृष्टि घुमाईआशी को देखा।

आशी ने भी। लगा था कि मरुथल को देख रही है...और मानसी? वह तो मरुथल पर चल रही होगी...। झुलसते पांव, सूखता गला, धुंधमाती दृष्टि...!

सांझ ढल चुकी थी उस समय...रात्रि के प्रहर का प्रारंभ होने को था। मथुरा नगर देवकी-वसुदेव के विवाहोपलक्ष्य में सजा-संवरा चकाचौंध फैलाता हुआ। रह-रह कर विभिन्न वाद्ययंत्रों के स्वर सुनाई पड़ने लगते...? उल्लास और उमंगों से भरे वाद्य-स्वर...।'

पर मानसी रोगिणी की तरह बढ़ रही थी भेंट-कक्ष की ओर। पीछे-पीछे आशी। दोनों ही जैसे-पल-पल अपार वेदना सहते हुए...

बकुल देखते ही उठ खड़ा हुआ था, 'अभिवादन लें देवी...।'

मानसी ने चाहा, उत्तर दे, किंतु स्वर नहीं फूटे। केवल मरुभूमि-सी खाली संवेदनहीन आंखें उठीपलकें उन पर छिलती हुई गिरी-उठीं। बकुल बैठ गया।

बात आशी ने प्रारंभ की। मानसी ने आसन ग्रहण किया तो एक ओर खड़ी हो रही थी वह। पूछा'क्या समाचार है गुप्तचर...। मगध में सब

ओर आनंद तो है ना...? हमारे परिवारजन, राज्य की प्रजा और सम्राटसब कुशल से तो हैं?'

'सब ठीक है।' बहुत संक्षिप्त-सा उत्तर दिया था बकुल ने। कहा'मुझे तो गिरिब्रज जाने और वहां से आने की कठोर यात्रा में विश्राम का भी अवसर नहीं मिला, देवी...' सम्राट तक समाचार पहुंचाने के पश्चात् तुरंत ही आदेश लेकर लौटना पड़ा।'

पूछना चाहा था मानसी ने, क्या है आदेश? पर आवश्यकता नहीं हुई। बकुल ने एक गहरा सांस लेकर कहा था'देवकसुता और वसुदेव का समाचार उन्हें भी मिल चुका है। संभव हुआ तो वह भी यहां आएंगे...पर उसके पूर्व वह चाहते है कि तुम मथुरा से सुरक्षित बाहर निकल जाओ...।

जी हुआ थाचीख पड़े'नहीं...!' पर क्या हो गया है उसे? जड़ हो गई है एकदम। अपने ही भीतर जानने की इच्छा हुई थी उसेउसमें जीवन शेष है या नहीं?

बकुल बोला था'समय उपयुक्त है देवी...' जिस समय देवकी और वसुदेव के विवाहोत्सव में सब ओर उत्सव हो रहे होंगे, उसी समय हम लोग यहां से निकल चलेंगे...।'

मानसी शिलावत। आशी केवल दीख रखी हैस्पंदनहीन।

बकुल कहे गया था'अब से कुछ समय बाद ही आपको चलना है देवी...। मगधराज का यही आदेश हैं! आप इसी क्षण तैयारी प्रारंभ कर दें!' बात समाप्त करते ही वह उठ खड़ा हुआ था। जाते-जाते कह दिया था उसनेमैं भवन के बाहर ही एक भव्य रथ लेकर आपकी प्रतीक्षा करूंगा...।'

मानसी ने पुनः चीखकर उसे रोकना चाहा था, पर शब्द नहीं निकल सके। केवल आंसू झर उठे थे...जैसे उसके अपने भीतर के सभी शब्द पिघलकर बर्फ की तरह ढलने लगे हों!

संध्या।

विवाहोत्सव की सभी क्रियाएं पूर्ण हुई थीं, फिर आई विदा-वेला...। पर इस वेला के पूर्व ही एक ऐसी घटना हुई, जिसने वसुहोम को ही नहींकंस, केशी, प्रद्युम्न, मुष्टिक आदि को चमत्कृत कर दिया...!

सभी ठगे-से खड़े रह गए थे। प्रसन्नता और उल्लास के वातावरण को बड़े नाटकीय मोड़ ने गंभीरता की एक शिला के नीचे दबोच डाला था...। शिला थीवसुदेव का वसुहोम के प्रति अप्रत्याशित और अविश्वसनीय व्यवहार...।

वसुहोम को सभी के सामने एक जोरदार थप्पड़ जड़ दिया था महामंत्री ने, चीख पड़े थे'नीच...। धूर्त...। तुझमें यह आत्मबल कहां से आया, जिसके कारण तू मुंह दिखा सका...?'

सभी स्तब्ध और हतप्रभ खड़े रह गए थे। क्या हुआ महामंत्री वसुदेव को? इतना क्रोधी और कठोर तो उन्हें कभी देखा नहीं...?'

वसुहोम स्वयं चकित होकर देखता रह गया था, याद आए थे वे शब्द, जो पहली भेंट में महामंत्री ने कह दिए थे'हमने तुमसे महाराज कंस और उनके अनुयायियों का सम्पूर्ण विश्वास प्राप्त करने के लिए कहा था?'

और वसुहोम बोला था कि चाहकर भी वह वैसा कर नहीं सका है। तब क्या महामंत्री ने उसे पूरी तरह कंस से जोड़ने और स्वयं से परे करने के लिए यह अकारण प्रहार किया है...? पर प्रहार तेज था। जितना बदन तिलमिलाया था वसुहोम का, उससे कहीं अधिक आत्मा झुलस गई थी। सार्वजनिक रूप से वसुहोम को अपमानित कर दिया था उन्होंने...। अपने सर्वाधिक विश्वसनीय सेवक को...?

कंस कुछ कह सकें या कोई कुछ पूछे-समझाएइसके पूर्व ही महामंत्री चीखे थे'जा! इसी क्षण दूर हो जा मेरे सामने से...! तुझे देखकर मुझे

गहरी घृणा होती है...। धिक्कार है तुझ पर...। सम्पूर्ण विश्वास और स्नेह का ऐसा तिरस्कार किया तूने...? ऐसा छल?'

'किंतु देव...?' आंखें छलछला आई थीं वसुहोम की। गर्दन झुका रखी थी।

कंस आगे बढ़ आए, 'रुकिए, महामंत्री...। कारण जान सकता हूं कि इस मूर्ख से क्या अपराध हुआ है?'

और कारण बतलाने लगे थे वसुदेव...एकदम झूठे आरोप मढ़ दिए थे वसुहोम पर। कहा था कि उसने वसुदेव के निस्कलुष चरित्र को लांछित किया है। उनकी मंत्रि-गरिमा को धूल-धूसरित कर दिया है। किसी से कहा है कि वह देवसुकता से केवल इस कारण विवाह कर रहे हैं, क्योंकि मथुराधिपति के स्थान पर गणसंघ-प्रमुख बनने की उनकी योजना है...। यही सब कर रहा था वसुहोम...यही सब कहता घूमा थावसुदेव के हर शब्द, हर आरोप को सिटपिटाया, हक्का-बक्का सुनता गया था वसुहोम...। फिर जैसे तीव्रगति ने बहुत कुछ समझा था उसने...। वसुदेव ने सार्वजनिक रूप से व्यक्त करके उसे सदा-सदा के लिए कंस के साथियों तक पहुंचने की राह बना दी है...इस पीड़ा पूर्ण राजनीति चक्र को भी शिरोधार्य किया था वसुहोम ने। सह गया।

कंस समझा-बुझाकर बहनोई को उनके रथ की ओर ले चले थे...देवकी उनसे पूर्व रथ में पहुंचा दी गई थीं। बोले थे'इस शुभावसर पर मन दूषित करना उचित नहीं है मंत्रिवर...। इस आनंदबेला को क्रोधावेश में नष्ट न करें...।'

वसुदेव उसी अभिनय-प्रवणता के साथ रथ में जा बैठे। कंस ने सारथी का स्थान संभाल लिया था। अगले ही क्षण रथ तीव्रगति से वसुदेव के निवास की ओर चल पड़ा...।

वसुहोम उसी तरह सिर झुकाए खड़ा रहा...कुछ पलों बाद उसने पाया था कि सेनापति उसके समीप हैं...स्वर दबा हुआ। शब्द फुसफुसाहट के साथ संवाद रूप लेते हुए।

'वसुहोम...।'

वसुहोम ने जैसे-तैसे झुकी गरदन ऊपर उठाई। आंखों को उसी तरह छलछलाए रखा। पुतलियों पर उभरी पीड़ा जल की सतह पर तिरती अनुभव हुई।

केशी ने हौले से कंधे को थपथपा दिया था, 'मुझे खेद है, नायक...। तुम्हें इस प्रकार सार्वजनिक रूप से अपमानित किया गया है...। वसुदेव अपनी राजनीति असफलता या असफलता के कारण ही इस तरह अनियंत्रित हो गए हैं...। किंतु निश्चिंत होउनका दंभ कुछ ही समय पर चूर-चूर हो जाएगा।'

वसुहोम ने शब्द सुने...भीतर ही भीतर खलबली बिखर गईकैसे...? कैसे यह दंभ चूर होगा...? किस तरह...?

पर पूछना ठीक नहीं। इस क्षण किसी भी तरह की उत्सुकता जतलाकर वसुहोम अपने आपको उजागर कर देगा। ऐसा नहीं करना चाहिए उसे। उचित यही होगा कि केशी से मिलती सांत्वना में, केशी को ही उगलकर बकने दे। यों भी केशी का उग्र स्वभाव जानता है वह।

केशी ने वसुहोम के पीड़ापूर्ण चुप को समझा। एक गहरा श्वांस लेकर कहा था, 'आओ मेरे साथ...।'

यांत्रिक ढंग से वसुहोम चुपचाप केशी के साथ चल पड़ा।

नर-नारियों और उत्साहपूर्ण वातावरण को चीरते हुए वे दोनों केशी के एकांत निवास पर जा पहुंचे थे। बीच में न कोई बात की थी केशी ने, न ही वसुहोम ने कुछ पूछ-ताछ। अपने चुप को इस तरह प्रकट किया था, जैसे वह बिल्कुल ही अनजान बन गया है...या कि असहज होकर, स्तब्ध रह गया हैशब्दहीन होकर। अपमान और ग्लानि के भाव चेहरे पर उगाए रखे थे। यही भाव होंगे जो केशी से बहुत कुछ कहलवाएंगे। उसके उन शब्दों का अर्थ भी समझा सकेंगे, जिनके अनुसार केशी ने वसुदेव की सफलता या असफलता शब्द उच्चारे हैं। जिस क्षण केशी ने अपना पहला संवाद बोला, उसी क्षण वसुहोम समझ गया था कि ऐसा कुछ है जो केशी के भीतर ही रहस्यगुहा में बंद राजनीति का संकेत देता है।

केशी ने उसे कक्ष में पहुंचकर आराम से बिठाला, फिर वार्तारंभ किया। पूछा, 'क्या यह स्पष्ट करना उचित होगा नायक कि वह सब हुआ कैसे...?'

वसुहोम ने सेनापति को देखा। दृष्टि मिली। वसुहोम की आंखों ने जैसे सवाल किया था'क्या...? किस संदर्भ में जानना चाहते हैं आप?'

केशी ने बात और सहज कर दी'महामंत्री ने सहसा यह अविश्वसनीय व्यवहार क्योंकर किया...? यही जानना चाहता हूं मैं।'

वसुहोम समझ गया। पल भर मैं तीव्र बुद्धि से काम लिया। कहा'दुर्भाग्यवश जिस व्यक्ति से मैंने वसुदेव की हृदयेच्छा को लेकर अनुमान प्रकट किया था, वह उनका मुझसे भी अधिक विश्वसनीय मित्र निकला...। मैं कहां जानता था कि वह मूर्ख इस तरह महामंत्री को सब कुछ बतला देगा?''

'सब कुछ क्या?'

'मेरा अनुमान है कि वसुदेव ने जो कुछ किया हैमथुरा की राजनीतिक उथलपुथल को देखते हुए ही किया है...वह जानते हैं कि महाराज कंस के प्रति इस क्षण सामान्य जनों में असंतोष है...वे उनसे देव उग्रसेन के प्रति किए गए व्यवहार को शंकित दृष्टि से देख रहे हैं...महामंत्री ने अपने प्रति जन-समर्थन को देखते हुए इस तरह सोचा है कि वह इस समय में सुविधा से कंस को पदच्युत कर मथुराधिपति बन सकते हैं...।'

'मूर्खता...। नितांत मूर्खतापूर्ण कल्पना है यह...।' केशी ने जैसे ही उपहास के साथ उत्तर दिया था'तुमने गलत समझ लिया नायक।'

'सो किस तरह?' वसुहोम ने एक बार पुनः अपने चेहरे पर अचरज और भोलापन संजो लिया।

'इसलिए कि वसुदेव मथुराधिपति के प्रति षड्यंत्र में व्यस्त तो हैं, किंतु उस तरह नहीं, जिस तरह तुम सोचते हो।'

'मैं समझा नहीं?'

'समझोगे भी नहीं।' केशी ने कहा'फिर अपने स्थान से उठकर कक्ष में घूमने लगा। बोला' वसुदेव जो कुछ करने वाले हैं या करते रहे हैं, वह उन्होंने अपनी ओर से पूर्णतः गुप्त रखा था, किंतु मेरे गुप्तचरों से कुछ भी नहीं छिप सका...। वह जिस षड्यंत्र का आयोजन करते रहे, वह उनके अपने राजा बनने का नहीं था, बल्कि महाराज कंस को केवल पदच्युत करने भर का था...।'

वसुहोम के भीतर घबराहट बिखर गई...केशी के संवाद में बार-बार आया'था शब्द स्पष्ट कर रहा था कि वसुदेव का राजनीति-चक्र या तो समाप्त हो चुका है या समाप्त होने को है। वसुहोम घबरा उठा।'

केशी कहे गए'वसुदेव महाराज उग्रसेन के प्रति सम्पूर्ण श्रद्धा से समर्पित रहे हैं...।' और यही श्रद्धा है जिसके कारण उन्होंने सारे जाल बुने-बुनाए...पर अब वे व्यर्थ हो चुके हैं। उन सभी का असली रंग-रूप महाराज कंस के सामने आ चुका है...।'

'मैं...मैं समझा नहीं, सेनापति?' स्वयं को बहुत चाहकर भी बैठाए नहीं रख सका था वसुहोम...लड़खड़ाता हुआ-सा उठ खड़ा हुआ।

केशी ने हंसते हुए उत्तर दिया था'हां, यही हुआ है...।' कुछ पल चुप रहकर उसने फिर कहा था'चिंतित मत हो वसुहोम...। महामंत्री ने किस तरह तुम्हें सार्वजनिक अपमान दिया है, उसका दण्ड शीघ्र ही उन्हें मिलने वाला है।'

वसुहोम को लगा था कि केशी का हर शब्द अंगारे की तरह उसके भीतर उतरता जा रहा है...उसमें चिंता, व्याकुलता और उससे कहीं अधिक बेवसी बिखराता हुआ। पूछा, 'मैं कुछ भी नहीं समझ पा रहा हूं सेनापति...। महामंत्री ने जीवन-भर के समर्पण का जो पुरस्कार अपमान के रूप में मुझे दिया है, उसके बाद मेरी बद्धि कुंठित हो गई है...। मैं अपने ही भीतर, अपने को ही मृतवत् अनुभव करने लगा हूं...। कुछ भी समझ-बूझ पाने की शक्ति और बुद्धि मुझमें शेष नहीं रही है।'

'तो समझो...।' केशी मुड़ेबोले, 'वसुदेव के हर षड्यंत्र की विश्वस्त सूचनाएं महाराजाधिराज तक पहुंच चुकी हैं...गड़बड़ केवल यही हुई कि वे सभी सूचनाएं उस समय पहुंची, जबकि विवाहोत्सव की तैयारी प्रारंभ हो गई थीं...मेरे गुप्तचरों से मिली सूचनाओं में कुछ देर हो गई...।'

'पर अब क्या हो सकता है...?' वसुहोम ने समझ लिया थाउसकी अपनी और स्वामी को चेष्टाएं व्यर्थ हो चुकी है। कल्पनामहल धराशायी...। फिर भी कुरेदन जारी रखी।

केशी बोली'यही तो वह सूचना है जो तुम्हारे अपमानित मन को शांति देगी...। महामंत्री वसुदेव के जीवन और भविष्य की लगाम इस समय

मथुराधिपति के हाथ में है...। अब वह सब होगा, जो बहुत पहलेसंभवतः महाराज उग्रसेन को बंदी बनाए जाने के समय ही हो जाना चाहिए था...'

केशी के संवादों ने सहसा किसी चक्र की तरह वसुहोम के मन शरीर को टुकड़े-टुकड़े कर डाला था...। न कोई सोच शेष रहा था, न भावना, न आशा...केवल तड़प शेष रह गई थी...। बेचैनी और पीड़ा से भरी छटपटाहट...।

जिस क्षण केशी के निवास से वसुहोम अपने निवास की ओर लौटा, उस क्षण तक विवाहोत्सव के उल्लास-समारोह चल रहे थे...वाद्ययंत्रों की ध्वनियां भी गूंज रही थी और पटाके भी।

किंतु वसुहोम अपने ही भीतर-बाहर एक सन्नाटे और अंधकार से भरा हुआ था...। शब्द रह-रहकर कानों में गूंज रहे थे'...महामंत्री वसुदेव के जीवन और भविष्य की लगाम इस समय मथुराधिपति के हाथों में है...। अब वह सब होगा, जो बहुत पहलेसंभवतः महाराज उग्रसेन को बंदी बनाए जाने के समय ही हो जाना चाहिए था।'

क्या होगा? वसुहोम के भीतर ही घबराहट भरा प्रश्न उगा। मन-मस्तिष्क को दहलाता हुआ-सा। क्या महामंत्री वसुदेव का जीवन समाप्त हो जाएगा या वह बन्दी बना लिए जाएंगे...?

वसुहोम अपने भीतर सवाल-जवाब से ही सहम गया। एक तीसरी आवाज उग आई थी उसके अंतस से'हे ईश्वर...। रक्षा करना। इस न्याय-संग्राम में यह कैसी बलि ली जाएगी एक संत पुरुष की?

उत्तर कहीं नहीं है...। उत्तर मिलेगा। पर तब, जब केशी के अनुसार कंस द्वारा क्या कुछ के बीच वसुदेव-देवकी का नया जीवन या तो आरंभ होगा या समाप्त हो जाएगा। इसी उहापोह में उखड़े लड़खड़ाते हुए अपने निवास पर आ पहुंचा या वह...सहसा याद हो आया था...मथुराधीश ने वसुदेव-देवकी के रथ का सारथी भार सम्हालने से पूर्व धीमी आवाज में आदेश दिया था वसुहोम को'वसुहोम...। तुम मेरे वापिस होने तक यहीं रुकोगे...।'

वसुहोम विश्राम के लिए लेट रहा था...अचानक बदन में विद्युत संचार

हुआ था। वह उठा था और तीव्र गति से राजनिवास की ओर बढ़ गया...। वहां उसे पहुंचना होगा...पहुंचकर उपस्थित रहना होगा। मथुराधिपति का आदेश है...।

कंस लौटे थेनिश्चिंत...। वसुहोम सहमा हुआ-सा उन्हें रथ से उतरकर राजनिवास की ओर बढ़ते हुए देखने लगा था। समझ गया था, वे प्रसन्न हैं। प्रसन्न ही नहीं, निश्चिंतता की सीमा से बढ़कर आश्वस्त। ऐसे, जैसे बहुत दायित्व पूरा कर आए हों!' हल्के हो गए हों।

वसुहोम के पास थे निकलते हुए एक पल के लिए थमकर कहा था उन्होंने'कुछ समय बाद मुझसे भेंटकक्ष में मिलों।'

'जो आज्ञा महाराज।' वसुहोम ने सिर झुकाया।

कंस चले गए।

वसुहोम जा पहुंचा था राजा के भेंट-कक्ष में। देर रात्रि तक चुपचाप बैठे रहना पड़ा था उसे। फिर वह आए...

वसुहोम का सारा बदन थकान और नींद के गहरे आलस से भरा हुआ था, किंतु वह उठ खड़ा हुआ...

'वसुहोम...।' महाराज बोले थे। आसन ग्रहण करते ही अगले शब्द कहे थे उन्होंने 'तुम्हें जो कुछ सुनने-जानने को मिला था और जो कुछ तुमने कहा थावह उस तरह नहीं, किंतु किसी अन्य तरह वसुदेव की दुष्टता और षड्यंत्र का प्रमाण था...।'

वसुहोम थूक के घूंट निगलता हुआ भयभीत कंस की ओर देखता रहा...चिंता और बेचैनी से सराबोर। मन में किसी सांप की तरह रेंग रहीं है आशंका...क्या हुआ वसुदेव और देवकी का...? क्या बीता उनके साथ...?

कंस की मुद्रा, शब्द, व्यवहार, निश्चिंतता...सभी कुछ किसी अशुभ की ओर संकेत कर रही हैं...

कंस बोले थे'वसुदेव ने तुम्हारे साथ जो दुर्व्यवहार किया, वह बहुत क्लेषकर था...। किंतु अब तुम निश्चिंत हो...। हमने उस दुष्ट को पर्याप्त दण्ड दे दिया है...। अब वह कभी किसी को इस तरह अपमानित-प्रताड़ित नहीं कर सकेगा।'

वसुहोम चुप। लगा जैसे बर्फ की शिला हो गया है। दण्ड...। इस शब्द ने इस शिला के भीतर रिसाव पैदा कर दिया...

सहसा कंस बुदबुदा उठे थे...। शब्दों का कसाव और जकड़न जतलाने लगे थे कि कंस किसी ज्वालामुखी के बहते लावे से भरे शब्द वातावरण में उलीचने लगे हैं...'वसुदेव! उस दुर्बुद्धि का कितना स्नेहादर दिया मैंने...? संबंधों और रक्तसंबंधों के गहरे सूत्रों में बांधा और मेरे साथ उसने ऐसा छल किया...? छिः...। पहली बार सुनकर विश्वास नहीं हुआ था मुझे, किंतु जब आकाशगति से आए दूतों ने मुझे सभी समाचार दिएवसुदेव के षड्यंत्रों का रहस्यजाल जलताया, तभी मैं समझ गया कि यह नीच दण्डनीय है...।'

वसुहोम सुनता रहा...उसी तरह गलता गया...पर न होठों से कराह निकली थी न ही यह अवसर दिया था मथुराधिपति ने। लगा था कि इसी तरह शिलावत खड़े रहकर सब कुछ सुनते हुए भी अनसुना कर जाना उसकी नियति है...। संभवतः नियति से अधिक समय-धर्म...।

इसी समय-धर्म का निर्वाह किया था वसुहोम ने। पर देवकी और वसुदेव का क्या हुआ है? यह उनकी बातचीत से भी नहीं जान सका था...

मथुराधिपति ने अगले दिन भेंट का समय देकर उस समय उसे विदा कर दिया था। वसुहोम सिर झुकाए हुए लौट आया...वाद्ययंत्रों का गुंजन अब भी मथुरा के नवाकाश पर बिखरा हुआ था...उत्साह-उल्लास उस समय भी उसी तरह सब ओर बिखरे हुए थे...।

राजनिवास से लौटते समय भी जानता था वसुहोमयह सब असत्य है...। और भोर हुए प्रमाणित हो गया थाएकदम असत्य...। सब इस तरह घट गया था, जैसे अविश्वसनीय हो! वसुहोम ने जो गई रात सुना था, वह भी अविश्वसनीय और उसकी आंखों ने जो कुछ देखावह भी असत्य...।

सत्य केवल यह है कि वसुदेव और देवकी का कुछ अनिष्ट हुआ...। पर किस तरह, क्या हुआवह रहस्य...।

वसुदेव-देवकी के विश्वस्त सैनिक और सेवक-सेविकाएं रातोंरात उनके निवास से कहां चले गए थे...किस तरह गुम गएकोई नहीं जानता। सब,

इतना ही जानते थे कि ठीक महाराज उग्रसेन की तरह महामंत्री और उनकी नवविवाहित पत्नी देवकी सहसा जन-दृष्टि से ओझल हो गए हैं...।

'निश्चय ही वे बंदीगृह में होंगे...।' वसुहोम के भीतर से एक चीख उठी थी। पर इस चीख को उठाती दूसरी चीख भी उठी'नहीं...। संभवतः वसुदेव-देवकी अब इस संसार में हैं ही नहीं!'

दिन बीता...पर इस तरह जैसे अंधेरे से भरा हो! सूर्य जनमा किंतु अपने प्रकाश को ही अप्रभावित करता हुआ-सा...। नगर में फुसफुसाहटें होने लगी थीं'कहां गए नव-दम्पति?'

कोई नहीं जानता!

जानेगा कैसे...? न वे दीख रहे हैं, न ही उनके निवास में किसी को जाने की आज्ञा है...। और न ही महाराज कंस या उनके विश्वस्तों में से कोई कुछ कहने-बतलाने को तैयार है! अनुमानों का एक सिलसिला अविश्वसनीयता के धुंध से लिपटकर समूचे वातावरण में बिखरा हुआ है...।

बिल्कुल वैसा ही धुंध जैसा कभी महाराज उग्रसेन के सहसा राजनिवास से गुम जाने पर जनम आया था...फिर छंटा तो हजारों स्त्री-पुरुष मन मसोसे रह गए थे...बेबस वृद्ध महाराज...।

और इस बार उसी तरह संभवतः बेबसी फिर उभरेगी...बेचारे महामंत्री वसुदेव और सुकोमला देवकी...।

पर न वसुहोम के मन-मस्तिष्क पर कोई धुंध शेष है, न महाराज कंस और उनके विश्वस्तों पर...। वे सब जान-समझ रहे हैंकहां हो सकते हैं वसुदेव-देवकी? और यदि नहीं है, तो कब से नहीं हैं...।

दिन के पहर इसी सन्नाटे से भरे बीत गए थे...रात हुई...रात का पहला प्रहर ढला...वसुहोम की तरह प्रजाजनों में जाने कितनों की नींद पलकों पर ही ठहरी रह गई होगी...

और उनकी नींद का क्या हुआ होगा...? एक थरथराहट के साथ वसुहोम ने आसन पर लेटे-लेटे सोचा था...

वे भी यही कुछ सोच रहे थे...नींद पलकों पर, किंतु पुतलियों से बाहर। और पुतलियांवे ठहरी रह गई हैं भविष्य के किसी भयावह अंधकार में...।

न कहीं जीवन-ज्योति दीखती है, न परस्पर उपस्थिति का अहसास...। कैसे हो सकता है यह अहसास जबकि अपना ही अहसास करना असंभव हो गया है?

विश्वास कर लेना चाहा था कि वह वसुदेव ही हैं। मथुराधिपति के केवल महामंत्री नहींपरम संबंधी! उनके बहनोई...।

और देवकी? वे हैं शूरसेन जनपद के शक्तिशाली राजपुरुष देवक की कन्या! महाराज कंस की चचेरी बहिन। गहरे रक्तसंबंध से जुड़ी हुई...।

लगता है कि सब असत्य है। सत्य है केवल कारागार का यह अंधकार...। असहायता अनिश्चिंततता और जोवित होते हुए मृतवत् स्थिति...।

यह भी विश्वास नहीं होता कि कुछ पहर पहले महाराज कंस ने जय-जयकारों और आह्लादपूर्ण वातावरण में अपने बहन बहनोई के लिए स्नेह सम्मान की वह अभिव्यक्ति की थी, जो केवल मथुरा ही क्यों, राज्य के सीमांत पार दूर-दूरंत राजाओं, राजपुरुषों से लेकन जन-सामान्य तक कंस के प्रति श्रद्धा का चर्चा-विषय बनी होगी?

कुछ प्रहर पहले...एक सूर्योदय पार की विगत बेला...।

जिस समझ मथुराधिपति देवकी-वसुदेव के रथ-संचालनार्थ सारथी के स्थान पर सवार हुए थे विशाल जनसमूह ने वर-वधू के प्रति तो श्रद्धा व्यक्त की ही थीराजा के जय-जयकार से भी सम्पूर्ण वातावरण गुंजा दिया था...।
हौले से महाराज ने रथ-संचालन किया था...तीव्रगति अश्वों ने कदम बढ़ाए। पुष्पों और स्वर्णमण्डित रथ पर झूलते पुष्पों से भरा रथासन आगे बढ़ चला था...

रेशमी साजो-शृंगार से सजी देवकी सलज्ज भाव से वसुदेव के पास बैठी थीं। कितनी-कितनी बार उसकी स्वर्णदिह से स्पर्श नहीं हुआ था वसुदेव का...? और हर स्पर्श सितार-सी झनझनाहट बदन में बिखराता हुआ...।

रथ भव्य राजनिवास के प्रांगण से होता हुआ, वृष्णिवंशी शूरसेन के भव्य भवन की ओर बढ़ चला था...महावनों का क्षेत्र पार करता हुआ। आगे पीछे चल रहे थे मथुरपाधिपति के विशेष अनुचर...। वे सशस्त्र थेशक्तिशाली भी!

वे सब तीव्रगति से बढ़े जा रहे थे...। नगरसीमा कब की पार हो चुकी थी। महावन के बीचोबीच एकांत मार्ग पर रथ दौड़ते हुए कंस बातें

भी करते जा रहे थे बहनोई सेकहा था'यह जीवन सचमुच ही अपूर्व सुखानंद से भरा हुआ है मंत्रिवर...। किसी क्षण मनुष्य पाने का आनंद अनुभव करता है। किसी क्षण पाकर खो देने ने भी आनंद का अनुभव कराया है...। कैसा विचित्र होता है मानव स्वभाव...?'

कुछ समझ नहीं सके थे वसुदेव। पूछा था'मैं समझा नहीं महाराज?'

'बहुत सहज है, महामंत्री...।' कंस ने दार्शनिकता में स्वर डुबा लिया था। वसुदेव को आश्चर्य हुआ। भला कंस जैसे कठोर पुरुष से भावुकतापूर्ण विवेक-वार्ता पाना कितना चकित करता है?

कंस ने कहा था'उदाहरणस्वरूप यही स्थिति लो। बहन देवकी को पाकर हमारा कुल जितना आनंदित था, उससे कहीं आनंदित आज देवकी को खोकर हो रहा है...है न सुख और दुख में आनंद की विभिन्न अनुभूति...?'

सरल भाव से वसुदेव मुसकुरा दिए थे। मन ही मन प्रसंशा करने को जी हुआ था उनका। कंस...तुम्हारे पशुपुरुष में मैंने यह सरलता कभी नहीं देखी? सुखी हूं! पर आगे जो कुछ कहें, या विचार सकेंतभी मथुराधिपति फिर से बोल पड़े थे'सम्पूर्ण जीवन तो मैंने अब तक जिया नहीं है वसुदेव...किंतु जितना जिया है और जितना जी रहा हूंउसमें ऐसे ही सुख-दुख मिश्रित आनंदों का अनुभव मेरी उपलब्धि रही है...। संभवतः आज का दिन उस उपलब्धि का चरम है!'

वसुदेव चुप। अजाने ही दृष्टि कोमलांगी देवकी की ओर उठ गई थीं। उनकी आंखें भीगी हुई थीं। संभवतः रक्तबंधु के स्वर-शब्दों का अर्थ उनके आत्म को ओस से नहला गया था।

वसुदेव शांत, सहज रहकर सुनते रहे...अचानक कंस ने पुनः कहा था'राज्य, राजनीति, कूटजाल और परिवारइन सबके बीच सुख को जुटाए रखना बहुत कठिन और असंभव होता है न महामंत्री...? विशेषकर उन स्थितियों में, जब कि राजा कालचक्र के उस प्रभाव से निकल रहा हो जब क्या उचित है, क्या अनुचित। क्या उसके अनुकूल होगा और क्या प्रतिकूल हो जाएगा...निश्चित न कर पा रहा हो?'

वसुदेव के माथे पर सलवटें आईं। कंस काफी उलझी बात करते हुए भी काफी कुछ सुलझे से लगे थे। कहा 'राजा केवल नीति होता है, महावीर...। उसका धर्म है केवल राज्यरक्षा...। इसके रक्षार्थ उसके लिए असंभव का

विचार करना अर्थहीन न होता है। केवल संभव से विचारना ही उसका धर्म...। और इस संभव के लिए कूटजाल, राजनीति, राज्य और परिवार के बीच उसे केवल अनुकूल का निश्चय करना चाहिए...। राजनीति प्रतिकूल को लेकर विचार कभी नहीं करती!'

'हां, आपने उचित ही सुझाव दिया है मंत्रिवर...। मैंने भी यही निश्चय किया हैमेरा धर्म है केवल राजनीति...। और राजनीति में भी केवल अपना अनुकूल...।' सहसा उन्होंने गरदन मोड़कर वसुदेव को कुरेदा था'ठीक ही कहा है न मैंने?'

'निश्चय ही राजन्!' वसुदेव ने समर्थन किया।

'मैं प्रसन्न हूं...'कंस बोले' उससे भी अधिक प्रसन्न आपकी नीतियुक्त वार्ता पर हूं वसुदेव...। मथुरा के महागणसंघ को सम्हालते समय मैंने सदा ही आपके नीतिमार्ग पर अपना शुभ देखा है। आपके देखे हुए को देखा है, आपके कहे हुए को किया है, आपके सोचे हुए को निर्णय बनाया है...।'

'आभारी हूं मथुराधिपति!' वसुदेव और सहज हुए।

सहसा कंस ने रथ रोक दिया था...एक हल्का झटका अनुभव किया था देवकी और वसुदेव ने। लगाम इस जोर से खिंची थीं कि अश्व तीव्र स्वर में हिनहिनाए...रथ जोरों से हिला और थम गया!

पति-पत्नी चौंकेक्या हुआ...? शब्द दोनों के होंठों से बाहर आए, इसके पहले ही कंस हंसते हुए उतर पड़े रथ से...। स्वर अनायास ही कठोरता के पथरीलेपन से भर गया था। बोले'बस...। आज भी आप ही के निर्देशानुसार चलूंगा, महामंत्री...।'

वसुदेव हकबकाए-से देखते रहे। समझ कुछ भी नहीं आया।

कंस ने आगे-पीछे अनुचरों को रथ के चारों ओर खड़े देखा।

रात्रि गहन होने लगी थी। रथ पर दांए-बांए प्रकाश हो रहा था। कुछ अनुचर खड़े थे।

वसुदेव-देवकी अब भी नासमझ भाव से देख रहे थे कंस हो। पल भर पहले कहे गए शब्दों का अर्थ इस समय भी अबूझा था...। इतना निश्चित था कि उन शब्दों में कुछ गूढ़ रहस्य छिपा हुआ हैं...।

पर क्या है? यह कल्पनातीत!

कंस की सहज, स्वाभाविक मुद्रा इस समय तक कठोर हो चुकी थी उनका एक हाथ खंग की मूठ पर रखा हुआ था...। किसी भी क्षण यह मूठ पंजे की जकड़ में आएगी और विद्युत-कौंध की तरह खंग को बाहर खींच लेगी...। फिर इस तरह खंग से क्या होगायह सोच-समझ पाना असंभव...।

वसुदेव या देवकी किसी तरह के खतरे में हो सकते हैं? यह तो विचार भी नहीं किया जा सकता था...। हो भी तो कंस ऐसे निर्मम तो नहीं कि अपनी ही बहिन को वैधव्य भोगने पर बाध्य कर दें...?

वसुदेव ने प्रश्न किया था, 'क्या हुआ राजन्?'

कंस हंसे, कहा'कुछ नहीं, केवल वही हुआ है मंत्रिवर जो आपने कहा था...या तुम जैसे सुयोग्य व्यक्ति की सलाह से होना चाहिए...। हर राजा अपने महामंत्री के शब्दों को ही नीति और धर्म मानता हैउसे ही मानकर मैं तुम्हारा वध करने जा रहा हूं!'

वध...।

लगा था कि शब्द सब ओर गूंज गया है! ऐसे जैसे बिजली कड़की हो! उल्का गिराती हुई...। पर यह शब्द सच ही वसुदेव के लिए कहा गया हैयह इस क्षण भी वसुदेव और देवकी के लिए अविश्वसनीय!

'रथ से नीचे आ जाओ, वसुदेव...।' सहसा कंस के जबड़े कस गए थे...।

पूछना चाहा थाक्यों महाराज...? केवल पूछना ही नहीं चाहा था, चीख पड़ना चाहा था...पर आवाज गुम हो चुकी थी!

और उससे भी अधिक गुम हो गईं देवकी! अपने में होते हुए भी अपने से अलोप! जितना नाटकीय लगा था सब, उससे कहीं अधिक अविश्वसनीय! संवादों के पूरे तीन दौर हो जाने पर भी देवकी विश्वास नहीं कर पा रही थीं कि उनके कठोर स्वभाव भाई जो कुछ बोले हैंवह सच है?

वसुहोम ने जो सूचना दी थीवह सत्य निकली...। वसुदेव की तीव्रबुद्धि ने भांप लिया था। कंस का व्यवहार न तो इस विचार के साथ अप्रत्याशित लगा था, न ही असहज। वह उतरने लगे थे रथ से...देवकी ने कलाई थाम ली थी उनकी 'नहीं, देव...। नहीं!'

देवकी को हौले से परे करने की चेष्टा की थी वसुदेव ने। स्वर में संयम रखा था, उससे कहीं अधिक संतुलन। बोले थे 'राजाज्ञा का सम्मान करना मेरा धर्म है, देवी...। और मथुराधिपति का आदेश मेरे लिए गौरव का विषय है...।'

देवकी विह्वल स्वर में बिलख उठी थीं...'नहीं-नहीं, स्वामी...। यह सब असह्य है...।' अचानक वह भाई की ओर मुड़ी थी.पूज्य...। यह निर्दोष हैं। फिर मेरे सौभाग्य भी हैं...आपके परिजन हो चुके हैं...इन पर दया कीजिए!' देवकी का हर शब्द रुलाई से कहीं अधिक उस थरथराहट से भरा हुआ था जो किसी वाणविद्ध हिरणी की आकुल तड़प से जनमती है।

'मैं भी यही विचार करता था बहन...। किंतु मुझे खेद हैवसुदेव ने राजद्रोह किया...। अपना सम्पूर्ण विश्वास और नेह इस दुष्ट को सौंपते हुए भी इसने वह सब किया जो कोई शत्रु ही कर सकता है...। इसका जीवन मेरे लिए घातक है...। इसका रक्तांश भी मेरे लिए घातक ही रहेगा...। मैं बाध्य हूं।'

'नहीं-नहीं, भईया...।' देवकी सिसकने लगी थीं। वसुदेव उनकी बिलखन बिसराकर केवल रथ से उतर गए थे...

कंस ने खंग खींचा...लगा जैसे प्रकाश की वे किरणें खंग की धारा से जुड़कर बिजली की असंख्य कौंधे बन गईं...। देवकी के होंठों से एक चीख निकली और वह वायुगति से रथ से उतरकर पति के आगे आ खड़ी हुई...उनका श्रृंगार अस्तव्यस्त हो गया था...सौंदर्य की आभा मुख से लुप्त होकर मृत्युभय की कालिख से लिपट गई...एक चीख उठीऐसे जैसे आकाश में घायल हुआ पंछी छटपटाकर पृथ्वी पर गिरा हो'नहीं-ई...।

कंस का हवा में उठा कठोर हाथ सहसा थम गया। वसुदेव की गरदन के आगे देवकी का नाजुक सिर था...।

पल भर के लिए हवा में ही टंगा रह गया था हाथ...चमकता खंग उस हाथ में जकड़ा हुआ...जबड़ों पर थरथराहट हुई...मन के मरूस्थल में न जाने करुणा का एक सोता कैसे फूट निकला...यह सोता झरझराहट उनसे कह रहा था'नहीं-नहीं कंस...। तुम अपनी बहिन को वैधव्य नहीं दे सकते...। इसे कितना नेह करते आए हो तुम...? ऐसा नहीं कर सकोगे...इन्हीं बांहों में कितनी बार देवकी को स्नेहपूर्वक भरा है तुमने...'

थूक का घूंट निगल लिया था कंस ने। कठोर निश्चय पिघलने लगा...किंतु वसुदेव से भयमुक्त नहीं हो सके। अपने ही भीतर पूछ बैठे थे'तब...तब क्या करूंगा मैं...? वसुदेव का जीवन मेरी मृत्यु है...। वसुदेव जैसे व्यक्ति के रक्त से उत्पन्न होने वाली हर संतान मेरे नाश का कारण बनेगी...। यह निश्चित सूचना-अनुमान पूर्व में ही मुझे मिल चुके हैं...तब?'

'तब तुम नीतिपूर्वक काम ले सकते हो कंस...।' विचार उसी गति से मन में आया, जिस गति से प्रश्न जनमा था...'तुम वसुदेव को महाराज उग्रसेन की तरह ही कारागृह में डाल दोगे...। तुम देवकी-वसुदेव से उत्पन्न हर संतान का जनमते ही नष्ट करते जाओगे! इस तरह तुम सदा भय मुक्त रहोगे...। सदा निष्कंटक मथुराधिपति का दायित्व निबाहते रहोगे...। सदा तुम्हारा राजस्व बना रहेगा...'

कंस थम गए थे। उनका क्रोध, निश्चय और कठोर निर्णय सहसा कमजोर हो गया था। सहमति के सहारे से थमा हुआ...हां, यही उपयुक्त होगा! यही नीतियुक्त! यों भी वसुदेव की समाप्ति किसी भी विद्रोह की जन्माकुंर बन सकती है!

देवकी उस समय भी प्रार्थना किए जा रही थीं। आंसुओं से चेहरा भर गया था उसका, 'भईया...। इन्हें क्षमा कर दो...। विश्वास रखो, अब शूरसुत ऐसा कुछ नहीं करेंगे जिससे तुम्हारा प्रतिकूल हो...? मुझ पर दया करो। वीरवर...' वह झुकी थीं...थरथराती हुई कंस के चरणों में गिर गई थीं...

कंस कुछ पल थके-से खड़े रह गए थे।

'...हम कहीं दूर...मथुरा से बहुत दूर चले जाएंगे, भईया किंतु...'

'रुको बहिन...।' सहसा कंस बोले थे'उठो...।' फिर उन्होंने एक बांह थामकर देवकी को अपने चरणों से उठा लिया था...।

वसुदेव बुत बने देखे जा रहे थे...देवकी की अथकित सिसकियां... कंस का थमा हाथ, जिसमें उस समय भी खंग चमक रहा था...

पल के लिए सन्नाटा बिखरा रहा...इस सन्नाटे को रह-रह कर तोड़ती देवकी की कोमल सिसकियां...

एक गहराऐसा, जिसका स्वर वसुदेव और देवकी दोनों ही सुन सके थेश्वांस खींचा-उगला था कंस ने। कहा था, 'बैठो...। रथ पर बैठो!'

वे चुपचाप रथ में बैठ गए थे। विचार-शून्य। और फिर कंस ने पुनः सारथी का स्थान सम्हाल लिया था...लगाम ओर एक जोरदार झटका पड़ा था, अश्व मुड़ेऔर एक-दूसरी राह दौड़ चले।

यह राह थी कारागाह की...।

और कुछ समय पश्चात ही वे कारागार के द्वार पर थे। सेवकों ने आगे बढ़कर प्रतिहारियों को फाटक खोलने का आदेश दिया...फाटक खुला और महाराज कंस चालित रथ भीतर पहुंच गया...'

अधीक्षक ने महाराज की अगवाई सुनते ही उपस्थिति दी। महाराज का आदेश हुआ, विशेष कारागार तुरंत खोला जाए...।'

...और उसके बाद सब कुछ बिना किसी शब्द-संवाद के घटा था। वसुदेव और देवकी उसी स्थिति में कारागार के भीतर पहुंचा दिए गए थे। सींखचों के द्वार पर जड़ दिया गया था एक बड़ा ताला!

महाराज वापस हुए...कुछ समय सींखचों के पास खड़े हुए वसुदेव दूर बहुत दूर कारागृह अधीक्षक और अधिकारियों के बीच से उभरते कंस के स्वरों की गड़गड़ाहट सुनते रहे, फिर मुड़े...

देवकी कारागृह की कठोर विश्राम शिला पर बैठीं हुई दोनों घुटनों में सिर दिए अब भी सिसक रही थीं...होठों पर जीभ फिराते हुए वे धीमे कदमों उनके पास जा खड़े हुए थे। मस्तिष्क और मन के भीतर तक ऐसे शब्दों को खखोलने लगे थे, जिन्हें उच्चरित कर देवकी को धीरज बंधा सकें...

पर लगा था कि खाली हो गए हैं...। ऐसे जैसे उनके अपने मन के भीतर भी एक अंधेरा कारागार मौजूद है।

रात गहरी होती जा रही थी...और वे शरीर, मन मस्तिष्क हर तरह से थके हुए थे...कुछ समय पूर्व का उल्लास केवल रोदन की शब्दहीन स्थिति में बदल चुका था...शेष रहा था सोच...निरंतर चलने वाला सोच...

फिर वह पल आए जब नींद थी, किंतु पलकें शरीर से बेकाबू। विचार थे, किंतु भविष्य के उन मावसी अंधकार में दिशाहीन भटकते हुए वे स्वयं थे, पर न होने का अनुभव करते हुए...।

मानसी भटकी-भटकी दृष्टि से सब कुछ देखे गई थी...कब से, कब तक देखती रही होगीस्मरण नहीं। केवल इतना स्मरण है कि विवाहोत्सव की धूमधाम में मानसी को बिठाए हुए वह विशेष रथ कब तक और कैसे मथुरा की सीमा पार कर आया था...ज्ञात नहीं...। उसके आगे एक और रथ था...। रथजिसमें बकुल बैठा हुआ था। बकुल से आगे एक छोटा-सा रथइस रथ में बिठाई गई थी अशनिका...।

रात ढली थी, फिर भोर हुई...। वे मथुरा गणसंघ के सीमाक्षेत्र को लांघ चुके थे। दोपहर भी उसी शून्य को माथे और मन में भरे हुए बीत गई...। फिर एक और रात्रि आरंभ हुई, जिसमें शून्य भी विलीन हो चुका था...शेष रहा था केवल अंधकार! अंधकार, जिसमें न तो मानसी स्वयं को देख पा रही थी, न ही कुछ और। जो दिख रहा था, वह केवल स्वरानुभव से दीखता था...वे चले जा रहे हैंनिरंतर...बिना रुके और थमे हुए!

अब संभवतः कंस भी नहीं दीखेंगे...। न मथुरा और न मथुरा का वह राजवैभव, जिसे मानसी ने मन में एक आकार दे लिया था। किसी क्षण होता था कि अपनी ही बेबसी पर हंसे और किसी क्षण चाहा था कि रो पड़े...किंतु लगता था कि वह मथुरा से गिरिव्रज की राह पार करते-करते अपना रोना-हंसना, सब कुछ भूल आई है...।

कुछ सिसकियां हैं जो इन राहों में कहीं पीछेबहुत पीछे छूट गई हैं। कुछ हंसी है, मथुराधिपति और उससे भी पहले युवराज कंस के बाहुपाशों में ही बिखरी रह गई है...।

अब न मानसी कभी हंस सकेगीन रो पाएगी...।

तब मानसीमानसी ही कहां है...? और अगर नहीं है, तो यह रथारूढ़ होकर क्या चला जा रहा है गिरिव्रज...?

संभवतः मानसी को होने का वहम...! एक शरीरमन, विचार से

खाली खोखली प्रतिमा...! इसे छुआ जाए तो सन्नाटे को तोड़ती आवाज आएगी! यह आवाज चीख होगी या केवल स्वरनिश्चय करना कठिन...!

सहसा मानसी को लगा था कि झटका लगा हैशरीर हिल गया था उसका। रथ थम गया...!

बाहर से कुछ फुसफुसाहटें उभरीं। बकुल की आवाज स्पष्टतः सुनी थी। आदेशपूर्ण स्वर में मानसी के रथ-सारथी से कह रहा था'उतरो...! अब रथ संचालन मैं स्वयं करूंगा...!'

मानसी ने चाहा, पूछे'क्यो?' पर लगा व्यर्थ है। उसके लिए कुछ रुचिकर भी नहीं न ही औत्सुक्य का विषय...।

बकुल ती आवाज पुनः कौंधी'यह रथ सबसे आगे चलेगा...! मेरा और देवी अशनिका का रथ एक ओर कर लो...!' कुछ गड़बड़ाहटें हुई और फिर संभवतः मानसी का रथ चला...वह आगे हो गया होगा...।

मानसी ने सोचा, फिर बिसार दिया...! उसका रथ आगे चले, या पीछेंउसकी कोई रुचि नहीं!

अचानक एक झटका और लगा...लगा कि रथ ने आश्चर्यजनक गति ले ली है...! मानसी हिचकोले खाते हुए बैठी रही..अंधकार में केवल रथ से जुड़ी प्रकाश व्यवस्था एक धब्बे की तरह आस-पास के जंगल पर दौड़ती दिखी...फिर यह धब्बा कांपा, जोरों से लड़खड़ाया...अश्वों का चीत्कार उठा, मानसी अपनी जगह पर बुरी तरह लड़खड़ाई...सम्हले इसके पूर्व ही उसे लगा कि वह अंधकार में गिरती, उछलती न जाने कितनी गुलाटें खा गई हैं...चीखीं भी थीपर अपनी ही चीख सुन सकेइतना भी अवसर नहीं मिला था उसे...!

कितनी जगह से अंग-प्रत्यंग टूटे होंगे, कितनी जगह से शरीर फट पड़ा होगा...कितने अंगों को रथ के लौहछड़ों ने चीर डाला होगापता नहीं. ..बस, इतना पता है कि मानसी के गिर्द अन्धकार है...यह अंधकार गहरा और अधिक गहरा होता जा रहा है...इस अंधकार में कुछ स्वर उभर रहे हैं...संभवतः बकुल के स्वर हैं...पर कितने दबेडूबते हुए से'खेद है अशनिका...मगधराज का यही आदेश था!'

संभवतः है...और भी कुछ कहा बकुल ने...अशनिका रोई भी है

शायद...किंतु कितने धीमेनिशब्द-सी रोती है अशनिका...? मानसी ने चाहा है कि चकित हो...? मानसी उसे पुकारना भी तो चाहती है...शायद पुकारा भी है उसने पर अशनिका संभवतः सुन नहीं सकी...।

और मानसी भी तो अपने आपको सुन नहीं पा रही हैं...पीड़ा की असंख्य लहरें हैं जो ज्वालाओं की तरह मानसी के सम्पूर्ण को घेरे हुए हैं. ..इस ज्वाला में कुछ देखना चाहती है मानसी...पर विचित्र स्थिति है! इन ज्वालाओं में भी उसे अंधकार ही दीख रहा है...और दीख रही हैअंधकार में एक और अन्धेरी आकृति। यह उसकी अपनी है या कंस की...?

संभवतः यह आकृति न कंस की हैं, न उसकी अपनी...यह आकृति तो किसी अदर्शित की है। उसकीजिसे उसने कभी देखा नहीं। परिचय भी नहीं हुआ है उसका किंतु बहुत मोहक है यह आकृति...।

यह भी विचित्र! भयावह होते हुए भी सम्मोहक...! पीड़ाजनक होते हुए भी पीड़ा मुक्ति का विश्वास दिलाती हुई...! बढ़ती झुलसन के साथ, तीव्रगति से किसी शीतल जलसागर में डुबकियां देती हुई...।

गड़बडाहट भी सुनी है उसने...संभवतः बकुल और अशनिका के रथों के जाने की गड़गड़ाहट...बहुत मद्धिम गड़गड़ाहट फिर वह विलीन हो गई है वातावरण में! मानसी को लग रहा है कि कहीं जा रही हैपर कहां जा रही हैज्ञात नहीं। किस रथ में जा रही हैयह भी पता नहीं। इस रथ की आवाज नहीं होती...हो तो न मानसी सुन पा रही है, न कोई और सुन पाएगा...।

यह यात्रा किस मथुरा या गिरिव्रज की है सो भी ज्ञात नहीं...पर है यह यात्रा ही! इस यात्रा में न शरीर है, न इच्छा, न पीड़ा, न आनंद... बस, केवल यात्रा है...! किसी कालचक्र की सीमाओं में बंदी नहीं है इसके रास्ते।...रास्ते इसके अनंत-चक्र जैसे लगते हैंशायद वही हैं।

मानसी ने चाहा है पलकें मूंद लें...पर भला यात्रा में पलकें मुंदती हैं...?

•••

कारावास

बकुल ने सहमते-सहमते दृष्टि उठाकर मगधराज की ओर देखा। लग रहा था, जैसे अग्नि-तेज से पूर्ण किसी ऐसे प्रकाश को देख रहा है, जो दृष्टि को टिकने नहीं देता। यह पहला अवसर था, जबकि वह जरासन्ध के चेहरे को क्षण से कुछ अधिक समय तक देख पाया था। कितने दिनों से मन इसी इच्छा को लिए-दिए उत्साहपूर्वक राजकर्म किए जा रहा था। कोई तो अवसर आएगा, जब वह भरतखण्ड के सर्वाधिक प्रतापी और शक्तिशाली व्यक्तित्व को आंखें भरकर देख सकेगा?

और एक बकुल ही क्यों, बहुतों के मन में बहुत समय से यही इच्छा थी। विशाल देहयष्टि वाले प्रभावी राजव्यक्ति को दृष्टि सहेजकर देखें। समझने का प्रयत्न करें कि मनुष्य होते हुए भी वह अतिमानवीय शक्तियों, क्षमताओं और गुणों से पूर्ण क्यों हैं? कया है उन तेजमयी आंखों में? ऐसा क्या कारण है कि मगधराज जरासन्ध दूर-सुदूर, यहां तक कि कुरुवंशी प्रतापी भीष्म की तरह चर्चित है?

पर न कभी समझ आता था, न ही कभी समय मिलता। मिल भी जाता, तो सहसा जरासन्ध की कौंधती, असंख्य विद्युत्किरणें उगलती दृष्टि सामने वाले को सकपकाकर आंखें झुका लेने को बाध्य कर दिया करती।

बकुल के साथ भी यही हुआ। मथुरा से अपना समूचा गुप्तचर दायित्व सफलता के साथ निबाहकर लौटा था वह। इसी सफलता ने साहस जगाया था मन में, इस बार अच्छी तरह मगधपति के व्यक्तित्व को देख-परख लेगा, पर जैसे ही दृष्टि मिली, अकचकाकर झुक गई। जरासन्ध शांत थे। उससे भी कहीं अधिक सहज। क्रोध अक्सर उन्हें आता न था, किंतु जब आता,

तब वज्र की तरह वातावरण पर शब्द बरस उठते थे। ये शब्द किस व्यक्ति, सत्ता, शक्ति और राज्य को अपने बोझ तले दबोच लेंगे, कह पाना कठिन था।

जरासन्ध ने शांत स्वर से पूछा था, "मुझे विश्वास है कि तुम सफल हुए होगे।"

"हां, महाराज!" बकुल ने गिड़गिड़ाकर जवाब दिया था। बहुत प्रयत्न किया कि स्वर शरीर की तरह सहमे नहीं, किंतु ठीक समय न जाने क्या हुआ? आवाज विचित्र-सी सकपकाहट से भर उठी, उससे कहीं अधिक कांप गई और उससे भी ज्यादा थर्रा भी उठी।

"देवी मानसी ने मगध के शुभार्थ बहुत बड़ा बलिदान किया!" जरासन्ध बोले थे। ऐसे, जैसे कोई चट्टान दरकी हो। दरकने का स्वर भी हुआ हो; किंतु वह भी भीषण कोलाहल करता हुआ। बोलते-बोलते उठ भी पड़े थे वह। कक्ष में केवल बकुल था और मगधपति। बकुल की ओर से पीठ करके खड़े हो गए थे वह।

बकुल ने साहस संजोया, पीठ की ओर देखा। लगता था कि वह भी दमदमा रही है। तेज के अतिरिक्त स्वर्णाभूषणों पर जहां-तहां से गिरते प्रकाश ने अनेक तारों की झिलमिलाहट पैदा कर दी थी उस पर। कहा, "हां, सम्राट्! मानसी ने बहुत बड़ा त्याग किया!"

"हम प्रसन्न हैं, बकुल! बहुत प्रसन्न हैं!" सहसा जरासन्ध मुड़े। लगा कि आंधी ने गति बदल दी है अपनी। कहा, "मानसी की स्मृति में एक शोक-सभा आयोजित की जानी चाहिए! यों भी जब-जब मगध के लिए किसी मगधवासी स्त्री-पुरुष ने त्याग किया है, तब-तब उसे राजसंमान दिया जाना मगध की परंपरा रही है, फिर मानसी तो मगध के लिए बहुत कुछ करके मृत हुई!"

बकुल का मन जाने क्यों घृणा से भर उठा। जी हुआ कि कहे "सम्राट्! यह ढोंग करना क्या आवश्यक है? मृत्यु पूर्व और मृत्युपश्चात् भी राजनीति का यह घिनौना चक्र मनुष्य को मुक्त क्यों नहीं करता? मानसी ने बलिदान किया नहीं, बल्कि सच तो यह है कि मानसी को बलि दे दिया गया है। केवल मगध के सुख-समृद्धि हेतु मानसी के प्राण ले लिए गए हैं!"

पर वह चुप रहा। बधिक सहमा हुआ। अधिक भयभीत। लगा था कि मगधराज ने विचार भी सुन लिया होगा। जरासन्ध की तीखी दृष्टि और तीव्र बुद्धि बहुत कुछ पढने, सुनने और समझने में कुशल है। डर गया था वह। तनिक-सा संदेह मगधराज के माथे में किसी भी दुर्योजना को जन्म दे सकता है। षड्यंत्र का प्रारंभ भी बन सकता है, फिर बकुल जैसे साधारण व्यक्ति के लिए तो वह भी आवश्यक नहीं। राजा की पलक उठेगी और बकुल के प्राणपंछी अज्ञात यात्रा पर चल पड़ेंगे। और फिर एक शोकसभा का आयोजन कर देंगे मगधराज! दुःख भी व्यक्त करेंगे, श्रद्धांजलि भी देंगे! थूक का घूंट निगलकर चुप हो रहा।

जरासन्ध उसी ओर देखे जा रहे थे, उसी की ओर...कुछ पल देखते रहे। बकुल को लगा था कि दृष्टि कई नुकीले भालों की तरह कपड़ों के पार शरीर तक भेद कर उसके भीतर उभरा विचार पढ़ रही है। अनेक दृष्टि किरणें हैं, जो अंतर्यामी शक्ति से संपन्न हैं। वे बकुल के मन को भी समझ रही हैं। मन में उलझे, छिपाए गए विचार शब्दों को भी पकड़ लिया है उन्होंने। सनसनी से भर गया बदन।

''बकुल!'' सम्राट जरासन्ध का भारी स्वर पुःन गूंजा।

''सम्राट्!'' वह कांपा।

''जानता हूं उस क्षण तुम बहुत दुःखी और आहत हुए होंगे, जिस क्षण देवी मानसी का रथ क्षतिग्रस्त हुआ; पर भावुक होने की आवश्यकता नहीं है गुप्तचर! मगध अपने वीरों का संमान करना ही नहीं, उनके प्रति नत-मस्तक होना भी जानता है। क्या विचार है तुम्हारा?''

''जी, महाराज! हां-हां, मुझे ज्ञात है श्रीमान्! जानता हूं...।'' बकुल की आवाज रुक-रुककर बहने लगी थी''निस्संदेह मुझे भावुक नहीं होना चाहिए। यह...यह भावुकता का समय भी नहीं है। देवी मानसी के परिजनों तक संवेदना पहुंचाने का समय है।''

''तब तुम वही करो!'' मगधराज बोले थे। यह बोलना नहीं था, धकेलना था। एक तरह से जोर के साथ दरवाजे के बाहर तक उछाल देना था।

और उछला चला गया था बकुल बाहर। मगधराज के विशेष विचार कक्ष का भव्य द्वार बंद कर दिया गया था। कुछ क्षण बकुल थूक के घूंट

निगलता और वेग से बहने लगी अपनी श्वासों को संयत करता हुआ द्वार के बाहर खड़ा रहा, फिर चल पड़ा।

लग रहा था कि चाल संयत नहीं है। उससे भी अधिक मन असंयत है; पर बकुल अपनी नियति जानता है। चलना और निरंतर चलते हुए मगधराज का आदेश निबाहना ही उसकी नियति! इसके अतिरिक्त चेष्टा करना भी उसके वश में नहीं, विचार करना भी।

बकुल जा खड़ा हुआ था मानसी के गृह पर। इकलौती बेटी थी माता-पिता की। उसी पर संपूर्ण आशाएं, आकांक्षाएं यहां तक कि जीवन भी आश्रित था उनका और बकुल को एक अशुभ समाचार देना था उन्हें। मानसी के अंत का समाचार!

उस तरह नहीं, जिस तरह सब कुछ हुआ था, बल्कि उस तरह, जिस तरह जरासन्ध ने आयोजित किया था। एकदम स्वाभाविक लगने वाली घटना-कथा!

वे वृद्ध थे। कृशकाय भी। बकुल ने उन्हें पूर्व में भी देखा था। उससे कहीं अधिक जाना-समझा था। जिस क्षण मानसी को गुप्तचर के रूप में मथुरा भेजा गया, उसी समय से उसके माता-पिता पर दृष्टि रखी जाने लगी थी। क्या सोचते हैं वे? क्या करते हैं? किनसे भेंट होती है उनकी और क्यों होती हैं? यह सभी कुछ मुख्य गुप्तचर तक सूचित किया जाता। उन्हें बिलकुल नहीं बतलाया गया था कि मानसी को मथुरा भेजा गया है। केवल इतनी सूचना दी गई थी मानसी मगध की मुख्य नर्तकी के रूप में विभिन्न मित्र राज्यों का दौरा कर रही है। वह उस विशिष्ट सभासदों की मण्डली के साथ गई है जो कि मगध और पड़ोसी राज्यों से संबंध सुधारना चाहते हैं। मगध की कला और कलाकार भी इन संबंधों के सुधार में सहायक हो सकते हैं।

पर लगता था कि बहुत शक्तिशाली तर्क नहीं है। एक न एक दिन वह जरूर जान जाएंगे कि मानसी कहां है, किस हाल में है और उसकी क्या उपयोगगिता रही है? ऐसा विचार कर ही गुप्तचरों को उन पर कड़ी दृष्टि रखने का आदेश दिए गए थे।

वे बहुत सरल निकले। उससे कहीं अधिक सहज। मगधराज की कूटनीति पर भी विश्वास कर लिया था उन्होंने। विश्वास किया था कि विश्वास जतलाते रहे थे? बकुल ने सोचा, हो सकता है कि सब कुछ जान-समझकर भी चुप रहना उचित समझा हो उन्होंने? बहुतों की तरह वह भी तो जानते हैं कि मगधराज जरासन्ध की क्रूर राजनीति में स्वजन या साधारण-जन, उनका जीवन बहुत महत्त्वपूर्ण नहीं होता। महत्त्वपूर्ण होती हैं केवल नीति। वह नीति, जिस पर संपूर्ण मगध का राजचक्र घूमता है। विशाल साम्राज्य की धुरी यह नीति विश्वासहीनता के विश्वास पर ही चलती है।

अनायास बकुल को लगा था कि वह अनधिकार चेष्टा कर रहा है। मगधराज ने क्या कहा या क्या किया, इस बस पर विचार करने का उसे कोई अधिकार नहीं है। उसके वश में हैं केवल राजाज्ञा का पालन। यही उसका धर्म है, यही उसका कर्म। इससे अधिक विचार की शक्ति उसके पास नहीं। इससे अधिक सोचना-समझना भी उसका अधिकार नहीं।

पर मनुष्य का भी तो कोई अधिकार होता है? क्या उसके अपने विवेक, व्यक्तित्व और उसके मानवीय गुणों का अपना कोई अस्तित्व नहीं होता? बकुल ने तर्क करना प्रारंभ कर दिया था। बकुल का तर्क बकुल के गुप्तचर के लिए। इससे भी आगे एक मनुष्य का तर्क सहज मनुष्यमात्र के लिए।

वह सब न करे तो अच्छा हो। मन ने कहीं कुनकुनाकर कहा था, ऐसा करके वह कमजोर होने लगेगा। यह कमजोरी कृर्तृत्व-धर्म के निर्वाह में बाधक बनेगी और वह है राज-कर्मचारी। मगध के लिए समर्पित सेवक।

किंतु सेवा और मानव मूल्यों में क्या कोई परस्पर संबंध नहीं होता? क्या सेवक मनुष्य से इतर भी कुछ हो सकता है? सेवा का अर्थ यह तो नहीं कि भावनाशून्य हो जाया जाए? केवल पाषाण-प्रतिमा बन जाए आदमी?

बकुल बेचैनी अनुभव करने लगा है। यह बेचैनी पहले तो कभी मन में जनमी नहीं। सदा ही यंत्र की तरह राजाज्ञा का पालन करता आया है वह, पर अनायास कहां से, किस तरह कोमल कोंपल-सी मन में फूट पड़ी है, बकुल को नहीं मालूम।

जी हुआ था कि इस कोंपल को कठोरता के साथ रौंद डाले। उसी निर्ममता और कठोरता के साथ, जिस तरह अनेक बार उसने अपने भीतर

उठते किसी उचित-अनुचित के द्वंद्व को रौंदा डाला था।

पर लगा कि इस बार नहीं हो सकेगा? कैसे हो सकता है? अजाने ही सही, किंतु कहीं-न-कहीं वह अपने-आप को एक सेवक, गुप्तचर या मागधी नागरिक से अधिक हत्यारा अनुभव करने लगा है। मानसी का हत्यारा! कोमलांगी और सुंदरी मानसी मरी नहीं थी, मारी गई थी। तिस पर राज्य के प्रति उसके बलिदान का यह आयोजित ढोंग भी बकुल ही करने जा रहा है? छिः! उसे अपने से ही घृणा होने लगी।

चाहकर भी सीधा मानसी के माता-पिता तक नहीं जा सका था वह। राजपथ से जनपथ पर आकर एक उद्यान में रथ रोक लिया था उसने। कुछ पल यहीं थमकर मन को सहज करेगा। उससे कहीं अधिक शांत। उसके बाद निर्णय लेगा कि क्या करे और क्या न करे?

निर्णय...? सहसा अपने आप पर विद्रूप हंसी उभर आई थी मन में। निर्णय...? भला वह क्या निर्णय लेगा? मगध के सम्राट की आज्ञा पर क्या कोई निर्णय लिया जा सकता है? यह दुस्साहस, तो अनेक राजा नहीं कर सके, तब बकुल? एक अति साधारण सेवक? बकुल क्या निर्णय करेगा?

नहीं, निर्णय तो नहीं कर सकेगा। वह केवल मन को शांत करने की चेष्टा करेगा। मन शांत किए बिना ठीक तरह मानसी के माता-पिता की उन आंखों का सामना करना असंभव होगा, जो मानसी के निधन का समाचार सुनकर उसकी ओर उठेंगी।

वह थका हुआ-सा उद्यान में बैठा रहा। कोमल घास पर हौले-हौले हथेलियां फिराता हुआ; किंतु विचित्र बात थी। घास अपनी कोमलता का भी कोई प्रभाव हथेली पर नहीं कर पा रही थी। इसके विपरीत लग रहा था कि कोई अदृश्य शूल है! जो शरीर के हर हिस्से में लग रहे हैं। पीड़ा और पश्चाताप के शूल! इन शूलों से मुक्ति नहीं मिलेगी! कैसे मिल सकती है? सेवाधर्म ने मनुष्य-धर्म को ही हत कर डाला है।

और इसी हतावस्था में बकुल ने मानसी को मारा। दृष्टि के सामने दृश्य उभरने लगा था। कानों में उसके अपने ही शब्द थे। वे शब्द जिनके छल-जाल में मानसी को उलझाकर बकुल ने उसका वध किया था।

अनायास ही बुदबुदा उठा था वह''नहीं-नहीं, मैंने वैसा नहीं किया!

वह सब तो मगधराज की आज्ञा थी, मेरा अपना कुछ भी नहीं!''

क्या सच ही? मन में प्रश्न पुनः कौंधा था और लग रहा था कि यह कौंध इस जोर से उसके अंतर को थर्रा गई है कि वह शब्द रिक्त हो उठा है। उत्तर हीन! भला छल भी स्वयं को छल सकता है?

इसलिए बकुल भी बकुल को छल नहीं सकता। केवल पश्चात्ताप कर सकता है।

पश्चात्ताप ही क्यों? क्या प्रायश्चित नहीं कर सकता वह? उसके अपने भीतर से प्रश्न पुनः कौंधा। अनायास ही वह रिक्त दृष्टि होकर सूने अनंत आकाश की ओर देखने लगा। शब्द कौंध रहे थे, प्रायश्चित्त! प्रायश्चित्त! प्रायश्चित्त!

देर बाद एक दृढ़निश्चय ने जनम लिया था बकुल के भीतर। हां, प्रायश्चित अवश्य ही करेगा वह। राजनीति प्रेरित हत्या का कारण भले ही न रहा हो वह' किंतु हत्यारा अवश्य है। सरलहृदया मानसी का हत्यारा!

पर इस प्रायश्चित के पूर्व वह राजधर्म भी पूरा करेगा। मानसी के माता-पिता तक वह शोक-सूचना अवश्य पहुंचाएगा, जो महाराज जरासन्ध ने भिजवाया है। वह उठा था। निश्चित और उससे भी कहीं अधिक आश्वस्त। अब उसे न उन कातर माता-पिता की दृष्टियों से भय लगेगा, न संकोच होगा। वह सब कुछ उसी तरह उगल देगा, जिस तरह, मगधराज ने कहलवाया है। वही शब्द, उसी तरह, उसी भाव से।

छल होते हुए भी वह उन्हें छलेगा नहीं। छल मुक्ति के निश्चय का भाव जो मन में बैठ गया है? प्रायश्चित के प्रश्चात् वह निश्चय ही इस पाप-बोध से मुक्ति पा जाएगा।

बकुल इसी तरह रथ तक पहुंचा, फिर रथ संचालित करता रहा और फिर मानसी के घर पर था। दो पल बाद उसके माता-पिता के सामने। प्रणाम किया था उन्हें। स्वर में शक्ति संजोई, कहा था, ''मुझे खेद है वृद्धवर! एक दुखःद समाचार लेकर आया हूं।''

वे हतप्रभ-से देखते रहे थे उसे। दुःखद?...भला मानसी के अतिरिक्त

सुखद या दुःखद क्या हो सकता है उनके लिए?

बकुल ने बहुत चाहा कि दृष्टि न झुके। उनकी आंखों से आंखें मिली रहें; किंतु जिस क्षण शब्द होंठों से बाहर निकले, उसी क्षण दृष्टि झुक गई थी। होंठों पर अजब-सा कंपन उभरा था, फिर महसूस हुआ था, जैसे पूरा गला ही भर्राया हुआ है। बोला था, "वृद्धवर! देवी मानसी का रथ गिरिब्रज के मार्ग पर क्षतिग्रस्त हो गया और वह स्वर्गवासी हुई!"

वे न चीखे, न रोए न ही तड़पे। जब बकुल ने कहना आरंभ किया तब उन पर इन्हीं सब प्रतिक्रियाओं का अनुमान किया था उसने, किंतु...!

आश्चर्य...! वैसा कुछ नहीं हुआ था। इसके विपरीत वे शांत बैठे रहे थे, चुप। केवल एक-दूसरे को देखा था वृद्ध दम्पती ने, फिर गहरा श्वास लिया था, बस!

बकुल हड़बड़ी में आगे कुछ सोच न सका या यों कि कल्पना से विपरीत प्रतिक्रिया पाकर वह इतना सिटपिटा गया था कि अधिक कुछ सोच नहीं सका। यहां तक कि आगे क्या कहना है, वह भी स्मरण न कर पाया। उतना ही स्तब्ध होकर वह उन्हें देखने लगा था।

विचित्र-सा खालीपन फैल गया था उस घर में। तीन व्यक्ति थे वहां। सब जीवंत, किंतु सब मृतवत्। भरापूरा, सुंदर भवन; पर श्मशान-जैसा प्रभाव। सहसा वृद्ध हंसा, इतना हंसा कि रुआंसा हो गया। वृद्धा चुप थी। उसकी पुतलियों पर आंसू भी नहीं थे। थी केवल मरुस्थल जैसी रुखाई। बकुल हतप्रभ हो रहा।

वृद्धने कहा था"तुम क्या समझते हो राजसेवक! हम इस समाचार को सत्य मान लेंगे?"

बकुल का मुंह खुला रहा गया! क्या अर्थ है वृद्ध के उन शब्दों का। न कुछ पूछते बना था उससे, न ही तुरंत वृद्ध ने कुछ कहा था।

कुछ क्षणों के लिए सन्नाटा बिखरा रह गया।

"हमारी पुत्री का अंत इसी तरह होगा, हमें मालूम था राजसेवक!" सहसा वृद्ध बोले थे। उनके स्वर में कठोरता थी, उससे कहीं अधिक रुखाई।

"गुप्तचर-धर्म में यही होता है, पुत्र!...और कभी-कभी तो यह धर्म केवल अधर्म का आश्रय पाकर ही धर्म बनता है।"

"आप...आप कहना क्या चाहते हैं वृद्धवर!" न चाहते हुए भी बकुल बड़बड़ाकर पूछ बैठा।

"बैठो!" वृद्ध पुनः बोला और बकुल न चाहते हुए भी इस तरह बैठा रहा, जैसे किसी ने उसे कंधों से दबाकर बैठने के लिए लाचार कर दिया हो।

वृद्ध ने कहा था, "राजसेवक, तुम क्या समझते हो कि हमें ज्ञात नहीं था कि हमारी पुत्री क्या कर रही है? हम जानते थे। उसी क्षण से जानते थे, जब वह अभिनेत्री से सहसा मगधराज की दृष्टि में अनायास ही महत्त्वपूर्ण हो गई थी, फिर वह निर्णय भी हमें विचित्र नहीं लगा था, जब कि मानसी को मगध की कलावाहिका के रूप में दूर-सुदूर किसी देश में ले जाने की भूमिका बनाई गई।"

"किंतु...।" बकुल ने कुछ कहना चाहा, पर लगा कि शब्द नहीं है उसके पास। यदि हैं, तो वृद्ध और वृद्धा की रूखी, मरुस्थल-सी दृष्टि ने पी लिए हैं। केवल होठों पर, जीभ फिराकर रह गया।

"सुनो, राजसेवक!" वृद्ध कहे गया, "मानसी के अतिरिक्त अनेक अभिनेत्रियां और नृत्यांगनाएं मगध में हैं, सदा रही है। उससे कहीं अधिक पारंगत और कलाकुशल। तब मानसी को ही मगध के प्रतिनिधित्व हेतु ले जाया जाना, क्या अस्वाभाविक नहीं था? इस अस्वाभाविकता में ही मानसी के राजनीतिक उपयोग की स्वाभाविकता हमने समझ ली थी पुत्र! हम जान चुके थे कि मगधराज जरासन्ध की राजलोलुपता के दावानल में जिस तरह बहुतेक आहुतियां पड़ी हैं, मानसी भी एक आहुति हुई।"

बकुल ने शीश झुका लिया। अपने ही प्रति घिन से भर उठा। इस तीव्रबुद्धि वृद्ध तक की किस निर्लज्जता के साथ असत्य बोलने आ पहुंचा वह? अब दृष्टि भी नहीं उठ पा रही है। मन हुआ कि स्वयं उठ पड़े; पर लगा कि वैसा कर पाना भी वश में नहीं। वृद्ध के व्यक्तित्व और बुद्धिकुशलता ने उसे जकड़कर रख दिया है। अब उनकी आज्ञा पाए बिना वहां से हट पाना भी असंभव है।

"मानसी के इस निधन समाचार ने हमें उस बहुप्रतीक्षित समाचार की सूचना दे दी है, जिसे सुनने के लिए हम जी रहे थे।" वृद्ध ने गहरा श्वास लिया था, फिर चुप हो गया।

बकुल उठा। याद आया कि आगे भी बहुत कुछ कहना है। सूचना देनी है कि मानसी के असामयिक निधन पर राजा ने शोक मनाने के निर्देश दिए हैं; पर लगा कि कह नहीं सकेगा।

द्वार की ओर बढ़ा तब वृद्ध का स्वर पुनः उभर आया था, "हमें ज्ञात है राजसेवक! मगधराज मानसी के बलिदान पर शोक-सभा अवश्य आयोजित करेंगे और हम उस शोक-सभा में भाग भी लेगे। तुम आश्वस्त रहो!"

बकुल को लगा कि द्वार से निकलते-निकलते, एक ठोकर खाकर गिर पड़ा है वह। आश्चर्य! मानसी का वृद्ध पिता जरासन्ध की नीति को इतना कुछ जानता-समझता होगा। बकुल ही क्या, कोई नहीं सोच सकता।

गरदन लटकाए हुए वह लौट पड़ा था अपने निवास की ओर; पर रह-रहकर वृद्ध प्रश्नचिह्न बना मन में घुमड़ रहा था। आखिर कैसे जान सका कि मगधराज जरासन्ध का यह नीतिचक्र पुराना है? बहुत पुराना।

लगा था कि निश्चय ही वृद्ध कभी सम्राट के बहुत विश्वस्तों में रहा होगा। न भी रहा हो, तो उसने जरासन्ध को गहरे, खूब गहरे तक समझा होगा। अनजाने ही बकुल के भीतर वृद्ध को लेकर बहुत कुछ जानने की इच्छा उभर आई।

क्या नाम है उसका? क्या करता था वह? क्या कभी राजसेवा में भी रहा था? हो सकता है कि जरासन्ध के समय न हो; किंतु महाराज बृहद्रथ की सेवा की हो उसने और उसी समय जरासन्ध को समझा हो?

पर इतने गहरे तक? बकुल की समझ में कुछ भी नहीं आ रहा था। जो समझ में आया, वह केवल इतना था कि प्रायश्चित्तस्वरूप उसे अब उन वृद्ध दम्पती की सेवा-सहायता करते रहना है, जो मानसी के न रहने पर निराश्रित हो गए है, फिर बार-बार वह वृद्ध बकुल को पुत्र भी तो संबोधित कर रहा था।

शब्द पुनः कानों में गूंजने लगा है। वृद्ध की घरघराती आवाज"पुत्र!"

शोक-सभा हुई। मगधराज जरासन्ध स्वयं उपस्थित हुए थे सभा में। वृद्ध दम्पती भी आंखों में मरुस्थल लिए आए। अश्रुहीन और भावहीन, यहां तक कि प्रतिक्रियाहीन रहकर उन्होंने वह सब सुना, जो उनकी स्वर्गवासी पुत्री के बारे में राज्यादेश के अनुसार कहा जा रहा था, फिर वह घोषणा भी सुनी, जब सम्राट ने गौरवोचित स्वर में कहा था"मानसी के वृद्ध माता-पिता का जीवन-दायित्व अब मगध के राजकोष पर है। उन्हें जब, जितनी भी आवश्यकता होगी, मगध की ओर से मुद्रा सहायता दी जाएगी।"

सभाजनों ने हर्षोल्लास के साथ मगधराज की घोषणा का स्वागत किया; पर बकुल ने देखा कि वृद्ध और वृद्धा उसी तरह जड़ भाव से खड़े हुए हैं। न चेहरे पर हर्ष दीखता है, न विषाद। इस तरह निश्चिंत और मुक्त, जैसे यह सब अनेक बार, अनेक तरह उन्हें देखने, सुनने और जानने को मिला हो। सब जाना हुआ और सब समझा हुआ।

राजरथ में ही वृद्ध दम्पती को उनके निवास पर पहुंचा दिया गया था। समारोह के समय बकुल जितना चकित हुआ, उससे कहीं अधिक उसे राजनीति के इस घिनौने चक्र से घृणा हुई। कितना ओछा, छिछला और घिनौना है यह सब! असत्य को सत्य की तरह घोषित किया जाना। पाप को पुण्य के रूप में प्रचारित करना। छल की कालिख से लिपटे चेहरे पर स्वर्णजटित मुकुट धारण करना।

मन ने कितनी ही बार चीखकर विद्रोह कर देना चाहा था"यह सब असत्य है! केवल छल!"

पर लगा था कि मूर्खता होगी। असंख्य लोगों के सामने जिस तरह असत्य को सत्य प्रतिष्ठित किया गया है, क्या उस तरह सहज ही सत्य को उद्‌घाटित किया जा सकता है? और क्या बकुल की इकलौती आवाज इस असत्य के कोलाहल और जय-जयकार में सुनी जा सकती है? असंभव!

और इस राजनीतिग्रस्त वातावरण में क्या सत्य इतना शक्तिसंपन्न रह गया है कि वह असत्य को उस तरह उद्‌घाटित कर सके? लगा था कि नहीं। कैसी बाध्यता और कैसी अवश स्थिति है वह! सत्यअसत्य का मोहताज होकर रह गया है। याचक की तरह चाव से खड़ा भिक्षु और भिक्षादान दे रहे हैं वे हाथ, जो राजनीति के कलुष से भरे हुए हैं या कि केवल कलुष की राजनीति बन चुके हैं।

सभा-समाप्ति के साथ ही वह निवास की ओर चला, तो रथारूढ़ होते समय ही सूचना मिली थी उसे"सम्राट स्मरण कर रहे है गुप्तचर!"

और बकुल ने रथ पर रखा पांव खींच लिया था। चुपचाप चल पड़ा था मगधराज के भेंट-कक्ष की ओर। अब कौन-सा दायित्व सौंपा जाएगा उसे? क्या कोई और हत्या करवाई जाएगी उससे? पर अब बकुल वह सब नहीं करेगा।

किंतु जो कुछ सोच रहा है, वह कह सकेगा बकुल? मन ने पूछा।

उत्तर में पुनः शून्य से भर उठा वह। यह शून्य न तो सोचने में सामर्थ्यवान है, न समझने में। शब्दहीन है वह, केवल रिक्त! इसी रिक्तता को संजोए जा खड़ा हुआ था मगधराज के सामने। वे पीठ मोड़े हुए थे उसकी ओर से।

सम्राट मुड़े। उनके साथ ही जैसे संपूर्ण वातावरण मुड़ा। वह बोले थे"बकुल! मगध की तुमने बहुत सेवा की है और कुशलता से भी की है; पर अभी एक महत् दायित्व शेष रह गया है, वह पूरा करने के लिए हमने तुम्हें स्मरण किया है।"

न चाहते हुए भी पूछ लिया था उसने"आज्ञा, सम्राट्!"

"मथुराधिपति कंस हमारे मित्र हुए, यह परम प्रसन्नता की बात है; किंतु उससे भी अधिक प्रसन्नता की बात तब होगी, जब वह हमारे संबंधी भी बनें।" जरासन्ध ने कहा था"यह राजनीतिक संबंध जब परिवारिक संबंध में बदल जाएगा, तब निश्चय ही महाराज कंस की विशाल शक्ति मगध के लिए उपयोगी और सहायक सिद्ध होगी।"

बकुल चकित-सा उन्हें देखता रहा!

"हमारी इच्छा है कि वह हमारी पुत्रियों से विवाह कर लें। देवी अस्ति और प्राप्ति गुणवती हैं, सुंदर हैं और उससे भी अधिक नीतिज्ञ हैं। निश्चय ही मथुराधिपति इस संबंध का प्रस्ताव पाकर प्रसन्न होंगे। हमने निश्चय किया है कि प्रतापी महाराज बृहद्रथ के गौरवशाली कुल के लिए उन जैसे योग्य राजा का संबंधी बनना ही श्रेष्ठ होगा। कल तुम राज-पुरोहित के

साथ पुनः मथुरा की यात्रा पर जाओ और उन्हें हमारी इस इच्छा से अवगत कराओ।''

बकुल मुंह बाए देख रहा था मगधपति की ओर। कंस को दामाद बनाने के पीछे भी बहुत कुछ सोचा-समझा होगा जरासन्ध ने। भला यह कौन-सा जाल है! तह तक नहीं पहुंच सका। तुरंत पाना संभव भी न था। केवल चुप खड़ा रहा।

''राजपुरोहित को आदेश दे दिए गए हैं।'' महाराज जरासन्ध ने कहा था, फिर मुड़ गए। स्वर गूंजे''तुम प्रातःकाल ही प्रस्थान की तैयारी कर लोगे।''

''जैसी आज्ञा, महाराज!'' बकुल ने सिर झुका दिया। मुड़ चला।

''और सुनो, बकुल!'' जरासन्ध की आवाज पुनः गूंजी। बकुल हड़बड़ाकर ऐसे मुड़ा, जैसे किसी ने गतिशील रथ की लगाम खींच ली हो। पलटाकर पैर अचानक ही थमने को बाध्य हो गए हों।

जरासन्ध मुड़ चुके थे। बकुल ने कौंधती, बिजलियों की असंख्य तरंगों जैसी तीखी किरणें अपने भीतर समाते हुए अनुभव कीं। इन किरणों से जुड़े हुए थे शब्द''हमें ज्ञात है बकुल! मथुराधिपति कंस इन दिनों बहुत व्याकुल है। सुंदरी मानसी के प्रेम ने बहुत विह्वल किया है उन्हें और यही अवसर है, जबकि हमारा धर्म है, मैत्रीभाव से उनके अशांत मन को शांत करें।''

विस्मय से एक बार पुनः मुंह खुला रह गया बकुल का। आश्चर्य! क्या जरासन्ध को ज्ञात था कि मानसी कंस के प्रेमजाल में उलझ गई है या कि कंस ही उसके प्रेमजाल में उलझ चुके हैं और यदि ज्ञात था, तब क्या बकुल के अतिरिक्त भी कोई अन्य गुप्तचर इस सेवा के लिए तैनात था? बकुल बुरी तरह सहम गया। उससे कहीं अधिक डर भी गया। हे ईश्वर! कितनी तहों और कितनी परतों तक गहरे हैं मगधराज!

जरासन्ध बोले थे''ऐसे समय पर हमारी पुत्रियां निस्संदेह ही मथुराधिपति के अशांत मन को शांत कर सकेंगी, फिर मित्र राजा के नाते यह हमारा धर्म भी है कि हम मथुराधिपति का विशेष ध्यान रखें।''

''हां, आपआपने उचित ही विचार किया है महाराज!'' बकुल किस

तरह, कैसे शब्द जुटाकर बोल सका था, उसे ही पता नहीं। बस, इतना जानता था कि मगधराज की जानकारी की परतों ने उसे बुरी तरह डरा दिया था।

जरासंध आगे कुछ नहीं बोले। बकुल घबराया हुआ बाहर निकल गया।

निवास पर आकर भी बहुत शांत नहीं रह सका। रह-रहकर मगधराज का नया आदेश उसे झकझोर जाता। नीति-चक्र ने एक बार पुनः मथुरा की राजनीति को लपेट लिया था। लपेटा-भर या कि पूरी तरह अपनी सर्वग्राही क्षुधा-वृत्ति में समेट लिया।

मगध की राजकुमारियां भी राजनीतिक मोहरा बनकर रह गई थी। कैसी विचित्र स्थिति है! बकुल सोचता और चमत्कृत हो उठता। क्या सोच-विचार में समर्थ, जीवंत मनुष्य को भी वस्तु की तरह उपयोग किया जा सकता है? लगता था कि अमानवीय है यह क्रिया! नितांत संवेदन-शून्य!

पर सत्य यही है। यही हो रहा है। केवल यहीं क्यों, सभी जगह, सभी राज्यों, राजाओं और राजनीतिज्ञों की चौसर पर यह होता है। स्त्री हो या पुरुष, उसका अपना कोई व्यक्तित्व, कोई रूप, कोई चेहरा नहीं होता। केवल होती हैं उनकी उपयोगिता। कब, किस खाने को भरने के काम आ सकते हैं वे, कितने उपयोगी हो सकते हैं, कितने स्वार्थ साध सकते हैं, केवल इसी कारण उनका प्रयोग किया जाता है!

मथुरा में भी तो यही कुछ हुआ था? बकुल को अनायास ही स्मरण हो आया। महाराज कंस ने अपने चाचा देवक की कन्या को राजनीति की चौसर पर लगा दिया। पांसे पर पांसे। राज्य के अति-प्रभावशाली व्यक्ति से उसका विवाह केवल यह विचारकर आयोजित किया गया कि वह कंस का अनुयायी हो जाएगा। महाराज उग्रसेन के सर्वाधिक विश्वसनीय और गणसंघीय पद्धति के सबसे बड़े समर्थक को वश में करने के लिए देवकी दांव पर लगीं।

पर चौसर के पांसे ने ठीक तरह साथ नहीं दिया या यों कि वसुदेव ही चौसर से जीते जाने वाले खाने नहीं रहे, अतः उन्हें पहुंचना पड़ा कारावास में। विचार मात्र से बकुल सिहर उठा है। हे भगवान्! अपने ही बहन-बहनोई को कारावास पहुंचाते हुए तनिक भी संकोच नहीं किया कंस ने! कंस मनुष्य हैं या केवल राजनीति? संवेदन हैं या केवल जड़ राजमुकुट?

जड़ ही कहना उचित होगा इन मनुष्यों को या कि ये मनुष्य राजनीति के हाथों पड़कर अपनी संपूर्ण संवेदना खो बैठते हैं या कि राजनीतिज्ञ होने पर इन्हें संवेदनहीन हो जाना पड़ता है।

बकुल को लगता है कि राजनीति और संवेदना ये दो अलग धुरियां हैं। इन धुरियों पर जीवन भी अलग, जीवन-व्यवहार और व्यापार भी अलग। एक धुरी पर न कोई संबंध है, न विश्वास और दूसरी धुरी पर केवल संबंध हैं, केवल विश्वास। एक छोर मोह, प्राप्ति, कटुता, अहं और हिंस्रता की सीमा तक पहुंचा कठोर मरुस्थल, दूसरा छोर केवल ममता, समर्पण, त्याग, संवेदन और नेह का अजस्त्र सागर। दोनों के बीच परस्पर कोई संबंध नहीं। दोनों एक-दूसरे के विपरीत। बकुल अपने ही भीतर की ऊहापोह और प्रश्नोत्तरों में संतुष्ट हो गया था। पलकें मूंदकर नींद का आवाहन करने लगा।

पर नींद नहीं आई। उसके विपरीत एक और प्रश्न जनम आया मन में। कभी-कभी राजनीति की इस चौसर पर निर्दोष भी तो बलि दे दिए जाते हैं? न उसका संवेदन अर्थयुक्त रह जाता है, न भावना और न ही इच्छाएं। सब कुछ राजनीति की अदृश्य किंतु शक्तिशाली भुजाओं में जकड़े हुए उसी के चाहे चलत जाते हैं, उसी की इच्छित दिशा में।

पलकें खुल गई बकुल की। शय्या पर आरामदेह बिछौना था किंतु जाने क्यों वह गड़ने लगा, अनेक शूलों की तरह।

बकुल उठा और फिर से एक बैचेन चहलकदमी प्रारंभ कर दी उसने। मन को थामना चाहा था, अपने ही भीतर एक डांट उगाकर "यह सब तो तुम्हारे विचार और विचार-क्षेत्र का विषय ही नहीं है बकुल! किसलिए

विचार-क्षेत्र की अनचाही सीमाओं में प्रवेश करके मन को अशांत करते हो? बुद्धि कोई निष्कर्ष निकाल भी ले, तो उस निष्कर्ष का उपयोग क्या होगा? व्यर्थ माथापच्ची से लाभ?"

पर मस्तिष्क फिर भी वश में नहीं। क्या हुआ होगा देवकी और वसुदेव का? मथुराधिपति कंस ने उन्हें कारावास में डाल दिया था। किसी विश्वस्त सूत्र या भविष्यवाणी से उन्हें ज्ञात हुआ था कि वसुदेव-देवकी का पुत्र ही कंस के नाश का कारण बनेगा और नाश-भय ने कंस को मनुष्य की तरह नहीं, संवेदनशून्य राजनीतिज्ञ की तरह प्रभावित किया। केवल अपने हिताहित का विचार कर बहन-बहनोई को कारागृह की कठोर यातनाएं देने में भी नहीं चूका वह पाषाण-पुरुष।

बकुल एक बार फिर खलबली से भर उठा। मथुराधिपति कंस भी जरासन्ध से कम तो नहीं है। सुना था कि वसुदेव के विद्रोही हो चुके विशेष सेवक वसुहोम को ही मोहरा बनाया था उन्होंने। एक गहरा श्वास लेकर बकुल पुनः शय्या पर आ बैठा...। क्या हो रहा होगा वहां?

बहुत कठोर दायित्व सौंपा था वसुदेव ने। अविश्वास की अभिव्यक्ति कर, विश्वास का दायित्व। किसी-किसी बार मन विद्रोह करने लगता है। जी होता है कि कारावास में पड़े महामंत्री के सामने पहुंचे ओर दो टूक बात कह डाले"अब यह सब असह्य हो गया है प्रभु! मुझे क्षमा कर दें। न तो सहा ही जाता है और न देख पाने की शक्ति शेष रही है। विशेषकर उस स्थिति में, जब कठोर कंस के क्रूर आदेशों का निर्वाह करते हुए अपनी ही श्रद्धा को ताड़ित-पीड़ित करना पड़ रहा हो। मुझे इस दायित्व से मुक्ति दें।"

किंतु व्यर्थ होगा कहना। न तो वसुदेव कुछ सुन सकेंगे और न ही शायद वसुहोम यह सब कह सकेगा। उलटे होगा यह कि मन को अधिक कठोर करके राजनीतिक के इस चक्र को और-और तीव्रगति से घुमाने को बाध्य हो जाएगा।

घुमाने या घूमने? दोनों ही स्थितियां सही हैं। एक तरह से कालचक्र की ही गति है, जिसमें वसुहोम घूम भी रहा है और उसे घुमा भी रहा है। जिस क्षण एक शक्तिशाली आरोप जड़कर कंस के प्रति उसे सहसा विश्वसनीय बना दिया था वसुदेव ने, उसी क्षण चक्र का घूमना प्रारंभ हो गया। या यों कि वसुहोम का ही चक्रवत् घूमना प्रारंभ हुआ। तिस पर कंस ने और अधिक उलझा दिया था उसे। जिस काराग्रह में देवकी-वसुदेव को बंदी बनाया, उसी में अधीक्षक नियुक्त कर दिया।

कारागृह अधीक्षक के नाते बहुतेक राज कर्त्तव्य उसके माथे आ पड़े। किसी बार यह कि महाराज उग्रसेन की सुधि ले और किसी बार यह कि देवकी-वसुदेव को लेकर कंस तक समाचार पहुंचाए। तब कैसा कष्ट होता है, जब वह देवकी और वसुदेव के सामने जा पहुंचता है। लगता है कि कई अदृश्य शूल उसके बदन में जहां-तहां चुभे जा रहे हैं और इन शूलों

की पीड़ा से वह मुक्त नहीं हो पा रहा है। किसी बार ये शूल देवकी की भोली, मासूम दृष्टि से लगते हैं और किसी बार वसुदेव की बेबस पुतलियों में कौंध कर वसुहोम के सीने में जा लगते हैं। दोनों के स्वर इस तरह टूट-बिखर गए हैं, जैसे ओस की बूंदें हों, बिखरी हुई। उन्हें देख पाना और अनुभव कर पाना तो संभव है, किंतु सहेज पाना असंभव। संभव और असंभव का यह फेर ही वसुहोम को नियति बन गया है। न ठीक तरह कुशल-क्षेम पूछते बनता है, न ही किसी तरह अधीक्षकवत् आदेश देना संभव होता है। हर बार सीखचों के पार खड़े होकर रो पड़ने का मन होता है; किंतु वह भी नहीं किया जा सकता। प्रहरी जो होते हैं वहां। महाराज कंस तक भले ही न पहुंच सकें, किंतु उनमें फैली बातचीत अवश्य ही कंस तक पहुंच सकती है।

और कंस ठहरे एक शक्तिशाली, कठोर राजा; पर अपनी ही छाया से भयभीत राजपुरुष। मन किस करवट, क्या कुछ सोचेगा, क्या निर्णय कर लेगा, वह भी अनिश्चित। पल-भर में वसुहोम को लेकर प्रश्नवाचकों से भर जाएंगे? वसुहोम क्यों रोया? कौन-सी स्थिति थी, जिसने उसे इतना आन्दोलित किया? या यह कि वसुहोम के मन में दया तो नही उभर आई? राजबंदी के प्रति कारागार प्रबंधक के मन में दया का उपजना भी परेशानी का कारण बन सकता है?...और फिर इस संदेह का कारण था कि कहीं वसुहोम अब भी वसुदेव का आदमी तो नहीं?

वसुहोम के लिए रोना भी कठिन। वसुहोम के लिए वसुदेव से इस कठिन परीक्षा में मुक्ति मांगना भी असंभव और वसुहोम के लिए यह सब निबाह पाना भी कठिन। विचित्र स्थिति है! न उगली जानेवाली, न निगली जानेवाली।

इस स्थिति में बहुत दिन गुजर गए हैं। वसुहोम ने कारागृह अधीक्षक के शासकीय निवास में पत्नी को भी बुला लिया है। उससे अधिक विश्वसनीय सहयोगी कौन हो सकता है! वही है, जिसके सामने कभी-कभी अपनी विडंबनापूर्ण स्थिति को लेकर बहुत कुछ कह डालता है। इस तरह मन की पीड़ा समाप्त भले न हो, कुछ-न-कुछ कम जरूर हो जाती है।

अनुराधा के दबे-घुटे, सहानुभूति-भरे शब्द सुनता है, तो राहत मिलती है। लगता है, जैसे किसी ने छोटे बच्चे की आंखों में आए आंसू पोछ दिऐ

हैं, स्नेह से दुलार दिया है उसे। आश्वस्त किया है कि उसका चाहा आज नहीं, तो कल अवश्य पूरा हो जाएगा।

वसुहोम की चाहत है इस कठिन दायित्व से मुक्ति। एक बार कहा भी था अनुराधा से, "तुम जाकर देवक-सुता से कहना कि महामंत्री से मुझे मुक्ति दिला दें। यह परीक्षा बड़ी कठिन है अनु! कैसी विचित्र स्थिति है! मंत्री-श्रेष्ठ ने एक कोड़ा मेरे हाथ में थमाकर अपनी ही पीठ आगे कर दी है कि प्रहार करो। ऐसी कठिन परीक्षा भला कैसे दी जा सकती है? कम-से-कम मेरे लिए तो कठिन हो रहा है, बहुत कठिन!"

उस दिन बहुत थक गया था वसुहोम। महाराज कंस ने उन्हें मिली सूचना की पुष्टि करवाई थी। पुछवाया था, क्या यह समाचार सत्य है कि देवकी गर्भवती हुई है?

समाचार सत्य था। गुप्तचर द्वारा पहुंचाई गई सूचना से बहुत पहले राजा तक इस समाचार की सूचना भिजवाना कारागृह-अधीक्षक का ही दायित्व था, पर जाने क्यों वसुहोम इस सूचना को लेकर पहुंचाए-न-पहुंचाए की ऊहापोह में ही पड़ा रह गया और उधर सूचना कंस तक जा पहुंची। अब उसकी पुष्टि का आदेश था।

अनुराधा ने व्यथित मन पति को सहानुभूति से देखा। एक पल चुप रही, फिर बोली"धीरज से काल लें आर्य! यह परीक्षा महामंत्री नहीं ले रहे हैं, यह परीक्षा ले रही है मातृभूमि।"

"उसके लिए प्राणदान सहज है देवी! किंतु इस तरह ओट लिए हुए अपनों पर ही घातक प्रहार करते रहना कठिन है।" वसुहोम और भावुक हो उठा था"भला सोचो तो, महाराज कंस का विश्वस्त बनाने के लिए मंत्रिश्रेष्ठ वसुदेव ने एक चाल चली और उस चाल ने मुझे इस धर्मसंकट में ला डाला। कोई और कार्य दिया होता, तो निबाहना सहज था, किंतु अब अपने ही स्वामी को क्रूर यातना दिए जाना सह नहीं पा रहा हूं।"

"हो सकता है आर्य! इसी में मथुरा का कुछ शुभ हो।" अनुराधा ने संमति दी थी"अपितु मेरा विचार तो यह है कि इस प्रकार आपको अपनी ओर से एक अवसर मिला है। वसुदेव-देवकी के पास रहकर आप

उनकी सेवा-सुरक्षा कर सकते हैं। मथुरा के शुभाशुभ में सहायक हो सकते हैं। अपने-आप पर तनिक काबू रखिए। क्या आप जानते नहीं कि कंस की अपनी ही बहन कंस के दमन का क्रूर कष्ट सह रही हैं?"

"किंतु अनु...!"

"शांत हो जाइए!" अनुराधा ने कहा था"मथुराधिपति को समाचार दीजिए कि उनकी भगिनी सचमुच ही गर्भवती हैं।"

"जानती हो ना कि इस समाचार को पाते ही कंस क्या करेंगे?" कुछ और पीड़ित होकर वसुहोम ने प्रश्न किया।

"जानती हूं।" अनुराधा की आंखें ठहर गई थीं। सामने सूनी दीवार थी। होंठ इस तरह बजे थे जैसे किसी सूखे पत्ते से खड़खड़ाहट की ध्वनि हुई हो। वह बोली थी"मथुराधिपति अपनी ही बहिन के रक्तांश की समाप्ति का निर्णय लेंगे और यह सब नया नहीं है। देवकी कारागृह में लाई हो इसलिए गई हैं, ताकि एकके बाद एक उनकी संतति नष्ट की जा सके। मैं ही नहीं, मथुरा और संपूर्ण गणराज्य जानता है यह!"

"फिर भी तुम कह रही हो कि मैं मथुराधिपति तक समाचार पहुंचाऊ?" आश्चर्य और पीड़ा के साथ वसुहोम ने पूछा। आवाज कुछ नम हो आई थी। ऐसे, जैसे बरसात में भीग गई हो। गीले कपड़े-सी ढीली। कहा, "अपनों के ही वंशनाश का उपक्रम करूं? कारण बनूं?"

अनुराधा पूर्ववत् कठोर बनी रही। बोली, "हां, वह सब करना आपका कर्तव्य है आर्य! इसी के लिए महाराज कंस ने आपको यहां नियुक्त किया है इसी क्रम को तोड़ने के लिए महामंत्री ने आपको मथुराधिपति के विश्वसनीयों तक पहुंचाया है।"

वसुहोम तुरंत कुछ समझ नहीं सका। अबूझ भाव से पत्नी की ओर देखता रहा। अनुराधा ने कहा था"अब स्वयं को संयत कीजिए और मथुराधिपति को सूचना पहुंचाइए। बाद में विचार कीजिएगा कि क्या करना उचित होगा, किस तरह देवकी-वसुदेव की इस पीड़ा-कथा का कोई अध्याय पीड़ामुक्त किया जा सकेगा?"

वसुहोम चुपचाप सुनता रहा। अनुराधा उठ खड़ी हुई थी"मैं देवक-सुता की सेवा में पहुंचती हूं। आप महाराज कंस तक समाचार ले जाइए। शीघ्र ही देवकी माता बनेंगी।"

अनुराधा ने उत्तर की राह नहीं देखी थी। वसुहोम को उसी तरह दुविधाग्रस्त छोड़कर चली गई।

वसुहोम बहुत देर तक अपने-आप को सहेजने में लगे रहे, फिर राजनिवास की ओर चल पड़े। मन व्यग्र था, किंतु अनुराधा के शब्दों ने बहुत शक्ति दी थी। बहुत बार ऐसा ही होता था। वसुहोम आए दिन के चक्र से थक जाते और अनुराधा की वाणी उनमें पुनः शक्ति उडेल देती। पुनः कर्म-प्रवृत्त होते।

महाराज कंस विशेष भेंट-कक्ष में थे। प्रहरी से समाचार भिजवा दिया था वसुहोम ने"कहो कि कारागृह-अधीक्षक तुरंत भेंट करना चाहते हैं!"

प्रहरी भीतर गया और दो पल बाद लौटकर आज्ञा दी थी"महाराज गिरिब्रज से पधारे दूत से चर्चा में व्यस्त हैं। कुछ समय प्रतीक्षा कीजिए। कहा है कि उनके निजी कक्ष में रुकें।"

एक गहरा सांस लेकर वसुहोम निजी कक्ष की ओर चल पड़े। रह-रहकर दोनों कानों में प्रहरी के शब्द गूंज रहे थेगिरिव्रज से आए दूत से चर्चा में व्यस्त हैं।

मन हुआ था कि जोर से कहें"धिक्कार है महावीर! मथुराधिपति और जरासन्ध के बीच समझौता? छिः! गणसंघ की संपूर्ण शक्ति, क्षमता, पौरुष और स्वातंत्र्य विक्रय कर डाला तुमने। किंतु यह सब सोचा, कहना असंभव था। कहा जाना मूर्खता भी होती। कालचक्र के गति-क्रम में चुप-चाप कुछ देखते-सहते जाना ही उनका धर्म! निजी कक्ष में पहुंचकर प्रतीक्षा करने लगे।

कुछ देर बाद ही मथुराधिपति का संदेश आ पहुंचा था"महाराज आ पहुंचे हैं।" वसुहोम तुरंत उठ खड़े हुए।

मथुराधिपति कंस विशाल प्रकोष्ठ में एक भव्य आसन पर बैठे हुए थे। उनके चेहरे पर पहली दृष्टि पड़ते ही वसुहोम समझ गए थे कि किसी शुभ समाचार ने प्रसन्न कर रखा है। विनम्रतापूर्वक प्रणाम किया, कहा"आपकी सूचना सही है महाराज! वसुदेव की भार्या गर्भवती हुई हैं।"

कंस ने तुरंत कुछ नहीं कहा। न ही चेहरे पर कोई भाव व्यक्त किया। निरंतर वसुहोम को देखते रहे। इस दृष्टि से अनायास ही सही वसुहोम कुछ सहम गए। वही क्यों, कोई भी हो, सहम जाता। मथुराधिपति की वह दृष्टि लगता था कि एक कुरेदन-सी है। भीतर से सब कुछ कहलवाने को उत्तेजित करती हुई-सी, पर वसुहोम ने तुरंत स्वयं को संयत किया। इस दृष्टि के सामने सकुचकर अपने प्रति संदिग्ध कर लेगा कंस को। उचित यही है कि नजरें झुकाए नहीं। पलकें ठहरा दीं। थोड़ी देर बाद कंस बोले थे''आश्चर्य है वसुहोम! यह सूचना तुमसे पूर्व हमें प्राप्त हुई? हम तो आशा करते थे कि तुम ही पहले व्यक्ति होगे, जो यह समाचार दोगे?'' दृष्टि उस समय भी कुरेद रही थी। पलकें तब भी ठहरी हुई।

वसुहोम समझ चुके थे, यह जवाबतलबी हो सकती है। बहुत सीमा तक सही भी थी बात। निश्चय ही यह समाचार कोई अन्य व्यक्ति कंस तक पहुंचाए, इसके पूर्व वसुहोम को कंस तक पहुंचाना चाहिए था। वसुहोम को अनायास ही वह दिन याद हो आया, जब कंस ने कारागृह-अधीक्षक के पद पर उसे नियुक्त किया था। कहा था''तुम पर एक बहुत बड़ा दायित्व सौंप रहा हूं वसुहोम! निश्चय ही तुम इस दायित्व को पाकर प्रसन्न होगे।''

वसुहोम सहमा हुआ खड़ा था। मथुराधिपति क्या कहेंगे, निश्चय नहीं; पर इतना निश्चित है कि जो कुछ कहेंगे, वह नीति चक्र का कोई धागे जैसा ही होगा। ऐसा धागा जिसे वसुहोम केवल मकड़ी की तरह बुनने का काम करेगा। जाल बनेगा किसी और के लिए। किसी और अर्थ में।

कंस ने कहा था, ''मुझे बहुत समय से खेद था वसुहोम! तुम जैसे कर्मठ व्यक्ति की सेवाओं को वसुदेव ने बहुत धिक्कृत किया। तुम्हें अवसाद दिया। अतः बहुत सोच-विचारकर मैंने तुम्हारे लिए यह महत् दायित्व खोजा है।''

क्या? वसुहोम ने पूछा नहीं, पर जिस तरह महाराज को देखा, दृष्टि में ये शब्द अंकित थे।

कंस बोले थे''कल से तुम कारागृह-अधीक्षक का कार्यभार संहालोगे।'' सुनकर वसुहोम को धक्का लगा; पर शांत रहे। तुरंत प्रतिक्रिया व्यक्त नहीं की। एक पल के लिए मन प्रसन्न भी हुआ था। इस तरह वसुदेव के करीब

रह पाने का अवसर मिलेगा। उनकी सेवा और सार-संहाल भी कर सकेंगे वसुहोम।

कंस ने कहा था''हमारी दृष्टि में तुमसे अधिक उपयुक्त व्यक्ति इस पद के लिए नहीं हो सकता।''

''जैसी महाराज की आज्ञा!'' वसुहोम ने सिर झुका दिया था।

कंस कहे गए थे''तुम वे सभी सूचनाएं जो वसुदेव-देवकी और पूज्य महाराज उग्रसेन-संबंधी होंगी, हम तक तुरंत पहुंचा सकोगे। इसका हमें पूर्ण विश्वास है।''

''मैं प्रयत्न करूंगा देव, कि आपका यह विश्वास निबाह सकूं।'' वसुहोम ने अतिविनम्र स्वर में उत्तर दिया था।

आज उसी विश्वास पर बात आ ठहरी थी। कंस पूछ भी रहे थे। पूछ क्या रहे थे, एक तरह से यह जानना चाहते थे कि उस विश्वास के निर्वाह में कोताही क्यों हुई?

वसुहोम ने पल-भर में निर्णय लिया कि क्या कहना उचित होगा? कौन-से शब्द हो सकते हैं, जो दुर्मति और संशयप्रिय कंस को समाधान दें। कहा था, ''महाराज की जिज्ञासा सहज है, किंतु कोई समाचार जब तक पुष्टि न पा ले, उसे महाराज तक पहुंचाना गुप्तचर या अधिकारी का धर्म नहीं है। मैंने यही उचित समझा अब, जबकि पुष्टि करवा चुका हूं, तब इस समाचार की सत्यता के साथ आपके सामने उपस्थित होना उचित समझा है।''

कंस देखते रहे उसे। सहसा वसुहोम को लगा था कि उसके चतुरतापूर्ण उत्तर ने उन्हें आश्वस्त किया है। आसन से उठ पड़े। प्रसन्न स्वर में उत्तर दिया''हम तुम्हारे नीतिपूर्ण उत्तर से संतुष्ट हैं अधीक्षक! निश्चय ही किसी समाचार की संपूर्ण सत्यता प्राप्त किए बिना उसे जहां-तहां पहुंचाना या फैलाना अनुचित है। तुमने अच्छा ही किया।''

वसुहोम सिर झुकाए खड़े रहे। ऐसे, जैसे किसी अगले आदेश की प्रतीक्षा

कर रहे हों। सहसा कंस मुड़े। कहा''तुम पहुंचो वसुहोम! हम आएंगे।''

वसुहोम ने शीश झुकाया। चल पड़ा।

लगा था कि अनुराधा ने बिलकुल कगार पर लाकर बचा लिया है। सारी राह सोचते आए थे वसुहोम। क्या करेंगे? किस तरह करेंगे! महाराज कंस निश्चय ही आएंगे। आकर देवकी-वसुदेव से क्या कहेंगे या उनकी होनेवाली संतति को लेकर क्या निश्चय करेंगे, कह पाना कठिन था। एक मन कहता था, कंस कितने ही दुष्ट और राजलोभ में लिप्त क्यों न हो, अपनी ही बहिन के रक्तबीज का नाश नहीं करेंगे।

पर अगले ही पल लगता कि झूठ सोच रहे हैं वह। कंस की क्रूरता और कठोरता जानी-पहचानी थी। उससे भी कहीं अधिक उनका यह विचार कि शत्रु को जड़-मुक्त कर देना ही उचित होता है। कंस निश्चय ही देवकी-वसुदेव की संतति का नाश कर देंगे।

मन खिन्न हुआ था। एक बार पुनः भावुक हो उठे थे वह। हे, ईश्वर! महामंत्री वसुदेव ने किस कठिन परीक्षा मे डाल दिया है? कारागृह अधीक्षक के नाते एक सद्यःजात बालक या बालिका का क्रूरतापूर्ण वध किस तरह देख सकेंगे वह? किस शक्ति को सहेजकर उसे सह पाएंगे? उस भयावह और हिंस्र दृश्य की कल्पना-भर थरथरा रही है तब उसका साकार रूप किस तरह संयत रहने देगा उसे?

किंतु कोई राह नहीं। एक बार इच्छा हुई थी, वसुदेव के सामने पहुंचकर ही प्रार्थना करे''मुझे दायित्व-मुक्ति दो, प्रभु! मैं यह सब सहन करने की अपेक्षा कारागृह में बंदी-जीवन बिताना अधिक उपयुक्त समझता हूं। यह सब असह्य है मेरे लिए।''

पर क्या वसुदेव वैसी आज्ञा देंगे? लगता था कि असंभव है। निश्चय ही नहीं।

लौटकर निवास पर आया, तो अस्तव्यस्तता का भाव लिए हुए विश्राम कक्ष में आ लेटा था वसुहोम। पत्नी ने पूछना चाहा था, क्या हुआ? वसुहोम ने कहा था''मुझे कुछ समय के लिए शांति चाहिए देवी!''

अनुराधा लौट गई थी। कितनी देर वसुहोम चुपचाप लेटा रहा। पलकें बंद किए हुए भी जागता रहा, निश्चित नहीं। जागने के नाम पर जब कक्ष के बाहर आया, तब तक धुंधलका बिखर गया था सब ओर। सेवक निवास-गृह में प्रकाश-व्यवस्था करने लगे थे।

वसुहोम उसी तरह सुलझे-अनसुलझे प्रश्नों से लिपटा हुआ आसन पर आ बैठा। सेविका को आदेश दिया था "जल ले आओ।"

वह चली गई। वसुहोम टकटकी बांधे हुए खिड़की के बाहर देखता रहा। अंधेरा और अंधेरा धीमे-धीमे गहराता हुआ अंधेरा। इस अंधेरे की तरह ही मन भी अंधकार बनकर रह गया था, बुद्धि भी। प्रश्न पूर्ववत् सुलगता हुआ। क्या वसुदेव सचमुच उस मुक्ति दे सकते हैं...? देंगे?

कारागृह में बैठी देवकी के सामने भी यही अंधेरा था, बल्कि ऐसा अंधेरा था, जो किसी भी प्रकाश में कभी नहीं मिटता। हर भोर सूर्योदय के साथ सूर्योपासना करती थीं "इस अंधकार से कब मुक्ति मिलेगी प्रकाशेश्वर।"

पर लगता था कि मन की अनंत गुफाओं में भटककर उनके अपने सोचे हुए शब्द गूंजकर वापस लौट आते हैं। सूर्य उन्हें स्वीकारता नहीं या यह कि सूर्य की अनंत दूरी तक देवकी के वे शब्द पहुंच ही नहीं पाते। पति की ओर देखतीं। चेहरा दाढ़ी से भर गया था उनका, पर दृष्टि में वही शांति थी। विश्वास की वही चमक। क्या इन्हें कंस के शब्द स्मरण नहीं? देवकी सोचतीं। फिर लगता कि याद होंगे। बिलकुल उसी तरह याद होंगे, जिस तरह देवकी को याद है। कंस ने उस दिन प्रार्थना पर देवकी-वसुदेव का वध तो नहीं किया था, किंतु यह स्पष्ट कह दिया था कि इसके पूर्व कि देवकी उनके काल को जन्म दे, वह काल नाश कर दिया करेंगे और काल? देवकी का मातृत्व, उनकी संतति।

देवकी थूक के घूंट निगलती। विश्वास नहीं होता था कि कंस वैसा करेंगे, पर कंस वैसा नहीं कर सकते, यह भी तो विश्वसनीय नहीं लगता था। अपने ही पिता को वृद्धावस्था और जर्जर आयु के बावजूद कारागृह का कठोर वनवास देनेवाले कंस के लिए किसी अबोध को मृत्युदान देना

भी तो उतना ही सहज है। तब विश्वास क्यों न करतीं देवकी। उन्हें पूरा विश्वास हो गया था। निश्चय ही कंस उनकी संतति का जन्म के साथ ही वध कर दिया करेंगे।

वध...। अनुभव होता कि शब्द वज्र की तरह घोर नाद करता हुआ कारागृह की दीवारों को भेदता देवकी के गर्भ पर आ गिरा है। भयावह पीड़ा देता हुआ। देवकी तड़प उठी हैं। चीखी हैं, पर चीखें भी घुटकर रह गई हैं उनके अपने भीतर उनके अपने-आप को ही कुचलती हुई।

बरबस ही आंसू तिर आते आंखों में। अनचाहे ही गला भर्रा जाता। बोल पड़ती"स्वामी!"

वसुदेव पास आ खड़े होते"बोलो, देवी!"

और देवकी चेहरा ऊपर उठातीं। कुम्हलाया, भयग्रस्त चेहरा! शब्द-हीन देखती रह जातीं पति की ओर। यह दृष्टि ही जैसे सब कुछ कहती जान पड़ती।

वसुदेव एक गहरा श्वास लेकर हौले से उनके करीब बैठ जाते। नेह से इस तरह दुलारने लगते, जैसे पीड़ा-भरे समूचे शरीर को सांत्वना दे रहे हों। इस सांत्वना के शब्द नहीं होते थे। केवल अभिव्यक्ति होती"शांत हो देवी! शांत हो!!"

और अनायास ही सही, पर वह सिसक उठतीं। किसी छोटी बच्ची की तरह। वसुदेव की तरह। वसुदेव के विशाल वक्ष से धीमे से चिपक जातीं। यही सिसकियां, यही शब्द, यही रुदन, सारी व्यथा-कथा!

वसुदेव के अपने भीतर भी कुछ गल उठता। वह सब, जिसे स्वामि-भक्ति, देशभक्ति, गणसंघ के प्रति निष्ठा और नागरिकीय अधिकार की सम्मिलित शक्ति से चट्टान की तरह ठोस बना रखा था। मन में एक भय उग आता। इस तरह कहीं मार्ग-विचलित न हो जाएं वह? नहीं-नहीं, भावुक नहीं होना चाहिए उन्हें। उनकी एक संतति, देवकी के एक गर्भ में यादव गणसंघ के अनेक गर्भों का भविष्य छिपा है! उनके स्वतंत्र-आकाश की स्वच्छंद हवा समाई हुई है। इस सबके लिए उन्हें स्वयं को होम करना होगा, देवकी की भावनाओं-कामनाओं और मातृत्व को होम करना होगा। वे हाथ हटा लेते पत्नी की पीठ से फिर उठ भी पड़ते।

देवकी दबी-घुटी सिसकियां सहेजती हुई दोनों घुटनों में सिर झुकाए बैठी रहतीं। कितनी रातें, कितने दिन, कितने प्रहर और कितने घण्टे इसी तरह नहीं बीत गए थे? हर बीतते पल के साथ सिसकियों की गति तीव्र होती जा रही थी। हर बीतते पल के साथ गर्भ का समय बढ़ता जा रहा था और हर बीतता क्षण कंस के कोप की अग्नि तीव्र और तीव्रवर करता जा रहा था।

यह कोपाग्नि एक दिन देवकी का गर्भ झुलसाने अवश्य आएगी। निश्चित...! कंस काल-जय की मूर्खतापूर्ण चेष्टा में जो लग गए हैं। हर आहट चौंका देती। हर हवा सिहरा डालती।

अकचकाकर देवकी और वसुदेव दोनों ही यहां-वहां देखने लगते। अंधकार में प्रकाश की हलकी-सी किरणें आती थीं। वह भी खिड़कियों की राह। इन राहों के अतिरिक्त कुछ नहीं दीखता था दोनों को। सब ओर जो दीखता था, वह था, केवल कंस का भय! उसकी अगवाई का अपशकुन।

वसुदेव पत्नी से कुछ परे हटकर बैठ गए। कभी-कभी लगता था कि निराशा उनके भीतर गहरी होने लगी है। भला सब कुछ हारकर किस आशा और विश्वास के सहारे बाजी बिछाए बैठे हुए हैं वह।

महाराज उग्रसेन बंदी हो चुके हैं। स्वयं वसुदेव-देवकी कारागृह में हैं। राजा देवक भी पुत्री और दामाद के शुभार्थ कुछ नहीं कर सके हैं। तब कौन-सा आशाबिंदु है, जिसके सहारे वे जीवित हैं? या कि जीवित रहने की इच्छा उनमें शेष है? लगता था कि कुछ भी नहीं। संपूर्ण जीवन जिस नीति-चक्र का जाल तोड़ते-बुनते रहे थे, उस नीति-चक्र से अब कुछ होनेवाला नहीं है।

ऐसा निराश पल बहुत भावुक बना डालते थे उन्हें। इसी भावावेश में कह उठते थे“देवी!”

देवकी उन्हें देखने लगतीं।

वसुदेव कहते“अब हम जीवित ही क्यो हैं? कुछ नहीं होने वाला! कुछ होने के लिए जो थोड़ा बहुत चाहिए, वह भी तो विशेष हो गया है। तब किस आशा को संजोए जी रहे हैं हम?”

और ऐसे पलों में अनेक बार देवकी ने उन्हें ढाढ़स बंधाया था“साहस

रखें, देव! ईश्वर श्रेष्ठ ही करेगा। उसके न्याय की गति कौन समझ-जान पाया है, धीरज से काम लें।"

यही सब था, जो इस अंधकार में अब से नहीं महीनों, सालों से घट रहा था, फिर निरंतर हो गया। किसी बार देवकी टूटतीं, तो वसुदेव की हथेली पीठ पर पाती, किसी बार वसुदेव निराश होते, तो पत्नी का हाथ कंधे पर पाते।

कभी-कभी इस विडंबनापूर्ण स्थिति पर रोने का भी मन होता था। हंसने का भी। एक थकान, दूसरी थकान का सहारा दे, तो कैसा लगता है। ऐसे, जैसे किसी धीमी रुलाई को तेज रुलाई के नीचे दबाया-छिपाया जा रहा हो; पर इस तरह न तो धीमा रुदन अस्तित्व खोता है, न ऊंचा रुदन।

दोनों ही एक-दूसरे को स्वीकारे, सहेजे हुए सिर्फ रुदन होते हैं। वसदुेव-देवकी भी यही हैं। एक अपाहिज, दूसरे अपाहिज का सहारा बना हुआ। एक थकान, दूसरी थकान को मुसकुराए का छल देती हुई। एक विश्वास, दूसरे अविश्वास को विश्वास दिलाता हुआ।

इस सब पर हंसा न जाएगा, तो क्या किया जाएगा? वह भी विक्षिप्त हंसी में। अनेक बार इस विक्षिप्त हंसी से भी मन बहलाया था उन्होंने, फिर हंसते-हंसते रो पड़े थे। लगा था कि जिस हंसी को हंसे थे, वह भी रोने का प्रकार था।

पर इधर यह क्रम कुछ अधिक ही बढ़ गया था। देवकी के गर्भधारण ने एक तीसरे के व्यक्त होने का सुख दिया, तो बहुत बड़े दुख का कारण भी बन गया। अब पीड़ा और असह्य हो उठी।

इस पीड़ा को बांटने के कुछ प्रहरों तक अनुराधा आ जाया करती थी और लगता था कि कुछ है, जिसके सहारे जिया जा सकता है, पर जैसे ही वह विदा लेती, आशा की किरण सहसा लोप हो जाया करती।

फिर वही एकांत, अंधकार, सन्नाटा और इस सन्नाटे को किसी बार झकझोरती, किसी बार टोकती और किसी बार चौंकाती हुई कोई पदचाप!

पदचापों की भी पहचान होने लगी थी उन्हें! संतरी कहां-से-कहां तक पहरा देते हैं, कितने कदम चलते हैं, कितनी आहट होती है, किस सीमा

तक ध्वनि आती है! सब कुछ जान-पहचान लिया था उन्होंने, फिर इससे भी ऊब होने लगी! चौंकना बंद हो गया।

अब चौंकाती थी कोई नई पदचाप। यह नई पदचाप यदाकदा उस ओर आ जाया करती। कभी-कभी उपाधीक्षक कंटक के रूप में कभी अधीक्षक वसुहोम के रूप में।

दोनों की ही आहटें चौंकाती। मन को भय से भी भर दिया करतीं; किंतु चेहरे सामने आते तब निश्चिंतता जनमती। कंटक को पाकर सशंक हो उठते थे, वसुहोम को पाकर निश्चिंत।

कंटक, मथुराधिपति कंस का विश्वसनीय सेवक था। वही समाचार ले गया था कंस तक। देवकी गर्भवती हुई हैं।

फिर कंस ने अधीक्षक से सूचना मांगी थी"क्या यह समाचार सत्य है?"

नितांत सत्य है। वसुहोम को सूचना देनी पड़ी थी और सूचना पहुंचाने के बाद स्वयं ही स्वयं से खिन्न हो गए थे। धीमे-धीमे ही सही, किंतु यह सब करके वह वसुदेव के प्रति द्रोह ही कर रहे हैं।

किंतु अनुराधा ने कहा था"यही उचित था। इसके अतिरिक्त कर भी क्या सकते थे तुम?"

"किंतु अनु!" वसुहोम के शब्द पूरे हों, इसके पूर्व ही पत्नी ने आश्वस्त किया था उन्हें"इस समय यही उचित था; पर इस उचित ने बहुत कुछ समझा दिया है, यह विचार क्यों नहीं करते?"

"वह क्या?"

"कौन है वह व्यक्ति, जिससे महाराज कंस तक यह सूचना पहुंचती है?" अनुराधा ने कहा था"उस पर विचार करो और फिर उसे किसी तरह मार्ग से हटाओ। इस समय यही करना शुभ होगा।"

वसुहोम आश्चर्य से पत्नी को देखता रह गया। मन हुआ था कि सराहना करे, कह दे"सच ही तुम शक्ति हो! यह विचार तो मैंने किया ही नहीं था।"

अनुराधा कहकर चली गई थी। वसुहोम पुनः विचारमग्न हो गया, पर

उस एक से ही मुक्ति पा जाना काफी होगा क्या...? और भी न जाने कितने अपरिचित चेहरे हों, जो कंस के गुप्तचर और विश्वसनीय व्यक्ति हों? कारागृह में केवल देवकी, वसुदेव और महाराज उग्रसेन ही तो नहीं हैं और भी अनेक राजबंदी हैं, जिन्हें लेकर प्रतिपल कंस सावधान ही नहीं अतिरिक्त सावधान रहते होंगे। केवल एक गुप्तचर का पता लगा लेना-भर तो काफी होगा नहीं।

तब...? तब एक ही राह थी। वसुदेव-देवकी को इस कारागृह से कहीं अन्यत्र ले जाया जाएं। कारागृह की अन्य एकांत कोठरियों में। वहां अपने विश्वस्त व्यक्ति रखे जाएं। ये व्यक्ति कारागार अक्षीक्षक के अतिरिक्त किसी अन्य को कारागार में प्रवेश न करने दें और ऐसे आदेश महाराज कंस स्वयं दे और आदेश किस तरह दिए जा सकते हैं, यह चिंता का विषय। उससे कहीं अधिक विचार-विषय। वसुहोम माथापच्ची करने लगा था। कोई-न-कोई राह इसी तरह, इसी भांति निकालनी होगी।

कंकट को मार्ग से हटाना सहज नहीं होगा। उसे लेकर बहुत कुछ जानता था वसुहोम। विशेषकर यह कि वह केशी द्वारा नियुक्त है। केशी का संबंधी। उसके रहते, कंस और केशी के गुप्तचरों से मुक्ति पा लेना असंभव होगा।

और कंटक के रहते कंस के गुप्तचरों पर हाथ डाल पाना भी असंभव! अतः सबसे पहले कंटक को ही हटाना होगा; पर कैसे?

इस 'कैसे' का उत्तर सहज नहीं है। वसुहोम भी जानता है, देवकी और वसुदेव भी। फिर कंटक है वसुहोम के तुरंत बाद कारावास का दूसरा बड़ा अधिकारी। शक्ति, सत्ता, अधिकार सभी कुछ हैं उसके पास। वसुहोम और ज्यादा उलझ गया।

कई दिनों बाद उलझन की राह निकली थी; पर तब, जब बहुत कुछ घट गया।

रात्रि प्रारंभ होते-होते सूचना आ गई थी "महाराज कंस पधार रहे हैं।" वसुहोम उस समय नियमतः रात्रि कालीन प्रहरियों का अवलोकन करके लौट रहा था साथ था कंटक। मोटी-मोटी मूंछें, रक्ताभ दृष्टि। देखने से

ही पशु लगता था, हिंस्त्र पशु। कभी केशी की विलासिताओं का साथी हुआ करता था वह। सहसा कंस के सत्ताधीश होते ही इस उच्चपद पर आ पहुंचा।

वे सभी तुरंत महाराज की अगवाई के लिए कारावास के मुख्य द्वार पर जा पहुंचे थे। भव्य रथ पर सवार मथुराधिपति जैसे ही आए, वसुहोम और कंटक ने आगे बढ़कर उन्हें प्रणाम किया। राजा ने रथ पर सवार रहकर ही प्रश्न किया था"किधर है हमारी प्रिय भगिनी?"

"आइए राजन्" वसुहोम आगे हो लिया। मार्ग की ओर बढ़ते हुए लगा था कि पांव कांप रहे हैं। जैसे-तैसे उन्हें सहेजा; पर लगता था कि लड़खड़ाकर गिर पड़ेगा। टखने भी साथ नहीं दे रहे थे। धड़ झूलता हुआ-सा।

महाराज रथ से उतरे। आगे बढ़े। कारागृह के विशाल गुफा जैसे आकार में प्रवेश कर गए। सैनिक जहां-तहां मुस्तैदी से खड़े हुए थे। मथुराधिपति गौरवपूर्ण चाल से चलते हुए देवकी और वसुदेव के बंदी-कक्ष तक पहुंचे।

वसुहोम ने आगे बढ़कर कठोर लौहद्वार खोल दिया। कंस भीतर समा गए। सहमे हुए वसुदेव और देवकी ने उन्हें देखा। कंस की दृष्टि बहिन के पेट पर लगी हुई थी, जैसे टटोल रहे हों। समय-काल का अनुमान कर रहे हों। आंखें इस तरह सुर्ख थीं, जैसे दो चिंगारियाँ चेहरे पर जड़ दी गई हों।

देवकी की आंखों में दया-याचना का भाव! वसुहोम ने देखा, फिर अनचाहे ही दृष्टि झुका ली। अच्छा नहीं लगा। राजसुता इस तरह याचिका बनकर अपने ही भाई को देखे? छि'! मन गलने लगा।

कंस बोले थे"समाचार मिला और तुम्हें देखने चला आया बहिन यहां किसी तरह का कोई कष्ट तो नहीं है?"

प्रश्न शालीनता की ऐसी दुधारी तलवार जैसा था, जिसने वसुदेव और देवकी का ही मन घायल नहीं किया, वसुहोम की आत्मा भी कचोट डाली। जी हुआ था, धिक्कारे कंस को"इस तरह अपनी ही बहिन को प्रताड़ित करके कौन-सा क्रूर आनंद ले रहे हो तुम? पशु! नितांत पशु!"

पशुओं में भी ममता होती है, किंतु कंस? बहुत सोचा, पल-भर में बहुत-से शब्द माथे से निकालकर मन तक गुंजा लिए; किंतु होठों ने साथ नहीं दिया। चुप रहे।

वे चुप खड़े थे। वसुहोम को अचरज हुआ। अनुराधा से सुनता रहता

था वह। देवकी आगत-भय से निरंतर सुलगती-जलती रहती हैं। अनेक बार लावे की तरह बही भी हैं; पर इस समय वह शांत थीं। ऐसे जैसे बर्फ की शिला हो गई हो।

ऐसा क्यो? वसुहोम ने सोचा। उत्तर दिया था देवकी की दृष्टि ने। अनायास ही दया से घृणा का भाव जनम आया था उनकी आंखों में। होंठ भिंचे हुए।

"मैं अपने काल की प्रतीक्षा बड़ी व्यग्रता से कर रहा हूं, महामंत्री!" कंस ने जैसे मृत्यु का उपहास करते हुए कहा था। कैसा उद्दण्डतापूर्ण अहम् था उसका! कैसा मूखतापूर्ण विचार! "ज्ञात हुआ है कि तुम्हारी आठवीं संतति मेरे नाश का कारण बनेगी!" सहसा कंस हंस पड़ा था"आठवीं संतति! मैं इन बातों पर विश्वास नहीं करता। यह मूर्खता है। संभवतः मेरा और दूसरों का भी मतिभ्रम है!"

सब चौंके। यह सब क्यों कह रहा है कंस? क्या देवकी और वसुदेव की ओर से निश्चिंत हो गए हैं? कालभय से मुक्ति पा ली है उन्होंने? किस शुभ ग्रह के प्रभाव से मन विग्रह मुक्त हो गया है?

कंस के संवाद ने देवकी और वसुदेव की आंखों से घृणा सहसा गुमा दी। उसकी जगह उभर आया एक अबोध भाव। एक उत्कट जिज्ञासा। जैसे समझने का प्रयत्न कर रहे हों कि कंस के कहने का अर्थ क्या है?

कंस बोले थे"मैं तुम्हें स्नेह करता हूं बहिन...! और मैं यह मानने के लिए कदापि तैयार नहीं कि केवल तुम्हारी आठवीं संतति ही मेरे नाश का कारण बन सकती है।"

बात अब भी अस्पष्ट थी। सब संवादहीन, प्रश्नहीन, जैसे दृष्टि से कुरेदकर पूछ रहे थे उनसे"महाराज! क्या कहना चाहते हैं आप?"

कंस ने स्पष्ट की थी बात। बोले"मैं तुम सबकी मनोदशा जान रहा हूं। यह भी जान रहा हूं कि तुम सभी क्या विचार रहे हो? पर मैं स्पष्ट किए देता हूं। मृत्यु से भय मुक्त होते हुए भी मैं उन मूर्खों में से नहीं हूं, जो मृत्यु को पहचानकर भी उसके आगमन की प्रतीक्षा करते हैं!"

"किंतु राजन्!" वसुदेव बोल पड़े थे"मृत्यु से मुक्त कोई नहीं हुआ। अमरत्व केवल आत्मा से होता है, शरीर से नहीं। जीव मात्र की मृत्यु निश्चित है, केवल उसके कर्म नहीं मरते। कभी वह कर्मों के कारण अमरता पाता है, कभी अपने अशुभ कर्मों के कारण।"

"निस्संदेह महामंत्री! निस्संदेह!" कंस बोले"मैं आपकी बौद्धिक क्षमताओं और ज्ञान का सदा ही आदर करता आया हूं। यों भी मेरे परिजन हैं आप। मेरे पूज्य, पर व्यक्ति से अधिक महत्त्वपूर्ण होती हैं, उसकी स्थितियां और इन्हीं स्थितियों ने मुझे बाध्य किया है कि मैं आपके प्रति कठोर रहूं।" सहसा वह चुप हो रहे थे। वसुदेव पर दृष्टि गड़ी हुई थी उनकी। जैसे कह रहे हों, अब भी नहीं समझे? वसुदेव चुप हो गए।

थोड़ी देर बाद कंस ने ही पुनः बात प्रारंभ की थी"जो स्थितियां हैं, उनमें मैं बाध्य हूं कि तुम्हारे विद्रोही रक्त से जनमने वाले प्रत्येक जीवांश में अपना नाश देखूं, अतः मैंने निर्णय किया है कि भले ही मेरे काल-रूप में तुम्हारी आठवीं संतान का उल्लेख किया गया हो; किंतु मैं तुम्हारी किसी भी संतति को जीने नहीं दूंगा। इस हेतु मुझे क्षमा कर देना।"

ओह! वसुहोम ने सुना। लगा था कि धूर्त कंस ने समूचे कारागार को इन शब्दों के साथ ही लपटों से झुलसा दिया है। इस सीमा तक क्रूर और निर्दय हो सकता है कोई? मन ने विश्वास नहीं करना चाहा था, पर साक्षात् विश्वास सामने था, कंस!

वसुदेव स्तब्ध रह गए थे। दृष्टि में अविश्वास था, उससे कहीं अधिक आश्चर्य। जैसे कंस को पहली बार देख रहे हों या समझाने की चेष्टा कर रहे हों, मनुष्य ही है न वह? और अगर है, तब यह विचार क्यों? विचार मनुष्येतर था, पशुवत्; पर आया था मनुष्य-मुख से।

देवकी सिसक रही थी। उनकी सिसकियां जैसे सुनकर भी कोई सुन नहीं सका था। स्वयं वसुहोम भी तो सिटपिटाया हुआ-सा देखता रहा था सब-कुछ।

कंस मुड़ा था। मुड़ते-मुड़ते उन्होंने धूर्तभाव से वसुदेव-देवकी को देखा था, फिर कहा"प्रथम गर्भधारण पर तुम्हें बधाई देता हूं बहिन। पर मैं बाध्य हूं कि जो कुछ निश्चय कर चुका हूं, वही करूं! नीति यही है।" इसके

पहले कोई कुछ कह सके या कि देवकी ही कंस से अपनी आगामी संतति के शुभार्थ निवेदन कर सके, वह कारागार के बाहर निकल गए थे।

कंटक ने तत्परता के साथ वज्रवत् लौहद्वार बंद कर दिया। विशाल-देह मथुराधपति तीव्र गति से एक के बाद एक कदम बढ़ाते हुए बाहर निकल आए। पीछे-पीछे आज्ञाकारी भाव से चलते हुए कंटक और वसुहोम।

कंस बोले थे"अधीक्षक! देवी देवकी के स्वास्थ्य की पूरी देख-रेख की जाए। वे कारागृह में भले ही हों; किंतु यह स्मरण रहे कि हमारी भगिनी हैं। हमारा काल वह नहीं हैं, वह केवल कालवाहिका बनी हैं, यह हमारा दुर्भाग्य है।"

वसुहोम ने सिर झुकाया। लगभग गिड़गिड़ाते हुए कहा"जैसी आपकी इच्छा महाराज!"

कंस उसी तरह तेज चाल में चलते हुए रथारूढ़ हो गए और फिर रथ ने मुड़ाव लिया। कंटक और वसुहोम खड़े-खड़े उस समय तक मुख्यद्वार की और देखते रहे थे, जब तक कि महाराज कंस का रथ बाहर नहीं निकल गया।

वसुहोम ने निवास पर लौटकर शांति का श्वास लिया था। लगता था कि कंस को नहीं, काल की एक पूरी यात्रा को अपनी आंखों से देखकर आए हैं। मन उस समय भी सहज नहीं हो सका था। शरीर ने चाहते हुए भी तनाव से भरा हुआ।

कंस के शब्द इस समय भी कानों में गूंज रहे थे। राजनीति के धूर्ततापूर्ण अमृत से लिपटे विषैले शब्द! कैसी विचित्र बात है! मनुष्यता और पशुता एक साथ, एक ही गति में चलाई जा रही है। विश्वास नहीं होता; किंतु अविश्वास भी कैसे करें? कंस को जो देखा है उन्होंने? घोर हिंसा अहिंसा की शालीन पोशाक पहने हुए राजयात्रा कर रही है और इस यात्रा मे सहायक हो रहे हैं वसुहोम।

पुनः मन हुआ था कि महामंत्री वसुदेव के सामने जा पहुंचे। रोते, गिड़गिड़ाते हुए निवेदन करें"नहीं, स्वामी! अब वह सेवक-धर्म नहीं निबाहा जाता। मुझे मुक्ति दें! लगता है कि जीवित रहते, मृत्यु झेल रहा हूं। यह मृत्यु से अधिक वेदनादायक स्थिति है देव!"

पर वही बात! हर बार की तरह केवल सोच ही सके थे वसुहोम। कर नहीं सके। संभवतः कभी कर नहीं पाएंगे। ज्ञात है कि शांत भाव से वसुदेव एक उत्तर देंगे"नहीं, वसुहोम! तुम्हें कुछ समय तक यहीं कुछ, इसी तरह करते रहना होगा। उस समय तक, जब तक कि अनुकूल समय नहीं आ ज़ाता।"

और न जाने कब आएगा अनुकूल समय? वह समय, जब कंस से मथुरा मुक्त हो चुकी होगीं! वह समय जब क्रूर-मदांध शासक से स्वतंत्र होकर शूरसेन जनपद के नागरिक सहज स्वाभाविक और स्वतंत्र जीवन निबाह सकेंगे?

"स्वामी!"

चौंककर मुड़ा वसुहोम। देखा, अनुराधा सामने थी। शांत, सहज, सदा की तरह उत्तेजनाहीन। मुस्कुराते हुए पूछा था उन्होंने"विश्राम नहीं करेंगे?"

"हां।" वसुहोम को जैसे नींद याद हो आई। मुड़कर शय्या की ओर चला। पीछे-पीछे पत्नी।

लेटने के बाद भी पलकें नहीं लगीं। उसे आश्चर्य हुआ कि कंस का आगमन जानकर भी अनुराधा ने उससे कुछ पूछा नहीं था। वसुहोम ने ही प्रश्न कर दिया था"जानना नहीं चाहोगी, महाराज ने क्या कुछ कहा?"

अनुराधा ने शांत स्वर में उत्तर दिया था, "जानती हूं कि क्या कहा होगा?"

वसुहोम चकित हुआ, "क्या कहा होगा? जानती हो तुम?"

"जानती भले न होऊं, अनुमान तो कर ही सकती हूं!"

"वह कैसे?" वसुहोम चकित हो गया।

"महाराज कंस के स्वभाव को जो लोग ठीक तरह जानते-समझते हों, उन्हें उनके संभावित कदमों को जानने में कोई असुविधा तो नहीं होनी चाहिए, अधीक्षक महोदय!" अनुराधा बोली"वह आश्वस्त होने आए होंगे कि देवी देवकी गर्भवती हो चुकी हैं।"

"हां।"

"और उन्होंने यह भी कहा होगा कि वह प्रसन्न हैं तथा उनकी हर संतान में अपनी मृत्यु का दर्शन करते हैं!"

आश्चर्य से उछल पड़ा वसुहोम"हां, बिलकुल यही कहा उन्होंने।"

"और यह भी कहा होगा कि वह देवकी की किसी भी संतान को अवधित नहीं छोड़ेंगे।"

"निस्संदेह यही कहा।" वसुहोम ने लगभग चीखते हुए कहा था"किंतु तुमतुम क्या सब कुछ सुन रही थीं?"

"नहीं।" अनुराधा का स्वर सहसा कठोर हो गया था"मैं जानती हूं कि मथुराधिपति जैसे क्रूर व्यक्ति के विचार क्या हो सकते हैं। इसमें आश्चर्य जैसा कुछ नहीं।" वह चुप हो रही।

वसुहोम बैठा रहा। पत्नी को इस तरह देखता हुआ जैसे किसी चमत्कार को देख रहा हो। अंधकार था, रात काली; किंतु अनुराधा प्रकाशित लगी थी उसे।

"अब विश्राम करें जाए।" अनुराधा ने कहा। करवट बदल ली।

भोर हुई। बकुल को निश्चित समय से पूर्व सूचना मिल गई थी, फिर रथ आ पहुंचा। रथ के साथ संदेश।

राह में राज-पुरोहित को साथ ले लिया था। एक बार पुनः मगधराज के संदेशवाहक रथ ने मथुरा की राह पकड़ी। राजनीति के एक और चक्र का वाहक बना हुआ था बकुल। अंतर यही था कि इस बार वह पूर्व उत्साह नहीं था, जिसे लेकर पहले कई बार मथुरा यात्रा की थी। इसके विपरीत थी एक उदासीनता। इस उदासीनता को केवल उदासी कहा जाए या मृत मनःस्थिति, तय करना कठिन।

तय करने न करने का तो उसे अधिकार है, न ही इच्छा। लगता था कि किसी यंत्र के पुरजे की तरह मगध के विशाल शासन तंत्र का एक हिस्सा बन चुका है। भावनायुक्त होते हुए भी भावनाशून्य।

यह यात्रा चलती रही थी। बकुल अपने ही भीतर कसमसाता हुआ सोचता रहा था, कब तक चलती रहेगी? यह निश्चय कर पाना भी कठिन या शायद

यह निश्चय करना भी बकुल के वश में नहीं। तब क्या है जो बकुल की निश्चय-शक्ति में है?

संभवतः कुछ नहीं। इस विचार के साथ ही उसे अपने आप पर रोना आ गया था। पास बैठे थे राज-पुरोहित। वृद्ध, तेजस्वी और बुद्धिमान। न चाहते हुए भी बकुल को लगा था कि वह उसकी मनस्थिति देख-पढ़ रहे हैं। कतराहकर चेहरा घुमा लिया था उनकी ओर से। जाने क्यों लगा था कि उनसे कुछ चोरी की है उसने।

सहसा वह बोल पड़े थे"गुप्तचर!"

"आज्ञा ब्रह्मन्?" बकुल पुनः उसी यंत्रभाव से मुड़ा। विचित्र बात थी। उसका मन, शरीर सभी कुछ तो धीमे-धीमे यंत्र होते जा रहे हैं या कि हो ही चुके हैं।

विद्धान ब्राह्मण ने जैसे उसकी दृष्टि में गहरे तक झांका, फिर प्रश्न किया, "देखता हूं कि कुछ अस्त-व्यस्त हो? घर पर सब कुशल तो है?"

"हां-हां, महाराज! सब ठीक है।" बकुल ने हड़बड़ाकर उत्तर दिया।

ब्राह्मण मुस्कुराए, पूछा, "तब भी यह उदासी क्यों? देखता हूं कि सहज नहीं रह पा रहे हो?"

"न न, वैसी तो कोई बात नहीं, देव!" बकुल जैसे बोलने के लिए बोला, पर उसे स्वयं लगा कि जो कुछ कहना चाहता है, ठीक तरह कह नहीं सका या कि जो कहना चाहता है, वही नहीं कह पाया है।

राज-पुरोहित ने उसे गहरे तक देख-पढ़ लिया था"लगता है कि अनचाहा कर रहे हो, यह हतोत्साह तो यही प्रकट कर रहा है।"

"कभी-कभी मन खिन्न हो जाता है ब्रह्मन्!" बकुल ने कह दिया"जाने क्या अशांत हो उठता हूं।"

"बिना कारण कुछ नहीं होता, बकुल! खिन्नता का भी कारण होगा और इस खिन्नता में जो अव्यक्त अरुचि देख रहा हूं, वह भी कारण वश ही होगी।"

एक गहरा सांस लिया बकुल ने। वृद्ध को देखा, जैसे कुछ कहने के पहले परख रहा हो कि उनके सामने अपने को प्रकट करना उचित होगा क्या? बोला"इच्छा होती है, राजसेवा से मुक्त होकर कृषि कार्य करूं। जाने क्यों अब उतना सहज नहीं रह पाता।"

“असहज क्यों हो?” प्रश्न सीधा था।

“बकुल उत्तरहीन हो गया।”

वृद्ध ने जैसे समझाते हुए कहा था“सहजता नहीं पा रहे हो न राजकर्म में?”

बकुल ने गहरा श्वास लिया। स्वीकारा“संभवतः यही कहना उचित होगा, देव!”

राज-पुरोहित चुप हो रहे। बकुल को लगा था कि वह भी कम असहज नहीं है। अजाने ही मन उसको लेकर जिज्ञासु हो उठा था। वृद्ध राजपुरोहित महाराज वृहद्रथ के समय से थे। उन्हें बहुत कुछ ज्ञात होगा। मगध की राजनीति का दुष्चक्र इतना घिनौना क्यों होता जा रहा है? क्योंकर मानवमूल्य क्रमशः विशृंखलित हो रहे है? किसलिए मगधराज जरासन्ध पद-लोलुपता के क्रूरजाल में उलझ गए हैं? राज-पुरोहित अवश्य जानते होंगे। न चाहकर भी प्रश्न कर लिया था उसने“धृष्टता न समझें तो एक प्रश्न पूछूं ब्रह्मन!”

राज-पुरोहित ने केवल मुड़कर देखा। बोले नहीं।

“महाराज की नीतियां जटिलतर होती जा रही हैं। मथुरा के अंधक, वृष्णि और भोजवंशी यादवों के गणसंघ को वश में करने पर भी जैसे वह शांत नहीं है।” बकुल कहे गया था“क्या संपूर्ण पृथ्वी को अधीन करके भी शांत रह सकेंगे?”

पुरोहित हंस पड़े; किंतु बकुल को लगा था कि इस हंसी में बहुत पीड़ा है। बहुत स्वरहीन क्रंदन! उत्तर दिया था उन्होंने“मनुष्य के मोह की कोई सीमा नहीं होती गुप्तचर। फिर राजमोह, शक्तिमोह, सत्तामोह और संपत्तिमोह एक साथ हो जाएं, तब तो कहना ही क्या? मगधराज की निरंतर प्राप्ति ने उन्हें निरंतर खालीपन का अनुभव कराया है। संभवतः इसी कारण वह प्राप्त करने जाने के असीम और जटिल जाल में स्वयं उलझ चुके हैं।”

“मैं...मैं निरंतर प्राप्ति से होने वाले खालीपन को नहीं समझा विद्वत्श्रेष्ठ।” बकुल चकित भाव से उन्हे देखने लगा।

“यही तो रहस्य है, बकुल!” राज-पुरोहित ने उत्तर दिया“बहुत पा जाना, और अधिक पाने की इच्छा जाग्रत् करता है और यदि साधारण मानव स्वभाव है गुप्तचर! मानवेतर शक्तियों ही इससे परे विचार कर पाती हैं।

और मगधराज साधारण मनुष्य ही तो है।''

''आप...आप महाप्रतापी महाराज जरासन्ध को साधारण मनुष्य कह रहे हैं, ब्राह्मण देवता।'' बकुल ने हड़बड़ाकर प्रश्न किया।

''हां, बहुत साधारण मनुष्य कह रहा हूं।'' राजनुरोहित ने कुछ अरुचि के साथ उत्तर दिया था''इतना साधारण, जितना कि एक दरिद्र भी नहीं होता।''

बुरी तरह चौंक गया था बकुल! प्रतापी सम्राट् जरासन्ध के व्यक्तित्व में दरिद्रता समाई हुई है, यह अनोखा और काफी चौंकाने वाला विचार था। कुछ पल चुप रहकर पूछा था उसने''मैं और उलझ गया हूं देव! कृपा करके सहज शब्दों में बतलाइए? महाराज जरासन्ध साधारण कैसे हैं? अद्भुत शक्ति है उनमें, असामान्य राजगुणों से संपन्न हैं वह, अभूतपूर्व वीरता प्राप्त की है उन्होंने और आप उन्हें साधारण कह रहे हैं?''

राजपुरोहित ने गंभीर स्वर में उत्तर दिया था''हा, बकुल! मैं उन्हें साधारण ही नहीं, अतिसाधारण कह रहा हूं। जो कुछ हो रहा है या जो कुछ वह किए जा रहे हैं, वह केवल साधारण मनुष्य ही कर सकता है।''

''किंतु वह राजा है देव!'' बकुल ने जैसे खीचकर प्रतिवाद किया।

''इसी कारण तो साधारण कह रहा हूं उन्हें। इसलिए कि साधारण लोग वह मनोवृत्ति नहीं रखते, न उनमें वह इच्छाएं होती हैं, जो महाराज जरासन्ध में हैं।'' राजपुरोहित ने और गंभीर होकर उत्तर दिया था। अनायास ही वह रथ के पास दौड़कर पीछे की ओर जाते हुए दृश्यों और समय-पलों को देखने लगे थे, बुदबुदाए''केवल जन्म के समय ही असाधारण थे, किंतु जन्म के बाद निरंतर साधारण होते गए। इतने हुए कि अब उन्हें साधारणों की कोटि में गिन पाना भी असंभव हो गया है।''

बकुल चुप था; किंतु मन ही मन उबलता हुआ। राजपुरोहित की वाणी में जितनी मोहकता थी, विचारों में उससे कहीं अधिक प्रभाव था। दृष्टि आकाश की तरह गहरी और रहस्यमय हो उठी थी। बकुल कुछ पूछे इसके पहले वह फिर से बड़बड़ाने लगे थे''हां, बकुल! मैं सत्य कह रहा हूं। महाराज जरासन्ध का जन्म ही केवल असाधारण ढंग से हुआ था। जीवन अति-साधारण, बल्कि साधारण से भी गया-बीता बीत रहा है।''

बकुल जैसे एक नए रास्ते पर मुड़ गया था। अनजाने, अनचाहे महाराज जरासन्ध का जन्म! जन्म की वह साधारण कथा! अपने ही माता-पिता से सुनी थी। उसने। अविश्वसनीय, अचरज से भरी कथा!

जब-जब वह कथा स्मरण आई हैं, तब-तब लगा है कि जरासन्ध निश्चय ही प्रकृति का कोई चमत्कार हैं और हर चमत्कार एक शक्ति होता है। बहुत बार इस शक्ति के उसने दर्शन भी किए हैं।

सबसे अलग, विचित्रतापूर्ण जन्म हुआ था उनका। महाशक्ति-शाली राजा बृहद्रथ की इकलौती संतान थे वह। राजा की दुर्लभ तपस्या का फल।

रथ तीव्रगति से आगे और आगे बढ़ा जा रहा था और उसी के साथ बढ़ी जा रही थी बकुल की स्मृतियां। इन स्मृतियों में ही मगधराज के जन्म की वह सुनी-सुनाई कथा थी, जो किसी चमत्कार की तरह लगती थी, किंतु चमत्कार थी नहीं।

जनमा किसी ने जरासन्ध को, जीवन किसी और से मिला और उससे भी पहले जरासन्ध के जनम की आराधना-तपस्या किसी और ने की। राजा बृहद्रथ जितने बली थे, उतने ही न्याय-प्रिय। जन-समाज के बीच भी बहुत संमानित थे वह। हर समय प्रसन्न रहते, हर पल प्रसन्नता दान भी करते।

पर एक दुख था उन्हें। अपार शक्ति, समृद्धि, संमान और यश पाकर भी निसंतान रह गए थे वह। दो-दो रानियां थीं; किंतु दोनों की ही गोद खाली। राजा ने बहुतेक वैद्यों से परामर्श किया, किंतु सबकी राय थी कि प्राकृतिक रूप से न रानियों में दोष है, न राजा में। संतति उत्पन्न करने में सक्षम थे वह।

तब भाग्य के अतिरिक्त और क्या हो सकता था, जिसके कारण राजा सब कुछ पाकर भी दारिद्र्य से भर उठे थे।

बकुल ने अपने माता-पिता से ही नहीं, सभी से कुछ इसी तरह सुनी थी महाराज बृहद्रथ की जीवन-कथा। आगे भी सब कुछ वैसा ही था। सुननेवाले सुनाते तो केवल वक्तृत्व कला का भेद होता, शब्द वही आते, बात वही होती, घटना उसी तरह सुनाई जाती।

और आज राजपुरोहित ने भी वही घटना स्मरण करा दी थी। अंतर केवल इतना था कि उन्होंने जरासन्ध के संपूर्ण व्यक्तित्व को लेकर टिप्पणी कर दी थी। केवल जन्म से असाधारण; किंतु अति-साधारण मनुष्य हैं मगधराज!

बकुल नहीं चाहता था कि स्मरण करे, मगधराज की असाधारण जन्म-कथा, पर लगा, जैसे उनके व्यक्तित्व को लेकर की गई इस टिप्पणी का समझने के लिए उनके विगत और वर्तमान को सहेजना आवश्यक हो गया है। अनचाहे ही वह याद करने लगा था। पिछली यादों और इस याद में एक अंतर था। कभी मगधराज की जन्मकथा को एक श्रद्धालु श्रोता की तरह सुना था उसने और आज जैसे वही कथा विवेचक की तरह सुनने बाध्य हुआ।

बहुत छोटा था तब। माता ने सुनाई थी महाराज जरासन्ध के जन्म की अलौकिक कथा। बिलकुल ऐसे, जैसे किसी अदृश्य लोक की कथा सुन रहा हो। चमत्कृत-सा बैठा हुआ मां के चेहरे की ओर टकटकी लगाए देखता रह गया था।

वह बोली थीं"मगधराज जरासन्ध की निरंतर जय असाधारण नहीं है पुत्र! अतिसाधारण है। असाधारण तो हैं मगधराज स्वयं। जब, जिस तरह जनमें थे, तभी से अद्भुत रहे हैं। उन्होंने खण्डों में जन्म लिया था।"

"खण्डों में?" बकुल बालक था तब। हक्का-बक्का हो गया"भला खण्डों में भी मनुष्य जन्म लेता है। इस तरह तो किसी भी जीव का जन्म नहीं होता!" वह पूछ बैठा था।

और मां ने पूरी कहानी सुना दी थी। कहा था"निस्संतान होने के दुःख से कातर होकर एक बार महाराज बृहद्रथ अपनी दोनों रानियों को साथ लेकर वन में चले गए थे। घोर वितृष्णा और विरक्ति पैदा हो गई थी उनके मन में। भला ऐसे राज-काज, सत्ता, समृद्धि का क्या करेंगे, जब मन ही भूखा रह गया हो? इस अतृप्ति ने ही उन्हें वितृष्णा से भर दिया था और यही वितृष्णा ले पहुंची वन में।"

"राज्य का क्या हुआ मां?" बकुल ने प्रश्न किया था। बालक-बुद्धि जिज्ञासा की असंख्य परतें थी मन में। एक प्रश्न बनकर उभर आई।

मां बोली थी"मगधराज ने सत्ता अपने सभासदों पर ही छोड़ दी थी। जो समझें करें।"

"फिर?"

"फिर क्या वन में पहुंचकर तपस्यारत हुए। तभी समाचार मिला कि उसी वन क्षेत्र में एक ऋषि आए हुए हैं, चण्डकौशिक। गौतम के वंशज थे वह। तपस्वी कक्षिवान् के पुत्र, बड़े सिद्ध पुरुष!" मां कहे गई थी"राजा बृहद्रथ और उनकी रानियों ने विचार किया कि यदि किसी तरह महात्मा चण्डकौशिक को प्रसन्न कर लिया जाए, तो हो सकता है कि वह अपनी आशीष-शक्ति से मगधराज को संतानसुख दे दें। बस यही विचार कर राजा और रानी सेवा करने लगे।"

महात्मा प्रसन्न हुए और फिर उन्होंने महाराज बृहद्रथ से वर मांगने को कहा। राजा और रानियां हाथ बांधकर उनके सामने खड़े हो गए। भर्राए गले से अपनी पीड़ा वर्णित कर दी। महात्मा ने उन्हें अपनी तपस्या से अभिमंत्रित एक फल प्रदान किया। कहा"जाओ मगधराज! यह फल अपनी रानी को खिला देना। तुम्हारा मनोरथ पूर्ण हो जाएगा।"

राजा प्रसन्न मन वापस अपने राज्य में लौट आए। अब वह सब संतुष्ट थे, उससे कहीं अधिक प्रसन्न। जीवन की प्रौढ़-बेला पर ही सही; किंतु उन्हें संतान प्राप्त होने वाली थी। ऋषि का आर्शीवाद निश्चय ही फलदायी होना था।

गिरिव्रज में उदास राजा की प्रसन्नमन वापसी ने विचित्र-सा आनंद बिखरा दिया। बृहद्रथ पुत्र-प्राप्ति का वर लेकर लौटे थे। सभी ने सुना, संतुष्ट और आश्वस्त हुए। मगध में व्याप्त निराशा सहसा आनंद से भर उठी।

राजा बृहद्रथ ने अभिमंत्रित फल की भांति-भांति से पूजा-अर्चना की और फिर उसे रानियों को प्रदान कर दिया। रानियां भी प्रसन्न होकर अपने-अपने राजनिवासों में पहुंची। ऋषि के दिए फल को उन्होंने आधा-आधा बांट लिया। दस माह बीतते-न-बीतते दोनों रानियां गर्भवती हुईं और समय पूरा होने पर उन्होंने संतति को जन्म दिया।

राजा बृहद्रथ व्याकुलता के साथ अपने विशेष कक्ष मैं बैठे शुभ समाचार की प्रतीक्षा कर रहे थे। कभी आसन ग्रहण कर लेते, कभी व्यग्र होकर टहलने लगते। पल-पल बाद समाचार पूछते"क्या समाचार है प्रसूतिगृह का?"

सेवक-सेविका सहज-सा उत्तर देते"अभी जीवन-जन्म नहीं हुआ राजन्!" फिर दौड़-धूप में व्यस्त हो जाते।

उधर दोनों रानियां एक ही प्रसूतिगृह में थी औंर देख-रेख कर रही थी जरा। जन्मशः राक्षसी थी वह किंतु प्रसूति-क्रिया में निपुण मानी जाती थी। अन्य स्त्रियां भी उसे सहयोग कर रही थीं। रानियों ने जरा को पहले से ही बुलवा लिया था। राज्य की ओर से उसकी सेवा-टहल में कोई कमी नहीं रखी गई थी।

स्वभावतः जरा अपने वंश वैशिष्ट्य के कारण तनिक-सी असुविधा में ही उग्र हो जाती थी। सब जानते थे कि गुणमयी राक्षसी की अप्रसन्नता मगध के कुलदीप के लिए कितनी अहितकर हो सकती है, अतः उसे हर तरह प्रसन्न और संतुष्ट रखने की चेष्टा की गई थी।

और यह सौभाग्य ही था कि जरा संतुष्ट ही नहीं प्रसन्न रही। रानियों के प्रसूति-गृह में पहुंचते ही राक्षसी ने तरह-तरह की औषधियां लेकर वहां प्रवेश किया। रानियां गर्भपीड़ा के कारण अस्त-व्यस्त होती हुई चीत्कार कर रही थी। जरा ने उन्हें संहालना-सहेजना प्रारंभ किया।

राजमहल के बाहर असंख्य नर-नारी एकत्र हो गए थे। मगध का चिर आकांक्षित स्वप्न पूरा होने जा रहा था उस दिन। निस्संतान बृहद्रथ पुत्र-धन से संपन्न होने वाले थे।

विभिन्न वाद्य यंत्र लिए वादक खड़े थे। मागध-बंदी, चारणों की उत्सुक दृष्टियां राजनिवास की ओर उठी हुई थीं। हर हृदय धड़कता हुआ। हर मन उत्साह और उल्लास से आन्दोलित। क्या है मगध के भवितव्य में?

आनंद और उत्साह के पूर्व समूचे नगर को एक रहस्यमय सन्नाटे ने घेर लिया था। ऐसे जैसे तप्त धरा के ऊपर घटाओं से भरा आकाश बिखरा हुआ हो; किंतु बरखा न हुई हो। कितनी आंखें-पलकें उठाती-गिरातीं अतृप्त भाव से उन घटनाओं को देख रही थीं! कितने ओठों पर बेचैनी बिखरी हुई थी।

महाराज को संतति-प्राप्ति होगी और महल के भीतर से दास-दासियां

तरह-तरह का कोलाहल प्रारंभ कर देंगे। शुभसंकेतों के हर्षोल्लास से भरे अनेक स्वर राजनिवास के बुर्जों के झरोखो से पंछियों की तरह आकाश में कुलांचें भरने लगेंगे।

और उसी के साथ उन-उल्लास आंधी की तरह समूचे गिरिव्रज के रास्तों-गलियारों पर बहने लगेगा किंतु सन्नाटा था कि टूटने को ही नहीं आ रहा था। हर बीतते पल के साथ व्यग्रता, चिंता में बदलती जा रही थी। चिंता की हर कौंध अजाने ही असंख्य लोगों के मन में भय उपजाती हुई।

और सेविकाएं भी भय से भरी थीं। उनसे कहीं अधिक भयातुर जरा। कितनी बार उसने विचार नहीं किया था कि क्या होगा? राजा और राज्य की ओर से ही नहीं, रानियों की ओर से उसे जो पूजा-सत्कार मिला था, उसके प्रतिफल में वह मगधराज को संतानसुख दे सकेगी या नहीं?

रानियों के गर्भ असहज थे। साधारण गर्भ-समय से अधिक समय भी लिया था उन्होंने; और उससे कहीं अधिक चिंता की बात थी कि दोनों माताओं की पीड़ा! यह पीड़ा बढ़ती जा रही थी और जरा दौड़-भागकर सहयोगी धात्रियों के साथ उनकी सार-संभाल में व्यस्त थी। देर बाद रानियों ने जीव-जन्म दिया; पर यह क्या? भय, चिंता और उससे कहीं अधिक विद्रूप से भर उठा सभी का मन। माताओं ने भी अपनी दृष्टि मोड़ ली थी उस ओर से। दो भागों में जन्मा था एक शिशु। विकृत, विकलांग, तिस पर स्वरहीन। क्या मृत है वह?

---

1. जरासन्ध के जन्म को लेकर एक अद्‌भुत कथा बहुते ग्रंथों में एक ही तरह वर्णित है। वह यह कि जरासन्ध दो स्त्रियों के गर्भ में जनमा था। उसे फिंकवा दिया गया था, किंतु जरा नामक राक्षसी ने इन दोनों टुकड़ों को जोड़ दिया। 'महाभारत' : सभापूर्व, अध्याय17 में श्लोक-क्रम35 से 40 के बीच कहा गया है"जरा नाम की राक्षसी दैवयोग से उधर से निकली। उसने उन अद्‌भुत शरीर खण्डों को चौराहे पर पड़ा देख उठा लिया। उस राक्षसी ने, आसानी से ले जाने की इच्छा से दोनों टुकड़ो को एक में मिला दिया। मिलाते ही वे टुकड़े परस्पर जुड़ गए और वह एक सुंदर बालक बन गया।"

जीवित भी हो, तब भी क्या अर्थ होगा उसका? उसका जनमना-न जनमना सब बराबर। शिशु के दो हिस्से थे। एक पैर अलग, दूसरा अलग। मनुष्य है या राक्षस? भय और आतंक से थर्राती सेविकाएं, धात्रियां भाग खड़ी हुईं प्रसूतिगृह से। किस कोने में जा दुबकीं, ज्ञात नहीं। खड़ी रह गई थी केवल जरा। एक पल स्तब्ध, सहमी-सी रही, फिर जैसे अद्भुत संयम और शक्ति से उसने अपने-आप को बटोर लिया था।

दोनों रानियों बेसुध हो चुकी थीं। प्रसूतिं-गृह प्रकाश के बावजूद सन्नाटे के अंधकार से भरा हुआ। उससे कहीं अधिक वीभत्सता बिखरी हुई थी वातावरण में।

और इस वीभत्सतापूर्ण सन्नाटे से जूझती हुई एकमात्र जरा! उत्साहपूर्वक उसने उस विकृत शिशु को देखा था। विचित्र बात थी। दो माताओं से जनमा था वह। उसी तरह दो खण्डित हिस्से थे उसके। क्या यह सहज है?

पर सहज है या असहज? जरा के लिए उस क्षण विचार का विषय नहीं था। उसने तुरंत अपने प्रयत्न प्रारंभ कर दिए थे। बालक के उन दोनों विभाजित खण्डों को जोड़ा। यह संयोग था या कोई चमत्कार अथवा जरा के प्रसूति-अभ्यस्त हाथों का अलौकिक करतब। बालक ने जोरों से चीख मारी और फिर रुदन करने लगा।

जीवंत! जरा प्रसन्नता से भर उठी थी। उससे कहीं अधिक उसे अपने आप पर ही अचरज हुआ। इस चमत्कार का विचार अवश्य किया था उसने किंतु बहुत तत्पर प्रयत्न नहीं; पर ऐसा हो गया था।

फिर एक यही असंभव संभव थोड़े हुआ? एक और असामान्य घटना घटी। बालक आश्चर्यजनक रूप से बोझिल अनुभव होने लगा था जरा को। उससे भी अधिक विस्मयकारक था उसका रोदन। यह रुदन कमरे के सन्नाटे को तोड़ता हुआ दूर राज-निवास के गलियारों तक बिखर गया था।

उपयुर्क्त अध्याय के ही श्लोक-क्रम 48 से 50 के बीच जरा, राजा बृहद्रथ से कहती है...इसे देखकर मैंनें जिलाया है, इसकी रक्षा की है।" यही नहीं, 18 वें अध्याय में जरा पुनः राजा से कहती है...तुम्हारा कुछ उपकार करने की चिंता मुझे सदा लगी रहती थी। तुम्हारे घर में अपना पूजन होने से, तुम पर संतुष्ट होकर मैं यह पुत्र तुम को सौंपे जाती हूं।" : अध्याय18, श्लोक-क्रम5 से 10।

जरा राक्षसी के इस अद्भुत चमत्कार से प्रभावित होकर राजा ने बालक को सदा-सदा के लिए अपनी जन्मदायिनी राक्षसी के नाम पर जाना जाए, ऐसा नामकरण कर दिया था। बालक का नाम हुआ जरासन्ध।

राक्षसी राजा और रानियों को पुत्र प्रदान करके जा चुकी थी। जाते-जाते कहा था "देखो, राजन्! तुमने और तुम्हारी रानियों ने मन लगाकर मेरी सेवा-पूजा की, सत्कार दिया। केवल इसी कारण मैं तुम पर प्रसन्न होकर इस पुत्र को जीवन दिए जा रही हूं। वैसे मैं इसका जी जाना तुम्हारे भाग्य का चमत्कार मानती हूं; किंतु मैं इस चमत्कार की निमित्त बनी हूं।"

राजा बृहद्रथ जरा के प्रति उपकृत थे। उससे कहीं अधिक श्रद्धावनत। उन्होंने तरह-तरह से जरा की स्तुति-प्रशंसा की थी। जरा संतुष्ट हुई। मगध-भर में जरा के नाम पर उत्सव मनाए जाने की आज्ञा दी थी महाराज बृहद्रथ ने। यही उत्सव जरासन्ध का जन्मदिन कहलाता था।

और यही थी जरासन्ध के जन्म की असाधारणता। इस असाधारणता ने ही उसके बल, शक्ति को लेकर दूर-दूरंत विभिन्न कहानियों को जन्म दिया था। वे न केवल आश्चर्य से सुनी जाती थीं, बल्कि आश्चर्य के साथ स्वीकारी भी जाती थीं।

इसी घटना की असाधारणता को राज-पुरोहित ने स्वीकारा है। बकुल ने सोचा किंतु जरासन्ध से जुड़ी अन्य सभी घटनाओं को उन्होंने साधारण मानने से भी इनकार कर दिया हैं। वैसा क्यों? बकुल विश्वास नहीं कर सका। कैसे करे? महाराज जरासन्ध ने कितने ही राज्यों, उनके समर्थकों से लेकर शुभचिंतकों तक को दास बना रखा है। अपनी शक्ति और सत्ता स्वीकारने के लिए बाध्य किया है। अनेक बार, अनेक दुर्लभ युद्ध किए हैं। बहुत-से असंभवों को संभव कर दिखाया है। भला ऐसे जरासन्ध की अद्भुतता को कैसे अस्वीकारा जा सकता है? तिस पर उन्हें साधारण ही नहीं, अति साधारण कहना! मानसी वाली घटना के बाद बकुल के मन में जरासन्ध को लेकर श्रद्धा कम अवश्य हुई है, किंतु इसका अर्थ यह तो नहीं कि वह उनके गुणों को ही अस्वीकार कर दे? उनकी शक्ति, सामर्थ्य, बल और पराक्रम, भला वे सब कैसे अस्वीकारे जा सकते हैं?

बकुल ने गरदन मोड़ी। राजपुरोहित शांत बैठे थे। श्वेत, धवल दाढ़ी के बाल रथ की गति के साथ हवा में उड़ते हुए। वृद्ध की दृष्टि कहीं खोई हुई-सी लगी। पूछा, "क्षमा करें, वृद्धवर! महाराज जरासन्ध का जन्म असाधारण ढंग से हुआ, यह तो मैं स्वीकारता ही हूं; पर उनका बल, युद्ध-कला, शक्ति, राजनीति सभी कुछ अनेक असाधारणताओं से भरे हुए हैं, यह भी स्वीकारना पड़ता है। मैं उन्हें अतिसाधारण कैसे मानूं?"

राजपुरोहित शांत भाव से मुड़े। बकुल को इस तरह देखा जैसे किसी छोटे, बहुत छोटे अज्ञानी बालक को देख रहे हों, फिर भारी स्वर में उत्तर दिया"पुत्र! तुम क्या सोचते हो कि मनुष्य अपने जन्म को लेकर प्रचलित किसी असामान्य और अस्वाभाविक घटना अथवा अपनी गुणवत्ता के कारण ही असाधारण हो जाता है?"

"निस्संदेह पूज्य!" बकुल ने उत्तर दिया"महाराज जरासन्ध का जन्म दैवीय चमत्कार से हुआ, फिर उनका असामान्य युद्ध-कौशल, बल, साहस, पराक्रम, राजनीति और शक्ति, सभी कुछ तो असाधारण हैं। तब उन्हें साधारण कैसे कहा जा सकता है?"

राजपुरोहित हंसे। बकुल अबोध बालक की तरह वृद्ध को हंसते हुए देखे गया। वृद्ध ने कहा था"मैं पहले भी स्पष्ट कर चूका हूं और पुनः वही स्पष्ट करता हूं। ठीक उसी तरह, जिस तरह तुम महगधराज की जिन असाधारणताओं की चर्चा कर चुके हो, उन्हीं को पुनः गिना रहे हो। सुनो!"

बकुल ठीक किसी बालक की ही तरह सुनता गया था और राजपुरोहित ने जो कुछ कहा, वह सब जरासन्ध की समूची असाधारणता को क्रमशः साधारण ही नहीं अति साधारण या कि सचमुच दरिद्रता की स्थिति तक प्रमाणित करने वाला था।

वह बोले थे"जरासन्ध का जन्म मैं इसलिए असाधारण मानता हूं, क्योंकि वह विकृत रूप में हुआ था। खण्डित पुरुष! किंतु वह कोई ईश्वरीय चमत्कार अथवा अलौकिक घटना नहीं थीं, जब उस खण्डित बालक को संपूर्णता दी गई। वह जरा राक्षसी का चिकित्सकीय चमत्कार था। कहते हैं, विकृत संतति के जन्म से डरकर उसकी माताओं ने उसे फिंकवा दिया था, किंतु वह जरा नामक एक राक्षसी के हाथ लगा। उसने लम्बे उपचार

के बाद उसके खण्डित हिस्सो को जोड़ा और महाराज बृहद्रथ को बुलाकर प्रदान किया। बृहद्रथ और उनकी रानियां जो मृतवत् खण्डित बालक के होने से लगभग निराश हो चुके थे, प्रसन्नतापूर्वक उसे घर ले आए तथा बाद में प्रचारित किया गया कि राजा ने पुत्रधन प्राप्त किया है, अतः जीवन उसने साधारणता के साथ ही प्राप्त किया।" बोलते-बोलते राजपुरोहित कुछ थमे थे।[1]

किंतु महाराज, कहा तो यह भी जाता है कि जरा देवयोग से उधर निकल पड़ी थी, जिधर जरासन्ध का खण्डित शरीर पड़ा था।--बकुल ने राजा की सुनी हुई जन्म-कथा को लेकर तर्क किया।

राजपुरोहित ने उत्तर दिया"हां, इसे दैवयोग भी कह सकते हो, संयोग भी, पर जरा को जब खण्डित बालक मिला, तब उसने राजा द्वारा अपने

---

1. जरासन्ध के जन्म की अलौकिक घटना का वर्णन करते हुए महाभारत ने जिस तरह वर्णन किया है, वह बहुतेक प्रश्नों का उत्तर भी दे देता है और बहुतेक सहज प्रश्नों को मन में जन्म देता है। कुछ पंक्तियां ऐसी है, जिनके आधार पर जरासन्ध के जन्म को लेकर जो घटना सहज रूप में घटी जान पड़ती है, उसके अनुसार जरासन्ध का जन्म विकृत रूप में हुआ था। जरा नामक राक्षसी राजा बृहद्रथ के राज्य में संमान के साथ रहती थी, जैसा कि उसने स्वयं स्वीकारा है..."मैं तुम्हारें राज्य में सचुचित संमान के साथ रहती हूं।" : महाभारत : सभापूर्व अध्याय 18, श्लोक-क्रम 1 से 10 तक : उसने जरासन्ध को शारीरिक विकृत दूर करके उसे संपूर्णता में जीवन दिया। जरा उपरोक्त अध्याय में ही कहती है, "तुम्हारे घर में नित्य गंध, फूल, माला आदि पूजन-सामग्रियों से मेरी पूजा भी होती रहती है। तुम्हारे घर में मेरा पूजन होने से, तुम पर संतुष्ट होकर मैं यह पुत्र तुमको फेरे देती हूं।"

संभवतः जरा ने विकृत बालक का उपचार किया और उसे ठीक कर दिया। जरा द्वारा उपचार में निश्चय ही समय लगा होगा, क्योंकि सभापर्व के 18 वें अध्याय में ही कहा गया है, "राजा बृहद्रथ भी प्रसन्नतापूर्वक उस बालक को लेकर अपने घर आए।"

इससे यह अर्थ भी निकलता है कि जरा से बालक का उपचार या तो अपने निवास पर किया या फिर राजा द्वारा ही दिए गए निवास पर किया। बाद में वह पुत्र को लेकर अपने घर आए। सभापर्व के उपर्युक्त अध्याय में ही कहा गया है, "जरा ने संधित किया, अर्थात् जोड़ दिया, इसी कारण राजा ने उस पुत्र का नाम जरासन्ध रखा।"

प्रति की कई सेवा-पूजन से प्रसन्न होकर उसे जीवन प्रदान किया। इस क्रिया में भी कम समय नहीं लगा था। बालक के उपचार में बहुत दिन व्यय हुए थे।"

बकुल इस नई जानकारी पर चमत्कृत हो उठा था; पर अब भी उत्तर शेष था। अंश में ही सहीं, किंतु बकुल को उत्तर की प्रतीक्षा थी।

राजपुरोहित बोले थे"निरंतर अभ्यास और शक्ति संयोजन से अद्‌भुत क्षमताएं पा लेना असंभव या आश्चर्यजनक तो नहीं होता बकुल! फिर राजसुत जरासन्ध के लिए मगध में सभी साधन उपलब्ध थे। उन्होंने राजनीति की विधिवत् शिक्षा ग्रहण की है और संपूर्ण श्रद्धा व निष्ठा के साथ की है। वे असाधारण गुण प्राप्त करके भी उनका उपयोग अतिसाधारण ढंग से कर रहे हैं। अनेक बार उनकी राज्य लिप्सा, सहज राजनीतिक मूल्यों की ही अवहेलना नहीं करती अपितु मानवीय मूल्यों को भी हत करती रही है, इसलिए कहता हूं कि मगधराज साधारण से भी अधिक साधारण हो चुके हैं। सब कुछ प्राप्त करके भी दरिद्रता का बोध कैसा दुखदायक हैं!"

बकुल प्रश्नहीन हो गया है। सचमुच दरिद्रता की स्थिति ही तो हुई। सब कुछ प्राप्त करते हुए भी प्राप्त न कर पाने का निरंतर बोध और क्या है? अनायास ही बकुल का मन मगधराज के प्रति घृणा से भर उठा था।

और अब उसी प्राप्ति की दरिद्रेच्छा में मगधराज अपनी दोनों बेटियों का बलिदान करने जा रहे हैं। बकुल को उसी सिलसिले में स्मरण हो आया है। याद आ गए हैं शब्द, महान् और शक्तिसंपन्न सम्राट् के शब्द।

बोले थे वह"यह राजनीतिक संबंध जब पारिवारिक संबंध में बदल जाएगा, तब निश्चय ही मगधराज कंस की विशाल शक्ति मगध के लिए उपयोगी और सहायक सिद्ध होगी।"

"धिक्कार है!" बकुल का मन और अधिक घृणा से भर आया है। सच ही तो घृणा के ही पात्र हैं जरासन्ध। न होते, तो ऐसी राजनीतिक संरचनाएं करते। फिर यह जानते हुए भी कि कंस राज्यलोलुपतावश अपने ही सगे-संबंधियों, यहां तक कि पिता के भी नहीं हुए, तब भला वह जरा सन्ध की पुत्रियों के प्रति समर्पित हो जाएंगे?

ज्ञात है बकुल को। वैसा नहीं होगा। कभी नहीं होगा। इसलिए नहीं होगा कि बकुल ने कंस को खूब देखा-समझा और पहचाना है। उसने मानसी

कंस के समूचे प्रकरण को भी जाना-समझा है। एक तरह से मूक-साक्षी रहा है वह।

मानसी! नाम-स्मरण के साथ ही जाने क्यों बकुल को लगा था कि वह मानसी का अपराधी हैं। गुप्तचर धर्म निबाहने भले ही भेजी गई हो वह सुंदरी; किंतु सरल स्त्रीत्व से परे नहीं हो सकी थी वह, जबकि जरासन्ध की संवेदनहीन राजनीति ने उसे नष्ट कर दिया। अस्त्र रूप में प्रयुक्त हुआ था बकुल।

जरासन्ध से अधिक अपने-आप से घृणा होने लगी है बकुल को। वह उस अनीतिचक्र मे किस कारण अस्त्र बना। चाहता तो क्या मानसी की रक्षा नहीं कर सकता था? पर वह सब बातें बाद की हैं। तीव्रगति रथ की ही तरह विचार भी तीव्र गति से उड़ चले हैं। बकुल ने शरीर ही नहीं मन में थी थकान अनुभव की। पलकें मूंदकर चुप हो रहा।

समय बीतता रहा था। बकुल अस्त-व्यस्त मन संजोए न जाने कितनी बार सारथी से पूछ चुका था"मथुरा के लिए कितना मार्ग शेष है।"

सारथी यांत्रिक भाव से उत्तर दे दिया करता। राजपुरोहित न चाहकर भी बकुल की इस मनःस्थिति की ओर आकृष्ट हुए थे। पूछा"क्या बात है गुप्तचर! बहुत अशांत हो उठे हो?"

"नहीं-नहीं, वैसा कुछ नहीं हैं ब्रह्मन्।" हड़बड़ाकर कहा था बकुल ने"वह तो यूं ही...यूं ही सहज उतावली है मन में।"

राजपुरोहित चुप हो गए, किंतु उत्तर से संतुष्ट नहीं।

बकुल पुनः यहां-वहां देखने लगा। उसे अपने-आप पर ही अचरज हो रहा था। ऐसा तो कभी नहीं होता था उसके साथ। वह निरंतर असामान्य होता जा रहा था, उससे भी कहीं अधिक ऊबता हुआ।

लगता था मन-कर्म में सन्तुलन नहीं रह गया है। इस असंतुलन ने जीवनचर्या ही बदल डाली है और जीवन-चर्या के साथ-साथ बदल गया है बकुल। क्या वह सचमुच बदल गया है या बदल रहा है? उसने स्वयं से ही प्रश्न किया। लगा कि अनुत्तरित है प्रश्न! न स्वीकार, न अस्वीकार।

क्या होगा उत्तर और कब बकुल के अपने भीतर जनमेगा, मालूम नहीं। बकुल ने गहरा श्वास लिया। शांत होने का प्रयत्न करने लगा।

सारथी ने कहा था"हम मथुरा की सीमा में प्रवेश कर चुके हैं श्रीमन्!"

राज-पुरोहित और बकुल ने एक-दूसरे को देखा। चुप हो रहे। दृष्टि के सामने कंस का चेहरा उभरने लगा है। बकुल के भीतर एक अज्ञात जिज्ञासा उभर आई। मानसी के बिना क्या कंस अशांत होंगे और यदि हुए भी, तो क्या उस अशांति को उनके चेहरे पर पढ़ा जा सकेगा?

सब कुछ भूलकर मन एक बार पुनः राजाज्ञा के निर्वाह से जुड़ गया। रथ उसी गति से चला जा रहा था।

और कुछ ऐसी ही गति से चलता जा रहा है वसुहोम का यांत्रिक राजकर्म! हर बीतते दिन के साथ कंस तक सूचना पहुंचानी होती है। कारावास की स्थिति क्या है? कौन बंदी, किस हाल में है?

इस तरह प्रतिदिन कारावास की व्यवस्था-अव्यवस्था में कभी रुचि नहीं लिया करते थे मथुराधिपति; किंतु इधर निरंतर रुचि लेने लगे हैं। देवकी गर्भवती जो हुई है और देवकी के गर्भ मे कंस मृत्युदर्शन कर रहे हैं।

अनुराधा तत्परता पूर्वक देवकसुता की देखरेख में लगी रहती है। उससे कहीं अधिक व्यस्त रहती है उनकी पीड़ा दूर करने की चेष्टा में। इस तरह शायद देवकी क्रूर भाई के वचन कुछ पल के लिए भूल पाती हों?

किंतु लगता है, कभी नहीं भूल पातीं। आखिर भूल भी कैसे सकती हैं? कारागार का कठोर वातावरण निरंतर याद दिलाता रहता है उन्हें कि आशंकित नहीं, निश्चित भवितव्य सामने हैं और वह असहाय!

एक बार चकित होकर अनुराधा से प्रश्न कर बैठी थीं"अनु! यह कैसे संभव है कि समूचा गणसंघ, और गणसंघ के पौरुषेय महारथी योद्धा शांत बैठे हुए हैं? क्या भइया कंस इतने शक्तिशाली हैं?"

अनुराधा ने इधर-उधर देखा। दृष्टि चौकन्नी थी। वसुहोम ने सावधान कर दिया था उसे। हर ओर कंटक के गुप्तचर सक्रिय रहते हैं। 'स्मरण रहे कि अपनी हर गतिविधि, यहां तक कि शब्दों को भी सीमा में रखो!'

और वही चेतावनी अनुराधा, देवकी को भी दे चुकी थी। बोली "कुछ पल बाद उत्तर दे सकूंगी, स्वामिनी! अभी तनिक शांत रहें?"

देवकी ने उसके स्वर और दृष्टि में बैठा भय पढ़ लिया। कारावास के मुख्यद्वार पर सेवक सतर्कता से खड़े हुए उन्हीं की ओर देख रहे थे, फिर केवल यही सेवक तो नहीं थे? कभी-कभार कोई वस्तु देने या कुछ पूछने-जानने के बहाने कंटक की पत्नी चंचला भी आ जाया करती थी। और चंचला भी उस समय वहीं थी। संध्या समय कारागृह के इस भाग में रोशनी की व्यवस्था करने आती थी वह। उस समय भी आई हुई थी।

देवकी को अपनी भूल का अहसास हुआ। शब्द होंठों में ही भींच लिए। इस तरह, जैसे मन उन्हें बेलगाम छोड़ चुका हो, केवल भावना से बांधने-साधने का साधन शेष रहा हो।

चंचला बहुत विनम्र थी। बहुत शालीन। बातें इस तरह करती, जैसे जीभ पर चाशनी लपेट रखी हो; पर मन कलुष से भरा हुआ। कलुष कहा जाए इसे या अपने धर्म के प्रति परायणता? देवकी सोचतीं। मन कहता "नहीं देवकी! चंचला तुम्हारी दासी या सेविका का धर्म भले ही निबाह रही हो; किंतु उसके नियुक्तिकर्ता हैं उपाधीक्षक कंटक। वह कंटक के प्रति दायित्वशील है। उन्हीं की सेवा उसका धर्म है...। और वही निबाह रही है। अतः दोषी नहीं कहा जा सकता है उसे।"

किंतु धर्म क्या है...? कम-से-कम मथुरावासियों का धर्म क्या है? यह निश्चय करना होगा। उसको निश्चय किए बिना धर्माधर्म को लेकर किसी पर विचार करना असंभव है। क्या धर्म यही है कि राज्य के नैतिक और न्यायी अधिकारी तथा सेवकों के प्रति गुप्तचरी की जाए?

या धर्म केवल वहां से प्रारंभ होता है, जहां से व्यक्ति सत्ता और सत्ताधिपति का सेवक होता है? निर्णय बहुतेक प्रश्नों से घिर जाता।

देवकी और अनुराधा रह-रहकर उसे देख रही थीं। वह सुंदर थी, मोहक भी थी और चतुर भी। बड़ी त्वरितता के साथ कारागार के विभिन्न हिस्सों में उसने प्रकाश-व्यवस्था की थी, फिर मुड़कर देवकी की ओर आ पहुंची।

चेहरे पर मुसकान उगाई, सिर झुकाकर निवेदन किया, ''अब मुझे आज्ञा दें देवी! प्रकाश-व्यवस्था मेरे विचार में पर्याप्त हो चुकी है!''

पर्याप्त! कुछ कुढ़न से भरकर अनुराधा ने चारों ओर देखा। विशाल कारावास की इस दोहरी कोठरी में जितना प्रकाश किया गया था, वह नाम मात्र के लिए था। ऐसा जैसे प्रश्न को ही छला जा रहा हो या कि अंधकार से ठिठोली की जा रही हो। दुष्टा कहीं की! झुंझलाहट के साथ मन से चंचला के लिए एक गाली उभर आई अनुराधा के होंठों पर।

वह इठलाती हुई मुड़ी। मुड़ते-मुड़ते प्रश्न किया था उसने''और कोई सेवा देवी!''

''नहीं, सब ठीक ही है।'' देवकी ने कहने के लिए कह दिया। रोज इसी तरह पूछती थी, रोज देवकी इसी तरह उत्तर दे दिया करतीं। आज भी दिया। वह चली गई।

कारागृह के विशाल लौहद्वार ने एक गड़गड़ाहट की, फिर बंद हो गया। एक गहरा श्वास लेकर अनुराधा ने उस ओर देखा। बाहर केवल प्रहरी दीख रहे थे। चंचला गुम हो चुकी थी।

किंतु अनुराधा फिर भी शांत नहीं। लगता था कि वह छाया की तरह कहीं उनके पास, किसी दीवार की ओट में निरंतर उपस्थित है...। और उसकी उपस्थिति? भय का कारण! कंटक की धूर्तता का एक हिस्सा बनी हुई थी वह। कंटक प्रश्न करना चाहता था कि वसुहोम, महामंत्री का ही सेवक है, उनका विश्वसनीय।

और इसी कारण अनुराधा के प्रत्युत्तर में उसे रख लिया गया था। बातों का उलझाव डालकर बात टटोलने में चंचला बहुत चतुर। सरल मन आदमी के भीतर से रहस्य को इस तरह बाहर निकाल सकती थी वह, जैसे तालाब में कांटा फेंककर मछली पकड़ी जाती हो। अनुराधा ने उसके आगमन के साथ ही सतर्क कर दिया था देवकी को; किंतु देवकी बहुत सहज और सरल कि कांटा डाला जाए, उसके पहले ही मन का मोती निकालकर किनारे पर रख दें।

वसुहोम ने सतर्क किया था अनुराधा को''वह सरल हैं, तो क्या हुआ? तुम यथासंभव उन पर दृष्टि रखा करो। उनके शब्दों को थाम लिया करो।

कुछ कहें या चंचला को उत्तर दें, उसके पूर्व तुम ही उत्तर दे दिया करो।''

बहुत बार ऐसा ही हुआ था और जब-जब ऐसा हुआ था, तब-तब चंचला कुढ़कर रह गई थी। प्रश्न करती देवकी से, उत्तर मिलता अनुराधा से। इतना त्वरित और इतना तत्पर कि भीतर-ही-भीतर कसमसाकर रह जाया करती।

उसने नई नीति बना ली थी। अनुराधा की उपस्थिति में देवकी से केवल सरल और अति सरल बातें ही किया करती। कभी-कभी तो इतनी सरल हो जाया करती कि अनुराधा का डर बढ़ जाता। इस छल को अनुराधा ही नहीं सह सकती, तब सरलमना देवकी क्या सहेंगी?

वसुदेव को भी सतर्क कर दिया गया था। ऐसा कुछ न कहें या करें, जो चंचला के लिए अर्थयुक्त हो जाए। वसुदेव सतर्क थे; पर देवकी? देवकी बहुतेक चेतावनियों के बावजूद वैसी ही सरल बनी रहीं। बहुत कठिनाई होने लगी थी उन्हें निबाहने में। हमेशा की तरह एक बार फिर देवकी को स्मरण दिलाया था अनुराधा ने''देवी! आपने पुनः भूल की। वह दुष्टा...!''

''मैं भूल गई थी अनु!'' देवकी ने भोली बालिका की तरह उत्तर दिया।

और अनुराधा चुप। मन जितना सहानुभूति से भर आया, उतना ही पीड़ित भी हो रहा। विधि का कैसा अनोखा विधान है! सरलता और खलता को एक ही कसौटी पर कस डाला!

पर यही हो रहा था। कसौटी एक, उस पर सरलता भी कसी जा रही है, खलता भी। मथुरा की स्थिति भी, तो लगभग ऐसी ही है। कसौटी की तरह समूचा गणसंघ, अपने-आप पर सरलता और खलता को एकसाथ कसे जाते देख रहा है।

एक ओर कंस! दूसरी ओर स्वातंत्र्यप्रिय सभी गणवासी।

एक ओर खलता! दूसरे छोर पर सरलता।

एक राजमहल की दमदमाहट से आलोकित। दूसरा काल के अंधेरे में अपनी प्रकाश-परीक्षा देता हुआ!

कैसी विडंबना! अनुराधा की दृष्टि विचित्र-सी रिक्तता लिए हुए जेल

के विशाल लौहद्वार के पार दूर तक बिखरे सन्नाटे को देखती जा रही थी, टकटकी बांधे हुए।

"अनु!"

अनुराधा जैसे चौंककर मुड़ी। देवकी का स्वर धीमा था। इतना, जैसे वह स्वयं से ही कह रही हों"अब बोलो, क्या सच ही संपूर्ण गणसंघ, और उसके शक्तिशाली सभासद, राजा इतने शक्तिहीन हो चुके हैं कि महाराज कंस का सामना न कर सकें?"

"नहीं, देवी!" अनुराधा ने कहा था"ऐसा नहीं है।"

"तब?"

"संभवतः मथुराधिपति को बड़ी शक्तियों से सहायता और सहयोग प्राप्त है।" अनुराधा ने उत्तर दिया"सब जानते हैं कि मगधराज जरासन्ध उनके साथ-सहयोग से ही मथुरा की गणसंघीय पद्धति नष्ट कर सके हैं।"

"पर सखी!" देवकी ने पुनः तर्क किया था, "क्या प्रजा भी मानसिक रूप से दास भाव स्वीकार चुकी है?"

"नहीं।" अनुराधा ने उत्तर दिया"सच तो यह है कि नेतृत्वहीन प्रजा बिखरे हुए तिनकों की तरह होती हैं देवी! उसका अपना कोई व्यक्तित्व नहीं, अपना कोई संगठित स्वरूप नहीं और संगठित स्वरूप के बिना लक्ष्य की प्राप्ति केवल दुविधा बन जाया करती है।"

"यदि ऐसा ही है, तब हम किस लक्ष्य की प्राप्ति के लिए जूझ रहे हैं अनुराधा!" देवकी का स्वर सहसा भर्रा गया था, "किसकी आशा में आस संजोए हुए हैं?"

"आशा ही शक्ति होती है देवी!" अनुराधा ने कहा"महामंत्री वसुदेव के प्रभावी व्यक्तित्व को कारागार में भले ही बंद कर दिया गया हो; किंतु इसी व्यक्तित्व के नाम पर जनाशा बनी रहेगी। यदि यह आशा ही टूट गई, तब निश्चय ही दासत्व आ चुकेगा।"

देवकी चकित हो रही। अनुराधा से नीति की बातें सुनना ऐसे ही लगता था, जैसे किसी विद्वान ब्राह्मणी के सामने बैठी हो, पर अनुराधा ब्राह्मणी नहीं थी। वह थी एक सहज साधारण सेविका। भला सेविका के पास इतना ज्ञान कहां से और कैसे आया! एक बार उत्सुकतापूर्वक पूछ भी लिया था, "अनु! एक बात पूछूं, उत्तर दे सकोगी?"

अनुराधा ने मुसकुराकर उन्हें देखा। कहा"आप आज्ञा कर सकती हैं, देवी!"

"तुमने यह नीति-ज्ञान कहां से जाना-सीखा?" देवसुकता सरलमन प्रश्न कर बैठीं।

अनुराधा हंस दी। एक गहरा श्वास लेकर उत्तर में केवल इतना ही कहा था"मैं नहीं जानती स्वामिनी! पर कहीं कोई अदृश्य शक्ति है, जो मुझसे यह सब कहलवाती है।"

"तुम छिपा रही हो, अनु!"

"मैं स्वामिनी से असत्य संभाषण का पाप नहीं कर सकती देवी!" अनुराधा ने शांत भाव से उत्तर दिया था।

और देवकी विचित्रि-सी स्नेह-भरी दृष्टि से देखती रह गई थीं उसे। आज फिर वही स्नेह दृष्टि उभर आई है आंखों में। शब्द कानों में गूंज रहे हैं। गुंजन के साथ ही सुख भी मिल रहा है। कारागार के अंधकार की कठोर, कटुता से भरा जीवन भी सहसा आलोकित हो उठा है।

"महामंत्री वसुदेव के प्रभावी व्यक्तित्व को कारागार में भले ही बंद कर दिया गया हो; किंतु इसी व्यक्तित्व के नाम पर जनाशा जीवित रहेगी। यदि यह आशा ही टूट गई, तब निश्चय ही दासत्व आ चुकेगा।"

यह नीति वाक्य है या कठोर शिलावत् सत्य। देवकी ने विचार किया था। लगा कि सत्य ही है। केवल सत्य। कल ही तो वसुहोम समाचार लाए थे। समाचार उन्होंने दबे-मुंदे शब्दों में वसुदेव को दिया था"पूज्य! शूरसेन जनपद के अनेक चंचलों में असंतोष बढ़ रहा है। गोकुल, वृंदावन, भाण्डीर आदि क्षेत्रों में आपको बंदी बनाए जाने की बहुत कठोर प्रतिक्रिया हुई है।"

"क्या कहते हैं लोग?" वसुदेव ने पूछा था।

"केवल यही कि इस सबका अंत उचित नहीं होगा।" वसुहोम ने उत्तर दिया था"एक न एक दिन महाराज कंस इस सबके कुपरिणाम अवश्य ही भोगेगे।"

"कैसे कुपरिणाम?"

उत्तर में वसुहोम हंस दिया था"सभी को विश्वास है कि उनका त्राता माता देवकी के गर्भ से अवश्य ही जन्म लेगा।"

"किंतु जान तो चुके हो तुम।" वसुदेव खीझती हंसी में हंसे थे"क्रूरबुद्धि मथुराधिपति देवी देवकी के हर शिशु का वध करने को उद्यत हैं। सुना नहीं था तुमने? तब त्राता कैसे बच सकेगा?"

"विधि का विधान कोई बदल नहीं सका है देव!" वसुहोम ने सिर झुकाकर उत्तर दिया था"साधना करना साधक का कर्म होता है महाराज! पर सिद्धि कब होगी, यह सिद्धि पर ही निश्चित है।"

वसुदेव चुप हो रहे थे।

और आज अनुराधा के ये शब्द? देवकी ने अनायास ही वसुहोम की उस बात का सिरसिला बैठाना प्रारंभ कर दिया था। जीवित जनाशा और विधि का विधान! इस सबके बीच वसुदेव और देवकी क्या है?

केवल साधक और उनका धर्म केवल साधना! सिद्धिस्वयं सिद्धि के हाथ! मन विश्वास से भर उठा था। जब-जब अविश्वास के थपेड़े मन को अकुलाते हैं, तब-तब विश्वास के यही झकोरे आकर उन्हें शांत कर देते हैं। इसी तरह बीत रहे हैं दिन और इसी तरह हर बीतते दिन के साथ गर्भ भी पनपता जा रहा है।

और इसी तरह हर बीतते पल के साथ जन-विश्वास दृढ़ और दृढ़तर होता जा रहा है। एक-न-एक दिन त्राता अवश्य आएगा। यह विश्वास ही उनकी शक्ति और इस शक्ति के स्रोत वसुदेव-देवकी।

शक्ति और स्रोत के इस रहस्य से कंस अपरिचित नहीं है। गोकुल, वृंदावन, भाण्डीरवन और जनांचलों में क्या कुछ कहा-सुना जाता है, कंस जानते हैं। सूचनाएं भी निरंतर प्राप्त होती रहती हैं। केशी, प्रद्युम्न, चाणूर और मृष्टिक आदि निरंतर समाचार देते हैं। इन समाचारों पर ही रणनीति बनती है, कूटनीति का आयोजन होता है।

हर समय यही चेष्टा करते हैं कि गणसंघ की स्वतंत्रता-भावना विलुप्त होती जाए। उसकी जगह धीमे-धीमे ही सही; किंतु महाराज कंस की शक्ति-सत्ता स्वीकारें लोग। राज्य की ओर से अनेक सुविधाएं भी दी गई

हैं गणवासियों को। अनेक आकर्षण उपलब्ध कराए जा रहे हैं। भांति-भांति के समारोहों का आयोजन होता रहता है।

फिर भी लगता है कि कहीं कुछ ऐसा है, जो शेष नहीं होता। भला भौतिक और दृष्टिगत कारणों या अकारणों से भावनाओं को बदला जा सकता है! उन विचारों को मन से हटाया जा सकता है, जो जन-जन के मन तक जड़ें जमाए हुए हैं।

अतः शक्ति-संयोजन भी करते रहना पड़ता है। मथुराधिपति निरंतर पड़ोसी राज्यों से मैत्री संबंध दृढ़ करते जा रहे हैं। चेदिराज, करुषराज, विदर्भराज सभी से संबंध गहन किए जा रहे हैं। कभी मथुराधिपति उनके अतिथि होते हैं, कभी उनका आतिथ्य सत्कार करते हैं।

अपनी शक्ति भी बहुत बढ़ाई है। दिन-रात एक कर दिया है सेना के आयोजन में। विविध अस्त्र-शस्त्रों से संपन्न किया है सैनिकों को। बहुविध दुर्लभ, मारक और संहारक अस्त्र एकत्र कर लिए हैं। मथुराधिपति की शक्ति निरंतर बढ़ती जा रही है और इस शक्ति के साथ ही अपने आगत मृत्यु-भय से भी सतर्क रहते हैं वह। वसुदेव-देवकी पर सदा ही दृष्टि रखी जाती है।

जटिल स्थितियों में मानसी अनायास ही स्मरण हो आती है। बहुत दुखद अंत हुआ था उसका। मथुराधिपति कठोर है, संयत स्वभाव हैं, नीतिज्ञ हैं और कभी-कभी पाषाणवत् भी हो उठते हैं, किंतु मन के न जाने किस अदृश्य स्रोत से मानसी का स्मरण तरल जल की भांति बहने लगता है। वे क्षण असहज बना जाते हैं। लगता है कि सभी ओर रिक्तता बिखर जाती है मन में।

आज भी जब वसुहोम की ओर से समाचार आया था, "देवकसुता अपनी पहली संतान को जनम देन वाली हैं।" तब त्वरित उत्तर नहीं दे सके थे। भले ही निर्णय कर लिया हो कि बहिन की हर संतान को नष्ट कर देंगे, किंतु ठीक समय मन अकुला गया। संदेशवाहक से केवल यही कहा था"ठीक है। कारागार अधीक्षक से कहना, समाचार मिला। हम उचित अवसर पर आएंगे!"

लौट गया था वह और कंस अन्यमनस्क भाव से कक्ष में चहलकदमी करने लगे थे।

देवकी का पहला पुत्र! लगता था कि मन में निश्चय स्वर बनकर उभरता है"विचार का अवसर ही कहां है वीर! अपने कालजन्म की सूचना पाकर भी निश्चित क्यों बैठे हो? कुछ करो!"

"क्या?" लगा था कि स्वयं से ही पूछ भी रहे हैं।

"क्या स्मरण नहीं तुम्हें, देवकी की हर संतान नष्ट करनी है?" मन ने ही जवाब दे दिया था"यही निर्णय तो किया था तुमने? जाओ, वध करो उसका!"

पर मुड़ नहीं सके। क्या हो गया? उनके शरीर को? उनकी निश्चय शक्ति को? ऐसे असंयत तो कभी नहीं होते थे कंस?

"होते थे।" वह जैसे अपने से ही कह उठे"निश्चय ही ऐसा होता था; किंतु उस समय मानसी उनके पास होती थी, वही उनकी शक्ति बनती थी, वही निर्देशक...।"

किंतु मानसी तो बीत चुकी है। केवल स्मरण-शेष रह गया है उसका?

और कंस को लगा कि सोता फिर रिस आया है। स्मरण भर से तरल हो उठते हैं वह। कंस की हर उत्तेजना, व्यग्रता और अशांति के जलते पलों की मानसी ने अपनी लम्बी केश राशि की छाया देकर शीतलता में बदल दिया था और आज पुनः वह स्मरण हो आई है।

वह नहीं स्मरण हो आई, अपितु जलन उठी है। देवकी के पहले पुत्र के जन्म के साथ ही प्रश्न जलन बनकर अशांत करने लगा है उन्हें। क्या करे? वध कर दें उसका? उस वध की क्या जन-प्रतिक्रिया होगी और अपने ही हाथों अपनी बहिन के पुत्र का वध कर पाना सहज-सरल होगा क्या? कंस उस क्षण संयत रह सकेंगे? कितने ही प्रश्न!

हर प्रश्न का उत्तर मानसी! जब-जब मन किसी प्रश्न के प्रति निरुत्तर हो जाया करता था, तब-तब मानसी के पास पहुंचा करते थे वह और मानसी हर प्रश्न का उत्तर इस तरह दिया करती थी, जैसे नीति की धुंधली राह को मस्तिष्क में बुहार रही हो, वह रही राह। उस राह चले जाएंगे कंस, तो सब सुविधापूर्वक, सहज और अनुकूल हो जाएगा।

हर बार यही हुआ था। हमेशा होता, यदि मानसी रही होती।

कंस बैठे रहे। गले का थूक निगला। न जाने कैसे और क्यों उनका गला भर्रा आया"मानसी!" वह बुदबुदा पड़े थे।

लगा कि मानसी के नाम की यह बुदबुदाहट समूचे राजमहल के कूल-कगारों में गूंज गई है। पुकार की तरह "मानसी...! मानसी...! मानसी!"

गूंज के बाद गूंज और हर गूंज विशाल राजभवन की छत से टकराकर धरती पर बिखरती हुई। ऐसे जैसे जल बरसने लगा हो।

मानसी खाली पलों में इसी तरह गूंजती है। कंस व्यग्र होकर लेट रहे। पलकें मूंद लीं। सेविका भोजन के समय की सूचना देने आई थी। मथुराधिपति को पलकें मूंदे लेटे पाकर चुपचाप लौट गई।

भूखे थे वह; पर अनुभूतिशून्य! अनुभूति केवल मानसी की, उन पलों की, जब मानसी से विलग हो गए थे वह। बहुत पता करवाया था उन्होंने। क्या हुआ था उसे? कहां जा रही थी वह? रथ दुर्घटनाग्रस्त कैसे हुआ?

किंतु किसी से कुछ भी ज्ञात नहीं हुआ। केवल इतनी सूचना पा सके थे कि देवी मानसी को रथारुढ़ होकर सेविका के साथ जाते देखा गया था।

पर सेविका कहां गई? उसका तो शव भी नहीं मिला? कंस को अनायास ही मानसी की मृत्यु अस्वाभाविक लगने लगी थी। समूचे जन-क्षेत्र में खोज के आदेश दिए गए थे। जहां भी वह मिले, ले आया जाए।

स्वयं चित्रसेन भी चकित था। खोज-खबर की गई। स्वयं मथुराधिपति कंस दुर्घटनास्थल पर पहुंचे थे। मानसी का क्षतविक्षत शव देखकर विचलित हो गए थे। आश्चर्य! क्या सच ही विधि कुछ है और उसका विधान भी कुछ होता है? ईश्वर की सत्ता के प्रति सदा ही शंकित रहे थे वह, पर इस शंका को मानसी के निधन ने कुछ झकझोर डाला था। लगा था कि वह है!

न होता, तो मानसी का रथ उसी तरह, उसी स्थिति में क्षतिग्रस्त हुआ होता, जिस तरह हुआ है? वही जगह, वही स्थान, वही मुद्रा कभी इसी जगह से जीवित पाया था उसे। किसी वरदान की तरह और वही स्थान था, जहां से खो गई थी वह। किसी अभिशाप-सी!

अनायास ही कंस अपने भीतर डर गए थे। डर की बात थी। यदि ईश्वर नहीं है, तब जीवन और मृत्यु एक तरह, एक ही ढंग से कैसे होते हैं?

कंस अस्त-व्यस्त हो उठे। भूल गए कि अभी-अभी देवकी के पुत्र को लेकर सूचना पाई थी उन्होंने। मानसी मन के हर कोने पर बादल की तरह सघन होकर छा गई। गहरी, काली घटा जैसी! वह दिन, जब कंस मथुराधिपति का मुकुट माथे चढ़ाए, चारों ओर से जय-जयकार और समर्थन प्राप्त करके मथुरा के राजमहल में बैठे थे, तभी ज्ञात हुआ था उन्हें।

मथुरा नगरी के बाहर से आए एक वणिक ने सूचना दी थी "राजमार्ग से बहुत दूर मथुरा की सीमा पर एक रथ क्षतिग्रस्त पड़ा है। कोई युवती उसमें हत हुई है।"

कंस ने आदेश दिए थे "ज्ञात करो, किसका रथ है, कौन था उसमें?"

और थोड़ी ही देर बाद सूचना आ गई थी "वह रथ गंधर्व कन्या मानसी का था और शव भी उन्हीं का है।"

कंस को लगा था कि वज्रपात हुआ है। सूचना सुनकर अपने-आप को संयत नहीं रख सके थे वह। आसन से उठ खड़े हुए थे "क्या अ्?"

संदेशवाहक ने सिर झुका लिया था। सब जानते थे कि गंधर्व-कन्या के प्रति महाराज कंस विशेष कृपालु हैं। बहुत बार तो कंस की प्राप्ति के लिए अनेक लोग मानसी की कृपा प्राप्ति आवश्यक समझते थे।

कंस खड़े थे। चेहरे की दमदमाहट अनायास ही कालिख से भर गई थीं; पर दृष्टि में अविश्वास था। लगता था कि कहेंगे "असंभव! यह कैसे हो सकता है?"

और यही बोले थे वह "असंभव! भला देवी मानसी वहां क्यों जाने लगीं?" नया आदेश दिया था उन्होंने "देवी के गृह पर उन्हें देखो, हो सकता है कि कोई उनसे उनका रथ उधार ले गया हो।"

पर संदेशवाहक खड़ा रहा। कुछ संकोच के साथ उत्तर दिया था उसने "राजन्! देवी मानसी अपने गृह पर नहीं हैं।"

"नहीं हैं?" दूसरा, किंतु हलका धक्का लगा था मथुराधिपति को "यह कैसे हो सकता है?"

संदेशवाहक चुप रहा।

"चित्रसेन!" कंस मुड़े।

चित्रसेन आगे आ गया। सिर झुकाया। कहा, "आज्ञा, महाराज!"

"देवी घर पर नहीं है और यह समाचार...।" वह टूटे-टूटे असंपृक्त शब्द बोल रहे थे"विश्वास नहीं होता। हम स्वयं चलते हैं।"

और चल पड़े थे वह। वायुगति से रथ तक पहुंचे और वायुवेग से रथ को उस दिशा में ले चले। सारी राह कुछ नहीं बोले थे वह। न ही कुछ सुना था। केवल राह देखते गए और फिर जा पहुंचे थे उस स्थान पर, जहां रथ था। साक्षात् समाचार? समाचार की पुष्टि में बिखरे उसके खण्ड-खण्ड!

रथ रोककर उतरते समय कदम थरथराहट से भरे हुए थे। जैसे-तैसे उनको संभाला था, फिर बढ़ चले, उस ओर, जिस ओर एक युवती का क्षत-विक्षत शव दीख रहा था।

मन धक्का खाकर सहमा हुआ। स्वर जिह्वा से बिछुड़कर कहीं खोए हुए और दृष्टि पथराई-सी। देर तक मानसी को देखते रहे थे। सहसा ध्यान गया था। मानसी के शरीर का बहुतेक भाग कपड़ों से खाली था। कभी का सुंदर, मांसल, जीवंत और चंचल शरीर पर इस क्षण जड़! रेत के अस्तव्यस्त ढेर जैसा।

जाने क्यों सेवक को आदेश न देकर स्वयं ही झुके शरीर का बहुतांश अपने कंधे पर पड़े बहुमूल्य शाल से ढंक दिया था उन्होंने, फिर घुटनों के बल बैठे ही रह गए। सहसा स्मरण हो आया था कि राजपुरुष हैं। इस तरह असहज होना उनके लिए शोभाजनक नहीं। गहरा सांस लेकर उठे। आदेश दिया था। "देवी के शव को आदर सहित मथुरा ले आया जाए।"

वह चल पड़े थे। कितना मन हो रहा था कि फिर मुड़ें। एक बार पुनः दृष्टि भरकर मानसी को देख लें। मृत ही सही; किंतु देखें।

मन थाम लिया था। नहीं, यह सब करना उचित नहीं होगा। कंस मथुराधिपति हैं। उन्हें अपने-आप को इतना कोमल, कातर व्यक्ति नहीं बनाना चाहिए। राजगरिमा तो कम होगी ही, असामान्य से सामान्य दीखने लगेंगे और यह सब सेवकों के सामने व्यक्त करना तो कदापि उचित नहीं। रथ पर आ बैठे। कहा था"चलो!"

रथ दौड़ पड़ा था मथुरा की ओर; पर लग रहा था, मन मानसी के पास खड़ा रह गया है। वैसा ही घुटनों-घुटनों, दृष्टि भरकर सुंदरी मानसी को निहारता हुआ, अथकित।

बहुत चाहकर भी उस दिन और कुछ न तो कर सके थे, न ही विचार पाए। कभी-कभी अपने पर ही आश्चर्य होने लगता था उन्हें। क्या हो गया है कंस को? कठोर, केवल पुरुष मात्र समझते रहे मथुराधिपति को? मन में कहां, किस जगह रिसन बिखरी हुई और कौन-सा अदृश्य भाव है, जो मानसी को रह-रहकर चित्रित कर देता हैं, नहीं मालूम।

मालूम कर पाते, तो उस भाव को कुचल देते। राजपुरुष के लिए यही उचित होता है, यही उसकी सामान्यता है। यही सहजता।

पर ज्ञात ही नहीं हुआ या ज्ञात कर नहीं सके। कर नहीं सके, यही कहना उचित होगा, पर इतना जान गए थे कि कहीं मनुष्य हैं। बहुत प्रयत्न के बावजूद अपने भीतर अदृश्य भाव से बैठी संवेदना को बांध नहीं सके हैं। इच्छानुसार बंदी नहीं बना पाए हैं।

पर यह करना होगा। न कर सके, तब राजनीति और कालचक्र की समय धारा से जुड़ नहीं सकेंगे। राजनीतिज्ञ बनने और कालगति से जूझते रहने के लिए निर्मोही होना आवश्यक है और मोहहीनता के लिए अपने-आप को कठोर रखना और बड़ी जरूरत!

यह कठोरता ही तो होती है, जो राजदण्ड का शक्ति के साथ निर्वाह कर सकती है। यही कठोरता होती है, जिससे सत्ता को सहेजा जा सकता है, संभाला जा सकता है, विस्तृत किया जा सकता है। यही कुछ सीखा-समझा था।

पर एक बार भूले-भटके पिता उग्रसेन के समय मथुरा में पधारे हुए ब्राह्मणश्रेष्ठ कृष्ण द्वैपायन से भेंट हो गई थी। पिता के साथ उनसे चर्चा लाभ करने बैठे, तो वह बोले थे"मोहहीन होने के लिए संवेदनहीन होना आवश्यक नहीं होता राजन्! मोहहीनता एक यौगिक और ज्ञानतत्त्व से पूर्ण स्थिति है। उसकी प्राप्ति के लिए दूसरों को जय करने, दूसरों पर आदेश चलाने के बजाय स्वयं को जय करना आवश्यक है।"

उलझ गए थे कंस। तब मथुराधिपति नहीं थे। थे केवल युवराज कंस। स्वर से लेकर विचारों तक कठोरता और केवल पाषाणवत् कठोरता ही समाई

हुई थी। इसीको राजगुण समझते थे वह। लगता था कि इसी से राजनीति का वांछित दिशा में संचालित करने के लिए मोहहीनता जनमती है। पर व्यास का यह तर्क!

अचकचाकर पूछ लिया था "पर महाराज! राजतेज के लिए मोह-हीनता आवश्यक है और मोहहीनता के लिए संवेदनशून्य होना अनिवार्य हो जाता है। यह संवेदन अनेक बार मनुष्य को भावुक बना देता है। इससे मुक्ति पाए बिना भला जनहित और राजहित में कठोर निश्चय कैसे लिए जा सकते हैं?"

कृष्ण द्वैयापन ने उन्हें देखा। ऐसे जैसे व्यक्तित्व का ही संपादन कर रहे हो। खण्ड-खण्ड कंस को आंकते, समझते हुए। दृष्टि से पोर-पोर तक परख लिया था उन्हें। ऋषि की कृशकाया के बावजूद दृष्टि इतनी तीखी थी कि उसका सामना नहीं किया जा सकता था। वेदव्यास कहलाते थे वह। बोले "देखता हूं राजसुत! तुम मनुष्य होकर राजनीति पर विचार नहीं कर रहे हो, राजनीतिज्ञ होकर मनुष्य पर विचार कर रहे हो। विचार की यदि मूलधारा ही बदल हुई हो, तब उसके समग्र विस्तार को लेकर कहना था समझाना कठिन बात है।"

कंस ने अधिक उलझकर प्रश्न किया था "कैसी मूलधारा महाराज!"

"सुनो!" व्यास बोले "राजनीति मनुष्य संचालित है। मनुष्य राजनीति से संचालित नहीं होता। मानते हो ना?"

"मानता हूं।"

"तब मनुष्य होकर राजनीति पर विचार करो। यह हुई मूलधारा।" महर्षि ने शांत स्वर में उत्तर दिया।

कंस स्तब्ध-से देखते रहे। पिता मुस्कुरा रहे थे उनकी ओर। जैसे प्रसन्न हों कि पुत्र को बहुत कुछ सीखने-समझने को मिल रहा है विद्वान ब्राह्मण से। इसी कारण तो आए दिन ऋषियों, ब्राह्मणों का सत्कार किया करते थे वह।

"मनुष्य होते ही बहुतेक गुणावगुण, श्रेष्ठ-अश्रेष्ठ, उचित-अनुचित तुम्हारे सामने आ जाएंगे।" ऋषि ने कहा था "कठोरता भी, सहजता भी। दया भी और क्रूरता भी। संवेदनहीनता भी। मोह भी और मोहहीनता भी। इन सभी के भण्डार में से श्रेष्ठ और उचित का समयानुसार चुनाव करना

तुम्हारे वश में हो जाएगा; किंतु राजनीतिज्ञ होकर विचार करोगे, तो इनमें से चुनाव के लिए केवल स्वार्थ रह जाएगा, शेष कुछ नहीं। तब मोहहीन कैसे होगे, केवल मोहयुक्त हो जाओगे! उससे भी अधिक मात्र मोह! तुम्हारा अपना व्यक्तित्व तो शेष रहेगा ही नहीं।"

शांत भाव से बैठे हुए महाराज उग्रसेन सुनते रह गए। कंस स्तब्ध! समझ रहे थे, किंतु चाहकर भी सहमत नहीं हो पा रहे थे। विद्वान, तपस्वी ऋषि से तर्क-वितर्क की शक्ति नहीं थी उनके पास या यों कि संभवतः क्षमता ही न थी। जो निर्णय लेते थे, विचार-विमर्श से नहीं, स्वयं अपने-आप से निर्णय लेते थे। केवल बुद्धि से जनमते थे विचार। विचारों पर निर्णय होता था; किंतु ऋषि बुद्धि से अतिरिक्त बात कर रहे थे। कहीं बारीक तत्त्व की बात। वह विवेक से विचार का आरंभ चाहते थे। ग़लत नहीं लगता था।

किंतु अनुकूल भी नहीं लग रहा था कंस को। इतना उलझाव कौन झेलेगा। इतना चिंतन-मनन करके श्रेष्ठ-अश्रेष्ठ पर निर्णय करने का कष्ट कौन सहेगा? राजा है, राजस्व तेज का निर्णय ही न्याय। जीवन जीने का यही आसान तरीका लगता था।

"बोलो, राजसुत! प्रश्न नहीं करोगे?" व्यास की तीखी दृष्टि उन पर ठहरी हुई थी।

"हां...हां-हां...अवश्य।" कंस को लगा था कि जिज्ञासु न होना या अपने-आप को जिज्ञासु प्रकट न करना भी उनके लिए मर्यादायुक्त न होगा। पूछा था"मोहमुक्ति राजस्व के लिए आवश्यक नहीं, अपितु पहली और अनिवार्य आवश्यकता है। माता, पिता, बंधु, सखा-संबंधी सभी से मोहमुक्त होकर ही राजा, बनता है। यही न देव!"

व्यास तुरंत बोले नहीं। केवल तीखी, लगती निगाहों से उन्हें देखते रहे। थोड़ी देर बाद महाराज उग्रसेन से कहा था"मथुराधिपति! देखता हूं कि तुम्हारा पुत्र केवल बुद्धि संचालित है, पर मात्र बुद्धि से सत्ता नहीं संभाली जाती।"

कंस आहत हुए। क्रोध भी आ गया था उन्हें। यह दुष्ट ब्राह्मण उन्हीं

से पूजा करवाकर उन्हीं को मूर्ख कह रहा है, अयोग्य बतला रहा है। जी हुआ था, उसी क्षण राज्य सीमा से बाहर निकलवा दें, किंतु महाराज उग्रसेन के रहते संभव न था। ब्राह्मणों के प्रति अत्यधिक भावुक और सहृदय होने के साथ-साथ श्रद्धालु भी थे वह। हाथ जोड़कर राजा ने क्षमायाचना की थी उनसे, कहा था''ब्रह्मन्! युवराज को क्षमा कर दें। प्रश्न करता तो चाहता है; किंतु संभवतः अभिव्यक्ति नहीं कर पा रहा है। मैं स्पष्ट करता हूं।'' कुछ पल वृद्ध राजा रुके, फिर कहा था''युवराज यह जानना चाहते हैं कि परिवार और परिजनों से मोहमुक्त हुए बिना राज्य कैसे किया जा सकता है?''

''किंतु केवल परिजनों, परिवार या मित्रों से मोहहीन हो जाना तो मोहमुक्त हो जाना नहीं है उग्रसेन।'' ऋषि ने उत्तर दिया''मोहहीन होने का अर्थ है, अपने प्रति भी मोहमुक्त होना। अपने प्रति मोहमुक्त हुए बिना, दूसरों के लिए मोहहीन हो जाना तो केवल कठोरता, और निर्दयता हो जाएगी और राजा कठोरता, निर्दयता, संवेदनहीनता से राजा नहीं बनता, अपितु राजा बनता है संपूर्ण सरलता, सहजता, संवेदना और समर्पण से। उसकी मोहमुक्ति उसे संपूर्णता देती है। तुम्हारा पुत्र मोहहीनता का अर्थ ही दूषित किए दे रहा है। वह मनुष्य होकर विचार नहीं कर रहा। उसने जितनी भी जिज्ञासाएं की है, मनुष्यभाव से नहीं, राजा के भाव से की हैं। ऐसे व्यक्ति को ज्ञान मिले, विवेक जागृत हो, असंभव है। ''स्वर के अन्तिम क्षणों में कंस ही नहीं महाराज उग्रसेन को भी लगा था कि ऋषि क्रोधित हो गए हैं। एक भय व्याप गया था मन मेंश्रापभय!

इसीलिए इन ब्राह्मणों, तपस्वियों को बुलाते नहीं थे राजकुमार। अपरोक्ष रूप से किस पल, क्या कर डालेंगे, क्या कह देंगे, तय नहीं। लगता था कि इन्हें बुलाना, आफत बुलाना है। चुप रहे थे कंस। चुप हो रहे थे या बेबस हो गए थे?

पर उस क्षण महर्षि से जितनी विरक्ति हुई थी, इस समय वह उतने ही याद आने लगे हैं। उनका हर शब्द, शब्द का मर्म!

रथ संचालित करते गए वह। रथ की तेज गति और ध्वनि ने भी उन्हें विचलित नहीं किया था। कितना सच था व्यास का कथन। मनुष्य

होकर राजनीति पर विचार करो। यही कुछ तो कहा था उन्होंने। और मानसी के असामयिक निधन ने सहसा मनुष्य बना दिया था उन्हें या केवल स्मरण दिलाया था कि वह मनुष्य हैं?

असंतुलन और अस्तव्यस्तता के अनेक पहर काटकर सहसा वह पुनः राजपुरुष हो गए थे। वही कठोर, पाषाण पुरुष। मोहहीनता की अपनी ही बनाई अर्थवत्ता से जुड़े हुए।

विचारशेष नहीं हुए थे कि सेवक उपस्थित हुआ। महाराज कंस ने चेहरा उठाकर उसे देखा।

सेवक ने नम्र स्वर में निवेदन किया था"महाराज की जय हो! कारागृह से पुनः सूचना आई है, देवकसुता को पुत्र प्राप्ति हुई!"

कंस सब कुछ भूलकर उठ पड़े! ऐसे जैसे अब तक भयावह जगंल में भटके हुए थे। कहा"रथ तैयार करो!"

सेवक आज्ञा निबाहने दौड़ पड़ा। रथ तैयार हुआ। कुछ पलों बाद मथुराधिपति उसमें आ बैठे और रथ तीव्र गति से कारागृह की ओर दौड़ पड़ा।

मार्ग में ही ज्ञात हुआ था। राजपथ से कारागार की ओर मुड़े, तब सहसा रथ को रुकने का संकेत किया गया। सारथी ने लगाम खींची। कंस अचकचाए, कौन है जो बिना राजाज्ञा मथुराधिपति के रथ को रुकने का संकेत कर रहा है? पूछें, इसके पूर्व ही सैनिक आ खड़ा हुआ था"अपराध क्षमा करें, महाराज। किंतु सूचना आवश्यक थी। मगधराज का संदेशवाहक आया है। रथ एक ओर रोक दिया है उसका।"

मगधराज का संदेशवाहक? कंस चौंके; पर तुरंत संयत किया अपने-आप को। कहा था"राजनिवास के अतिथिगृह में संमानपूर्वक ठहराओं उन्हें। हम अभी उपस्थित होते हैं।"

"जो आज्ञा!" सैनिक लौट आया। रथ पुनः चल पड़ा था कारागार की ओर। शांत रहना चाहते थे। बने भी हुए थे, पर लगता था कि घोर अशांति से भरे हुए हैं। रथ के हर चक्र की गति के साथ-साथ मन भी अनेक प्रश्नों से भरा हुआ। प्रश्न-चक्र। प्रश्न के बाद प्रश्नों का एक सिलसिला!

जो निर्णय ले चुके हैं और जिस निर्णय को कार्यान्वित करना है, कर सकेंगे? सहज रहकर कर सकेगें? देवकी का चेहरा रह-रहकर आंखों के आगे उभर आता है। वसुदेव उतने स्मरण में नहीं हैं, न ही ठहर पाते हैं, जितनी देर देवकी आ थमती हैं। मूक होते हुए भी बहुत कुछ कहती हुई। शांत रहकर भी घोर अशांति से भरी हुई। सामान्य दीखते हुए भी असामान्य।

कंस किस तरह वध करेंगे अबोध शिशु का? कंस ने गले का थूक निगला। लगा था कि अपने ही भीतर धिक्कार से भर उठे हैं वह। वीर, पराक्रमी, बली, समर्थ मथुराधिपति कंस और एक बालक की हत्या! सद्यजात बालक।

इतने भयातुर कंस! इतने कमजोर! इतने कातर! इतने कायर!

कंस के भीतर हचमचाहट हो उठी। जाने क्यों, शरीर कंपन से भर आया। जो सुनेगा, उसे कितनी ग्लानि होगी कंस पर! कितनी घृणा? कंस अनायास ही सही; पर अपने-आप को कायर तो सिद्ध कर ही देंगे! मृत्युभय से आक्रांत एक साधारण पुरुष! इतने आक्रांत और थके हुए कि बालक से भयभीत!

पर यह करना होगा! यह भी तो कर सकते हैं कि देवकी की सात संतानों को हत न करें। केवल हत करें आठवें को। वही तो है, जो उनकी मृत्यु-आशंका बना हुआ है। वही है, जिसे लेकर कहा-सुना है ज्योतिष-ज्ञाताओं ने।

किंतु समाचार यही था कि वसुदेव-देवकी के पुत्र से भय है कंस को और यह देवकी की किसी भी संतति में साक्षात् हो सकता है अतः कंस को क्रूर बनना ही होगा। कोई कुछ भी कहे, कहता रहे। उन्होंने जबड़े कस लिए। संवेदन का हर कोमल विचार जैसे दाढ़ों में दबोचकर हत कर दिया।

रथ कारागार के मुख्यद्वार पर पहुंच चुका था।

अतिथि-गृह में आगत अतिथियों के स्वागत-सत्कार की संपूर्ण व्यवस्था की गई थी। राज-पुरोहित और बकुल प्रसन्न हुए।

पुरोहित बोले थे"वत्स! निरंतर यात्रा के कारण थक गया हूं मैं। विश्राम करूंगा। महाराज कंस पधारें अथवा उनका कोई संदेश आए, तो भेंट के लिए कल का समय लेना।"

"जैसी आपकी इच्छा ब्रह्मन!" बकुल ने श्रद्धा से सिर झुका दिया था। राजपुरोहित शयन-गृह में चले गए।

बकुल भी थकान अनुभव कर रहा थाः किंतु मथुराधिपति ने कहलवाया था कि वह अभी उपस्थित होते हैं। स्वयं उपस्थित होंगे? चकित हुआ था बकुल। विशाल शूरसेन जनपद के प्रमुख स्वयं आएंगे बकुल से भेंट करने?

वह नहीं आएंगे। संभवतः महाशक्तिशाली जरासंध की शक्ति लाएगी उन्हें। बकुल को अपने भीतर से ही उत्तर मिला। यह भी हो सकता है कि अतिथि-सत्कार का धर्म उन्हें ले आए।

जो भी हो, बकुल को प्रतीक्षा करनी थी और प्रतीक्षा में जागते रहना भी था। जागता रहा था वह। विशेष कक्ष में बैठा हुआ पल-पल चौकन्ना रह था वह। न जाने किस क्षण महाराज उपस्थित हों; न जाने कब, किस पल उनका संदेश आ पहुंचे।

अर्धरात्रि बीतते-न-बीतते समाचार मिल गया था उसे। संदेशवाहक ने सूचना दी थी"महाराज ने पुछवाया है, कहीं कुछ आवश्यकता तो नहीं है आप लोगों को?"

"क्या मथुराधिपति से भेंट...?" बकुल बोला थाः पर संदेशवाहक सैनिक ने बात काट दी। कहा"जानता हूं दूत! आप उनके लिए प्रतीक्षित हैं; पर महाराज आज बहुत क्लांत हैं। किसी विशिष्ट राजकार्य से बाहर गए थे। लौटते समय देर हो गई। अतः रात्रि को आपको कष्ट देना उचित नहीं समझते। कहा है, यदि विशेष कार्य न हो, तो कल सभा में भेंट कर लें।"

"जैसी उनकी इच्छा!" बकुल ने उत्साहित होकर कहा था। वह स्वयं भी बहुत थका हुआ था, प्रसन्न हुआ"कल राजसभा में ही उपस्थित हो जाएंगे हम। महाराज को विश्राम करने दो।"

अभिवादन करके संदेशवाहक लौट पड़ा। बकुल ने उबासी ली और शयन-गृह की ओर चला। बिछौने पर लेटते ही पलकें लग गईं उसकी।

किंतु महाराज कंस की पलकें नहीं लगी थीं। रह-रहकर अपनी मोटी कठोर हथेलियों को देखने लगते। गला सूख जाता था उनका। जिस क्षण उस सद्यजात कोमल शिशु को हत किया, उस क्षण जैसे बुद्धि रिक्तकर लिया था अपने-आप को। दृष्टि में सब कुछ था; किंतु सब अलोप। अंधेरी रात्रि की तरह काला।

वे भी यही कुछ अनुभव कर रहे होंगे? वे यानी देवकी और वसुदेव। उनके अनुभव तो कुछ और अधिक कष्टकर होंगे। कैसे, कितने! यह अनुमान मथुराधिपति नहीं कर सकेंगे। वे केवल एक वधिक के भाव का अनुमान कर पा रहे हैं। वह अनुमान कैसे कर सकते हैं, जो वध के दर्शकों ने झेला होगा? उससे भी कहीं अधिक गहराई के साथ! वसुदेव-देवकी ने उस बालक के वध को साधारण वध की तरह तो झेला नहीं होगा? उन्होंने अपने-आपका वध झेला होगा।

कंस न चाहकर भी छार-छार हो उठे हैं। विभाजित। अपना ही चेहरा नहीं पहचान पा रहे हैं। अपना-आप समझ पाना भी उनके वश में नहीं रहा। लगता है कि वह स्वयं ही नहीं रहे हैं। रह गया है, केवल यम! मृत्युवाहक! जिसका न कोई चेहरा होता है, न नाम, केवल एक अंधकार!

और अंधकार को अंधकार भला कैसे देख सकता है? कंस की भी यही स्थिति है। अंधकार बन चुके हैं। इस अंधकार में सदा-सर्वदा के लिए अपने को गुमा दिया है उन्होंने। अब कभी, किसी भी पल स्वयं को नहीं पहचान सकेंगे। पहचानेंगे भी, तो केवल अंधेरे की तरह।

यह अंधकार ही उनका सत्य है; किंतु अंधकार में ही मृत्युभय से मुक्ति पाई है उन्होंने।

यही अंधकार उनका जीवन; किंतु अंधकार से भरे जीवन का अहसास कितना कठिन होता है? वह अपने-आप से ही पूछने लगे हैं। प्रकाश असह्य होता है उसके लिए या प्रकाश भय का कारण। कंस के लिए प्रकाश

भय का कारण है! ज्योतित वातावरण देखते, भोगते हुए भी इस अंधकार से मुक्ति नहीं मिलेगी उन्हें। यह अंधकार उनके तन-मन में समा चुका है, पर एक संतोष है, अंधकार मृत नहीं होता कि अंधकार में जीवन नहीं होता?

प्रश्न एक गुत्थी की तरह माथे में कौंध गया है; पर इस गुत्थी को दबोचे रहने में ही कुशल! कुशलता से अधिक कंस का सत्य। उस हर आदमी का सत्य, जो ज्योति को अंधकार की दृष्टि से देखने का आदी होता है।

अनायास ही वह पुकार उठे थे"कोई है?"

एक साथ अनेक सेवक उपस्थित हुए। हर दृष्टि में भय और भयातुर प्रश्न"आज्ञा?"

"यह...यह प्रकाश नष्ट कर दो।" कंस ने आज्ञा दी थी। लेट गए। सेवकों ने जहां-तहां की गई प्रकाश व्यवस्था समाप्त कर दी। सब ओर अंधेरा छा गया।

पर अजीब बात हुई। अंधकार में भी पलकें नहीं लग सकीं उनकी। व्यर्थ ही पुतलियां इधर से उधर घुमाते हुए देखने लगे। लगता था कि अब भी सब कुछ साफ-साफ दीख रहा है। रथ से उतरकर कारावास की ओर उनका बढ़ना, फिर पीछे-पीछे आज्ञाकारी भाव से चलते हुए कंटक और वसुहोम को आज्ञा देना"द्वार खोलो!"

सब कुछ तो दीख रहा है। अंधकार है, प्रकाश-भरी घटनाओं से भरा हुआ अंधकार! चित्रमय अंधकार! एक ही चित्र को बार-बार, यहां तक कि पल-पल घटाता हुआ अंधकार। ऐसे जैसे सूर्य ने सब कुछ उजला दिया हो।

सूचना पहुचाने के पूर्व वसुहोम ने थरथराते कदमों से वसुदेव का सामना किया था। कांपते स्वर में, जैसे समूची शक्ति बटोरकर बोल रहा हो, बोला था वह"मुझे क्षमा करें, महामंत्री! महाराज तक सूचना पहुंचाना आवश्यक है।"

और वसुदेव ने जैसे चट्टान की तरह दरककर उत्तर दिया था"तुम राजाज्ञा का निर्वाह करो! इस समय यही उचित है।"

"किंतु...।" कहना चाहा था वसुहोम ने; पर लगा कि शब्द जनमे जरूर हैं, किंतु मृतप्राय। उनमें ध्वनि नहीं है। इसके विपरीत एक ध्वनि-हीन विचार उभर आया था मन में। जो कुछ तू कहने जा रहा है, क्या वसुदेव वह जानते नहीं? सूचना पाते ही मथुराधिपति कंस क्या करेंगे? वही जो वह पहले कह गए हैं। गर्भ-धारण के समाचार के समय पर ही सूचना दे चुके हैं! घोषणा कर गए हैं वह। निश्चित आशंका की स्पष्ट घोषणा। वसुदेव-देवकी से उत्पन्न हर जीवधारी का नाश।

वसुहोम ने गहरा श्वास लिया था। सेवक से सूचना पहुंचवा दी थी कंस को। फिर लौटकर उसी कक्ष में आ बैठा था, जिससे शांत भाव से वसुदेव बैठे थे।

प्रसूति-गृह से कुछ समय पूर्व बालक का रोदन उठा था, फिर उत्साहित चाल में अनुराधा ने बाहर आकर सूचना दी थी "पुत्ररत्न!"

वह आगे भी कुछ कहती; किंतु लगा था कि उसके शब्द भी जनमने से पहले मृत हो गए हैं। सिर झुकाया, लौट गई।

उन सभी ने सूचना सुनी। ऐसे जैसे जल बरसा हो, पर पृथ्वी पर नहीं। चट्टान पर। रिसकर बह गया हो। प्रभावहीन! समाचार के सुख, आनंद और उल्लास की समूची शक्ति समाप्त। संभवतः जल में ही जल-शक्ति नहीं रही है या कि पृथ्वी ही पाषाण हो चुकी है। हुआ यही था। जल बरसा; पर पाषाण पर। सुख और आनंद की कोंपलें कैंसे जनम सकती हैं पत्थरों में?

प्रतिक्रियायुक्त होकर भी प्रतिक्रियाहीन रही थी सूचना। जो प्रतिक्रिया हुई, वह मात्र यह कि किसी को जन्म सूचना के नाम पर मृत्यु को आमंत्रित करना था। किसी को जनमते भी मृत्यु स्वीकार लेनी थी।

वे शांत बैठे रहे। भीतर से बालक का रुदन-स्वर उभर रहा था, फिर वह स्वर शांत हो गया। सन्नाटा बिखरा हुआ था सभी ओर। रात्रि को और अधिक गहरी काली रात्रि में बदलता हुआ, फिर हलकी आहट हुई। वसुहोम ने देखा, चंचला बाहर आ रही है। मन घोर वितृष्णा से भर उठा था उसका। नारी होकर भी मातृत्व के प्रति ऐसी क्रूरता। क्या वह नहीं जानती थी कि देवकी को लेकर गुप्त सूचनाएं एकत्र करते रहने का अर्थ था, नारीत्व के एक सहज स्वाभाविक अधिकार को हत करना।

पर वसुहोम कुछ अकचका-सा गया। लगा था कि चंचला की आंखों में कुछ रिसन है या वसुहोम को ही धोखा हुआ है? कैसी कठोर, पाषाण हृदय स्त्री के मन में शिशु के प्रति ममता उभर सकती है। सहसा विश्वसनीय नहीं लगा था उसे।

किंतु उस समय चौंक गया, जब उसने पाया था कि चंचला अनायास ही दृष्टि बचाकर कुछ भागती हुई-सी एक ओर चली गई। उसकी असहजता देखकर एक ओर बैठा कंटक उसके पीछे लपक पड़ा। वसुहोम कुछ पल खाली दिशा में देखता रहा, जिधर वे दोनों चले गए थे, फिर उठा और दबी चाल में उसी ओर चल पड़ा।

वे विशाल प्रकोष्ठ के एक कोने में खड़े हुए थे। चंचला पति की ओर से पीठ मोड़े हुए। संभवतः आंचल का छोर भी उसने मुंह में दे रखा था।

वसुहोम एक ओर थमा रह गया। आश्चर्य और विश्वास से उन्हें देखता हुआ। कंटक पूछ रहा था, "क्या हुआ तुम्हें?"

वह चुप थी।

"कुछ बोलो तो?" कंटक ने उसे पुनः कुरेदा।

"कुछ नहीं।" वह बोली। वसुहोम चकित हुआ। चंचला की आवाज स्वाभाविक तो लग नहीं रही है, पर क्यों?

"फिर तुम इतनी असहज क्यों हो रही हो?" वसुहोम ने सुना, कंटक कह रहा था।

"ऐसे ही।" उसने कहा। ऐसे जैसे देर तक फेफड़ों में भरा रहा श्वास उछाला हो।

"किंतु देवी!" कंटक ने उसी कटु स्वर में कहा था"यह तो प्रसन्नता की बात है कि महाराज कंस का काल जनमा है और शीघ्र ही नष्ट भी हो जाएगा।"

अनायास वसुहोम को लगा था कि वह बिजली की तरह कौंधकर मुड़ी हैं। पति की ओर घृणापूर्वक देखते हुए उसने कह भी दिया था"तुम्हें

जन्म नहीं मृत्यु देखकर सुख मिलता है, देव! आश्चर्य, कैसी विचित्र पाशविक मनोवृत्ति है यह!"

"यह क्या बक रही हो तुम?" कंटक का स्वर सहसा कड़वा हो उठा था। क्रोध से उसने पत्नी की दोनों बांहे पकड़कर उसे झकझोर डाला"तुम सहज तो हो? कहीं देवकी के पुत्र ने तुम पर कोई मंत्र तो नहीं किया?"

चंचला की दृष्टि से घृणा उसी तरह कायम रही। उसने कहा था, "स्त्री के लिए संतान मंत्रवत प्रभावी होती है स्वामी! और यह विस्मृत मत कीजिए कि मैं भी स्त्री हूं। गर्भधारण का कष्ट, सुख, आनंद और तृप्ति का भाव मुझमें भी उसी तरह है, जैसे देवकी में है। जन्म का सुख भी मैं समझती हूं और मृत्यु की पीड़ा भी! विशेषकर संतति की मृत्युपीड़ा!"

कंटक के पंजों की जकड़ सहसा ढीली हो गई। वसुहोम चकित! चकित से कहीं अधिक प्रसन्न। चलो, चंचला के भीतर जागा मातृत्व में ही कहीं देवकी-वसुदेव का शुभ हो?

चंचला ने भर्राए स्वर में कहा था"मुझे निवास पर जाने की आज्ञा दें। जो कुछ होगा, वह मैं देख नहीं सकूंगी।" और इसके पूर्व कि कंटक कुछ कहे अथवा कर सके, वह तीव्रगति से एक ओर चली गई थी। स्तब्ध खड़ा रह गया था कंटक...!

वसुहोम ने गहरा श्वास लिया। लौटकर अपने स्थान की ओर चल पड़ा। महाराज कंस तक संदेशवाहक सूचना पहुंचा आया था, किंतु वह नहीं आए थे! "आएंगे", केवल यही कहा था उन्होंने। वसुहोम प्रतीक्षा करता रहा था उनकी। वसुदेव और कंटक भी।

रात पूर्ववत रेंगती जा रही थी। कंटक पूर्वापेक्षा जड़-सा होने लगा था।

थोड़ी देर बाद अनुराधा पुनः प्रसूति-गृह से बाहर आई थी। चेहरे पर सन्नाटा लिपा हुआ था उसके। सूचना दी थी"देवकीसुत अब प्रसन्न हैं। आप चाहें, तो उनके दर्शन करें!"

सूचना वसुहोम के लिए थी या वसुदेव के लिए? निश्चय ही वसुदेव से कहा था उसने। वसुदेव ने सुना। खाली आंखों से अनुराधा की ओर देखा फिर चुपचाप चल पड़े प्रसूतिगृह की ओर।

देवकी के पास ही लेटा था शिशु, विशाल कारागार का अंधेरा था सब ओर। प्रकाश के नाम पर थोड़ी-सी किरनों की व्यवस्था की गई थी। उन किरणों में ही देवकी का पहला पुत्र किसी तारे की तरह चमचमा रहा था। पलकें बंद थीं उसकी। शरीर हलके-हलके थरथराता हुआ।

वसुदेव भावहीन उसे देखे जा रहे थे। दृष्टि परिधि में पत्नी भी थीं; पर उस क्षण वह शांत थीं, जैसे गहरी निद्रा में हों।

वसुदेव ने साहस संजोया, आगे बढ़े। स्पर्श के लिए हौले से हाथ आगे बढ़ाया था उन्होंने; पर न जाने क्या हआ, हाथ एक सीमा तक बढ़कर ही थम गया। दृष्टि में अनायास ही पत्नी की कनपटियों पर रिसते अश्रु-कण आ गए और लगा कि उनकी अपनी आंखों के सामने धुंधलाहट बिखर गई है!

थूक का धूंट निगलकर हाथ पीछे खींच लिया उन्होंने। धीमे, बहुत धीमे, ऐसे जैसे गुनगुनाए हों, बोल पडे थे वह"देवकी!"

देवकी ने हौले से पलकें खोलीं। आंसू तिर रहे थे पुतलियों पर। संभवतः ये आंसू ही उत्तर हैं, यही प्रश्न। वे चुपचाप एक-दूसरे को देखते हुए स्तब्ध से लेटे-बैठे रहे।

देर बाद वसुदेव जैसे साहस संजो सके थे। आगे बढ़कर शिशु से पहले पत्नी के माथे पर हाथ रख दिया, बोले"तुम्हारी पीड़ा जानता हूं, देवी! किंतु कालगति के आगे किसी की नहीं चलती। विधि-विधान ईश्वर निर्मित हैं। मनुष्य केवल उनका वाहक, उनका सेवक।"

देवकी ने उत्तर नहीं दिया। सिसक पड़ीं, फिर सिसकती ही रहीं।

वसुदेव तरह-तरह से आश्वासन देते रहे थे उन्हें"धैर्य से काम लो देवी! मथुराधिपति यदि इस अबोध के प्रति निर्मम होंगे, तो निश्चय जानो, विधाता उन्हें दण्ड अवश्य देगा। वह सर्वज्ञ है, सबका संचालक है, सबका सूत्रधार! उसका दिया सुख और उसका दिया दुःख, सभी कुछ अजाना है, रहस्यमय है!"

पर देवकी की ओर से कोई उत्तर नहीं। बस, सिसकियां और धीमे-धीमे थकती जाती सिसकियां ही उनका उत्तर। बहुत कुछ, बहुत तरह यही सब कहते रहे थे वसुदेव। अंत में लगा था कि स्वयं भी थकने लगे हैं। स्वर

लड़खड़ाने लगा था उनका। दृष्टि में बार-बार शिशु आ रहा था या कि दृष्टि ही बार-बार कोमल शिशु पर जा रही थी?

अनुभव हुआ था वह भी सिसकने को हो आए हैं। मुंह मोड़कर दूसरी दिशा की ओर देखना चाहा था उन्होंने। यह शिशु और वेदनामयी पत्नी न देखे, तो संभव है स्वर नियंत्रित रहे, सिसकियां थमें; पर विचित्र स्थिति! न गरदन मोड़ पा रहे हैं, न ही दृष्टि हटाना उनके वश में रह गया है। बस, लगातार शिशु को देखे जा रहे हैं। मन करता है कि दृष्टि में सदा-सदा के लिए उसे समेट लें। पुतलियों के भीतर एक गोद जनम आए और उसमें समा जाए यह शिशु।

सकपकाकर उठ पड़े थे वह। कठोरता से काम लेना होगा उन्हें। शिलावत् कठोरता; पर वह कठोरता कहां से लाएं? मन के किसी कोने में तो रेत का अंश भी नहीं बचा है। सब कुछ तो केवल रिसन बन गया है, जलवत्! केवल तरल! इस तरल को किस शक्ति से बटोरकर, किस संयम से सहेजकर शिला में बदल सकेंगे?

असंभव है! मन ने निर्णय दे दिया था। विचारशून्य हो गए।

देवकी उसी तरह हिचकियां भर रही थीं। अब इतना और हो गया था कि देवकी ने एक हाथ को कपोल के पास अपनी हथेली से दबा लिया था। लगता था कि वज्र शिला के नीच दब गई है वसुदेव की हथेली। देवकी का कोमल स्पर्श उस शिला की तरह ही भारी अनुभव हुआ था उन्हें। हथेली हटा पाना भी वश में नहीं।

और स्वर? पता नहीं कहां गुम गया है? शब्द? सोच से परे। न जाने किस लोक में, अदृश्य! ऐसे जैसे कभी उनसे वसुदेव की पहचान ही नहीं रही है।

रात गहरी और गहरी होती हुई। वसुदेव चुपचाप शांत बैठे रहे। सन्नाटे को तोड़ते हुए किसी स्वर, किसी आहट से बेखबर। वह केवल सुन पा रहे थे कोमल शिशु का धीमे-धीमे हाथ-पैर हिलाना। वे नन्हें-नन्हें हाथ-पैर! वसुदेव गहरे, खूब गहरे तरल जल में डूबते हुए और डुबकियों की आवाज बन गई हैं थम-थमकर उठने वाली देवकी की सिसकी।

अब नहीं उबर सकेंगे इस अतल जल से! वही क्यों, संभवतः देवकी

भी नहीं उबर सकेंगी। अब तो कोई उबारे तो उबार ले। उनके अपने वश में कुछ भी नहीं है। इस समय किसी के वश में कुछ नहीं है। जिसके वश में है, वह अपने से ही अवश हो गया है।

रथ कारागार के मुख्य द्वार पर थमा, वे उतरे। उतरते समय पैर कांपे थे उनके, पर लगा था कि इस कंपन को संभालना भी उनके वश में नहीं है, उनका आगे और आगे बढ़ते जाना भी और उससे भी आगे द्वार तक पहुचंकर यह कह देना भी उनसे अवश ही हुआ था"द्वार खोलो!"

द्वार खुल रहा है! द्वार की घोर गर्जन करती आहट भी उभर रही है; पर आश्चर्य! यह आहट सुनाई नहीं पड़ रही है महाराज कंस को। वह सुन रहे हैं अपने भीतर किसी अदृश्य का आदेश। आगे बढ़ो, मथुराधिपति। तुम्हारी मृत्यु अभी तुम्हारे वश में है पर मैं किसके वश में हूं? पूछना भी चाहा है उन्होंने पर पूछ नहीं सके। केवल आगे बढ़ गए हैं।

भयभीत बहन-बहनोई सामने हैं। शक्तिहीन देवकी जैसे-जैसे उठने की चेष्टा कर रही हैं किंतु उठ नहीं पा रहीं। वह कांप भी रही हैं, रो भी रही हैं; पर रुदन सुना नहीं पड़ रहा है मथुराधिपति को।

एक ओर निवेदन करते हुए वसुदेव खड़े है। बहुत थर्राता, कांपता, निवेदन"महाराज! यह अबोध बालक किसी को क्या क्षति पहुंचा सकता है?"

पर सुना नही हैं उन्होंने। भयभीत दृष्टि बालक को इस तरह देख रही है, जैसे असंख्य चमचमाती तलवारों का समूह हो। दृष्टि जिस पर ठहर नहीं पाती। सहसा वे तलवारें प्रहार मुद्रा मे उठती हुई-सी लगती है। वे कंस की ओर आ रही हैं। बस, वे कंस को आहत कर देंगी, समाप्त!

सूचना गूंज रही है कानों में"वसुदेव-देवकी की संतान ही तुम्हारा काल होगी कंस!"

काल! काल! काल! कंस न कुछ सुन पा रहे हैं, न देख पा रहे हैं, सिर्फ अंधकार बिखर गया है उनकी आंखों से लेकर मस्तिष्क में।

हाथ यांत्रिक ढंग से बढ़ते हैं बालक की ओर। देवकी चीख़कर भाई

के पैरों पर गिर पड़ी हैं। सिर पीटा है उन्होंने"इसे छोड़ दो भइया...! यह अबोध तुम्हारे लिए क्या भय है? इसे छोड़ दो! यह तुम्हारा ही रक्तांश है पूज्य! अवध्य है तुम्हारे लिए! तुम्हारा पुत्रवत्!"

"महाराज!" वसुदेव गिड़गिड़ा रहे हैं।

किंतु कंस के लिए न सुन पाना शेष रहा है, न देख पाना। वह मनुष्य भी कहां रहे हैं, केवल भय रह गए हैं! आकार-प्रकार, व्यक्तित्व-विचार से शून्य, केवल भय।

सहसा धरती पर कोमल बालक को एक ओर रखकर उन्होंने तलवार खींच ली है!

"भईया!" देवकी अंतिम बार चीखी है। कंस की तलवार पर किरनें कौंधी हैं। इन कौंधों ने दृष्टि चौंधिया दी है वसुदेव की। सिसकते रह गए हैं और कंस का हाथ तीव्र गति से नीचे जाकर निर्दोष, कोमल बालक को दो टुकड़ों में विभाजित कर गया है। रक्तरंजित खंग लिए वह कारागृह के बाहर चले गए हैं।

देवकी बेसुध हो चुकी है। कोई नहीं आया कक्ष में। कैसे आ सकता है? न वसुहोम, न कटक। वे केवल बाहर खड़े थरथराते रहे हैं। हर चीख रोमांचित करती गई है उन्हें। किस तरह अपने आपको सुधि में सहेजे रख सके हैं, नहीं जानते।

"द्वार बंद कर दो!" वज्र की तरह कंस के शब्द बरसे हैं उन पर और यांत्रिक भाव से वसुहोम और कंटक ने मिलकर द्वार बंद कर दिए!

महाराज कंस ने किसी के साथ आने की प्रतीक्षा नहीं की है। रक्तरंजित खंग किए हुए वह तीव्रगति से कारागार के बाहर निकल गए हैं। ऐसे जैसे भयातुर भागे जा रहे हों! इतने कायर तो नहीं हैं वह?

पर वह वीर भी कहां है। उन्होंने रथ में लगभग बेसुधी के साथ स्वयं को रख दिया है। इसी तरह, जैसे किसी अदृश्य शक्ति से टो लाए हैं अपने आपको।

रथ पुनः दौड़ पड़ा है मथुरा के राजपथ पर। आश्चर्य! रथ की गड़गड़ाहट नहीं सुन पा रहे है कंस। वह सुन रहे हैं अपना हांफना। तेज और तेज होता जाता हांफना।

कंस अंधेरे में भी जागते रहे थे। संपूर्ण रात्रि जागते रहे। कितनी बार हथेलियां मसलीं, कितनी बार करवटें बदलीं और कितनी बार शैया से उठकर शयन-कक्ष में टहले, यह भी स्मरण नहीं!

बस, जागना स्मरण है। पलकें बहुत बार मूंदी थीं। थकान भी अनुभव की थी शरीर में पर नींद नहीं। बहुत प्रयत्न करने पर भी नहीं आई।

रात इसी तरह बीत गई थी। उत्तेजना सुबह भी थी। जैसे-जैसे सूर्य चढ़ा, अधिक तीव्र हुई थी उत्तेजना, किंतु जाने कहां से अनोखी शक्ति जुटा ली थी उन्होंने। काबू किए रहे।

मृत्युभय से एक बार तो मुक्ति पा ली थी उन्होंने; पर क्या सचमुच सदा के लिए मुक्ति पा ली है? मन बार-बार पूछ उठता।

उत्तर नहीं है उनके पास। कभी होगा भी नहीं। बस, इसी तरह देवकी वसुदेव की हर संतान को समाप्त करते जाना होगा। मुक्ति का भाव अवश्य आएगा मन में; पर मृत्यु भय नहीं छंटेगा। याद आता है, आखेट करते हुए एक बार एक ऋषि से भेंट हो गई थी। ज्ञात हुआ था, बहुत बड़े तपस्वी हैं। अनायास ही कंस, तबके युवराज कंस प्रश्न कर बैठे थे उनसे "ब्रह्मन्! क्या मृत्यु से मुक्ति प्राप्त की जा सकती है?"

वृद्ध तपस्वी मुसकुराए थे, फिर शांत स्वर में उत्तर दिया था "नहीं राजन्! यह असंभव है। मुक्ति जन्म से अवश्य प्राप्त की जा सकती है, मृत्यु से नहीं।"

तर्कातर्क कर उठे थे युवराज "ऐसा क्यों ब्राह्मण देवता! जब मनुष्य जन्म से मुक्ति पा सकता है, तब मृत्यु से क्यों नहीं पा सकता?"

"इसलिए युवराज, क्योंकि मुक्ति असत्य से प्राप्त की जाती है, सत्य से नहीं।" तपस्वी ने उत्तर दिया था "सत्य से अब तक कोई भी मुक्त नहीं हो सका है।"

कंस को लगा था कि वृद्ध तपस्वी से व्यर्थ ही माथापच्ची करेंगे। तर्कातर्क में उलझकर अपने आपको उलझाना उन्हें कभी रुचिकर रहीं लगा। विदा ले ली थी उनसे!

पर आज उसी तपस्वी के शब्द पुनः स्मरण हो आए हैं। लगता है कि वृद्ध ब्राह्मण पास ही खड़े हुए हैं। श्वेत धवल दाढ़ी और तपस्या के

कारण जर्जर शरीर किंतु तेजस्वी मुखमण्डल। धीमे से कहते हैं"मैंने कहा था ना कंस! सत्य से मुक्ति कभी नहीं होती!"

प्रातः जलपान करते समय ही सोच में पड़ गए थे कंस। सच ही तो, मृत्यु को केवल टाल दिया है उन्होंने, किंतु मुक्त कहां हो पाए? उस शिशु को जन्ममुक्त करके भी स्वयं मृत्युमुक्त नहीं हो सके।

पर लगा था कि व्यर्थ सिर खपा रहे हैं। यह सब सोचना निरर्थक है। कम-से-कम मथुराधिपति कंस के लिए व्यर्थ! बस, इतना निश्चित कर लेना ही श्रेष्ठ हुआ कि वह आगत भय से कुछ ही समय के लिए क्यों न हो, पर मुक्त हो गए हैं! जन्म-मृत्यु और मुक्ति-अमुक्ति यह सब उनका विचार विषय नहीं। राजाओं के लिए यह सब विचारना शोभा भी नहीं देता।

उठे। याद आ गया था कि मगधराज जरासन्ध के दूत से भेंट करनी है। आलस्य के कारण राजसभा में जाने की इच्छा नहीं हो रही थी, किंतु जाना पड़ा। मगधराज के दूत को दिया समय टालना उचित नहीं।

राजसभा में पहुंचे। कारागृह में गई रात क्या कुछ घटा है, उस समय तक सभी के लिए अनजाना था। सब रहस्यमय! आसन ग्रहण करते ही दूत को उपस्थित होने की आज्ञा दी थी।

वे उपस्थित हुए। दूत बकुल और राजपुरोहित। कुछ अन्य सेवक भी साथ थे उनके। मगधराज ने मथुराधिपति को अपनी ओर से भेंटें भिजवाई थीं।

दूत ने प्रसन्नतापूर्वक सिर झुकाकर मथुराधिपति को अभिवादन किया, फिर कहा था"महाराज की जय हो! मगधराज जरासन्ध ने मुझे विशेष संदेश देकर पठाया है। उनकी हार्दिक इच्छा है कि मगध और मथुरा की मैत्री पारिवारिक संबंध में बदल जाए। यह संबंध मथुरा और मगध दोनों ही राज्यों की प्रजा के लिए शुभकर होगा। सामाजिक और राजनीतिक दृष्टि से भी इसका विशेष महत्व रहेगा, फिर मगधराज का विश्वास है कि आप जैसा सुयोग्य, पराक्रमी और वीरपुरुष उनका जामात्र बनने के योग्य है। हमें विश्वास है कि मथुराधिपति इस प्रस्ताव को स्नेहादर देंगे।"

कंस ही नहीं, उपस्थित सभाजनों में खुसरपुसर फैल गई। सचमुच

मगधराज जरासन्ध का प्रस्ताव मथुरा के लिए ही नहीं, शूरसेन जनपद के लिए भी परम संमान की बात थी। भरत खण्ड के अत्यधिक प्रभावी राजकुल से मथुराधिपति कंस का संबंध बने, निस्संदेह यह सौभाग्य और संमान का विषय था।

एक पल के लिए सभी शांत रहे थे। महाराज कंस ने क्रमशः प्रद्युम्न केशी और अन्य जनपद प्रमुखों की ओर देखा था, फिर सभी की दृष्टि में सहमति पाकर कहा था"दूत! हम मगधराज जरासन्ध के प्रति आभारी हैं। निस्संदेह उन्होंने मथुरा और संपूर्ण यादव गणसंघ को इस प्रस्ताव से अभूतपूर्व संमान दिया है। हमें उनका कृपापूर्ण प्रस्ताव स्वीकार है। बृहद्रथ सुत जरासन्ध राजपुरुष है। उनके कुल से संबंध जोड़कर मथुरा सम्मानित होगा।"

उपस्थित सभाजनों ने जय-जयकार किया। मथुराधिपति कंस सारा संताप भूल बैठे थे कुछ पलों के लिए। राजपुरोहित आगे बढ़ आए।

दूत बकुल ने कहा"तब तिलक स्वीकार करें, राजन्!"

राजपुरोहित आगे बढ़े। उनके पीछे-पीछे बढ़े मथुरा के विशेष सेवक-सेविकाएं। वे सभी नए, पवित्र वस्त्रों में सुसज्जित, प्रसन्नमन दीख रहे थे। हाथों में मंगल कलश और थाल ले। इन थालों में पूजा रोली का सामान।

राजपुरोहित ने ससंमान मथुराधिपति को जामात्र के रूप में जरासन्ध की ओर से संमानित करके पूजा की थी, फिर जय-जयकारों और हर्षध्वनियों के बीच अपना आसन ग्रहण किया।

प्रसन्नमन प्रद्युम्न अपने आसन से उठे। हर्षित स्वर में घोषणा की थी उन्होंने"महाराज कंस और मगधराज के बीच बना यह संबंध मथुरा और मगध के लिए शुभ हो!" इसके बाद राज्यादेश प्रसारित किए गए"मथुरा में उल्लास मनाया जाए। संपूर्ण प्रजाजनों तक सुखानंद का यह समाचार पहुंचाया जाए। नगर-ग्रामों में घोषणा की जाए, मगध और मथुरा पारिवारिक संबंध में जुड़े।"

एक बार पुनः जय-जयकार हुआ, फिर संपूर्ण नगर तक सूचनाएं पहुंचाने मथुराधिपति के विश्वस्त सेवक दौड़ पड़े। आनंद और सुख के

साथ-साथ गहन संतोष बटोरे हुए मथुराधिपति महाराज कंस ने सभा विसर्जित की।

राजाज्ञा हुई कि समूचे नगर को सजाया जाए। विभिन्न वाद्य-यंत्रों के साथ समारोह आयोजित हों, और उस समारोह में मगध के राजपुरोहित तथा दूत बकुल संमानित किए जाएं। कुछ समय बाद ही समूचे नगर में रंग-गुलाब का वातावरण बिखर गया।

वसुहोम ने रात्रि को ही आज्ञा दी थी''बालक के शव की यथोचित संमान सहित अंतिम क्रिया कि जाए।''

सेवक तत्पर हुए। काम आ पड़ा था कंटक के सिर। कारागार के अधीक्षक का आदेश उसी के लिए था। कुछ हिचक और बेबसी के साथ कंटक ने साथियों सहित पुनः देवकी-वसुदेव के कारागार में प्रवेश किया था। देवकी एक ओर शिलावत बैठी थीं। वधित बालक के शव की ओर से पीठ किए हुए। अब न सिसकियां थी, न बेसुधी। लगता था कि पत्थर की एक मूर्ति दूसरी ओर मुंह किए हुए स्थापित कर दी गई है। एकमात्र वसुदेव ही थे, जो खड़े-खड़े वह दृश्य देखते रहे थे, किंतु प्रतिक्रियाहीन।

कंटक ने बहुत चाहा था कि दृष्टि उठाकर उन्हें देखें, किंतु साहस नहीं हुआ या कि आत्मा ने ही दबोच लिया उसकी इच्छा को। उलटे एक धिक्कार उठा आया था मन मेंछिः! इस घिनौने काण्ड का बहुत कुछ उत्तरदायितव उस पर भी तो है? जैसे-तैसे थूक का घूंट निगलकर वह खड़ा रहा था।

सेवकों ने बिखरा हुआ रक्त झाड़-पोंछकर साफ किया, फिर शव के विभाजित हिस्सों को बटोरा और बाहर ले चले। पीछे-पीछे कंटक इस भाव से लपका, जैसे कोई प्रेतात्मा उसका पीछा कर रही हो और वह थर्राता-कांपता भाग रहा हो!

बाहर आकर पसीने से लथपथ थोड़ी देर बैठा रह गया था वह। सेवक बालक के शव को कपड़ों के एक ढेर में बटोरे हुए अगली आज्ञा के लिए तत्पर खड़े रहे। उनके चेहरों पर भी पीड़ा, घृणा और विकृति बिखरी हुई थी। उससे कहीं अधिक बिखरा था गहन असन्तोष! धिक्कार है! किस घृणित कर्म के लिए उन्हें सेवा आज्ञा दी गई है!

न वसुहोम अपने भवन से बाहर आया, न अनुराधा, चंचला भी नहीं।

कंटक कुछ देर बाद जैसे-तैसे स्वयं को सहेजता-संभालता हुआ उठा और फिर सेवकों को साथ लिए हुए यमुना तट की ओर चल पड़ा। बालक को पवित्र कालिन्दी की लहरों को सौंपते समय बदन में पुनः थरथराहट भर गई थी। लग रहा था कि यमुना भी जैसे उसकी आत्मा पर थप्पड़ मार रही है। उसे धिक्कारती हुई, कोसती हुई!

लहरों में उफान था। यह उफान कालिन्दी क्रोध का सूचक। किसी दिन यह उफान कंटक ही नहीं, महाराज कंस के समूचे कलंक-चक्र को निगल लेगा। प्रकृति की इस महाशक्ति का प्रकोप किस दिन क्या करे कौन जाने!

क्या होगा उस दिन? विशाल इमारतें ढह जाएंगी। असंख्य स्त्री-पुरुष बालक इन लहरों की तलवारों जैसी असंख्य नोकों से इसी तरह दो हिस्सों में बंट जाएंगे, जिस तरह सरलमना देवकी के पुत्र का कंस ने वध किया है। क्रूरता से पूर्ण कर्म का परिणाम निश्चित है।

फिर कठिनाई से सहेजा था अपने आपको। लहरों की ओर अनदेखा करते हुए आदेश दिया था "देवकीसुत का शव माता यमुना को सौंप दो।"

कहकर उस ओर देखने का साहस नहीं हुआ था। पीठ मोड़कर खड़ा रहा छपाक् की ध्वनि ने अहसास कराया था कि शिशु यमुना ने अपने आंचल में लिया है। सेवक लौट पड़े थे। सब खिन्नमन। सब उखड़े हुए। सब कोलाहल से जूझता हुआ चुप अपने भीतर समेटे!

रात्रि का तीसरा पहर प्रारंभ हुए कंटक ने निवास में प्रवेश किया। दिन भर की तरह ही दिनचर्या बीती थी; किंतु लगा कि थकान ने नस-नस झकझोर डाली है। माथा सहज नहीं। मन भी असहज। शैया पर पहुंचें, इसके पहले ही दृष्टि गई थी चंचला पर! वह पास की शैया पर लेटी हुई भयभीत-सी पति को देख रही थी! ऐसे जैसे मृत हो गई हो। कितना ठहराव था उसकी पुतलियों में! कंटक भय से सिहर उठा।

चंचला ने कहा था "जानती हूं सब समाप्त हुआ!"

"हां!" कंटक ने कहा। ऐसे जैसे कराहा हो। शैया पर लेट रहा। दृष्टि न चाहते हुए भी पथराई हुई-सी उसी तरह छत पर जा ठहरी, जैसे पत्नी की ठहरी हुई थी।

एक चुप उनके बीच बिखर गया। किंतु विचित्र था वह चुप! लग रहा था कि लहरों का शोर बढ़ाता जा रहा है। बढ़ता जा रहा है। राक्षसी कोलाहल को तरह डराने लगा है।

वे एक-दूसरे की ओर मुड़े। भयभीत-भाव से देखने लगे। उन्होंने थूक के घूंट निगले। बोलने का प्रयत्न किया, किंतु अनुभव हुआ, जैसे किसी चीज ने उनके अपने-अपने गले बंद कर दिए हैं।

सहसा चंचला बुदबुदाई थी, बहुत धीमा स्वर"सुन्दर बालक था!"

"हां, होगा!"

"क्यों? क्या तुमने उसे देखा नहीं?" चंचला ने विस्मय, किंतु घृणा के साथ प्रश्न किया। लगा था कि उसके अपने शब्दों में पति के प्रति घोर वितृष्णा उभर आई है; पर फिर अनुभव हुआ, जैसे इस वितृष्णा को वश में रखना संभव भी नहीं था उसके लिए। पति के लिए यही योग्य!

वह उसी छत को देखता रहा"अवसर ही नहीं मिला और जब मिला, तब देखने का साहस न था।" कंटक ने गहरा श्वांस लिया, जैसे अपने आप को ही डसा हो। एक फुंफकार के साथ। विषाक्त फुंफकार! कितनी विचित्र स्थिति है यह! अपना आप ही अपने को नागभाव से डसने लगा है।

"बहुत बड़ा अपराध हुआ हमसे।" चंचला ने कहा।

"नहीं।" कंटक बड़बड़ाया"अपराध नहीं, पाप।"

वह चुप हो रही। अविश्वास से पति की ओर देखती हुई। क्या वह ठीक ही कह रहा है? विश्वास नहीं हुआ था। जीवन भर असत्य और अपराध की राह पर चलनेवाला उसका पति पाप-पुण्य की पहचान कर रहा है। कुछ अस्वाभाविक लगा, पर वह कालिख पुता चेहरा! चेहरे से स्वर तक बिखरा हुआ खण्ड-खण्ड व्यक्तित्व! वह सब तो परम् विश्वसनीय अनुभव हुआ था उसे।

कंटक पुनः बोलने लगा था"मैं नहीं जानता था कि महाराज सचमुच इस सीमा तक जा सकते हैं।"

"क्यों नहीं जानते थे?"

"विश्वास नहीं होता था।" कंटक ने उत्तर दिया"लगता था कि वह देवकी-वसुदेव को केवल धमकियां देना चाहते हैं, उन्हें भयभीत करना चाहते हैं, किंतु...।" थम गया था कंटक। कंटक थम गया था या कि शब्द ही थम गए थे?

चंचला ने पास भी शब्द नहीं थे।

चुप पुनः ठहर गया उनके बीच। ऐसे जैसे एक मरुस्थल बिखरा हुआ हो और असीम मरुस्थल के दो अदृश्य सीमाहीन क्षेत्रों में वे अगल-थलग खड़े हों।

फिर कब तक इसी तरह मरुथल के दो किनारों पर वे खड़े रहे थे, स्वयं ही ज्ञात नहीं हुआ था उन्हें। जब ज्ञात हुआ, तब भोर हो चुकी थी।

भोर ने ही सहज नहीं किया था उन्हें। कारागृह अधीक्षक का सेवक संदेश लाया था, "नायक वसुहोम स्मरण कर रहे हैं प्रभु!"

कंटक ने सुना, चंचला ने भी। एक-दूसरे को देखा, फिर जैसे अपने भीतर से कंटक ने शब्द धकेलते हुए कहा था"उपस्थित होता हूं।"

वह भी सोच रहा था कि क्या कहेंगे वसुहोम। और पत्नी भी पूछना चाहती थी? किंतु शब्द पुनः विस्मृत हो गए। जल्दी-जल्दी तैयार होकर वसुहोम निवास की ओर चल पड़ा था कंटक।

वसुहोम भी विचित्र से तनाव में भरे हुए थे। कुछ सीमा तक खीझे हुए भी। कंटक ने अभिवादन करके जब उन्हें अपने आ पहुंचने की सूचना दी, तब उस ओर ध्यान गया था उनका। कहा था"महाराजधिराज कंस का विवाह संबंध मगधराग की कन्याओं से तय हुआ है। अभी अभी राजाज्ञा आई है कि कारागार में भी उत्सव मनाया जाए।"

कंटक का मन हुआ, चीख पड़े"नहीं, यह असंभव है। किसी ओर को इस सब आयोजन का आदेश दे दे आप; किंतु मेरे लिए असंभव है! "पर कहा नहीं। कहना संभव न होगा। राज्यादेश का निर्वाह करना अनुशासन भी है, धर्म भी। बिना कुछ कहे बोले, सिर झुका दिया था।

वसुहोम ने आदेश दिया "उत्सव किस तरह आयोजित होगा या किस तरह होना चाहिए, यह तुम पर ही छोड़ता हूं उपाधीक्षक! तुमसे अधिक सुन्दर आनंदोत्सव का आयोजन कौन कर सकेगा भला?"

कंटक को लगा कि वसुहोम ने गाली दी है उसे! चेहरा धुंधला गया। होंठ भींचकर गरदन झुका ली उसने। लगता था कि शिशु के कोमल अंगों पर हुआ मथुराधिपति का वह क्रूर प्रहार कंटक और कंटक जैसे पापियों की अंतरात्मा पर भी हुआ है। उन सब पर, जो ऐसे क्रूर-कर्म में माध्यम बने हैं। वसुहोम के शब्दों में ही क्यों, उन्हें संभवतः अपने आत्मानुभवों में भी इसी तरह की गालियां सहते-झेलते रहना होगा। इनसे आजन्म मुक्ति संभव नहीं!

अनजाने ही केशी पर क्रोध आने लगा था। क्रोध या घृणा? घृणा कहना अधिक उपयुक्त होगा। हां, घृणा ही हुई थी उसे। उसी नीच ने तो कंटक को यह दायित्व सौंपा था। सहस्र मुद्राएं दी थीं। कहा था "तुम पर स्वयं से अधिक विश्वास करता हूं, कंटक! इसी कारण तुम्हें वहां पठा रहा हूं। देवकी-वसुदेव के पास वसुहोम संयोगवश ही महाराज का विश्वास लेकर पहुंच गया है। निश्चय ही वह महाराज का कुछ अशुभ करेगा। देवकी-वसुदेव का शुभ। वैसे न हो पाए, इसके लिए तुम्हें नियुक्त कर रहा हूं!"

एक सहस्र मुद्राएं!

केशी ने एक झटके से मुद्राओं की थैली कंटक की ओर उछाल दी थी। क्रूरतापूर्ण पर धूर्त मुस्कान थी उसके चेहरे पर। कहा था "सेनानायक हूं, और तुम्हारे लिए कारावास में एक अतिरिक्त पद बना रहा हूं। तुम उपाधीक्षक होगे वहां के। निवास-व्यवस्था भी वहीं रहेगी! वसुहोम की पत्नी अनुराधा की चतुरता और नीतिज्ञता को लेकर बहुत सूचनाएं मिली हैं हमें। हमारी इच्छा है कि तुम सपत्नीक वहां रहो! तुम्हारी पत्नी यदि वसुहोम की दुष्टा स्त्री पर दृष्टि रख सकेगी, तो तुम वसुहोम की हर कार्यविधि को देखते रहोगे।"

कंटक ने सब सुना। मस्तिष्क में बिठा लिया। सहस्त्र मुद्राओं के बोझ तले उसे अनुभव हुआ था कि सारा दारिद्रय-दुःख दब गया है। तिस पर निवास व्यवस्था भी थी। संमानपूर्ण पद भी। केशी के प्रति आभार से मस्तक झुकाकर उत्तर दिया था उसने "जैसी सेनापति की इच्छा! आश्वस्त रहें, हम लोग अपना दायित्व निबाह लेंगे।"

"मुझे तुमसे यही आशा थी!" केशी ने उत्तर दिया, फिर विदा कर दिया था उसे।

सहस्त्र मुद्राएं लिए प्रसन्न मन अपने दरिद्रतापूर्ण घर में लौटा था कंटक। आनंद के अतिरेक ने उसे वायु की तरह हल्का कर दिया था। लगता था कि गोल-गोल स्वर्ण मुद्राएं किसी विशाल रथ के चक्र की तरह उसे अपने ऊपर लिए हुए दौड़ती चली आई हैं। आते ही चंचला को बाहुपाश में कसकर चूम लिया था उसने। चीखा था "प्रसन्न हो जाओ देवी! हमारे सभी क्लेष दूर हुए। अब न तो सर्वमन दूध के लिए व्यथित हो सकेगा, न ही हम लोग क्षुधा कष्ट भोगेंगे! देखो...देखो यह संपत्ति भण्डार!" कहते हुए उसने चंचला के सामने धरती पर वह थैली उलट दी थी। खनखनाहट का स्वर बिखराती हुई सहस्त्र मुद्राएं जहां-तहां बिखर गईं।

चंचला स्तब्ध-सी देखती रही थी पति को। कभी उन स्वर्णमुद्राओं को! लगता था कि स्वप्न देख रही है। यह प्रसन्नता और संपत्ति दोनों ही स्वप्न लगे थे उसे। लगने की बात थी। न कभी ऐसे समय को लेकर कल्पना की थी उसने, न ही कभी इतनी मुद्राओं का विचार किया था; पर वह सब सामने था। अविश्वसनीय! अकल्पित!

देर बाद पूछा था उसने "यह सब कहां से प्राप्त हुईं तुम्हें? कैसे?" उसकी पुतलियां विस्मय से फैली हुई थीं। जाने क्यों पति पर संदेह हुआ था उसे। कहीं कोई अपराध तो नहीं कर डाला उसने। दारिद्रय-दुःख से मुक्ति के लिए कंटक कुछ भी कर सकता है, जानती थी वह। स्वभाव से क्रूर और प्रकृति से कठोर था वह। धन, स्त्री, सुखानंद की हर वस्तु की प्राप्ति के लिए वह किसी भी सीमा तक जा सकता था!

और कंटक ने संक्षेप में सब कह सुनाया था। वह सब, जो केशी ने उससे कहा था, वह सब जो केशी से उसे आदेश स्वरूप मिला था। चंचला

भी बहुत नहीं सोच सकी थी उस क्षण। सहज ही दोनों अपने नए काम कों संभालने के लिए तैयार हो गए थे।

पर वे ही सहस्र मुद्राएं आज उन्हें सहस्रों खण्डों में विभाजित कर गई हैं। ऐसे बिखराव से भर दिया है उन्हें, जिससे मुक्ति संभव नहीं।

कंटक, वसुहोम से आदेश पाकर उत्सव के नाम पर अवश भाव से कारागार के प्राणंग में व्यवस्था करवा रहा था, और चंचला खड़ी थी पुत्र को गोद में लिए हुए।

पुत्र सर्वमन! दो वर्ष की आयु थी उसकी। इकलौता बेटा। उसी के लिए समर्पित थे पति-पत्नी। उसी के शुभार्थ सब कुछ किए जा रहे थे। पाप होगा या पुण्य, इस पर कभी विचार नहीं किया था उन्होंने। आवश्यकता ही नहीं पड़ी थी, किंतु जब आवश्यकता पड़ी, तब तक घोर पाप-कर्म के भागी हो चुके हैं!

देर तक कंटक को उत्सव की व्यवस्था करवाते देखती हुई इस तरह खड़ी रही थी चंचला, जैसे कोई वृक्ष अपने निश्चित स्थान पर ठहरा हुआ हो। जीवंत होते हुए भी चल-फिर पाने में असमर्थ! अजब-सी मानसिक अपंगता ने उसे ग्रस लिया था। कंटक क्या कह रहा है और सामने क्या कुछ हो रहा है, यह सुन-जान और देखकर भी अनुभूति नहीं कर पा रही थी चंचला या यों कि अनुभव ही नहीं कर पा रही थी। कैसी विचित्र मनःस्थिति है यह? कैसी विचित्र आंखें? मनुष्य पाकर भी अनुभव न कर सके और देखकर भी देख न पाए।

वसुहोम भी शांत स्वभाव से सन्नाटा ओढ़े हुए सब कुछ अपने विश्वास से देखे जा रहे थे। महाराजाधिराज कंस के मगधराज की पुत्रियों से संबंध हो जाने का उत्सव! आनंद और उल्लास का उत्सव!

कितनी बार अनुराधा आई, कितनी बार सामने से चली गई, देखकर भी न देख सके थे वसुहोम। क्या होगा उस समय, जब यह सारा समाचार

वसुदेव-देवकी को सुनाया जाएगा? अनजाने ही उन्होंने सोचा।

पर यह समाचार लेकर जाएगा कौन उनके पास? वसुहोम व्यग्र हो उठा था। क्या वसुहोम या अनुराधा को ही यह समाचार ले जाना होगा? समाचार पहुंचाया न जाए, यह तो उचित नहीं। संभवतः महाराज कंस भी इससे अप्रसन्न हों? किंतु प्रश्न वहीं है, समाचार लेकर उनके पास जाए कौन?

भोर से अनुराधा और वसुहोम बार-बार विचार कर चुके हैं कि देवकी-वसुदेव के पास पहुंचे, पर किस तरह, किस आत्मशक्ति को संजोकर उन्हें धैर्य बंधाएंगे, समझ नहीं आ रहा है? वसुहोम ने सबसे पहले अनुराधा से ही कहा था"देवी! तुम चली जाओ ना उनकी सेवा में। निश्चय ही वे बहुत व्यग्र और दुःखी होंगे। उन्हें धैर्य दो!"

और अनुराधा ने रिक्त दृष्टि से पति की ओर देखा, बोला"आप क्यों नहीं जाते? कारागार अधीक्षक तो आप हैं? आप ही का दायित्व है कि आप उनके पास पहुंचे। उनके दुःख का निवारण करें।"

वसुहोम सिटपिटाकर देखने लगा था पत्नी को। स्पष्ट था कि जिस शब्दचातुर्य से वह अनुराधा को उलझाना चाहता है, उसी शब्दचातुर्य से अनुराधा ने उत्तर दे दिया है। पह हारा नहीं था वह। शब्दचातुर्य को अधिक जटिल बना दिया था उसने। विश्वास था कि भावुक पत्नी इस बार अवश्य ही स्वीकार लेगी। स्त्रीत्व को जगाया जाए, तो निश्चय ही वह दुस्साहस को सहज भाव से निबाह सकेगी। कहा"देवी! मानता हूं कि दायित्व मेरा ही है। यह स्वीकारने में भी मुझे संकोच नहीं है कि महामंत्री वसुदेव के प्रति सेवक-धर्म से जुड़ा हुआ हूं; किंतु इस समय जो स्थिति है, उसमें वसुदेव को नहीं, देवकसुता को सांत्वना की आवश्यकता है और वह तुम ही दे सकती हो उन्हें। तुमसे अधिक नारी मन की पीड़ा को और कौन समझ सकेगा? तुम्हें ही जाना चाहिए।"

अनुराधा उठ पड़ी थी"नहीं, स्वामी! मुझे इस क्षण इस आज्ञा से मुक्ति दें। उसका गला भर्रा गया था"मैं...मैं संभवतः सरला देवी देवकी की पीड़ा को हर नहीं सकूंगी। संभवतः अधिक पीड़ित कर दूंगी। स्त्री हूं ना, अतः मेरी यह दूसरी कठिनाई है! और इसके पूर्व कि वसुहोम कुछ और

कह सकें या किसी अन्य शब्द जाल का सहारा लें, अनुराधा उन्हें अकेला छोड़कर चली गई थी।

क्या करें वसुहोम? सवाल पुनः खड़ा हो गया था। हर बीतते पल के साथ और अधिक गहराता जाता था प्रश्न; किंतु वसुहोम अनिश्चय में!

अनिश्चय की इस स्थिति को भी तो बहुत देर नहीं रखा जा सकता, वसुहोम ने सोचा। समारोह की तैयारियां निरंतर चल रही थीं। रंग, गुलाल, नृत्य-रास, सभी की व्यवस्था की गई थी। विभिन्न वाद्ययंत्रों को भी मंगवाया गया था, उनके वादक भी आमंत्रित किए गए थे।

क्या होगा उस क्षण, जिस क्षण समारोह प्रारंभ होगा? अंधेरे कारागृह में ममत्व की अपार पीड़ा झेलती देवकी के कानों से लेकर मस्तिष्क तक कैसे-कैसे लौह प्रहार होंगे! क्षतविक्षत हो उठेंगी वह। अपने ही भीतर लहूलुहान।

न रोना संभव होगा, न हंसना। एक भयावह कल्पना और डराती है वसुहोम को। कहीं इस सबका प्रभाव सरलहृदया देवकी के मस्तिष्क पर न हो जाए। संतुलनहीन हो बैठे वह।

लगा था कि खण्ड-खण्ड अपने ही भीतर दरकने लगे हैं। बर्फ की चट्टान जैसे! फिर ये खण्ड हर शब्द-विचार के साथ-साथ बर्फ की फुहार बनकर दृष्टि, सोच, संवेदन सभी को मृतवत् करते हुए। गलाव से पूर्व अनुभूति-शून्यता का डरावना अनुभव!

वसुहोम को जाना चाहिए उनके पास। चुप होकर ही क्यों न पहुंचें, पर पहुंचना चाहिए। उनकी उपस्थिति संभवतः उन्हें शांत न भी करे, किंतु जीवंतता का अहसास तो करवा ही देगी। उठ खड़े हुए थे वह, पर लगा कि टांगे साथ नहीं दे रही हैं। थोड़ी ही देर बाद समझ लिया था, नहीं जा सकेंगे। न मन साथ देता हैं, न शक्ति, न शरीर।

बैठ गए; पर बैठकर भी तो सहज नहीं रह पा रहे हैं? सहसा प्रहरी को बुला लिया था उन्होंने"सुनो!"

वह सामने आ खड़ा हुआ। आज्ञा पालन के लिए तत्पर।

"उपाधीक्षक महोदय से कहो, हम स्मरण करते हैं।" वसुहोम ने आदेश दिया।

प्रहरी तीव्रगति से उस ओर चल पड़ा, जिस ओर कंटक समारोह की व्यवस्था के आदेश दे रहा था। कुछ समय बाद कंटक को साथ लिए प्रहरी उपस्थित हो गया। वसुहोम ने इस बीच निश्चय कर लिया था कि किन शब्दों में, किस तरह कंटक को आदेश देंगे। प्रहरी को नियत स्थान पर जाने के लिए कहकर वसुहोम बोले थे"बैठो, उपाधीक्षक!

कंटक बैठा रहा। वसुहोम एक बार पुनः सोच में पड़ गए; किस तरह बात प्रारंभ करें! कैसे कहें! ऐसी बातें आदेश-भाव से तो कहीं नहीं जातीं। कंटक भी सविनय निवेदन कर सकता है कि यह दायित्व कारागार के मुख्याधीक्षक का ही है।

कंटक टकटकी लगाए हुए अपने उच्चाधिकारी की ओर देखे जा रहा था। आज उसकी दृष्टि बदली हुई थी। चेहरा विषादग्रस्त था। कहीं-कहीं अनुभव हो रहा था कि वह वसुहोम और अनुराधा के प्रति भी अपराधी हैं; पर वसुहोम का ध्यान इस ओर नहीं गया। वह अपने ही सोच में पड़े रहे। पल बीतते रहे। हर रिक्त पल ज्यादा ही रिक्त होता अनुभव हुआ।

"कंटक!" देर बाद वसुहोम ने बात प्रारंभ की थी"आज रात्रि से ही मन-शरीर कुछ अस्वस्थ से हैं। इच्छा हो रही है कि आज का दिवस किसी एकांत में बिता दूं। ऐसा एकांत, जहां कोई न हो, केवल शांति हो।"

कंटक ने कुछ नहीं कहा, सुनता रहा। दृष्टि में वही रिक्तता। मन भी खाली, पर मस्तिष्क समझने का पूरा प्रयत्न करता हुआ! वसुहोम की अस्वस्थता, एकांत इच्छा और शांति की चाहना किस कारण, किस प्रतिक्रिया में है, वह खूब जानी पहचानी है।

"पर हम राजसेवकों के भाग्य में वह भी नहीं।" सहसा वसुहोम अपने स्थान से उठ खड़े हुए थे"व्यग्रतापूर्वक हथेलियां मलते हुए टहलने लगे, हर कदम के साथ उतनी ही बेचैन बड़बड़ाहट"सैनिक या साधारण सेवक होना कितना अच्छा होता है, कंटक! कोई दायित्व नहीं होता। अपनी

इच्छानुसार अवकाश भी लिया जा सकता है। अपनी इच्छानुसार जहां चाहे, जो चाहे किया भी जा सकता है।''

कंटक ने गहरा श्वांस लिया। बुदबुदाया''हां, नायक! आप उचित ही कह रहे हैं।''

वसुहोम ने चौंककर उसे देखा। लगा कि स्वर कुछ बदला हुआ है कंटक का। दृष्टि में भी वह सतर्कता नहीं दीख रही है, जो अक्सर वसुहोम से चर्चा करते समय हुआ करती थी। ऐसा क्यों?

पर विचार छोड़ दिया। इस समय यह सब विचारणीय नहीं। विचारणीय है केवल यह कि किस तरह अपना दायित्व कंटक को सौंप दिया जाए।

''महाराज कंस और मगधपति की पुत्रियों का संबंध निश्चित होना अवश्य ही शुभ समाचार है; पर एक दुविधा चिंतित ही नहीं, व्यग्र कर रही है मुझे।'' बोलते-बोलते वसुहोम कुछ थमे, कहा''महामंत्री वसुदेव और देवकी की पीड़ाग्रस्त मनःस्थिति में यह आनंद समाचार सुनाना बहुत कष्टकर क्रिया होगी। कम-से-कम में तो इतना भावुक और व्यग्र हो उठा हूं कि मेरे लिए असंभव है।

कंटक ने पल भर में समझ लिया था कि वसुहोम उसे कौन-सा दायित्व सौंपने वाले हैं। इसके साथ ही त्वरित बुद्धि उसने बचाव भी विचार लिया। कहा''समझ रहा हूं, महोदय! किंतु मुख्याधीक्षक के नाते इस कर्तव्य निर्वाह के लिए आप बाध्य हैं। इतना महत्त्वपूर्ण समाचार, महत्वपूर्ण राजपुरुषों तक उच्चाधिकारी ही पहुंचा सकते हैं। यह साधारण अधिकारियों या सेवकों के लिए अनाधिकार चेष्टा होगी।''

वसुहोम स्तब्ध हो गए। कंटक सिर झुकाए हुए था। मुस्कुरा रहा है या अपनी ओर से दुःखी है, अतः बात टाल रहा है, तय नहीं कर सके। चेहरा इतना झुका हुआ था कि न दृष्टि पढ़ी जा सकती थी, न होंठों की हरकत समझी जा सकती थी।

वसुहोम चुप खड़े रह गए। न शब्द सूझे, न शब्दों की राह और कंटक अवसर का लाभ उठाकर खड़ा हो गया''मुझे जाने की आज्ञा दें, श्रीमन्! अभी समारोह का बहुत-सा काम पड़ा है।''

वसुहोम न हां कर सके थे, न ना। कंटक चला गया। इस तरह जैसे भाग गया हो। एक गहरी श्वांस खींचकर वसुहोम पुनः आसन पर बैठ गए।

सुबह से दोपहर बीत गई थी। न भोजन किया, न इच्छा हुई। आश्चर्य इस बात पर था कि कंटक भी लगातार सामने घूमता, समारोह व्यवस्था करवाता दीखता रहा। क्या वह भी भूखा ही है?...और देवकी-वसुदेव? अनायास याद हो आया था।

तुरंत सेवक बुला भेजा, आज्ञा दी थी"ज्ञात करो, देवकसुता और पूज्य वसुदेव तक भोजन पहुंचा या नहीं?"

सेवक दौड़ा गया। कुछ पलों बाद सूचना दी थी"समय पर पहुंचाया गया था श्रीमन्! किंतु उन्होंने वापिस करवा दिया! कहा, इच्छा नहीं है।"

सूचना देकर सेवक लौट गया। वसुहोम सोचने लगे थे। भला इच्छा हो भी कैसे सकती है? उनका रक्तांश, उन्हीं के सामने हत कर किया गया। भोजन ही क्या, कोई भी इच्छा नहीं रह गई होगी। संभवतः जीवनेच्छा भी नहीं।

मन ज्यादा व्यथित हो उठा। उठे, चहलकदमी करने लगे। कितनी बार सुबह से यही कुछ करते रहे होंगे, इसी तरह, याद नहीं, पर इससे अधिक कुछ कर नहीं पा रहे हैं। कर भी क्या सकते हैं? लगता है कि गहन वन में भटक रहे हैं, एक अवश बालक की तरह। न कोई राह सूझती है, न बुद्धि साथ देती है। शक्ति शेष भी होते जा रहे हैं। उससे कहीं अधिक मन थक गया है।

क्या कंटक भी मन-ही-मन थक गया? दृष्टि पुनः कंटक पर जा ठहरी थी। सूर्य की चिलचिलाती धूप में वह नित्यादि कार्यक्रमों के लिए विशाल मंच की संरचना करवाने में व्यस्त था। यहां-वहां देखता-भालता हुआ। भूले-भटके तेज स्वर में उसकी ओर से दिए जाने वाले आदेश भी सुनाई पड़ रहे थे वसुहोम को।

अनुराधा कब पास आ खड़ी हुई थी, पता ही न चला। जब स्वर कानों में घुले, तब चौंककर देखा था उसकी ओर, तनावग्रस्त था उसका

चेहरा। स्वर उससे भी अधिक उखड़ाव लिए हुए''भोजन नहीं करेंगे?'' उसने सीधा सपाट प्रश्न कर दिया था।

''न, मन नहीं है।''

''कब तक मन न होगा?''

वसुहोम ने उत्तर में केवल एक गहरा श्वांस लिया। चुप रहे। अनुराधा पास ही बैठ गई। उसी तरह यांत्रिक भाव से समारोह की रंगबिरंगी तैयारियां देखती हुई। वसुहोम भी देखते रहे!

सूर्य की धूप ढलने को हो आई, तब अनुराधा ने प्रश्न किया था''देवकसुता से कब तक भेंट नहीं करेंगे स्वामी?''

''हां।'' वसुहोम चौंके, उत्तर नहीं सूझा।

''कब तक?'' अनुराधा ने पुनः प्रश्न दोहरा दिया था।

वसुहोम उठे, फिर हड़बड़ाहट में घूमने लगे। वही बालक का भाव। जंगल में जहां-तहां विक्षिप्तों की तरह राह खोजता हुआ बालक! सहसा बड़बड़ाए। बिल्कुल असंबद्ध शब्द''भेंट तो करनी ही होगी।''

''तब इतना सोच-विचार क्यों?'' अनुराधा ने कहा।

वह पुनः चुप हो गए।

अनुराधा बोली थी''मेरा विचार तो है कि जाकर इसी क्षण वह सब कह दीजिए, जो कहना होगा। न कहना भी असंभव है और कह पाना भी, पर इसमें संभावना का यदि कही अंश है, तो वह कहने में ही है। न कहकर आप राजाज्ञा का उल्लंघन नहीं कर सकते।''

वह थम गए। कहा''हां।''

''तब वही कीजिए!'' अनुराधा बोली''आपके लौटने के बाद मैं स्वयं देवकी से मिलूंगी। यथाशक्ति उन्हें ढाढ़स देने का प्रयत्न करूंगी। जानती हूं कि व्यर्थ ही होगा, पर उनकी रिक्तता को जितना भरा जाएउतना ही उनके लिए श्रेष्ठ है।''

वसुहोम पत्नी को देखते रहे। सहसा एक निश्चय मन में जनमा, फिर यह निश्चय दृढ़ता में बदल गया। तीव्रगति से कारागार की उस कक्ष-शृंखला की ओर चल पढ़े, जिधर वसुदेव-देवकी बंदी थे।

थोड़ी देर बाद वह सींखचों वाले द्वार के पास खड़े थे। प्रहरियों को आदेश दिया था"खोलों!"

प्रहरियों ने चुपचाप आज्ञापालन किया। द्वार खुलते ही वसुहोम भीतर जा पहुंचे।

द्वार खुलने का भी कठोर स्वर हुआ था, वसुहोम के भीतर पहुंचने की भी पदचापें उभरी होंगी; पर आश्चर्य! उन्होंने न दृष्टि उठाई, न उनके शरीरों में कोई स्पंदन हुआ। वसुहोम जिस तीव्रगति से आए थे, सहसा गति गुम गई। स्थिर खड़े देखते रह गए।

वे जीवंत थे। वसुहोम ने स्पष्ट देखा था उनकी तीव्रगति श्वांस का चलना; किंतु उनका व्यवहार मृतवत् था। वे पास-पास बैठे हुए थे। कारागार का अंधकार उन्हें धुंधलाए हुए था। इसके बावजूद वसुहोम उनकी आंखें देख पा रहा था। दृष्टि की दिशा भी। वे टकटकी लगाए हुए उस स्थान को देख रहे थे, जिस स्थान पर एक बड़ा धब्बा दीख रहा था। संभवतः गंदी कालकोठरी के इस हिस्से पर विशेष सफाई-धुलाई ने यह धब्बा पैदा कर दिया था।

वसुहोम ने भी अचरज से उस धब्बे को देखा। अचरज की बात थी, गंदगी से घिरी धरती पर सफाई भी धब्बे जैसी लगती है! सहसा उन्हें लगा था कि वह धब्बा एक अदृश्य सौंदर्य और चमक से भरा हुआ है। लगता है कि पृथ्वी का उतना हिस्सा ही जीवंत हो उठा है और फिर अनुभव हुआ, जैसे उस हिस्से पर कोई नन्हा शिशु हौले-हौले अपने हाथ-पैर हिलाता हुआ मुस्कुरा रहा है। मुस्कान का यह सौंदर्य ही वह सफाई है। स्वच्छ मुस्कान-सी! देवकी और वसुदेव उसी मुस्कान को देख रहे हैं।

और वसुहोम की दृष्टि भी वहीं ठहरी रह गई है। जाने क्यों वसुहोम का मन हुआ कि उस स्थान को हौले-हौले ही सही हथेली से दुलराएं। बिल्कुल ऐसे जैसे किसी बालक को दुलराया जाता है; पर अगले ही पल सतर्क हो गया वह। मूर्खतापूर्ण भावावेश में बहकर वह इस क्षण वसुदेव और देवकी को और व्याकुल नहीं करेगा। स्वर में आश्चर्यजनक संयम संजोकर कहा था उसने"महामंत्री को प्रणाम!'

वसुदेव ने उसे देखा, ऐसे जैसे कोई पत्ता थरथराया हो, फिर स्थिर हो गया हो। हवा के झोंके जैसा स्वर गुम, पत्ते की जीवंतता ग़ायब। यदि जीवन का प्रमाण है, तो थमी, चमकती पुतलियां जो वसुहोम के चेहरे पर टिकी हैं, प्रश्नातुर। ठीक वैसे ही, जैसे वृक्ष की शाख पर पत्ता झूल रहा है!

शायद वह प्रश्न कर रहे हैं, क्यों?

और वसुहोम बिल्कुल किसी वाद्य यंत्र की तरह बज उठा था''कारागार के प्रांगण में आज एक भव्य समारोह आयोजित है देव! महाराज कंस से मगधपति जरासन्ध ने अपने दोनों पुत्रियों का संबंध निश्चित किया है।''

उन्होंने सुना, या दृष्टि उठाकर देखा था फिर उनके शरीर में कोई हरकत हुई, वसुहोम को याद नहीं हैं या कि वसुहोम उस सबकी ओर न तो ध्यान ही दे सका था, न देख ही सका।

एक पल रुका रहा था। लगता था कि कदम जमकर रह गए हैं, फिर बोला था''आप भी उसमें हिस्सा लें!'' इसके बाद वह इस गति से मुड़ा था, जैसे किसी बवण्डर ने मुड़ाव लिया हो। लपक पड़ा द्वार की ओर। भागते-भागते ही आदेश दिया था उसने''द्वार बंद कर दो।''

प्रहरियों ने द्वार बंद किए।

वसुहोम भागा चला आया था, फिर हांफता हुआ-सा बैठा रहा। कहां, किस जगह आ बैठा है, यह भी स्मरण नहीं था उसे। उसे स्मरण था, तो केवल यह कि वह कर्तव्य-निर्वाह के नाम पर एक पाशविक हरकरत कर आया है। क्या सोचा होगा उन्होंने, जिस क्षण सुना होगा, उस क्षण? वह अपने ही भीतर कराह अनुभव करने लगा। दृष्टि में एक बार पुनः देवकी-वसुदेव उभर आए। पास-पास बैठे हुए, चुप, मृतवत्!

''हां, मृतवत् ही तो हो गए होंगे वे।

मृतवत्। वसुदेव यही अनुभूति करते हैं। स्वयं से अधिक देवकी के लिए यही अनुभूति होती है। कितनी बार मन हुआ है कि रो पडें, बिलख-बिलखकर।

उन्हें देखकर शायद यह भी रोएं। उनका रोना उन्हें सहज कर देगा। रात भर यही कुछ प्रयत्न किया था। अंत में स्वयं रोकर देवकी को रुला देने की कल्पना जनमी थी।

पर लगा था कि रो नहीं पा रहे हैं, या कि रो पाना भी उनके वश में नहीं। शायद उनके वश में कुछ नहीं रह गया है। न रो पाना, न हंस पाना। सोचते हैं, पर विचारों में क्रमबद्धता नहीं ला पाते। क्रमबद्धता लाने का प्रयत्न करते हैं और सोचना थमने लगता है। ऐसे बेबस, बेचैन और व्यर्थताबोध से आक्रांत तो कभी भी नहीं थे वह! तब यह क्या हुआ? पुत्र-वध का वह क्रूर काण्ड सहन नहीं कर सके हैं।

संभवतः यह भी सही नहीं। वसुदेव बहुत कुछ सहन कर सकते हैं। पुत्र-वध भी। कर्तव्य की चौखट पर खड़े होकर आगे-पीछे के किसी भी खाई जैसे सत्य में अपने आपको संतुलित रख पाने का सामर्थ्य रहा है उनमें; किंतु यही एक ऐसी स्थिति आई है। असंतुलित से भी अधिक यदि कुछ होता हो, तो वह हो गए हैं। संभवतः विक्षिप्त!

मन कहता है, नहीं, विक्षिप्त भी नहीं हो तुम। तुम केवल विह्वल हुए हो! साहसहीन! अब तुम्हारे वश में तुम ही नहीं रहे। किस शक्ति को जुटाकर मथुरा में पुनः गणसंघीय पद्धति जीवंत कर सकोगे? कौन-सी आशा शेष रही है?

सब निःशेष हो गया है। यहां तक कि विचार तक में कुछ शेष नहीं रहा। व्यर्थ है वसुदेव का संघर्ष। व्यर्थ है उनका राजनीतिक चातुर्य। व्यर्थ हैं उनके बलिदान और व्यर्थ हैं त्याग, धर्म, मूल्य, सब व्यर्थ।

देवकी सामने हैं। शिलावत्। दृष्टि ठहरी है गंदले कारागार से अबोध शिशु के वधस्थल को साफ किए गए धब्बे पर। वसुदेव ने पहले धैर्य बंधाने की चेष्टा की थी उन्हें। एक बार फिर मन हो आया था कि कुछ कहें। जीवन की निस्सारता पर उपदेश करें।

उपदेश। शब्द विचार भर के साथ अनुभव हुआ कि अपने ही हाथों अपने ही गाल पर थप्पड़ मारा है। उपदेशों से कोख का घाव भरा जा सकता है भला? किसी सद्यजात शिशु की माता को सांत्वना दी जा सकती है? विशेषकर उस माता को, जिसने पहली बार मातृसुख की अनुभूति की हो

और जिसे पहली बार अपने ही उदरपिण्ड को खंग से दो टुकड़ों में विभाजित देखना पड़ा हो?

असंभव। केवल असंभव नहीं, मूर्खतापूर्ण विचार है यह। ऐसा किया तो वसुदेव-देवकी को अधिक आहत कर देंगे। वह विचार भी त्याग दिया था। अब चुप रहना ही श्रेयस्कर, किंतु जब मन असंख्य चीत्कारों और कोलाहल के भयावह स्वर से भरा हुआ हो, तब भला चुप रहा जा सकता है? पल-पल आंखों से मांस नोचा जा रहा हो, तब कौन-सी शक्ति है, जो मनुष्य को चुप रख सकती है?

वसुदेव को वही शक्ति खोजनी होगी। केवल खोजनी ही नहीं होगी संयोजित करके अपने आपको उस शक्ति से ज्योतित करना होगा। बली बनाना होगा। वही शक्ति देवकी के दुख में सांत्वना बन सकेगी। पर वह शक्ति खोजनी सहज नहीं, जुटाना तो दरकिनार!

और वसुदेव ने अनुभव कि उनका चुप रह पाना भी असंभव है; किंतु बोल पाना भी कहां संभव रह गया है?

उनके लिए संभव रह गया है विक्षिप्तों की भांति विलाप करना। चीख पड़ना चाहा था उन्होंने; पर चीख तो उसी क्षण विद्रोह करके उनसे कहीं दूर, बहुत दूर चल गई थी, जब कंस ने खंग खींचकर उस कोमल शिशु का वध किया।

वसुदेव की अपनी दृष्टि भी धब्बे पर ही जा ठहरी थी।

कारागार का अंधकार गहन होता जा रहा था। आज कोई प्रकाश-व्यवस्था करने भी नहीं आया। वसुदेव को अचरज हुआ था। उससे भी अधिक अचरज हुआ था कि वसुहोम उन्हें महाराज कंस के संबंधोत्सव के लिए निमंत्रित कर गया है। पीड़ा मन में और गहरा गई। कैसी विडंबना हैं ईश्वर! मन-शरीर से विभाजित हो चुके वसुदेव-देवकी को किसी समारोह में निमंत्रित किया गया है। समारोह भी उत्सव।

कारागार का कक्ष बड़ा था। कंस ने कृपालु होकर उन्हें एक कोठरी के बजाए दो कोठरियां दे दी थीं। कोठरी के दोनों ही भागों में बहुत ऊंचाई पर दो खिड़कियां बनी हुई थीं। खिड़कियां थीं या केवल जीवन के लिए वांछित हवा और दृष्टि के लिए प्रकाश का छल देने वाले साधन!

जिस दिन पहली-पहली बार कारागार में लाए गए, उस दिन इन खिड़कियों को देखकर हंस पड़े थे। देवकी से कहा था''देखो, देवी! मनुष्य प्रकाश और वायु को भी छलता है। मनुष्य का प्रकृति से यह उपहास कितना विचित्र है।''

उत्तर में देवकी ने बेबस दृष्टि उठाकर उन खिड़कियों को देखा था।

आज वसुदेव स्वयं उसी तरह बेबस दृष्टि से देख रहे है उन खिड़कियों को। प्रकाश-किरणों का एक पुंज गिर रहा है उनसे। इस प्रकाशपुंज को जैसे खिड़कियों पर जड़ी सलाखों ने चीर डाला है। विभाजित कर दिया है। ठीक वैसे ही जैसे देवकी-वसुदेव के जीवन-प्रकाश या जीवनोल्लास अथवा आनंद या कि ममत्व को कंस के कठोर खंग ने विभाजित कर डाला था।

वसुदेव की अपनी दृष्टि भी देवकी की ही तरह धब्बे पर जा ठहरी। लगा कि धुलाई-पुंछाई के बावजूद वह साफ नहीं हो सका है। रक्त बिखरा हुआ है उस पर और उस रक्त के बीचोंबीच है, उनका रक्तरंजित शिशु।

चाहा कि थूक का घूंट निगलें, गला तर कर लें। पर तुरंत ही अनुभव हुआ, जैसे गला सूख गया है और जबड़ों के भीतर थूक भी नहीं रहा। तड़प से भर उठे वह। उठे, कांपते स्वर में पुकार बैठे थे''अरे कोई है? जल! हमें जल दो!''

कारागृह के द्वार पर हलचल हुई। वसुदेव को लगा कि कुछ परछाइयां तिरी हैं, इधर से उधर। स्वर कोई नहीं आया।

''जल, हमें जल चाहिए।'' जोर से पुकारा था उन्होंने, पर व्यर्थ। पुकार में परछाइयों की प्रतिक्रिया भी नहीं हुई। पत्नी की ओर मुड़कर पूछ बैठे थे''जल पियोगी न देवी!''

और देवकी ने उन्हें देखा। वसुदेव चुप हो गए। आतंकित, ऐसे जैसे बिल्कुल पथरा गए हों। कैसी लग रही हैं देवकी की आंखें। नहीं; आंखें नहीं हैं ये। ये हैं, दो काले गहरे, सूखे कुंए। तल कहां है, नामालूम...।

वह बोली नहीं थीं। उसी तरह कुछ पल देखती रहीं, जैसे वसुदेव को उन दो गहरे, अंध-कूपों में गिराए चली जा रही हों, फिर मुड़ी, दृष्टि पुनः

उसी स्थान पर टिका दी। वसुदेव की व्यग्रता अधिक बढ़ गई। उससे कहीं अधिक बढ़ गया मानसिक असंतुलन और उससे भी अधिक बढ़ गया गले का सूखना।

पूरी शक्ति लगाकर पुनः चिल्लाए वह''जल।'' आगे कुछ चीखें, इसके पूर्व ही विशाल लौहद्वार पर परछाइयां पुनः गहराई, हलचल हुई, फिर द्वार तीव्र-स्वर करता हुआ खुलने लगा। और द्वार खुलते ही परछाई की ही तरह कोई आगे बढ़ आया। देवकी प्रतिक्रियाहीन न रही, वसुदेव स्तंभित। कालिख में आगंतुक कालिख-सा ही दीख रहा था।

चंचला थी। खिड़कियों के विभाजित प्रकाश में आकृति स्पष्ट हुई। उसने भी उन्हें स्पष्टतः देखा। वसुदेव की दृष्टि से दृष्टि मिलते ही सहसा उसने आंखें झुका लीं। चुपचाप प्रकाश-व्यवस्था करने लगी। सहसा वसुदेव बोले थे''नहीं, चंचला! प्रकाश रहने दो!''

उसके हाथ कांप गए।

''हां, यही उचित होगा हमारे लिए।'' वसुदेव ने कहा था''प्रकाश असह्य हो गया है देवी! उसे सहन करने के लिए प्रकाशित मन आवश्यक है और वह न मेरे पास है, न देवकसुता के पास! हमारे लिए अंधकार ही शुभ।'

वह आगे भी कुछ कहते, किंतु लगा था कि एक हल्की, बहुत हल्की सिसकन उभरी हैं। चौंककर देवकी की ओर देखा। वह शांत थीं, तब सिसकन कहां से उभरी! दृष्टि चंचला पर गई। चकित ही नहीं, अविश्वास के भाव से दृष्टि ठहरी रह गई। अरे, केशी के विश्वस्त सेवक कंटक की धूर्त पत्नी सिसक रही है!

वह मुड़ गई। आज्ञापालन किया था उसने। प्रकाश-व्यवस्था नहीं की, लौट पड़ी।

वसुदेव को स्मरण हो आया, जल चाहिए उन्हें। लगभग चीखते हुए-से बोले थे''केवल जल-व्यवस्था करवा दो चंचला!''

चंचला ने उत्तर नहीं दिया। बाहर निकल गई। कुछ क्षणों बाद लौटकर

उसने वसुदेव के सामने जल-पात्र ला रखा था। वसुदेव ने बिना कुछ कहे चुपचाप कांपते हाथों से पात्र को उठाया और देवकी की ओर बढ़ा दिया "देवी!" देवकी ने पुनः दृष्टि घुमाई। दृष्टि नहीं, दो कुंए फिर से सामने आ गए। जलरिक्त। अंधकूप!

"जल।" वसुदेव का स्वर कांपा था।

देवकी कुछ पल उन्हें देखती रहीं, सहसा हंस पड़ीं। जोर-जोर से हंसने लगीं। पात्र वसुदेव के हाथों से छूट गया। चंचला भयभीत देखती गई। वसुदेव ने जोर-जोर से देवकी को बांहे थामकर झकझोरना प्रारंभ कर दिया थादेवी...। देवी! क्या हुआ? क्यों हंस रही हो तुम? देवकी।" वह जोरों से चीखे थे। चंचला बदहवास भाग खड़ी हुई बाहर की ओर।

देवकी हंसे जा रही थीं, निरंतर। क्या विक्षिप्त हो गइ ॅ वह?

बदहवास, हांफती हुई चंचला जा पहुंची थी कंटक के पास।

"क्या हुआ तुम्हें?" कंटक ने उसकी अस्त-व्यस्त दशा देखकर प्रश्न किया "क्या बात है?"

"वह...वह देवकसुता...देवकी...।"

"अरे, बोलो तो, क्या हुआ देवसुकता को?" कंटक ने बौखलाकर प्रश्न किया। बहुतों तक स्वर गया होगा उसका। अनुराधा और वसुहोम भी दौड़े चले आए।

"वह...वह विक्षिप्त हो रही है।" बहुत कठिनाई के साथ बोल सकी थी चंचला। अंतिम शब्द कहते-कहते लगभग रो पड़ी थी।

वे सब लपक पड़े थे कारागृह के उस कक्ष की ओर। सबसे अंत में चंचला। चाल थकी हुई थी, किंतु मन गतिशील, व्याकुल भाव से लपकता हुआ।

कारागृह के द्वार खुले थे। प्रहरी चकित भाव से भीतर झांक रहे थे और भीतर से देवकी हंसी नहीं, रुलाई के स्वर आ रहे थे। बिल्कुल बच्चों जैसी रुलाई। भीतर पहुंचकर सबने देखा था, वसुदेव व्यथित देवकी को सीने से लगाए हुए हैं। हौले-हौले थपकियां दिए जा रहे हैं। ऐसे जैसे किसी बच्चे को सुलाने का प्रयत्न कर रहे हों।

वे सभी थमे से खड़े रह गए। पीड़ा से भरे हुए। परस्पर एक-दूसरे को पराजित भाव से देखते हुए, फिर एक-दूसरे से ही सहमते-कतराते हुए उन्होंने दृष्टियां चुरा ली थीं।

बाहर निकल आए थे वे। द्वार बंद कर दिया था। समझ गए थे सब। देवकी संयत-असंयत मनस्थिति से गुजर रही हैं। कभी रो पड़ती हैं, कभी हंसने लगती हैं। सहज प्रतिक्रिया थी वह। होना ही था।

"किंतु...।" बाहर आकर न चाहते हुए भी अनुराधा बोल पड़ी थी"देवकसुता विक्षिप्त न हों, यह ध्यान रखना भी हमारा दायित्व है स्वामी!" वह संबोधित कर रही थी पति को। पति वसुहोम चुप थे।

कंटक और चंचला की ओर दृष्टि गई थी उनकी। उनके चेहरों पर भी घोर अशांति लिखी हुई थी, किंतु वे जैसे-तैसे स्वयं को सहज रखने की चेष्टा कर रहे थे। उससे भी अधिक स्वयं को चुप किए हुए थे।

वसुहोम ने गहरा श्वांस खींचकर कहा था"आप लोग चलें। मैं महामंत्री से बात करता हूं।"

इसके पूर्व कि कोई कुछ कह सके, वह पुनः कारागृह के उसी कक्ष की ओर मुड़ गया था।

बहुत शक्ति सहेजी थी। उसने कहीं अधिक संयम ओर उससे भी अधिक आत्मविश्वास। इन्हीं सबके सहारे वसुदेव से वार्ता कर सकेगा वसुहोम।

द्वार एक बार पुनः खुला। वसुहोम भीतर पहुंचा। अब दृष्टि-से-दृष्टि मिलाकर बात प्रारंभ की थी उसने"देव!"

वसुदेव ने उसे देखा। देवकी संभवतः हंसते-रोते थककर अब क्लांत हो चुकी थीं। धरती पर ही लेटी हुई। वसुदेव उठ पड़े थे। दृष्टि में प्रश्नवासचक संजोए हुए वह उनके सामने जा पहुंचे।

मैं. मैं आपसे कुछ निवेदन करना चाहता था देव!" वासुहोम ने कहा। स्वर बहुतसंभाला, किंतु कंपन से अलग नहीं कर सका।

"आओ।"वह दूसरी कोठरी की ओर बढ़ गए।

वसुहोम ने वहां पहुंचकर धीमी आवाज में कहा था"जो घटना है,

वह तो घटेगा ही महामंत्री! किंतु इस समय आपको विशेष धैर्य से काम लेना होगा।''

वसुदेव ने केवल वसुहोम को देखा। गहरा सांस लिया। ऐसे जैसे सहमति व्यक्त की हो।

''मैं अपनी ओर से महाराज से प्रार्थना करूंगा कि यह सब देवकसुता की उपस्थिति में न करें।'' वसुहोम ने प्रस्ताव किया था।

वसुदेव इस वार्ता से कुछ सहज हुए। लगा था कि मन की व्यग्र छटपटाहट कुछ शांत हुई है। कहा''वे मानेंगे?''

''मुझे विश्वास है, वे अस्वीकार नहीं करेंगे।'' वसुहोम बोला।

वसुदेव चुप हो रहे।

वसुहोम ने कहा था''अब जैसे भी हो माता देवकी को आप शांत करें।'' सहसा वह मुड़ गया था। बाहर निकल गया।

वसुदेव चुपचाप खड़े उसे देखते रहे। द्वार बंद होने की आहट ने उन्हें पुनः चेताया। मुड़कर उस कोठरी की ओर चले, जिसमें देवकी बेसुध-सी लेटी हुई थीं।

दबे कदमों उन तक पहुंचकर चुपचाप बैठ रहे थे वह। अंधकार और तीव्र हो गया था। ठीक तभी खिड़की से उभरती ज्योति-किरणों में तीव्रता आ गई। लगा कि रह-रह कर बाहर कुछ कौंधने लगा है।

समझ गए थे वसुदेव। महाराज कंस के संबंधोत्सव का प्रारंभ हो गया है। उन्होंने जबड़े कस लिए। शिलावत बैठे रहे।

अगले कुछ समय में ही गीत-संगीत के स्वर उभरने लगे थे। विभिन्न रंगों के प्रकाश से बाहर का वातावरण चकाचौंध से भर गया था। मंगल-गान भी चल रहे थे।

पर वसुदेव इस तरह शांत, जैसे सुनकर भी सुन न पा रहे हों। देख कर भी देख न सकते हों। अनुभूतिहीन!

कितनी देर तक वह सब चला था, यह भी अनुमान नहीं हुआ। अनुमान का प्रयत्न ही नहीं किया था उन्होंने। वह केवल अनुमान कर रहे थे शिशु-वध का। कब तक चलेगा यह सिलसिला?

और सिलसिला चलता गया। केवल एक अंतर पड़ गया था। वसुहोम की प्रार्थना स्वीकार कर महाराज कंस ने दुःखी देवकी के सामने अबोध शिशुओं से वध का क्रम बंद कर दिया था। एक नई व्यवस्था की गई। इस क्रूरता में परीक्षा हुई वसुदेव की। वसुहोम से मथुराधिपति बोले थे"महामंत्री से कहो, अब वह स्वयं अपना बालक लाकर हमें सौंप दिया करें। यों भी यही उनका पूर्व में दिया गया वचन भी था।"

वसुहोम ने स्वीकार लिया। लौट आया था। बहुत प्रयत्न किया था वार्ता में कि कंस अपने निर्णय पर पुनर्विचार कर लें, किंतु निश्चय नहीं बदला था उनका। एक सीमा से अधिक वसुहोम बात करने का साहस भी नहीं संजो सका।

लौटकर सूचना वसुदेव को पहुंचा दी। कहा"मुझे दुःख है देव! इससे अधिक में कुछ भी नहीं कर सका। महाराज पूर्ववत् कठोरता और निर्ममता से भरे हुए हैं।"

वसुदेव ने चुपचाप नई स्थिति स्वीकार ली थी। इस स्थिति के तहत वैसा ही करने भी लगे। क्रम प्रारंभ हुआ। दूसरे शिशु के जन्म के तुरंत बाद ही वसुदेव ने उसे कंस तक पहुंचा दिया। उस दिन भी लगभग वही सन्नाटा, तनाव और पीड़ा बिखर गई थी कारागृह में। देवकी को सुधि आए, इसके पूर्व ही कोमल शिशु को वसुदेव उठा ले गए थे। वसुहोम ने सहायता की। सबने देखा-अनदेखा कर दिया। सब अशांति से भरी गहरी शांति ओढ़े रहे। सब मथुराधिपति की क्रूरता के प्रति मन-ही-मन घृणा से भर उठे।

पर किसी ने किसी से कुछ भी व्यक्त नहीं किया था। परस्पर देखते, दृष्टि अपराध-बोझ से झुका लेते। लगता था कि अवश हैं। बहुतेक की इच्छा होती, राजसेवा से मुक्ति ले लें। मनुष्य हैं वे, काल-सेवक नहीं।

किंतु वैसा भी नहीं हो सकता था या कि किया नहीं जा सकता। कंटक अब चुप-चुप रहने लगा था। चंचला व्यग्र भाव से कभी-कभी बौखला पड़ती, कहती"हमें इस सेवा से मुक्ति ले लेनी चाहिए स्वामी!"

कंटक उसे देखता, फिर दृष्टि या ठहरती पुत्र पर। इकलौता पुत्र। वह घुटनों-घुटनों चलने के बाद अब धीमे-धीमे खेलने की चेष्टा भी करने लगा था। बेबस दृष्टि से पत्नी की ओर देखने लगा। लगता था कि इस सबका दोषी या कारण वही है।

और चंचला का भी यही अनुभव"पाप के भागी बन रहे हैं हम!"

वह बड़बड़ाने लगती थी"निरंतर पाप के दलदल में समाए जा रहे हैं। देवकसुता के सात पुत्र नष्ट हो चुके। यह सिलसिला कब तक चलेगा?"

"तब तक, जब तक विधाता चाहेगा।" कंटक जैसे थककर उत्तर देता।

चंचला और झुंझला पड़ती"या कि जब तक क्रूर कंस चाहेगा?"

"कंस की ओर से यह सिलसिला कभी समाप्त नहीं होगा देवी?"

कंटक उत्तर देता"वह एक भयातुर, कायर मनुष्य है। देखो तो कैसी असंभव चेष्टा कर रहा है? मृत्यु को टालना चाहता है वह और मृत्यु! सब जानते-मानते हैं, निश्चित है। वह विधि का निश्चित विधान है। उससे किसी की मुक्ति नहीं होती।"

चंचला का मन होता, चुप हो जाए, शांत; किंतु बार-बार वाचाल हो उठती। इस वाचालता का कारण बनता जा रहा था, सर्वमन। जब-जब बालक की ओर दृष्टि जाती तब-तब वसुदेव के शिशु स्मरण आने लगते। लगता कि कोई अदृश्य उसे डराने लगा है। कहता है"चंचला! इस सर्वमन को देख रही है न तू? तेरे और कंटक के पापों का प्रायश्चित कभी यह करेगा। इसे भी वैसी ही मृत्यु मिलेगी, जैसी देवकी के अबोध बालकों को मिली हैं। वही घिनौनी मृत्यु।"

और चंचला चीखने लगती"नहीं-नहीं।" स्वर गले से बाहर भले ही न आते हों, किंतु लगता कि चीखी हैं। कितनी-कितनी रातों यही कुछ, इसी तरह सुना था उसने और अब मन में भय स्थायी भाव से बैठ गया था। यह होगा, अवश्य होगा।

इसी कारण बार-बार कंटक से कहती"चल पड़ों यहां से।"

"और सेवा धर्म का क्या होगा देवी।" कंटक पूछता"यह उच्च पद?"

"भूल जाओ इसे।" चंचला जैसे रुआंसी होकर प्रार्थना करने लगती "हम कहीं, किसी ओर नगर-राज्य में जाकर दास हो जाएंगे; पर ऐसा उच्च पद नहीं चाहिए, जो पाप का भागी बनाए। एक दुष्ट के राज्य का अन्न खाना शरीर से विष पचाने की चेष्टा जैसा है देव। एक-न-एक दिन यह विष अवश्य फूटेगा और उस दिन हम उपचार के योग्य भी नहीं रह जाएंगे! चलो, यहां से निकल चलो।"

"किंतु देवी! यह पाप हम तो कर नहीं रहे हैं।" कंटक तर्क करता, "हम केवल सेवक हैं, राजसेवक। पाप की योजना बनाना, उसे कार्यान्वित करना सभी कुछ तो कोई और कर रहा है, किसी और का संयोजन है। अब हम अपने आपको दोषी क्यों मानें?"

चंचला नहीं चाहती थी कि सर्वमन को लेकर मन में आई शंका और भय पति को बतलाए; किंतु लगता था कि किसी-न-किसी दिन बतलाना होगा। शायद उसी दिन कंटक बदले, उसका निर्णय बदले, वह मुक्ति ले।

पर बोलते-बोलते थम जाया करती थी। वह सब सुनाकर पति को व्यथित नहीं करेगी चंचला। जानती थी कि कंटक को भी उसी की तरह वह सब नहीं सुहा रहा है, जो कुछ हो रहा है, पर अवश थी। कंटक पद मोह में ग्रस्त था।

चंचला ने तर्क किया था "पाप का संयोजन कोई भी कर रहा हो; किंतु उसके क्रियान्वयन में सहायक बनने वाले भी दोषी और अपराधी होते हैं स्वामी!"

"यदि हम दोषी और अपराधी हैं, तब क्या वसुहोम और अनुराधा दोषी नहीं हैं?" कंटक ने भी तर्कातर्क प्रारंभ कर दिया।

"यह वे जानें; पर हमें अपने बारे में विचार करना चाहिए!" चंचला ने कठोर स्वर में कहा।

"नहीं देवी! धैर्य से काम लो! हमने पाप किया; किंतु प्रायश्चित भी यहीं करेंगे हम।" कंटक ने कहा था।

चंचला चकित होकर पति को देखने लगी। प्रायश्चित! किस तरह प्रायश्चित करना चाहता था वह!

कंटक बोला था"जिस तरह देवकी और वसुदेव को लेकर हमने हर सूचना सेनापति केशी तक पहुंचायी है, उसी तरह अब हर सूचना दबी रहेगी। मुझे पूरा विश्वास है कि एक-न-एक दिन वसुहोम और अनुराधा मिलकर देवकी के किसी-न-किसी पुत्र की जीवन-रक्षा अवश्य करेंगे और हम उस रक्षा-प्रयत्न में मौन सहायक बनेंगे। यही होगा हमारा प्रायश्चित। यही होगा हमारा पुण्य।"

"किंतु ऐसा अब तक तो किया नहीं है वसुहोम ने?" चंचला ने प्रश्न किया।

"उन्हें अनुकूल अवसर ही नहीं मिला होगा।" कंटक बोला था"यह भी हो सकता है कि वह हमारे कारण ही वैसा न कर पा रहे हों।"

"तब कैसे होगा आपका प्रायश्चित?"

"उन्हें विश्वास दिलाना होगा देवी कि हम सभी को कंस की इस क्रूरता से घृणा है। हम सब उन्हीं के साथ हैं। उनके सहायक हैं। देवकी-वसुदेव का शुभ चाहते हैं और...और शायद...।" बोलते-बोलते थम गया था कंटक।

"चंचला व्यग्र भाव से पूछ बैठी थी"और...और कहिए न प्रभु!"

"और अब हम भी चाहते हैं कि मथुरा में एक न्यायप्रिय राजा हो। गणसंघीय पद्धति पुनर्जीवित हो। दुष्टतापूर्ण कृत्य करने वाले कायर कंस से मुक्ति मिले यादव गणसंघ को।" कंटक ने उत्तर दिया। बोलते-बोलते उसके जबड़ों में ही नहीं, स्वर में भी कठोरता पैदा हो गई थी।

चंचला चुप हो गई। पति की ओर देखती हुई। श्रद्धाविभोर। उससे भी कहीं अधिक प्रसन्न। सर्वमन पूर्ववत् सा....ही खेल रहा था। चंचला को लगा कि अब वह सुरक्षित है। प्रायश्चित की भावना ने उसे रक्षाकवच दे दिया है। इस कवच के रहते निश्चय ही उनका कोई पाप कर्म काल बनकर उस पर आक्रमण नहीं कर सकेगा।

विस्मय और अविश्वास से अनुराधा द्वार पर ही थमी रह गई थी। चंचला और कंटक का वार्तालाप स्पष्ट सुना था उसने। प्रसन्न हुई थी; किंतु इस प्रसन्नता को ठहराव नहीं मिला। भला कैसे मिलता? कंटक और चंचला

ने अब तक ऐसा कुछ भी तो नहीं किया, जिसके कारण उनके शब्दों या बातचीत पर विश्वास किया जा सके?

पर जो कुछ वह कह रहे थे, यदि वह सच है, तब निश्चय ही देवकी-वसुदेव के शुभ का समय आ गया। यह भी कहा जा सकता है कि विधाता ने उन दुष्टों के कठोर मन को चमत्कार की तरह कर दिया है, जलवत्।

वह आई थी, दोपहर का खाली समय काटने। चंचला एकमात्रनारी थी कारावास के अधिकारी वर्ग के परिवार में। जैसी भी हो, उसी के साथ समय बिताना होता था। मर्यादा की बात थी। इस अनुशासन और मर्यादा ने भी उसे एकांत से भर रखा था।

और एकांत दुःखकर। तरह-तरह के विचारों से भरा हुआ। देवकी यदि करागृह का अंधकार, कष्ट और एकांत की पीड़ा झेल रही हैं, तो अच्छे-खुले अधिकारी निवासगृह में रहने वाली अनुराधा उनसे भी कहीं अधिक एकान्त, कष्ट और पीड़ा को झेल रही है। इस पीड़ा की व्याख्या नहीं की जा सकती। संभवतः ठीक तरह वर्णन करना भी कठिन है; किंतु यह पीड़ादायक अवश्य है।

आश्चर्य की बात है, अनुराधा सोचती, मनुष्य सब कुछ पाकर भी इतना सूना, इतना दरिद्र, इतना कायर और इतना कष्टित हो सकता है?

पीड़ा का यह रूप कभी बिल्कुल अजाना था, अनदेखा। परिचय ही नहीं हुआ था उससे; किंतु समय-चक्र ने जिस तरह अनुराधा और उसके पति का जीवन घुमाया, उससे परिचित करवा दिया।

अनुराधा देहरी से हट पड़ी थी। बहुत दबी चाल में लौटी। कंटक और चंचला के बीच हुआ वार्तालाप पति तक पहुंचाने के लिए मन व्यग्र हो रहा था उसका वही निर्णय करेंगे कि सच क्या हो सकता है? कहां तक हो सकता है या केवल छल ही है?

वसुहोम यात्रा की तैयारी कर रहे थे। अनुराधा पति को देखती रही। मन हुआ, पूछे कि कहां जा रहे हैं, किंतु उचित नहीं समझा। केवल बात चला

दी। वह सब एक ही सांस में कह डाला था, जो चंचला और कंटक के बीच हुई बातों में सुनने को मिला था।

वसुहोम शांत भाव से सुनते रहे। तुरंत उत्तर नहीं दिया था कुछ। लगता था कि मन कहीं और, कुछ अलग ही विचारमंथन में व्यस्त है। अनुराधा ने प्रश्न किया था"आपने कुछ कहा नहीं?"

"क्या कहूं?"

"यही कि क्या सच ही चंचला और कंटक में परिवर्तन हुआ है।"

"तुम जितना जानती हो या सुन आई हो, उतना तो नहीं जानता; किंतु इतना अवश्य अनुभव करता हूं कि अब उनका व्यवहार वैसा नहीं रह गया है।" वसुहोम ने उत्तर दिया। बहुत संक्षिप्त। एक तरह से सब कुछ स्वीकार कर, अस्वीकार भी कर दिया था।

अनुराधा ने प्रश्न पर प्रश्नकर दिया"क्या सच ही ऐसे लोग बदल सकते हैं स्वामी! मन अब भी विश्वास करने को तैयार न था।

वसुहोम ने गहरा श्वास लिया, फिर थके स्वर में कहा"अनु! क्रूरता बड़े-बड़े कठोर हृदयों को पिघला देती है, फिर महाराज कंस तो जैसे ममुष्य ही नहीं रह गए हैं। एकमात्र कंटक और चंचला ही क्यों, मुझे लगता है कि उनके बहुतेक समर्थकों की मनःस्थिति बहुत अच्छी नहीं रह गई है।"

"तब सब कुछ सह क्यों रहे हैं वे?"

"इसलिए कि अन्य कोई साधन नहीं है।" वसुहोम ने उत्तर दिया था"कंस की उग्र शक्ति का कोई प्रत्युत्तर किसी के पास नहीं है। असंतोष है; किंतु बिखरा हुआ है। उसे एकजुट करने का कोई मार्ग नहीं। ऐसा कोई बिंदु नहीं, जिसे देखकर या जिसका आश्रय पाकर यह असंतोष संगठित हो जाए।" वसुहोम ने बात समाप्त कर दी। अनुराधा कुछ और पूछ-जान सके, इसके पहले ही वह बोले थे"सुनों देवी! मैं महामंत्री से भेंट करने जा रहा हूं। कुछ आवश्यक कार्य है। संध्या समय संभवतः मुझे गुप्त रूप से कहीं जाना होगा।"

बहुत कुरेदन हुई थी मन में। पूछ लेकहां, कौन-सी गुप्त जगह और क्या करने का विचार है उनका? किंतु शब्द थाम लिए। नहीं, यह उचित नहीं होगा। ऐसा करके अनुराधा पति के एकाग्र मन को विभाजित नहीं करेगी।

वसुहोम तेजी से बाहर निकल गए। अनुराधा फिर-फिर कंटक और चंचला को लेकर विचार करने लगी। वसुहोम का यह कहना भी कम महत्त्वपूर्ण नहीं था कि अब उनका व्यवहार वैसा नहीं रह गया है। मन ने कहा थानिश्चय ही वे बदल चुके हैं। कंस की पाशविकता ने उन्हें बदल दिया है।

कह रहे थे कि प्रायश्चित करेंगे, पर जो पाप किया है, उसका प्रायश्चित किस तरह कर पाएंगे? अनुराधा ने सोचा, लगा कि उत्तर नहीं हैं उसके पास या समझ ही नहीं पा रही है।

वसुहोम ने कारागार का द्वार खुलवाया, फिर सीधे वसुदेव के सामने जा खड़े हुए। इधर कुछ दिनों से वह बहुत सहज रहने लगे थे। लगता था कि पाशविकता की क्रमबद्धता ने उन्हें जड़भाव से सब कुछ सहने का आदी बना दिया है। निस्संदेह जड़ भाव ही था वह। न होता, तो क्या अब अश्रुहीन होकर यांत्रिक ढंग से हर जनमने वाले शिशु को लेकर स्वयं ही कंस के सामने जा पहुंचते? अपने हर पुत्र का वध उन्होंने स्वयं देखा था। न रोए थे, न ही करुणा मन में आई। लगता था कि पत्थर हो चुके हैं बिल्कुल। अधिकतर चुप ही रहा करते थे, शांत।

किंतु इन बार वसुहोम को लगा था कि जैसे-जैसे देवकी के आठवें गर्भ की परिपक्वता बढ़ती जा रही है, वैसे-वैसे वह आकुल होने लगे हैं। क्यों? विचार किया था। स्मरण हो आया था कि कंस के काल-रूप में देवकी की यह आठवीं संतति ही उत्पन्न होगी और संभवतः वसुदेव भी सोचने लगे थे कि किस तरह उसे बचा सकेंगे? कैसे रक्षा कर पाएंगे उसकी?

और वसुहोम को सहसा योजना सूझी थी। योजना सूझी थी कि चमत्कार हुआ था। चमत्कार ही कहा जाना उचित होगा उसे। वसुहोम को सुबह सवेरे नंद गोप के यहां से गुप्तचर ने आकर बतलाया था"अधीक्षक महोदय! वसुदेव देवकी को लेकर नंद गोप सदा ही चिंतित रहते हैं। पूछते रहते हैं कि कैसे हैं वे? कैसी हें उनकी भार्या?"

वसुहोम ने उत्तर में कहा था"क्या तुम नहीं जानते गुप्तचर! कैसा क्या कुछ है? माता देवकी एक के बाद एक संतान खोती हुई लगभग मृतप्राय

हो चुकी हैं। जीवन के नाम पर वह केवल एक चलती-फिरती आकृति भर हैं। शेष कुछ नहीं और महामंत्री की मनःस्थिति ऐसी है, जैसे शिला हो चुके हों। न हर्ष उन्हें आह्लादित करता है, न कष्ट उन्हें पीड़ित कर पाता है। कुल मिलाकर यही समाचार है, जो तुम गोकुल पहुंचकर नंद गोप को दे देना। इसके अतिरिक्त मेरे पास कुछ नहीं है कहने को।''

वसुहोम का विचार था कि गुप्तचर टल जाएगा। वसुहोम की पीड़ाजनक बातें उसे टाल देंगी। निराशा के उसी सागर में डुबो देंगी, जिसमें वसुहोम स्वयं डूब चुके थे; पर आश्चर्य हुआ। वह खड़ा रह, था। कहा''कंस का काल सुनते हैं माता देवकी की कोख में आ चुका है देव।''

''यदि तुम उसे सत्य मानो, तो आ चुका है; पर उस काल का अर्थ ही क्या जो जनमने के साथ ही संभवतः मृत्युमुख में चला जाएगा?'' वसुहोम बिलकुल निराश थे। पराजित।

''नहीं देव!'' गुप्तचर बोला था। इधर-उधर सावधानी से देखा, फिर जैसे दृष्टि में सन्नाटे की नाप-जोख की, फुसफुसाकर कहा''एक समाचार लाया हूं। इसे आप संयोग कहें अथवा चमत्कार, किंतु इस समाचार से देवकी के आठवें सुत की रक्षा की जा सकती है।''

''वह क्या?'' वसुहोम चकित भाव से देखने लगे थे उसे।

''नंद गोप की भार्या भी गर्भवती हैं।'' गुत्पचर ने फुसफुसाकर कहा था, फिर वसुहोम की ओर इस तरह देखने लगा था, जैसे शेष सब कुछ सोचना-समझना उनका दायित्व हो। बस, संकेत भर किया था उन्हें। न भी करता, तो चल जाता। वह बोला था''और आर्य! आप तो जानते ही हैं कि गोकुल के गोप बाबा महामंत्री के गहरे मित्र हैं।''

वसुहोम चुप रह गए थे। देखते हुए। वह मुस्कुरा रहा था, कुछ पलों बाद वह स्वयं भी मुस्कुराने लगे थे''हां, संभवतः इसे चमत्कार ही कहना चाहिए।'' उन्होंने बुदबुदाकर उत्तर दिया था।

और यह उत्तर के बाद बहुत कुछ सोचने-समझने पर आ पहुंचे थे वहां, जहां मस्तिक ने आश्चर्यजनक और अविश्वसनीय ढंग से योजनाएं गढ़नी शुरू कर दी थीं। किस तरह क्या हो सकता है? वह सोच रहे थे। लगता था कि जितना-जितना सोचते हैं, उतने-उतने का सिरा बैठता चला

जाता है। कहीं कुछ अधूरा नहीं छूट रहा। कहीं कुछ ऐसा नहीं, जो निराशा का कारण बने।

ऐसी तो कभी नहीं हुआ था उनके साथ। देवकी के सात सुत जा चुके। न कभी ऐसा संयोग हुआ, न समयानुसार सोच-विचार में क्रमबद्धता आई। निश्चय ही यह सब विधि का किया हुआ है, चमत्कार!

कंस का काल-समय आ पहुंचा। उससे पहले काल-जन्म! मन में जाने क्यों यह विश्वास सघन हो गया था कि आगे जो कुछ करना है, वह सब भी अनुकूलता के साथ होता जाएगा। गोकुल प्रस्थान की तैयारी कर दी थी। गुप्तचर से कहा था "नंद गोप को समाचार देना, हम शीघ्र ही उनसे भेंट करने आ रहे हैं। संभवतः आज रात्रि ही गोकुल पहुंचें।"

गुप्तचर समझ गया। वही है, जो उसने भी समझा था। चल पड़ा।

और वसुहोम तुरंत तैयारी करने चले आए थे वसुदेव के पास। उनके सामने खड़े थे। उनके शिलावत् व्यक्तित्व को तोड़ते हुए। शब्द इस तरह बोलने होगे कि उनका पथरीलापन रिसे। वह भी कुछ विचारे, वैसा ही विचारें, जैसा वसुहोम ने विचारा है। विश्वास था कि यह हो सकेगा। जब सभी कुछ अनुकूल होता चला जा रहा हो, तब वह केवल संयोग नहीं रह जाता। निश्चित बन जाता है। केवल विधि का लेख। बहुतेक लोग उसे भाग्य कहते हैं, बहुतेक की दृष्टि में वह चमत्कार।

वसुहोम ने हाथ जोड़े, निवेदन किया था "मंत्रीश्रेष्ठ! एक प्रस्ताव लेकर आया हूं। यदि आज्ञा दें तो प्रस्तुत करूं?"

उन्होंने केवल देखा, फिर दृष्टि में ही स्वीकृति दी।

"अभी-अभी मुझे ज्ञात हुआ है कि गोकुल ने नंद गोप की भार्या यशोदा भी गर्भवती है।" वसुहोम ने कुछ हिलकती आवाज में कहा था। हिलकन इसलिए आ गई थी कि जो कुछ वह कहने वाले थे, उसे सुनकर कहीं भावुक वसुदेव सहसा उन पर उग्र न हो जाएं। उन्हें धिक्कृत न करने लगें।

वसुदेव ने पथरीले स्वर में प्रश्न किया था''प्रसन्नता की बात है वसुहोम! किंतु उससे तुम्हारे प्रस्ताव का क्या संबंध है?''

''है, श्रीमन्! बहुत बड़ा संबंध है।'' वसुहोम ने स्वर को और सहज किया। गति कुछ धीमी की। सतर्कता से द्वार की ओर देखा। प्रहरी नहीं थे वहां। संभवतः वसुहोम को आया पाकर वह निश्चिंत भाव से यहां-वहां हो गए थे। वसुहोम ने कहा था''मेरा प्रस्ताव यह है मंत्रीवर कि माता देवकी के गर्भस्थ शिशु का जब जन्म हो, तब उसे यशोदासुत से परिवर्तित कर दिया जाए।'' शब्द पूरे करके वसुहोम जैसे तैयार हो चुका था कि महामंत्री वसुदेव का क्रोध, प्रतिक्रिया किस सीमा तक जा सकती है, उसे सहेगा।

वसुदेव के जबड़े भिंच गए थे। आंखें रक्ताभ हो उठीं, किंतु उन्होंने स्वयं को संयत किया था। कुछ गुर्राहट के साथ कहा''यह क्या अनर्थक बक रहे हो तुम? क्या जानते नहीं कि दुर्मति कंस परिवर्तित बालक का वध भी अवश्य करेगा?''

''जानता हूं आर्य! किंतु यही एकमात्र मार्ग मुझे दीखता है, जिससे देवकी सुत की रक्षा की जा सकती है।'' वसुहोम ने जैसे गिड़गिड़ाकर कहा।

''क्या बकते हो तुम?'' वसुदेव लगभग चीख पड़े थे। वसुहोम ने घबराकर पुनः द्वार की ओर देखा, कहीं प्रहरी न आ पहुंचें; पर शांत हुआ। द्वार पर वही सन्नाटा बिखरा हुआ था। वसुदेव बोले थे''धिक्कार है तुम पर! यह घिनौना विचार तुम्हारे मस्तिष्क में आया ही कैसे? क्या क्रूर राजा का अन्न खाते-खाते तुम भी मतिभ्रष्ट होते जा रहे हो वसुहोम! क्या तुम्हारी बुद्धि विकृत हो गई है? नंद गोप हमारे शुभैषी हैं, मित्र हैं; पर इसका अर्थ यह तो नहीं कि हम उन्हें अपने निजी स्वार्थ का साधन बना लें? तुम्हें यह पापबुद्धि मिली कैसे?''

''उत्तेजित न हों प्रभु!'' वसुहोम ने शांत स्वर में कहा था''जानता हूं कि विचार और संपूर्ण योजना भी बहुत क्रूरतापूर्ण है; किंतु आप जैसे बुद्धिमान से तर्कातर्क करने को बाध्य हुआ हूं। मुझे क्षमा कर दें और मेरी बातों पर विचार करें।''

वसुहोम के स्वर में इतनी सरलता, इतनी कातरता और इतना अनुशासन था कि वसुदेव चुप होने के लिए बाध्य हो गए थे।

वसुहोम ने कहा था''सुनें मंत्रीश्रेष्ठ! तनिक शांत होकर सुनें!'' फिर वह फुसफुसाने लगा था''देवकी सुत की रक्षा माता देवकी के लिए नहीं, मथुरा और यादव गणसंघ के शुभार्थ आवश्यक है। यह चमत्कार ही है कि संयोग कैसा बना है, जैसा सात शिशुओं के वध-पूर्व कभी नहीं बना था। संभवतः नियति यही चाहती है प्रभु! फिर आप अपने पुत्र की तरह देवकी के पुत्र को लेकर विचार न करें। आप विचारें कि वह गणसंघ के शुभ में एक भविष्य का जन्म है। इस एक त्राता की रक्षार्थ शूरसेन जनपद और मथुरा के असंख्य लोगों की बलि दे देना भी अधर्म नहीं होगा, फिर धर्माधर्म का लेखाजोखा संपूर्ण के शुभ में होता है बुद्धिवर! एक ही दृष्टि से नहीं। तनिक शांत होकर विचार करें।''

वसुदेव चुप हो रहे। लगा था कि वसुहोम के शब्दों ने उन पर वांछित प्रभाव किया है, फिर उसे स्वयं आश्चर्य होने लगा था कि इतनी तर्क बद्धि कहां से जनम आई उसके भीतर कि वह मथुरा गणसंघ के सर्वाधिक बुद्धिश्रेष्ठ व्यक्ति से भी बात कर पा रहा है। एक तरह से उपदेश ही कर रहा है? लगा था कि शब्द उसके नहीं थे। वह केवल माध्यम बना था उनका। केवल वाहक! ये शब्द किसी अज्ञात ने बुलवाए थे उससे और वही था, जो इस क्षण साहस बना हुआ उसे वसुदेव जैसे प्रभावी व्यक्तित्व के आगे टिकाए हुए था।

''किंतु...किंतु वसुहोम! यह सब घृषित है? करना तो दूर, इसके विचारमात्र से मन में वितृष्णा हो रही है हमें। क्या अपने पुत्र की रक्षार्थ हम मित्र की संतान को बलि चढ़ा देंगे?'' वसुदेव लड़खड़ाते हुए-से हटे थे। वसुहोम ने स्पष्ट देखा था कि उनका पथरीलापन सहसा रिसन में बदलने लगा है। भावुक होने लगे हैं वह। इसी भावुकता के बीच से उसे अपने प्रस्ताव पर स्वीकृति लेनी थी। आगे कुछ कह सकें, इसके पहले ही बोल पड़ा था वह''मैं पुनः स्मरण दिलाऊं प्रभु! यह जन्म आपके पुत्र का नहीं, मथुरा के उद्धारक का है। कंस के क्रूर कर्मों से गणसंघ को त्राण दिलाने वाले ईश्वर का है। आप इस दृष्टि से विचार करें।''

''और...और तुम क्या समझते हो नंद गोप यह स्वीकार लेंगे?'' सहसा पुनः वसुदेव व्यग्र हो गए थे''अपनी संतति की बलि...ओह! विचार ही

घृणित है। यहां तक कि इसकी कल्पना भी। भला कोई पिता कैसे अपनी संतान को जानबूझकर खंग का आहार बनाना चाहेगा?"

"वह आपके मित्र हैं।" वसुहोम ने तर्क किया था"उससे भी आगे वह मथुरा और यादव गणसंघ के प्रति समर्पित पुरुष है। मुझे ज्ञात है कि वह शांत स्वभाव, बुद्धिमान और संयमी हैं! मेरा विश्वास है कि वह प्रस्ताव अस्वीकारेंगे नहीं।"

"पर वसुहोम...!" इस बार तर्कातर्क से शेष हो रहे थे वसुदेव।

वसुहोम ने अवसर नहीं दिया। कहा था"मुझे आज्ञा दे प्रभु! जाने क्यों मुझे लग रहा है कि यह सब मैं नहीं नियति आयोजित कर रही है।"

वसुदेव ने गहरा श्वांस लिया, चुप हो गए। इस चुप में ही स्वीकृति मान ली थी वसुहोम ने। यह चुप ही उनका स्वीकार भी था। तीव्रगति से वह मुड़ा और द्वार से बाहर निकल गया। अचरज हुआ था उसे। प्रहरी कहां है? तभी प्रहरियों को उसने दूर से दौड़कर आते हुए देखा। अरे, कहां चले गए थे वे?

पूछ सकें, इसके पूर्व ही प्रहरियों में से एक ने कहा था"क्षमा करें, श्रीमन्! देर पूर्व उपाधीक्षक के पुत्र के साथ एक दुर्घटना घट गई। इसी उत्तेजना में हम लोग अपना स्थान छोड़ गए थे।"

दुर्घटना! वसुहोम बड़बड़ाए।

"हां महोदय!" प्रहरी ने थूक का घूंट निगलते हुए कहा था"बालक सर्वमन खेल रहा था कारागार के प्रांगण में। पता नहीं कैसे उस पर वृक्ष की एक शाखा आ गिरी।"

"कहीं उसे चोट तो नहीं आई?" घबराकर वसुहोम ने पूछा।

"यह तो ज्ञात नहीं, चिकित्सक आ पहुंचा है। बालक बेसुध है महाराज!" दूसरे प्रहरी ने उत्तर दिया।

"ओह!" वसुहोम ने कहा और आगे बढ़ गए। मन रह-रह कर कहे जा रहा था"यह सब नियतिचक्र ही है। देवकसुता के पुत्रों की बलि में जो दुष्ट सहयोगी हुए थे, अब संभवतः स्वयं पुत्र-पीड़ा झेलकर पाप प्रायश्चित करेंगे।

किंतु औपचाकिता के नाते ही सही, उन्हें कंटक के निवास पर जाना

था। उसी ओर गए। भीतर पहुंचते ही पाया था कि चंचला की हिलकियां बंधी हुई हैं और कंटक पथरीली दृष्टि से बालक को देखे जा रहा है। बालक मर चुका था। वसुहोम ने आगे बढ़कर कंटक के कंधे पर हाथ रख दिया था। कंटक ने उन्हें देखा, सिसक-सिसककर रो पड़ा।

गोप नंद! बहुत सुना था उन्हें लेकर; पर बहुत जाना नहीं था। जितना सुना, उसके नाते इतना जानते थे कि वह धीर-गंभीर आदमी हैं। उससे भी अधिक यह कि मथुरा के महाराज उग्रसेन को अपदस्थ करना भी उन्हें नहीं भाया था। न ही वसुदेव-देवकी को कारागृह में बंदी बनाना।

तिस पर वसुदेव-देवकी की संतानों के हित किए जाने की घटनाओं ने तो निश्चय ही बहुत व्याकुल आक्रांत कर रखा होगा उन्हें। सारी राह यही कुछ सोचते-समझते गए थे। बस, उलझन एक ही थी कि वसुहोम देवकी की संतान को बचाने के लिए नंद गोप से उनकी संतान की बलि किस तरह मांगेंगे? कहां से आएगा उतना आत्मबल? वैसी क्रूर शक्ति से पूर्ण इच्छा को अभिव्यक्त कर पाने के शब्द? लगता था कि बहुत कठिनाई होगी; किंतु फिर भी न जाने कौन-सी आशा-विश्वास लेकन चल पड़े थे गोकुल की ओर।

जब चले, तब सांझ थी, अब रात में बदल चुकी थी। रह-रह कर एक भय भी सता रहा था उन्हें राजाज्ञा लिए बिना चले आए हैं। इस बीच यदि महाराज कंस का बुलावा आ पहुंचा, तो क्या होगा वहां? तिस पर कंटक और चंचला पुत्र के निधन की पीड़ा से व्याकुल हैं। अनुराधा शब्दजाल रचेगी तो सही; किंतु कितनी कहां तक सफल हो सकेगी, कहा नहीं जा सकता। कंस बहुत दूरदर्शी हैं। उससे भी अधिक शंकालु स्वभाव। न जाने क्या कुछ, कहां तक सोच बैठें? फिर दुर्बुद्धि सेनापति सदा उनके साथ रहता है। यदा कदा यदि सहज बुद्धि सोच रहे हों, तो मतिभ्रष्ट कर देती है उनकी।

पल-पल आशंका और भय से भरे गोकुल की ओर चढ़ गए थे। जब पहुंचे, तब भी चोरों की तरह। नहीं चाहते थे कि कोई पहचाने। यह भी नहीं चाहते थे कि परिचय दें। गुप्तचर को एक निश्चित स्थान बतला दिया था उन्होंने; पर चलते समय कंटक और चंचला के दुख की औपचारिकता

निबाहते हुए देर हो गई। ज्ञात नहीं, अब वह वहां होगा या नहीं। प्रतीक्षावधि से ऊबकर कहीं जा ही न चुका हो?

उस स्थिति में बहुत कठिनाई होगी। यमुना पार पहुंचकर सोचा था वसुहोम ने; किंतु चलते रहे। रह-रह कर ईश्वर से प्रार्थना करते, वह वहीं मिल जाए तो अच्छा हो। नंद गोप का घर ढूंढने में किसी से भेंट नहीं करना चाहते थे वह। पूछते, बात चलती, परिचय होता। असत्य कहते, तो एक आशंका थी। क्या मालूम कि वह उन्हें जानता ही हो। मथुरा के कारागृह अधीक्षक का पद छोटा तो होता नहीं। बहुत से लोग जानते हैं उसे।

पर एक और चमत्कार हुआ। गुप्तचर नियत स्थान पर सोते हुए मिल गया था। वसुहोम ने उसे जगाया। वह हड़बड़ा कर उठा और चकित हो गया। कहा"मैं तो आपके आगमन की आशा ही छोड़ चुका था श्रीमन्! पर जाने कैसे नींद आ गई। घर लौट जाने का विचार कर रहा था; पर सो रहा और अब आपको पा रहा हूं।"

वसुहोम को लगा कि फिर संयोग हुआ है। संयोग नहीं, चमत्कार!

नंद बाबा के घर पहुंचे। अर्धरात्रि में जगाया था उन्हें। वह भी कम चमत्कृत नहीं हुए थे वसुहोम को सामने पाकर कहा था"तुम्हें जानता हूं मित्र! वसुदेव ने अनेक बार तुम्हें लेकर चर्चा की थी। यह भी ज्ञात है कि तुम इन दिनों कारागार अधीक्षक के पद पर हो।"

वसुहोम प्रसन्न हुआ। नंद गोप के स्वर, व्यवहार और दृष्टि में सरलता थी। निश्चय ही उनसे वांछित को प्राप्त कर लेगा वह। उसने सोचा। नंद बोले"आओ, स्वागत है।"

वसुहोम और गुप्तचर आगे बढ़े। यशोदा शयनकक्ष में थीं। गोप प्रमुख का घर सुंदर था। सज्जित। नंद ने उन दोनों को आसन दिए, फिर बैठे रहे, पूछा"कैसे कष्ट किया वसुहोम! देवक सुता और मित्र वसुदेव कुशल से तो हैं? यों जानता हूं कि वह मृत्यु से भी अधिक पीड़ा झेल रहे हैं। मैं इस समय उन्हीं को लेकर चिंतित हूं।"

वसुहोम ने सब कुछ कह सुनाया। नंद गोप ने बहुत ध्यान से सुना,

फिर गहरा श्वांस लेकर बोले थे'मित्र वसुदेव ने मातृभुमि के लिए निरंतर बलिदान किए हैं। वह पुण्यवान हैं। उसके अंशमात्र का भागीदार हो पाता, तो मैं सुखी होता।''

वसुहोम स्तब्ध-सा उन्हें देखता रहा। नंद गोप के स्वर में जैसे संमोहन था। दृष्टि में आश्चर्यजनक शक्तिज्योति।

''मैं...मैं एक निवेदन लेकर उपस्थित हुआ था गोप बाबा।!'' वसुहोम ने यसहय जुटाया। जैसे-तैसे स्वर को संयत किए रखा।

वह मुस्कुराए नहीं मुस्कान जैसे अबोध शिशु के होंठों पर होती है। पूछा, ''निस्संकोच कहो, क्या कहना चाहते हो?''

''मैं महामंत्री वासुदेव के शुभार्थ...।''

''उनके शुभार्थ यदि गणसंघ के असंख्य लोग अपना बलिदान कर सकें, तो वह भी कम ही होगा वत्स!'' गोप बाबा ने बात छीन ली थी''बोलो, ऐसा क्या है, जो मैं उनके शुभार्थ नहीं कर सकता?''

''माता देवकी आठवीं बार गर्भवती हुई हैं, गोप बाबा!'' बड़ी कठिनाई और संकोच के साथ वसुहोम कह पाया था। आगे भी कहता; किंतु नंद गोप ने बात छीन ली। बोले''विचित्र संयोग है। देवी यशोदा भी गर्भवती हैं और तुम्हें यह जानकर प्रसन्नता होगी वसुहोम कि उनके गर्भ का भी आठवां माह चल रहा है। मुझे ज्ञात है कि देवकी के गर्भ का भी आठवां माह ही है।''

वसुहोम को लगा था कि जो कुछ सोचा, समझा है, कहना चाहता है, वह सब मन-मस्तिष्क से कहीं दूर विलीन हो चुका है। वह खाली है और केवल रिक्त बुद्धि और रिक्त मन से ओर विस्मयपूर्व देखे जा रहा है।

''तुम जो प्रस्ताव लाए हो मित्र! वह बाद में सुनूंगा; किंतु उससे पूर्व मेरा एक प्रस्ताव है, सुनोगे?'' नंद गोप ने कहा था।

''क्या गोप बाबा!'' वसुहोम ने श्रद्धा से प्रश्न किया।

''तुम्हारी सहायता-सहयोग मिला, तो मित्र वसुदेव और देवकी की इस आठवीं सन्तान की रक्षा की जा सकती है वसुहोम!'' नंद बोले थे''यशोदा की संतान से यदि देवकी की संतान को यथासमय बदल दिया गया, तो वसुदेव के पुत्र की रक्षा हो जाएगी। जाने क्यों बहुत बार यही विचार मेरे

मन में आता रहा है और आज तुमसे कह भी रहा हूं।"

आश्चर्य या संयोग! कुछ भी नहीं। केवल चमत्कार निस्संदेह देवकी के गर्भ में आया यह आठवां जीव मनुष्य नहीं है, मनुष्येतर शक्ति वाला है।

हकबकाया-सा चुप रह गया था वसुहोम। अपने ही शब्दों को अपने होंठों पर आने के पूर्व, जिस तरह उसने नंद बाबा के होंठों से झरते सुना था, उसने हतप्रभ कर दिया था उसे।

नंद पूछ रहे थे "बोले, वसुहोम! करोगे सहायता?"

वसुहोम की आंखें भर आई थीं। गला भी भर आया। कहा था "कैसी विस्मय की बात है नंद बाबा! यही कुछ मैं निवेदन करने आया था।"

नंद गोप भी चकित हुए। संभवतः वह भी सोच रहे थे कि यह सब जिस तरह घटित हो रहा है, क्या विश्वसनीय है?

एक ओर शांत भाव से बैठा गुप्तचर उन दोनों को ही इस तरह देखे जा रहा था, जैसे किसी अद्भुत के दर्शन कर रहा हो। कुछ देर बाद वसुहोम, गुप्तचर को लेकर जिस मार्ग से आया था, उसी मार्ग से विदा हो गया। नंद गोप ने द्वार बंद कर लिए।

वह शयन-कक्षा में आकर लेट रहे। लगता था कि मन हलका हो गया है, फिर यह भी लग रहा था कि यह योजना क्यों कर, कैसे उनके मस्तिष्क में आई? पहले तो कभी विचार नहीं किया था उन्होंने?

आंखें मूंदी। गहरा प्रकाश अनुभव हुआ। ऐसा प्रकाश जो मन-शरीर, सभी को प्रकाशित कर रहा हो। आश्चर्य था कि संतति-बलि का निर्णय भी सुख दे रहा था।

कंटक, चंचला और अनुराधा तीनों ही स्तब्ध हो गए थे। मुख्य द्वारपाल ने आकर सूचना दी थी "श्रीमन्! सेनापति केशी आ रहे हैं।"

"इस समय? अर्धरात्रि को?" विस्मय, आश्चर्य और अविश्वास से कहीं अधिक चिंतातुर होकर अनुराधा ने प्रश्न किया था। ज्ञात था कि वसुहोम किसी गुप्त, अजाने कार्य से कारागृह के बाहर गए हैं और सेनापति आकर उन्हें ही पूछेंगे। बुरी तरह घबरा गई थी।

सर्वमन के अंतिम संस्कार की व्यवस्था की जा रही थी। सभी शोका-कुल थे, सभी दुखी। कंटक और चंचला तो जैसे बिल्कुल ही असहज, असंतुलित हो गए थे। सर्वमन उनकी इकलौती संतान था।

द्वारपाल सूचना देकर चला गया था। अनुराधा के पैरों में कंपन्न हो रहा था''हे, भगवान्! दुष्ट केशी वसुहोम की अनुपस्थिति पाकर न जाने किस संशय में घिर जाए, क्या कुछ कह डाले महाराज कंस से...? और कंस शंका मात्र से क्या कुछ नहीं कर डालेंगे वसुहोम का?''

अज्ञात आशंका पुतलियों पर भय का अंधकार बनकर उतर आई थी। कंटक उठा, सपाट-स्वर में प्रश्न किया था उसने''देवी! कारागार अधीक्षक कहां है?''

''वह...वह किसी व्यक्तिगत कार्यवश चले गए हैं।'' अनुराधा जैसे समूचा साहस बटोरकर बोल सकी थी।

कंटक ने अनुराधा को देखा, फिर गहरा श्वांस लेकर आश्चर्यजनक संयम से काम लिया। सतर्कतापूर्वक खड़ा रहा।

केशी आ पहुंचे थे। कठोर दृष्टि, उससे भी कहीं अधिक वज्रदेह। आकर सहानुभूति से बोले थे''खेद हुआ कंटक! द्वार पर ही मुझे तुम्हारे पुत्र के निधन का समाचार ज्ञात हो गया था।''

''सब भाग्योजित है सेनापति!'' कंटक ने संयत स्वर में उत्तर दिया था, फिर कहा''आज्ञा करें, किसलिए अर्धरात्रि के समय कष्ट किया?''

''यों ही, इधर से निकल रहे थे हम। विचार किया कारागृह अधीक्षक से ही भेंट करते जाएं।'' केशी ने इधर-उधर दृष्टि घुमाई। एक ओर चंचला के साथ भयभीत खड़ी अनुराधा की ओर देखा, फिर पूछा''कहां है वह?''

''कौन...वसुहोम?'' कंटक ने पूछा।

''हां।'' केशी की दृष्टि में संशय था।

कंटक ने विनम्रतापूर्वक कहा'' वह मेरे वृद्ध माता-पिता को साथ लेने चले गए हैं प्रभु! इस दुर्घटना ने उन्हें भी बहुत आहत किया है।''

''ओह!'' केशी ने कहा। समाधान हो गया। अनुराधा ने स्पष्ट देखा था कि उसकी आंखों का संदेह कंटक की ओर से उत्तर पाकर निश्चिंतता में बदल गया है। चकित हुई थी वह। कंटक ने ऐसा झूठ क्यों बोला?

पर कुछ अधिक सोच सके, इसके पूर्व ही तीव्रगति से केशी मुड़े। पुनः कहा था"इस अवसर पर मथुराधिपति की ओर से भी संवेदना स्वीकार करो, कंटक! निश्चय ही यह सुखद समाचार उन्हें बहुत कष्ट देगा।"

"मैं जानता हूं, सेनापति महोदय!" केशी के सामने नतशिर खड़ा हो गया था कंटक।

केशी जिस गति से आए थे, उसी गति से चले भी गए।

सर्वमन की अंत्येष्टि की तैयारियां होने लगी थीं। सब ओर सन्नाटा था और उस सन्नाटे में अनुराधा रह-रह कर कंटक के हृदय-परिवर्तन पर विचार कर रही थी वही था, जिसके असत्य संभाषण ने वसुहोम को मृत्यु-मुख में जाते-जाते बचा लिया था।

वसुहोम लौटे, उस समय तक भोर होने लगी थी। अनुराधा सारी रात सो नहीं सकी। रह-रह कर कंटक और चंचला को लेकर ही सोचती रही। पाप-बोध ने ही उन्हें परिवर्तित कर दिया था। इस सीमा तक परिवर्तित कि वसुहोम के अशुभ हेतु आकर भी उन्होंने उसका शुभ ही किया था।

वसुहोम ने लौटने पर पत्नी से सब कुछ सुना। विश्वास हो गया कि कंटक और चंचला बदल चुके हैं। निश्चय किया था कि उनके प्रति आभार व्यक्त करेंगे। सुबह के साथ ही जा पहुंचे थे उनके निवास पर।

वे सारी रात सो नहीं सके थे। सर्वमन को खो देने की पीड़ा ने एक रात्रि में ही जैसे वृद्ध कर दिया था दोनों को।

अनुराधा और वसुहोम चुपचाप बैठ रहे, फिर अनुराधा बोली थी चंचला से"बहिन! धैर्य रखो। ईश्वरेच्छा के आगे मनुष्य अवश है। यह सब विधाता का दिया जानकर ही स्वीकारो। अन्य कोई राह भी नहीं मनुष्य के सामने!"

चंचला सहसा ही बिलख पड़ी। अनुराधा की गोद में एक छोटे बच्चे की तरह ढुलक गई थी। सिसकते हुए कहा था उसने"मैं जानती थी अनु बहिन! यह होगा। एक न एक दिन, यह होना ही था। दूसरे के संतति-वध में अंश भर ही सही; पर हमने सहयोग का पाप जो किया था, यह दण्ड मिलना ही था हमें।"

वसुहोम ने कंटक से कहा था"जो हुआ, वह हुआ। अब धीरज से काम लो, कंटक। तुम पुरुष हो मित्र! तुम्हें ही सब कुछ झेलना-सहेजना होगा।"

कंटक शांत रहा।

चंचला सिसकती जा रही थी। कंटक बोला था"देवी! हमें हमारे किए का दण्ड मिल चुका है। हम ऋणमुक्त हुए। अब ईश्वर से प्रार्थना करो, वह हमारा शुभ करें। हमें संतति लाभ हो। एक नया सर्वमन तुम्हें मिले।"

"मेरी आत्मा कहती है कंटक भईया! तुम्हारा सर्वमन तुम्हारे पास अवश्य लौट आएगा,अवश्य।" अनुराधा बोली तो दोनों ही चकित होकर उसे देखने लगे थे। अनुराधा की आंखों में आंसू छलछला रहे थे"हां, मैं सत्य कह रही हूं चंचला। विधाता मनुष्य को दण्डित करता है। पाप-मुक्ति के साथ-साथ पाप की अनुभूति करवाने के लिए। वह तुम कर चुके। अब तुम्हारा सर्वमन तुम्हारे पास अवश्य लौटेगा। यह मेरा आत्मस्वर है।"

दोनों ने ही अनुभव किया था अनुराधा और वसुहोम की दृष्टि, स्वर और मन का विश्वास उनकी अपनी दृष्टि, स्वर और मन बन गया है। निश्चय ही उन पुण्यात्मा दम्पत्ति का वरदान अवश्य फलेगा उन्हें, अवश्य। उन्होंने सोचा।

सब कुछ ईश्वरायोजित। कुछ भी ऐसा नहीं, जिसे संयोग कहा जा सके। यशोदा का गर्भकाल, देवकी का गर्भकाल, उनकी आठवीं संतति, नंद का प्रस्ताव और कंटक तथा चंचला का हृदय-परिवर्तन। सब ईश्वर आयोजित! केवल चमत्कार! केवल दैवीय।

पर आगे, क्या कुछ किस तरह होगा, सूझ नहीं रहा था। जैसे-जैसे वसुहोम सोचते, माथा गुत्थियों से भरता जाता।

प्रकृति अलग ही रंग बदल रही थी। रोज-रोज कुछ ऐसा मौसम होता, जिसके क्षण-क्षण बदलाव में कोई तर्क नहीं सूझता। नंद गोप से निरंतर संपर्क बनाए हुए थे वसुहोम। गुप्तचर आए दिन सूचनाएं लाता-ले जाता।

फिर आई थी वह रात्रि! संध्या ही वसुहोम को सूचना मिली थी अनुराधा से"देवकसुता गर्भस्थ शिशु को जन्म देने वाली हैं...। गर्भपीड़ा होने लगी है उन्हें।"

वसुहोम ने पूछा"उनके पास कौन है?"

"चंचला।" अनुराधा ने उत्तर दिया। वसुहोम आश्वस्त हो गया था; पर चिंतित भी। ऐसे समय भला किस तरह यशोदा की संतान से परिवर्तन किया जा सकेगा? फिर यह भी तो आवश्यक नहीं कि यशोदा भी आज ही गर्भस्थ संतति को जन्म दें। कल तक की सूचना उनके पास थी। यशोदा ने अब तक संतति को जन्म नहीं दिया था।

किंतु मन कहता, घबरा मत वसुहोम! यदि यह सब ईश्वरीय ही है, तो पुनः चमत्कार होगा। निस्संदेह होगा, किंतु यह समाचार? मन आस्था से डगमगा उठता था। भला यशोदा और देवकी एक ही समय पर किस तरह संततियों को जनम सकती हैं...? और समय-भेद निश्चित रूप से वसुहोम और नंद की योजनाओं को गड़बड़ में डाल देगा।

अनुराधा समाचार लेकर जा चुकी थी। वसुहोम कक्ष में बेचैनी से चहलकदमी कर रहे थे। रह-रह कर दृष्टि खिड़कियों के बाहर चमकती बिजली पर जा पड़ती। सहसा ही वायु आश्चर्यजनक रूप से गतिशील होने लगी थी। उसके साथ-साथ काली घटाएं उमड़ पड़ी थीं आकाश में।

वसुहोम रह-रहकर चौंक जाते। मन आशंका और भय से कांप उठता भला ऐसे प्राकृतिक वातावरण में योजना क्रियान्वित कर पाना सहज होगा क्या? कुछ पल हथेलियां मलते रहे थे वे, फिर होंठों पर जीभ फिराने लगे, फिर भयभीत भाव से आकाश की ओर देखने लगे। बदन थरथरा रहा था। हवाएं आश्चर्यजनक रूप से ठण्डी हो गई थीं। गति ऐसी असामान्य जैसी आंधी में बदलती जा रही हो। बादलों का गर्जन धीमे-धीमे डरावना होता जा रहा था। कारागार की प्रकाश-व्यवस्था इन परिवर्तनों के सामने बहुत देर ठहरने वाली नहीं थी।

वसुहोम की बेचैनी ओर बढ़ गई। उसी के साथ प्राकृतिक उत्पात बढ़ने लगे।

वसुहोम ने किस तरह, कितना समय काटा होगा, अनुमान नहीं। अनुमान करने का विचार भी नहीं आया था मन में। विचार हैं केवल देवकी की अभी, कुछ समय बाद उत्पन्न होने वाली संतान का।

अनुराधा पुनः आ पहुंची थी, उनसे कम व्यग्र और चिंतित नहीं थी वह। कहा था"आर्य! देवकी ने पुत्ररत्न को जन्म दिया है।"

वसुहोम ने सुना। लगा था कि एक आंधी उन्हें छू गई है। प्रसन्नता की आंधी; किंतु अगले ही पल चिंता गहरी हो गई। अनुराधा मुड़कर पुनः प्रसूति-गृह की ओर जाने वाली थी; पर वसुहोम ने रोक दिया"सुनो!"

उसने पति को देखा।

"पुत्र है या पुत्री, यह समाचार तुम्हारे और चंचला के अतिरिक्त किसी तक न पहुंचे।"

अनुराधा ने स्वीकृति में सिर हिलाया। तीव्रगति से लौट पड़ी। वसुहोम पुनः व्यग्रभाव से चहलकदमी करने लगे, अब क्या हो?

वर्षा, आंधी और तूफान के साथ-साथ गर्जन का कोलाहल इतना बढ़ गया था कि लगता था, जैसे अपना ही सोच सुन नहीं पा रहे हैं। सब ओर बिखरी व्यग्रता अब हड़बड़ी में बदलने लगी थी। असंख्य बिजलियां कौंध रही थीं और उन्हीं के साथ-साथ लगता था कि शिलाखण्ड टूट-टूटकर आकाश से गिरने लगे हैं इतना तीव्र मेघ-गर्जन!

सहसा वसुहोम को लगा कि कारागार के विभिन्न हिस्सों में प्रहरी इधर-उधर दौड़ रहे हैं। वसुहोम भी लपक पड़े थे"क्या हुआ?" वह चीखे।

उत्तर में कोई चीखा भी था"क्षमा करें देव! इस प्राकृतिक उत्पात की स्थिति में कोई भी अपनी जगह स्थिर नहीं रह पा रहा है।"

वह वसुहोम को वह चीख-भरा उत्तर ऐसे सुनायी दिया था, जैसे बीच-बीच में जल के झकोरों ने तट को तरह-तरह के स्वरों से भर दिया हो। हर स्वर एक करुण क्रंदन।

कारागृह में जहां-तहां हड़बड़ी ही नहीं अव्यवस्था फैल गई थी! अनेक पेड़ों के चीत्कार करके गिरने का स्वर आया और फिर अनेक प्रहरी जहां-तहां

भाग खड़े हुए। अधिकतर द्वार चरमराने लगे। कुछेक टूट भी गए।

कंटक और वसुहोम दौड़-दौड़कर स्थिति देखते रहे। मुख्य द्वार के प्रहरी कहां जा छिपे हैं, किसी को पता नहीं था। जिसका जहां समाया, वहां जा घुसा।

वसुहोम बुरी तरह भीग चुके थे। पुनः निवास पर लौटे, तो पाया कि गोकुल से आया गुप्तचर हांफता हुआ खड़ा है।

कुछ पूछ सकें, इसके पूर्व ही बोल पड़ा था वह"देव! नंद पत्नी यशोदा के गर्भ से अभी कुछ ससय पूर्व ही कन्या उत्पन्न हुई है।"

"क्या?" वसुहोम भौंचक्के हो गए। निःसंदेह सब कुछ ईश्वरीय है। पल भर पहले सोच रहे थे वह कि क्या करेंगे, किस तरह करेंगे? संयोगवश यशोदा और देवकी ने संतानों को जन्म दे भी दिया, तो इतने कड़े पहरे से किस तरह निकाल सकेंगे शिशु को किस तरह यशोदा की संतान लाई जा सकेगी?

किंतु अब सब कुछ उत्तरित हो चुका था। बिना खोजे उत्तर। प्रकृति का नाम ही तो ईश्वर है। वही सबका आयोजक, वही सबका संयोजक। वही जन्मकर्ता, वही जीवनहर्ता।

मनुष्य मात्र माध्यम और वसुहोम के लिए सौभाग्य का विषय है। कि उसे ईश्वर ने माध्यम नहीं, तो माध्यम का अंश बना दिया है। किस पूर्व जन्म के संस्कार या पुण्य ने उसे यह सुख दिया है, वह नहीं जानता; किंतु यह सुख उसे मिला है।

"अब क्या होना है आर्य!" गुप्तचर पूछ रहा था।

"हं?" वसुहोम चौंके, जैसे विचारों की आंधी का थप्पड़ झेलकर सहज हुए। बोले"यमुना किनारे दो नाविक प्रतीक्षारत हैं। उनसे कहो कि तत्पर रहें।"

"जैसी आपकी आज्ञा।" गुप्तचर लौट गया था।

वसुहोम सक्रिय हुए। तीव्रगति से उस ओर दौड़ पड़े, जिधर देवकी-वसुदेव का कारागृह था, वही प्रसूतिगृह...।

अनुराधा सामने थी उनके।

"कैसा है शिशु?"

"स्वस्थ-प्रसन्न और तेजस्वी!" अनुराधा ने उड़ता-सा उत्तर दिया। उत्तर उड़ रहा था या कि वायु ने शब्द रह-रह कर उड़ा दिए थे, ज्ञात नहीं।

बदन थर्रा रहा था दोनों का। जितनी ठंड बढ़ गई थी, उससे कहीं अधिक बढ़ गया था स्थिति की अनुकूलता का आनंद। दोनों ने ही थर्राहट उत्पन्न की। ऐसे समय किसी भी तरह का कोई व्यवधान आ नहीं सकता था। सभी अपनी-अपनी जीवनरक्षा में लगे थे। अधिकतर प्रहरी भाग चुके थे और कुछ थे, जो भाग रहे थे। देवकी-वसुदेव के कारागार में शांति थी। द्वार खुले हुए थे, किंतु आंधी के कारण बार-बार बज उठते और मेघ गर्जन उनके स्वर को दबोचकर कहां गुमा देता, पाता ही न चलता।

"देवकी?" वसुहोम ने उसी तरह थरथर्राते स्वर में पूछा।

"कुशल से हैं; किंतु सदा की तरह अशांत और व्यग्र।"

"वसुदेव?"

"चुपचाप बैठे हुए हैं।" अनुराधा ने कहा"केवल प्रकृति लीला का चमत्कार देखते हुए।"

"तुमने उनसे कुछ कहा है?"

"नहीं!"

"तब चलो, आओ मेरे साथ!" और शब्द पूरे करते-न-करते वसुहोम कारागृह में समा गए।"

चंचला एक ओर खड़ी थी। दूसरे कक्ष में बैठे थे महामंत्री वसुदेव। शांत, गम्भीर और सहज। देवकी मातृसुख से भरी हुई थीं, किंतु दृष्टि किसी ओर नहीं। उस छोटी-सी खिड़की को देख रही थीं, जिसमें रह-रह कर बिजली की तड़कन होती। अंधेरे कारागृह में, जिसकी प्रकाश-व्यवस्था नष्ट हो चुकी थी, कुछ पल अंधकार छाता, कुछ पलों के लिए प्रकाश सूर्य की असंख्य किरणों जैसा प्रकाशित हो उठता।

बहुत सुंदर बालक था। एक क्षण विमुग्ध भाव से वसुहोम उस शिशु को देखता रह गया था। सांवला था वह, बिलकुल यमुना-जैसा। मुस्कान की कुछ कौधें भी वसुहोम की दृष्टि में कौंधी थीं, ठीक तब जब बिजली कौंधी, प्रकाश पुंज गिरे।

"क्या देख रहे हो?" अनुराधा ने उसे टोका। टोका नहीं सतर्क किया कि वसुहोम का कर्तव्य अभी शेष है।

"हां...हां, यही अवसर है। यही ईश्वर की इच्छा।" वसुहोम तीव्रगति से दूसरे कक्ष में पहुंचकर वसुदेव के पास जा खड़ा हुआ था, "मंत्रिवर्! शिशु को उठाइए और मेरे साथ चलिए।"

"किंतु...ऐसी प्राकृतिक स्थिति में यह कोमल बालक...।" देवकी ने सुन लिया था वसुहोम का कथन।

वसुहोम ने कहा था"सोच-विचार का अवसर नहीं है देवी। यह साक्षात् ईश्वर हैं! सब इन्हीं का किया हुआ है, इन्हें कैसा भय!"

वसुदेव बिना कुछ कहे, चुपचाप किसी खिलौने की तरह शिशु को उठाकर चल पड़े, किंतु देवकी ने रोक लिया था उन्हें"रुकिए नाथ!" वह थम गए।

"मेरे समीप लाइए इसे। तनिक दृष्टि भरकर देख तो लूं।" और वसुदेव के हाथों से शिशु को लेकर वह उसे चूमने-दुलारने लगी थी।

अनुराधा, चंचला, यहां तक कि वसुहोम की आंखें भीं छलछला आई थीं उस मार्मिक दृश्य को देखकर, फिर जैसे चेत हुआ था उसे"बस देवी। बस, अब समय न गंवाए। हमें अपना कर्तव्य करने दें।"

वसुदेव ने शिशु पुनः देवकी की गोद से लिया। लगा था कि छीना है, फिर तीव्रगति से वसुहोम के पीछे-पीछे चल पड़े! आंधी, पानी और मेघ-गर्जन पूर्ववत चल रहे थे। सहसा उनकी गति अधिक तीव्र हो गई थी। कारागार के हर कक्ष में केवल सन्नाटा बिखरा हुआ था। आहटों के नाम पर दैत्यवत् चीत्कार करती आकाश-गर्जनाओं के अतिरिक्त कारागृह के पिछवाड़े बह रही यमुना की कोलाहल करती लहरें![1]

---

1. जिस समय श्री कृष्ण को जन्म के तुरंत बाद कारागृह से नंद तक पहुंचाया गया, उस समय के प्राकृतिक उत्पातों का वर्णन करते हुए विभिन्न ग्रन्थों में लगभग एक ही बात मिलती है। उस समय तूफान बिखरा हुआ था। यमुना उफनकर नगर और आसपास दूर-दूर तक बिखरी हुई थीं। इस स्थिति का वर्णन श्रीमद् भागवत पुराण के दशम स्कन्द में इस तरह आया है"योगमाया ने ऐसी माया फैलाई कि उसके प्रभाव से सुध-बुध जाती रही। जब कृष्ण को लेकर वसुदेवजी चले, द्वार आपोआप खुल गए। यमुनाजी चढ़ रही थीं। चारों ओर जल-ही-जल दीख पड़ता था।"

उनके पैरों में गति थी। गति से कहीं अधिक था आत्मविश्वास और आत्मविश्वास से कहीं अधिक अलौकिक शक्ति।

निःसंदेह अलौकिक ही थी वह शक्ति। अलौकिक न होती, तो वैसी प्राकृतिक स्थिति में वसुहोम के पैर धरती पर ठहरे रहे होते? टोकरी का पहले से प्रबंध कर लिया था उन्होंने। उसी टोकरी में बालक को रखकर आगे और बढ़े जा रहे थे वे।

वसुदेव ने स्वयं संहाल रखी थी टोकरी। वसुहोम का मन हुआ था कि उनसे कहें "मुझे दे दें, श्रीमान्!" किंतु चुप रहना ही उचित समझा। उस अलौकिक का बोझ संहाल सकेगा वह?

वे चलते रहे। यह कहना अधिक उचित कि कोई अदृश्य शक्ति उन्हें चलाती रही। कारागार का पूरा मार्ग पार कर लिया था उन्होंने। उस बीच न बिजली चमकी, न कोई वृक्ष गिरा, फिर वे कारागृह की सीमा से बाहर खुले में आ गए। यमुना की तेज लहरों का तूफानी स्वर वातावरण में कौंध रहा था।

और उसी के साथ कौंधने लगी थीं असंख्य विद्युत किरणें। कभी दक्षिण में प्रकाश ज्योति खिलती, कभी पश्चिम में। किसी बार पूर्व और किसी बार उत्तर में।

पल-पल राह स्पष्ट होती गई। वसुहोम सोच रहा था कि यह भी क्या कम अलौकिक है कि कारागार से निकलते समय एक भी कौंध नहीं हुई और अब निरंतर?

वसुदेव ने बालक को अपने से सटा लिया था। वसुहोम यहां-वहां नाविक को खोज रहे थे। जो निश्चित स्थान दिया था, वह यही था। वसुदेव पूरी तरह वसुहोम पर निर्भर। वसुहोम ने कहा था "एक क्षण रुकें यादव श्रेष्ठ! वह यहीं कहीं होगा।"

और उसी समय बिजली कौंधी। उन्होंने स्पष्ट देखा था, सामने, ठीक सामने एक कठोर चेहरा उपस्थित हुआ। शरीर से बलिष्ठ था वह। आंखें कौंधती हुई। सिर झुकाकर उसने कहा था "सेवक उपस्थित है, श्रीमन्।"

गहरे संतोष से वसुहोम आश्वस्त हो गए थे। इतनी सघन रात्रि और तूफान के बीच भी वह असीम साहस जुटाकर खड़ा रहा। जितना चकित हुए थे, उतने ही आश्वत। निश्चय ही देवकी-वसुदेव का सद्यजात शिशु अलौकिक प्रतिभा से पूर्ण है।

वसुहोम को जैसे कुछ स्मरण हो आया था। कहा "मंत्रीवर! आप बालक को लेकर महिमामयी यमुना की राह गोकुल पहुंचिए। मैं यहीं आपकी प्रतीक्षा करूंगा।"

वसुदेव ने कुछ कहा नहीं। नाविक ने उन्हें सहारा दिया। वह नाव की ओर बढ़ गए। अगले ही क्षण यमुना के जल में एक संयम उभर आया। लगा था कि नदी ने अपने उग्र, रौद्र रूप को अनायास ही संयत कर लिया है।

वह सब कुछ विस्मित ही नहीं, हतप्रभ कर देने वाला था। उससे कहीं अधिक स्तब्ध करने वाला।

वसुहोम ने सघन वृक्ष की छाया में उसके विशाल तने का सहारा ले रखा था। वहीं से देखता रहा था उस दिशा की ओर, जिस ओर वसुदेव चले जा रहे थे। यह अपने आप में कम हैरान करने वाला नहीं था कि वसुदेव की बढ़ती नौका को जैसे कोई प्राकृतिक अवरोध झकझोर ही नहीं रहा था। लगता था कि नाविक संयमति ढंग से डांड चलाए जा रहा है और कुछ पल बाद जैसे नाव दीखनी बंद हो गई थी। केवल वसुदेव दीखने लगे थे, फिर वह भी दृष्टि से ओझल हो रहे। यमुना की लहरें विद्युत किरणों की तरह चमचमा रही थीं और उनकी चमक ने वसुहोम की दृष्टि को चौंधिया डाला था। वह कुछ भी देख समझ पाने में अपने आपको असमर्थ अनुभव करने लगा था।

विशाल, वेगमयी यमुना का न कोई ओर दीखता है, न छोर। वसुदेव जहां तक दृष्टि दौड़ाते हैं, वहां तक जल-ही-जल दीखता है। आकाश गर्जनाएं करता हुआ, असंख्य बाघों जैसा और बालक पर जब-जब विद्युत किरणों

के बीच दृष्टि जाती है, तब-तब लगता कि वह हर परिस्थिति से परे हैं, अप्रभावित।

ऐसी अद्‌भुत जीवन-शक्ति कहां से आई बालक में? वसुदेव सोचते हैं। उससे भी अधिक सोचते हैं, जो कुछ समय से घट रहा है, जिस तरह घट रहा है, उस सब पर। निःसंदेह आकाशवाणी उचित ही हुई थी। यही वह बालक है, जो गणसंघ का मुक्तिदाता बनेगा। क्रूर कंस से ब्रजभूमि के जन-जन का हित करेगा।

अवश्य ही अलौकिक, किंतु लौकिक!

वसुदेव बढ़ते गए थे। यमुना वेग में बढ़ी थीं और इतनी बढ़ीं कि दूसरे पार पहुंचते-पहुंचते नाव बुरी तरह डगमगा उठी। अगले ही क्षण लगा था कि नाव ने जोर से हिचकोला लिया है। लगता है कि बालक को चूमने चली आ रही हैं, ममतामयी यमुना! गर्जन-तर्जन के आश्चर्यजनक स्वर से आपूरित।

अगले ही क्षण सोच-विचार का क्रम टूट गया। यमुना की वेगमयी लहर ने जोरों से उछाल ली और बालक के पैरों को छू लिया। वसुदेव बुरी तरह घबरा गए थे। मन गहन आशंका से भर उठा; पर पल भर बाद वह आशंका जैसे व्यर्थ हो गई। व्यर्थ ही नहीं, चमत्कार से भर उठी।

यमुना का कोलाहल करता तीव्र स्वर सहसा धीमा और धीमा होने लगा था। यों, जैसे बच्चे को दुलार रही हों। बिल्कुल ममत्वमयी माता के स्वर में, फिर वे शांत होने लगीं।

लगा था कि तूफान भी कुछ-कुछ थमने लगा है। अब वह गति और राक्षसी वेग नहीं है उसने। वसुदेव के पैर गीले तट पर लगे। दूसरा किनारा! नाविक बोला था"देव वह रहा गोकुल!"

बिजली तड़की और उसी के साथ गोकुल का सुंदर दृश्य एक मीठे स्वप्न की लहर जैसा आंखों के सामने तैर गया! वसुदेव तीव्रगति से बढ़ चले उसी ओर।

अब न कुछ सोच रहे थे, न ही सोचने की इच्छा थी।

लगभग सामने दीखता गोकुल पार करते हुए थोड़ा समय लगा था।

तूफान के कारण दूर-दूर तक धरती गीली ही नहीं, कीचड़ से भर गई थी; पर वसुदेव के कृशकाय बदन को जाने किस शक्ति ने आप्लावित कर रखा था। वह चलते गए और थोड़े ही समय बाद नंद गोप के द्वार पर थे।

द्वार खटखटाएं इसकी आवश्यकता नहीं हुई थी। द्वार पर ही छाया की तरह खड़ी आकृति देखी थी उन्होंने! नंद सामने थे।

"आओ मित्र!"

वसुदेव पर कुछ कहते नहीं बना। उन दबे, स्नेहपूर्ण शब्दों में विश्वास और सुख का कैसा अदृश्य समुद्र समाया हुआ था। लगा था कि वसुदेव स्वर और शरीर सहित उसी समुद्र में डूब गए हैं। कहने के लिए मन में बुदबुदाहट के अतिरिक्त कुछ नहीं बचा है!

मन में या गले मे? हां, गला ही भर्रा गया था उनका। इतना कि आंसू आंखों से बह आए। नंद गोप कंधे को पूरी बांह में घेरे हुए स्नेह से उन्हें घर ले गए। थोड़ी देर बाद शब्दहीन वसुदेव को वह विशेष शयन-कक्ष में अपने साथ ले पहुंचे, जहां यशोदा गहरी निंद्रा में निमग्न थीं।

वसुदेव ने एक बार उन्हें देखा था, फिर यशोदा को। ठगे से खड़े रह गए थे। नंद बोले थे"देर क्या कर रहे हो, मित्र! शीघ्रता करो। बालक को देवी के पास लिटाओ और...।"

आगे नंद क्या बोले, क्या नहीं, वसुदेव सुन नहीं सके। चुपचाप देवकी सुत को यशोदा के पास लिटा दिया था, फिर यशोदा की बालिका को उठाकर अपने सीने से लगा लिया था।

एक बार पुनः चुप खड़े देखने लगे थे नंद को। नंद उसी स्नेहादर के साथ उन्हें बांह का सहारा देकर कक्ष के बाहर ले आए थे।

मुख्य कक्ष में आकर बोले थे"अब बहुत समय नहीं है मित्र!" फिर वसुदेव के शब्दों की प्रतीक्षा भी नहीं की थी उन्होंने। विदा कर दिया था उन्हें "तीसरा प्रहर समाप्त होने के पूर्व तुम्हें कारागृह में पहुंचना होगा।"

वसुदेव के पास उत्तर नहीं था या यह कहा जाए, तो अधिक उति

होगा कि शब्द ही नहीं थे, जो उच्चारित किए जा सकते। किसी खिलौने की तरह उनकी बांह से बंधे उसी तरह बाहर आ पहुंचे। बोले थे"परंतु मित्र...!"

"हमारे पास बातचीत का न तो समय है वसुदेव! न ही रात्रि की यह स्तब्धता इसकी स्वीकृति देती है। तुम जाओ, ईश्वर सब शुभ करेंगे!"

नंद के शब्दों ने जैसे धकेल कर उन्हें पुनः तट-मार्ग की ओर बढ़ा दिया था। वे चल पड़े। कितना मन हुआ था कि कहें"मित्र! त्याग और नेह का यह उपहार कौन, किस युग में किसे दे सका है?" पर सारे शब्द केवल विचारों में ही अटके रह गए। वसुदेव को नंद ने अवसर ही नहीं दिया था, लगता था कि सामने बोलने, देखने का भी साहस शेष नहीं रहा है।

अब, जब साहस जन्मा था, तब वह आ पहुंचे थे तट पर। वसुदेव ने निःश्वास लिया। रह-रहकर बिजली इस समय भी कौंध जाती थी, किंतु बहुत क्षणिक! उसी क्षण में बालिका का चेहरा देखा था उन्होंने। सुकोमल बालिका! लगा था कि उग्र यमुना उनके अपने अंतर में हलचल मचाने लगी हैं। एकदम भर गए। इतने कि शब्द पुनः डूबने लगे।

नाविक ने नाव पुनः तट पर लगा दी थी। वसुदेव चुपचाप जाकर नाव में बैठ गए। अगले ही क्षण नाव आगे बढ़ चली।

वसुहोम ने उत्साह के साथ स्वागत किया था उनका, किंतु वसुदेव निरुत्साहित। अदृश्य पीड़ा और बोझिलता से भरे हुए। वसुहोम बड़बड़ाने लगा"ईश्वर ने सुधि ले ही ली। कंस के अत्याचारों से त्राण दिलाने वाला जन्म गया। जन्मा ही नहीं, सुरक्षित भी हुआ।"

पर वसुहोम की वह प्रसन्न वाणी नंद के स्वर में दबी-सी जान पड़ी। इतनी कि अस्तित्वहीन। लग रहा था कि इस समय भी पास ही खड़े हैं और कह रहे हैं"अब बहुत समय नहीं है मित्र! तीसरा प्रहर समाप्त होने के पूर्व ही तुम्हें कारागृह पहुंचना होगा।"

और पहुंच गए हैं कारागृह। प्रकृति से भयभीत प्रहरी उस समय भी दृष्टि से ओझल हैं। भयानक विध्वंस के अनेक दृश्य दृष्टि के सामने बिखरे हुए हैं। बहुतेक सैनिक मृत या हताहत स्थिति में दूर जहां-तहां वृक्षों या टूट चुकी दीवारों के नीचे दबे पड़े हैं।

वसुहोम उन्हें उनके कारावास तक पहुंच आया था। हथकड़ियां-बेड़ियां भी डाली[1] गई थीं उनके पैरों में। आज विशेष रूप से। इसके बाद कस से कहा जा सकेगा कि प्राकृतिक उत्पादों की स्थिति का लाभ उठाकर कहीं वसुदेव निकल न भागें, इसी कारण यह विशेष व्यवस्था की है।

कंटक, चंचला और अनुराधा कुछ अन्य सेवकों के साथ घायल सैनिकों को जहां-तहां से उबारने में लगे हुए थे। उत्पात का समय समाप्त हो गया था; किंतु प्रकृति का कोप ज्यों-का-त्यों!

आंधी-तूफान के साथ-साथ बिजली भी रह-रहकर पुनः कड़कने लगी थी। वर्षा ने जोर पकड़ लिया। वसुहोम को इस सारी स्थिति का बहुत लाभ मिला। वसुदेव को कारागार में पहुंचाने के बाद वह निश्चिंत भाव से पत्नी और साथी कारागृह उपाधीक्षक के साथ सहयोग करने लगा! एक सेवक को राजनिवास की ओर दौड़ा दिया था। कहा था"इस समय जो स्थिति है, उसमें वसुदेव या अन्य कोई भी देवकी की संतान को लेकर महाराज तक नहीं पहुंच सकते। उचित यही होगा कि वह स्वयं पधारने की कृपा करें!"

स्वामिभक्ति का पूरा-पूरा नाट्य आयोजित हुआ। इस नाट्य-छाया में ही देवकी के पुत्र की रक्षा का अभिनय संयोजित था।

कारागृह उसी तरह अंधकार में डूबा हुआ था। कितनी रात बीत गई हो, वसुदेव ने अनुमान किया; किंतु लगा कि अनुमान भी लड़खड़ाने

---

1. श्रीमद्भागवत पुराण के अनुसार (दशम स्कन्द मैं वर्णित है कि) "वसुदेव ब्रज में नंद जी के घर पहुंचे और वहां अपने पुत्र को यशोदाजी की शैय्या पर लिटाकर उसकी पुत्री को लेकर लौटे। वसुदेव ने यह कन्या देवकी की शैय्या पर सुला दी और हथकड़ी बेड़ी पहनकर पहिले की तरह ही बैठ गए।"

लगे हैं। अनुमान ही लड़खड़ाने लगे थे उनके अलावा मित्र नंद गोप के त्याग ने उन्हें बुरी तरह झकझोर डाला था!

संभवतः नंद गोप के त्याग ने ही झकझोर डाल है उन्हें। केवल झकझोरा नहीं; सोच-समझ से रिक्त कर दिया है। लगता था कि यह सब अच्छा नहीं हुआ। अपनी संतति-रक्षा के लिए मित्र की संतान को बलि देने जा रहे हैं वह। चीखकर कोई कह उठा है उनसे"यह तुमने क्या कर डाला वसुदेव! कंस की क्रूरता अब नंद की अबोध बालिका पर टूटेगी? वह दृश्य कैसे सह सकोगे, जबकि वह तुम्हारी ही आंखों के आगे निर्ममता के साथ बालिका को बलिवेदी पर चढ़ा देगा।"

लगा था कि रो पड़े हैं। रोए ही नहीं, सिसके हैं! इन सिसकियों का स्वर कोई और सुने न सुने, वसुदेव अवश्य सुन पा रहे हैं। यह सिसकियां उनके अपने आत्म की हैं, उनका अपना आप। वह, जो पूरी तरह इस समूचे नाट्याभिनय के संयोजन में केवल आहत ही नहीं हुआ है, क्षतिग्रस्त हो चुका है। मन, शरीर, हृदय मस्तिष्क सभी कुछ लहूलुहान। असंख्य चोटें हैं उस पर।

"अच्छा नहीं हुआ।" यह अपने से ही बुदबुदाकर कह उठे थे। दृष्टि टिकी थी यशोदा और नंद की सुकन्या पर। कैसे शांत सोई हुई है देवकी के पास! ऐसे जैसे कोमल कोंपल लता से चिपकी रह जाती है। पल-भर बाद कंस आएगा और वह इस कोंपल को काट डालेगा।

आंखें मूंद लीं"हे, ईश्वर! शक्ति दो मुझे। कैसे, क्योंकर यह अनर्थ करवाया तुमने?" वसुदेव बड़बड़ाने लगे थे।

देर तक अंधेरा पलकों के भीतर ओढ़े शांति की खोज करते रहे। ईश्वर को स्मरण करते हुए। लगता था कि पाप कर बैठे हैं। इस बोध से मुक्ति केवल ईश्वर ही दिला सकते हैं। ईश्वर, उनका आत्म स्वर! विवेक और ज्ञान की कसौटी से चमककर निकली प्रकाश रेखाएं!

लगा कि ये प्रकाश रेखाएं सहसा उनके मस्तक से विद्युत तरंगों की तरह प्रस्फुटित होने लगी हैं! एक के बाद एक, सिलसिलेवार। इनका न आदि दीख रहा था, न अंत! बस, कौंधे जा रही थीं और कौंध के साथ स्वर उभर रहे थे।

"इस क्षण यही उचित था वसुदेव! यही उपयुक्त! इसके अतिरिक्त तुम कर भी क्या सकते थे?" और लगा था कि तर्क भी उन्हीं तरंग स्वरों के साथ मन में उभर आया है"क्यों, कर क्यों नहीं सकते थे? चाहते तो इस अनर्थ का कारण न बनते, इसके माध्यम न हुए होते।"

"माध्यम?" लगा कि मन से मस्तिष्क तक कोई हलकी हंसी है, जा बिखर गई है"माध्यम का निश्चय करने वाले तुम कौन हो, यादव-सुत!"

वसुदेव ने चौंककर देखा। कारागार में चारें ओर अंधकार था; किंतु लगा कि मन प्रकाश से नहाया हुआ है, "हां प्रकाश ही था यह। स्वरयुक्त प्रकाश! तर्कातर्क करता हुआ प्रकाश! यह प्रकाश, उनका विवेक, उनका आत्मा! उनका ईश्वर!

किरण पुनः कौंधी"माध्यम मनुष्य ही होता है वसुदेव! कर्त्ता ईश्वर! उस कर्त्ता के कार्य को भला तुम कैसे कर सकते थे?"

"किंतु प्रभु!" वसुदेव ने कहना चाहा।

प्रकाश ने अवसर नहीं दिया था। उन्हें। तर्क अधिक गहरा कर दिया। अधिक निरुत्तर करनेवाला"हां, तुम कर्त्ता नहीं हो! जो कर्त्ता है, वही तुमसे करवा रहा था। यह कर्त्ता नंद का भी जन्म का कारण है, यशोदा भी इसी से प्रकट हुई है और यह सब जो प्रकृति के रूप में घटित-अघिटत दीखता है, यह भी उसी कर्ता का कर्म! सब अपने-अपने कर्त्तत्व के केवल माध्यम बने हैं। अपने गुणावगुणानुसार! उनका अपना कुछ नहीं, न शरीर, न मन, न घटित! वे केवल माध्यम हैं और उन्हीं की तरह तुम एक माध्यम! इसके अतिरिक्त न तुम्हारा कोई अपना व्यक्तित्व है, न रूप!"

वसुदेव निरूत्तर होने लगे; पर विचित्र थी निरूत्तरता की यह पराजित स्थिति! इसमें सुख मिल रहा था उन्हें। लगता था कि देर से अशांति की गहन गुफाओं में भटकते हुए सहसा मार्ग पा गए हैं वह।

कारागार के गहन अंधकार को किसी अदृश्य प्रकाश शक्ति ने भर रखा है। यह कोई और नहीं देख सकेगा! इसे केवल वसुदेव देखेंगे। यही प्रकाश होगा जो उनके मन का हर अंधकार दूर करता रहेगा! उन्हें शक्तिमय बनाएगा। संपन्न करेगा।

प्रकाश का दूर-अनंत से कौंधता शब्द उभरा था"आश्वस्त हो वसुदेव! तुमने ऐसा कुछ नहीं किया, जिसके तुम दोषी हो। तुमने वही किया है,

जो भवितत्व्य ने करवाया। तुम केवल उसके वाहक बने हो। इससे अधिक तुम कुछ नहीं हो और न ही देवकी का जन्म देना और यशोदा का तुम्हारे सुत को पालना इससे अधिक कुछ होगा।"

संभवतः इस प्रकाश-शक्ति से और वार्ता भी होती; किंतु अवसर नहीं मिला। कारागार का सीखचोंवाला दरवाजा जोरों से खटखटाया, फिर तीव्र, कर्कश स्वर करता हुआ खुलने लगा। अगले ही क्षण कंस सामने थे।

वसुदेव अपने स्थान से उठे नहीं। केवल उन्हें देखते रहे। काल को इस शांत भाव से देखने सहने का शक्ति कहां से जनम आई थी उनके भीतर? नहीं जानते। बस, इतना जान-समझ रहे थे कि वह अनंत शक्ति से ओतप्रोत हैं। सब कुछ सह जाने की शक्ति है उसमें। सब देखने का सामर्थ्य!

देवकी जाग गई थीं और भयभीत दृष्टि से कभी भाई और कभी अपने अंक में लेटी सुकोमल बालिका को देख रही थीं। बच्ची की पलकें इस तरह मुंदी हुई थीं जैसे वह गंगा की तरह शांत हो! अजानी गहराइयों तक गहरी! अदृश्य छोर से पूर्ण! चांदनी की शीतलता जैसी उज्जवल और भोर की पहली किरन-सी निर्मल!

कंस के पीछे खड़े थे वसुहोम और कंटक! वसुदेव ने स्पष्ट देखा था उन दोनों को। वह अर्थपूर्ण दृष्टि से कभी कंस और कभी बालिका को देख रहे थे। ऐसे जेसे कंस पर उपहास करते हुए कह रहे हों"मूर्ख ! तुम्हारा काल तो कहीं अन्यत्र जनम चुका है!"

कंस प्रसन्न! मुड़कर वसुहोम से पूछा था, "भविष्य सूचना असत्य निकली वसुहोम! बहिन देवकी का आठवां पुत्र हमारा काल बननेवाला था, किंतु यह तो पुत्री हुई है? हमें लगता है कि विधाता को लेकर लोग असत्य भाषण करते हैं[1]! या फिर विधाता अस्तित्ववान ही नहीं है!"

---

1. श्रीमद्भागवत (दशम स्कन्द) में कंस द्वारा देवकी के आठवें पुत्र की जगह कन्या को पाकर यह कहा गया है"कंस बोला, देवता भी झूठे हैं! आकाशवाणी ने कहा था कि देवकी के आठवें गर्भ से पुत्र होगा, सो कन्या उत्पन्न हुई?"

वसुहोम और कंटक चुप रहे। वसुदेव भी शांत।

केवल देवकी बोल पड़ी थीं"भईया। यह बालिका तुम्हारा क्या अहित करेगी? यह तो स्वयं हिताहित के ज्ञान से परे है? इसकी हत्या मत करो! मैं तुम्हारे पांव पड़ती हूं। इसे जीवनदान दो।" और इसके पहले कि कोई कुछ कहे या कर सके देवकी आश्चर्यजनक शक्ति बटोरकर कंस के चरणों पर जा गिरी थीं। विव्हल, कातर! सिसकियों का एक सिलसिला बनी हुई।

कंस प्रतिक्रियाहीन खड़े रहे। सहसा झुककर उन्होंने बहिन को उठाया और कहा था"मैं तुमसे इसके लिए पहले ही क्षमा मांग चुका हूं, बहिन! मैं आकाशवाणी के सत्यासत्य की विवेचना में पड़कर व्यर्थ प्राणों पर कोई संकट नहीं लेना चाहता! मुझे क्षमा करना!" देवकी पुनः कन्या से जा लिपटीं!

"भईया!" वह चीखी थीं, पर कंस ने अवसर ही नहीं दिया था या यह कि अवसर नहीं मिला। वह वायुगति से गहरी नींद में सोई हुई कोमल बालिका की ओर बढ़ा। अगले ही पल आतंक, भय और सिहरन से सभी की आंखें मुंद गई थीं। कंस ने बालिका को दूर उछाल दिया था।

छोटी-सी बालिका! कारागृह की खिड़कियों के सींखचों में काफी फासला था! उसी फासले की बीच से उछलकर अलोप हो गई! उसी क्षण बिजली कौंधी। गर्जना हुई। कंस मुड़े। जबड़े कसे हुए थे उनके। पर दृष्टि से गहन संतोष का भाव था। काल-मुक्त जो हो गए थे? देवकी बेसुध हो चुकी थीं। वसुदेव उन्हें संहाल रहे थे।

गहन सन्नाटे के बीच कंस की दृढ़, कठोर चाल गूंजी। द्वार बंद हो गया। उसी के पीछे-पीछे लड़खड़ाते, घृणा से भरे वसुहोम और कंटक भी चले गए! रात्रि का सन्नाटा पूर्ववत् झंझावात् से भरा हुआ था...

भोर की किरनों ने जैसे पलकों पर हौले-हौले थपकियां देकर यशोदा को जगाया। ममता, आनंद और सुखानुभूति से भरी-भरीं वह हौले-हौले बालक को निहारने लगीं। शरीर थकन और कमजोरी से भरा हुआ था, पर मन विचित्र-सी शक्ति और स्फूर्ति का अनुभव करता हुआ। बालक पर सूर्य-किरणें गिर रही थीं; किंतु लगता था कि वे भी बालक के सुंदर, तेजस्वी मुखमंडल से टकराकर द्विगुणित हो रही हैं। सांवला रंग था उसका; किंतु छवि ऐसी

मोहक कि यशोदा के भीतर गुनगुनाहट उभर आई। वह देर तक उसे देखती रहीं।

जाग रहा था वह। कोमल, सुंदर नन्हे-नन्हे पैरों को हिलाता-डुलाता हुआ। ओह! कितना आनंद! कैसी मोहकता? लगता था कि प्रसूति के पश्चात् किसी अदृश्य लोक की यात्रा में विचरण करती रही थीं, फिर जब पलकें खुली हैं, तो इस स्वर्गिक मुख के आलोक-संसार में खो गई हैं...।

याद था कि प्रसूति-पूर्व वेदना के कारण बेसुध हो गई थीं वह। इसी बेसुधी में दानस्वरूप यह सुख दिया है। साक्षात् आनंद, तृप्ति, और उल्लास का अनुभव। इसी अनुभव ने आन्दोलित कर दिया है उन्हें। न शरीर की[1] अशक्तता का अनुमान कर पा रही हैं, न ही गत-आगत का कोई भय रह गया है। विचित्र निश्चिंतता और आश्वस्ति से भर दिया है उन्हें। अमरता-जैसा आनंद!

ममत्व की संपूर्णता का यह सुख कभी अनुभव नहीं हुआ उन्हें। लगता है, समूची सृष्टि उनकी गोद में आ गई है। पूर्ण प्रकृति! इसका न आदि है न अंत, इस सुख का न प्रारंभ है न समाप्ति! यह केवल सुख है! शरीर, शक्ति, मन, बुद्धि से परे, केवल सुख! इसका वर्णन कल्पनातीत और अनुभूति मन-मस्तिष्क से परे, ब्रह्मानुभूति!

यशोदा हौले-हौले बालक को दुलारने लगी थीं। जी हुआ था कि उसे चूमें, जी भरकर उसके घुंघराले बालों में अंगुलियां पिरोते हुए दुलराएं और आनंद के सौरभ-रस से नहा उठें।

---

1. विभिन्न दंतकथाओं, किंवदंतियों और भक्तिग्रन्थों के अनुसार, श्रीकृष्ण के स्थान पर जिस कन्या को कंस ने मार, वह योगमाया कही गई हैं; किंतु बहुतेक लेखकों ने लिखा है कि नंद कन्या को जो ठीक श्रीकृष्ण के जन्म के समय ही जन्मी थी, बड़े गुप्त रूप से श्रीकृष्ण के स्थान पर पहुंचाया गया था।
आचार्य चतुरसेन ने कृष्ण-जन्म को लेकर लिखा है"कृष्ण को बदलाव यशोदा की सद्यतज कन्या से इस गोपनीय ढंग से हुआ कि यशोदा को भी इसका पता न चला।"
श्रीमद्भागवत् के दशम स्कंद के अनुसार ही"यशोदा ने माया के हट जाने पर ही जाना कि मेरे बालक उत्पन्न हुआ है। वह पहले से ही निद्रा के वंशीभूत थीं, अतः उन्हें यह सुधि ही नहीं रही कि पुत्र उत्पन्न हुआ या कन्या उत्पन्न हुई।"

किंतु तुरंत अवसर नहीं मिला था उन्हें। द्वार हौले से चरमराया था। यशोदा ने देखा, नंद आ खड़े हुए हैं। सौम्य, शांत दृष्टि से उन्हें टकटकी बांधे देखे जा रहे हैं।

यशोदा कभी उन्हें देखतीं, कभी बालक को। सहसा बुदबुदाकर कहा था उन्होंने "आओगे नहीं? इसे देखो तो कैसा कोमल है! ऐसे जैसे उदधि को कोई हथेली से स्पर्श करे।"

नंद आगे बढ़ आए। आंखें बालक पर ठहरी हुई थीं उनकी। पहले वह शून्य भाव से उसे देखते रहे थे, फिर लगा था कि बालक के होंठों के गिर्द आई कोमल मुस्कान ने सचमुच वही अनुभव कराया है, जो पल भर पूर्व यशोदा के शब्दों में सुना है। बादलों के बीच गुजरने जैसा अनुभव। उदधि को हथेली से स्पर्श करने-सा।

नंद की आंखे छलछला आई थीं। झुके और हौले से बालक को हथेलियों से उठा लिया, फिर नेहपूर्वक हृदय से लगाया। पलकें मुंद गई थीं उनकी। अनुभव हुआ था कि जैसे अपने ही शरीर-भार से मुक्त हो गए हैं। न उनका कोई नाम है, न रूप, न शरीर है वे, न शरीर-मुक्त। केवल अनुभव हो गए हैं। विस्मय से पलकें खोलकर उन्होंने बांहों में हौले-हौले हाथ-पैर हिलाते नन्हें शिशु को देखा। एक विस्मयकारी अनुभव ने पुनः भर दिया। कैसा विचित्र आकर्षण! कितनी मोहक दृष्टि! और पुतलियों में कैसी चपलता! सद्यजात शिशु को अनेक बार गोद में लिया था उन्होंने, पर ऐसा विचित्र अनुभव कभी नहीं हुआ? क्यों?

स्मरण आ गया था। देवकी की आठवां सुत है यह। साक्षात् त्राता। उसका यह समूचा अद्भुत अनुभव ही नंद का विश्वास बन गया था। तभी यशोदा की मीठी आवाज सुनी थी उन्होंने "सुनो, शिशु को मुझे दो न!"

"हं...? हां-हां!" वह जैसे किसी तंद्रा से अलग हुए। बालक कृष्ण को यशोदा के पास लिटा दिया।

•••